Tobias Miller

Broken Crystal

Ein Ex-Soldat und Legionär kehrt in seine Heimatstadt Boston zurück, um aus dem aktiven Dienst auszusteigen. Doch sein Chef überredet ihn zu einem letzten lukrativen Auftrag: Er soll die Eternal-Earth-Group infiltrieren, eine Gruppe von Umweltaktivisten. Deren Kopf ist die College-Abbrecherin Crystal McCray, Tochter eines Milliardärs aus Massachusetts. Das Ziel der Mission: Die Tochter zur Rückkehr nach Hause zu bewegen.

Aber McCray und ihre Mitverschwörer sind Überzeugungstäter. Dem Legionär wird schnell klar, dass sie ihre Agenda nicht aufgeben werden. Zu allem Überfluss gerät er selbst nach einem Anschlag der Umweltaktivisten in das Visier der Ermittler.

Von da an überschlagen sich die Ereignisse: McCray ist mit einem Mal wie vom Erdboden verschwunden, die anderen Aktivisten tot und der Legionär entkommt in letzter Sekunde mit einem Privatjet seines Chefs nach Europa. Eine Rückkehr nach Amerika ist aussichtslos: Er steht auf der FBI-Most-Wanted-Liste ganz oben. Und nicht nur er fragt sich, was auf der Farm in Virginia wirklich passiert ist ...

Tobias Miller hält nicht viel von Geschichten mit wenig Handlung, er hat ein Faible für Figuren am unteren Ende der Nahrungskette und liebt es, wenn die Protagonisten mit ihrer Bauernschläue anderen ein wenig auf die Füße treten. Schauplatz seiner Texte sind häufig die USA, wo auch dieses Buch spielt.

Der Autor lebt und arbeitet in seiner Wahlheimat Darmstadt.

Tobias Miller

Broken Crystal

Der Mann, der Amerika nie retten wollte ...

THRILLER

© 2024 Tobias Miller
1. Auflage

Tobias Miller
c/o Block Services
Stuttgarter Str. 106
70736 Fellbach

Published by: Tobias Miller

Besuchen Sie den Autor unter
https://tobias-miller.com

Lektorat: text & geschick, Wiesbaden

Korrektorat: Dietmar Stehno

Cover: Christina Hucke GrafikDesign
Verwendung der Fotos von
© shutterstock/khf_collections)

Druck: Libri Plureos GmbH, Friedensallee 273, 22763 Hamburg
ISBN: 978-3-910674-07-3

Auch erhältlich als E-Book, Hardcover (ISBN: 978-3-910674-06-6) und
Hörbuch (ISBN: 978-3-910674-08-0)

Wanted By The FBI

John Doe 12

Mord, Terrorismus
Washington, D.C.

Das FBI setzt eine Belohnung von bis zu 250.000 Dollar für Hinweise aus, die zur Identifizierung, Verhaftung und strafrechtlichen Verfolgung der Person führen, die für den Tod der als Eternal-Earth-Group bekannten Umweltaktivisten verantwortlich ist. Die Person wird der Tree-Bomber-Group zugerechnet und hat mehrere Bombenanschläge verübt.

Details

Der unbekannte Verdächtige ist für den Tod von fünf Umweltaktivisten auf einer Farm sieben Meilen westlich von Fredericksburg, Virginia, verantwortlich. Er hat außerdem eine Audiobotschaft verbreitet, in der er sich der Bombenanschläge in Washington D.C. bekennt, bei denen insgesamt sechs Menschen zum Teil schwer verletzt wurden. Die Audiobotschaft ist im Original über den QR-Code abrufbar.

Bewaffnet Und Extrem Gefährlich

Wenn Sie die Stimme dieser Person erkannt haben, wenden Sie sich bitte an Ihr örtliches FBI-Büro oder an die nächstgelegene amerikanische Botschaft oder das Konsulat.

Prolog

Er sagt, er stehe auf der FBI-Most-Wanted-Liste. Zweimal. Und er
sagt, er wäre unschuldig. Diese Behauptungen waren für unseren
Chefredakteur Alwin Tiedemann Anlass genug, mich für ein
Interview nach Istanbul zu schicken. Genau da bin ich nun.
Müde, genervt, hungrig. An diesem Tag hat der Istanbul-Airport
nicht nur ein Problem mit Verspätungen, sondern auch mit der
Klimaanlage. Seit ich die Boeing 737 verlassen habe, hängt mir
der süßliche Duft von Baklava in der Nase. Selbst durch die
riesige Terminalhalle verfolgt mich der verführerische Geruch auf
Schritt und Tritt, klebt an mir, als hätte ich in Honig gebadet. Ich
ignoriere das Hungergefühl – nicht zum ersten Mal – das sich
gerade jetzt durch intervallartige Krämpfe in der Bauchgegend
überdeutlich in Erinnerung ruft. Der Espresso zum Frühstück am
Flughafen Köln/Bonn hat nicht lange vorgehalten. Ich bin noch
nie ein Frühstücker gewesen, aber ein verspätetes Mittagessen
käme mir in diesem Moment sehr gelegen, nachdem ich nach
der Landung noch gut zwei weitere Stunden im Flieger habe
ausharren müssen, weil alle Gates belegt waren. Natürlich hat es
zu diesem Zeitpunkt nur noch Verpflegung für die Businessclass
gegeben ... Aber die knauserige Zeitung, für die ich schreibe, hat
mir nunmal nur ein Economy-Ticket gebucht. Morgens hin,
abends zurück – nur keine Übernachtung, wenn nicht unbedingt
nötig. Egal. Die Story könnte es wert sein, hatte Tiedemann
orakelt, und mich kurzerhand wegen meiner Kolumne über
internationale Politik und der guten Englischkenntnisse in den

Flieger gesetzt. Ich hoffe, er behält recht. Denn bisher klang die ganze Geschichte über einen Amerikaner, der überall gesucht wurde, für mich wie eine ziemlich krude Luftnummer ...

Geduldig bleibe ich mitten im Terminalgebäude stehen, als sich eine französische Reisegruppe mit ihren Rollkoffern im Schneckentempo direkt vor mir Richtung Ausgang schiebt. Die Leute machen keine Anstalten, mich durchzulassen, und ich will nicht riskieren, von übergroßen Hartschalenkoffern überrollt zu werden. Verärgert schaue ich auf mein Smartphone, checke es auf Nachrichten und stecke es gleich wieder weg. Mein Interviewpartner hat auf meine Verspätungsnachricht nicht geantwortet. Wahrscheinlich ist er schon über alle Berge. Wenigstens habe ich einen Tagesausflug nach Istanbul bekommen, statt im muffigen Büro zu sitzen – auch wenn ich von der Stadt nicht viel sehen werde. Ein Blick nach links durch das riesige Fenster. Die Sonne brennt unbarmherzig auf das Rollfeld. Ich bin sofort geblendet. Würde ich das Gebäude verlassen, wäre ich völlig falsch angezogen. Am Morgen hat es in Köln geregnet. Ich trage Jeans, einen Pullover, die Jacke lässig über den Arm gehängt. Draußen muss es mindestens dreißig Grad warm sein. In der brütenden Hitze rollt gerade eine 777 der Turkish Airlines vorbei.

Plötzlich ist der Weg vor mir frei. Stehe ich schon eine Weile so da? Keine Ahnung. Ist mir auch egal. Aber von einem Moment auf den anderen habe ich keine Augen mehr für das imposante Flugzeug. In die Halle kommen zwei Polizisten mit Hunden. Drogenkontrolle. Der eine Beagle kläfft ununterbrochen, zerrt an der Leine und zieht den Polizisten hinter sich her – direkt auf mich zu. Dabei kann ich Hunde nicht ausstehen. Wie erstarrt bleibe ich stehen. Schweißperlen bilden sich auf meiner Stirn. Der verdammte Köter hört nicht auf zu bellen, dabei habe ich mit Drogen noch nie etwas am Hut gehabt. Hätte der Polizist den Beagle nicht zurückgezogen, wäre er an mir hochgesprungen. Gleichzeitig fordert der zweite Polizist den anderen Hund auf, an mir eine Schnüffelprobe zu nehmen. Diese ist jedoch negativ. Der Hund bleibt ruhig.

»Sorry. Cat hair«, sagt der Polizist mit dem Kläffer und zeigt abwechselnd auf meine Jeans und seinen Hund. Ich schaue an mir herunter. Tatsächlich. Die Siamkatze meiner Frau hat sich am Morgen auf meinen Hosenbeinen verewigt.

»Very inexperienced«, fügt der Polizist bedeutungsschwanger hinzu, nickt in Richtung des Hundes und zieht ihn entschuldigend noch einmal zurück. Einen Fluch auf Türkisch später beruhigt sich das Tier wieder und das Gespann zieht in eine andere Richtung. Erleichtert nehme ich einen Schluck Wasser aus der Flasche im Rucksack.

Erst dann schaue ich mich um. Auf einem blauen Schild in der Halle, in der ich stehe, prangt ein großes A. Ich habe die ganze Zeit irgendwie neben mir gestanden, sodass es mir erst jetzt auffällt. Ich bin im falschen Terminalbereich. Um meinen Interviewpartner zu treffen, muss ich in die Halle F. Eilig laufe ich am Baklava-Stand vorbei und spüre, wie mein Magen gewaltig rumort. Egal, denke ich mir. Das Baklava ist viel zu süß für meinen Geschmack und würde meinen empfindlichen Zähnen nur wehtun. Außerdem will ich so schnell wie möglich wissen, ob der Amerikaner noch da ist.

Ich gehe zu Fuß weiter, obwohl ich auch die Rolltreppe hätte nehmen können, denn an der nächsten Abzweigung entdecke ich einen Sandwichstand, kaufe mir ein Fladenbrot mit Auberginen-Joghurt-Dressing und eile zum Gate 16 in Halle F, dem vereinbarten Treffpunkt. Er wird mich finden, hat er Tiedemann gesagt. Wahrscheinlich sehe ich für amerikanische Augen typisch deutsch aus. Das wäre mein Erkennungszeichen. Ein bisschen bieder, ein bisschen spießig, ein bisschen fehl am Platz. Wenn wir uns gefunden hätten, würde es ein Wortspiel geben. Tiedemann hat darauf bestanden, mir diese blöden Sätze mitzugeben – wie in alten Agentenfilmen. Das ist total lächerlich ... Ich gehe an der Passkontrolle vorbei und setze mich auf einen der wenigen Sitzplätze im Ankunftsbereich des Gates. Es ist nicht viel los. Einige wenige Leute an benachbarten Gates, wahrscheinlich Angehörige, Verwandte, Freunde, die auf ihre Liebsten warten, aber alle Plätze um mich herum sind leer. Draußen steht eine Maschine der El Al nach Tel Aviv, bereit zum Abflug. Ich schaue mich um, sehe aber nichts Auffälliges. Über meinen Amerikaner weiß ich nicht viel. Er will seine Version der Geschichte unbedingt loswerden. Er wäre unschuldig. Aber behaupten das nicht alle Mörder? Genauso wenig wie über ihn weiß ich auch über seine Aktivitäten. Es geht um Terrorismus, Umweltaktivisten und die Wiederherstellung der öffentlichen Sicherheit. Das alles ist ein bisschen geheimnisvoll ... Er wolle zum ersten Mal auspacken, hat er zu Tiedemann gesagt. Was immer das heißen mochte. Resigniert fange ich an, mein Sandwich zu essen und beobachte, wie die El Al-Maschine ausgeparkt wird. Ich bin halb fertig, als sich jemand zwei Plätze neben mich setzt. »Sie sind kein Hundetyp, oder?«, fragt mich ein Mann mit näselndem amerikanischem Akzent, wie ich ihn aus Boston kenne.

»Wie bitte?«

»Die Sonne steht hier höher als in Rom. Und in Kathmandu liegt Schnee.«

Sofort höre ich auf zu kauen. Neben mir sitzt ein schlanker Typ in Jeans und übergroßem Hemd mit einem Polospieler auf der Brust. Er hat einen Vollbart und eine Glatze. Nur der kleine schwarze Samsonite-Koffer verrät, dass er ein Vielreisender auf der Durchreise ist und kein Istanbul-Tourist. Er schaut stoisch geradeaus, ohne mich weiter anzusehen. Habe ich mich gerade verhört?

»Sind Sie es?«, frage ich.

Keine Reaktion.

Ich beobachte ihn eine Weile, aber er macht keine Anstalten, noch ein Wort von sich zu geben. »Man darf den Wind auf

Oahu nicht unterschätzen. Dann regnet es nämlich immer in Kentucky.« Ich lache.

Plötzlich dreht der Typ seinen Kopf in meine Richtung. Seine braunen Augen schauen mich herausfordernd an.

»Ich habe die Sprüche für einen Witz gehalten«, sage ich entschuldigend.

»Sind sie aber nicht. Ich habe Sie seit Ihrer Ankunft beobachtet, aber ich war mir nicht ganz sicher.«

»Aha. Sie hätten mich mit Namen ansprechen können.«

»Ich kenne Ihren Namen nicht und werde Ihnen meinen vorerst auch nicht nennen.«

»Ugh«, entgegne ich. Eine Pause entsteht. Das klingt nicht gut. Anonym kann jeder alles sagen. Nichts könnte je zurückverfolgt werden. Trotzdem bleibe ich freundlich: »Entschuldigen Sie die Verspätung ...«

Der Typ winkt ab.

»Gehen wir was essen.«

Demonstrativ hebe ich mein Sandwich hoch.

»Etwas Ordentliches. Keine Sorge, ich lade Sie ein.«

Ohne meine Antwort abzuwarten, geht der Mann voraus. Ich folge ihm, habe aber Mühe, mit ihm Schritt zu halten. Immer wieder klafft eine Lücke zwischen uns, weil ich andere Passagiere passieren lassen muss – ein Problem, das der Amerikaner nicht zu haben scheint. Mit seinem Stechschritt vertreibt er alles, was sich ihm in den Weg stellen könnte. Dann muss ich wieder aufholen, renne ein Stück. Deutlich spüre ich den Herzschlag in meiner Brust. Dazu gesellt sich ein schweres Keuchen. In diesem Moment weiß ich nicht, was mich mehr ärgert: meine miserable Kondition oder der Amerikaner, der sich nicht einmal umdreht, um zu sehen, ob ich überhaupt noch da bin.

Schon verlassen wir Halle F. Er geht an der Passkontrolle vorbei und marschiert genau dorthin, wo ich hergekommen bin. Doch bevor er in Halle A abbiegt, spricht er einen Mitarbeiter von

Turkish Airlines an. Ich beobachte, wie mein Interviewpartner ihm fast beiläufig etwas in die Hand drückt und dieser es blitzschnell einsteckt. Ich verstehe gar nichts, aber als ich endlich neben den beiden stehe, ist das Gespräch auch schon vorbei. Der Typ von der Fluggesellschaft geht voraus, öffnet uns eine Tür und führt uns in ein Treppenhaus.

»Wohin gehen wir?«

»Nach oben. In den Abflugbereich.«

Ein Stockwerk höher gehen wir durch eine weitere Tür. Plötzlich stehen wir ohne Passkontrolle in der Abflughalle.

»Wie haben Sie das gemacht? Sie haben doch nicht ... hätten wir nicht ...«, stottere ich. Doch der Amerikaner nickt entschlossen nach rechts. Ich wage nicht noch einmal zu fragen und folge ihm in den Hauptbereich des Terminals, vorbei an mehreren Duty-Free-Shops und Imbissbuden. Eine Mischung aus Parfüm und Fettgeruch wechselt sich ab. Mein Magen meldet sich wieder. Doch den Amerikaner scheint das kontrastreiche Duftprogramm nicht zu stören. Unbeirrt führt er mich in die Business Lounge der Turkish Airlines, zu der ich natürlich keinen Zutritt habe. »Ähm, Sir, ich bin hier kein Mitglied ...«

Er bedeutet mir mit dem Kopf, ich solle ihm einfach folgen. An der Rezeption zeigt er eine Plastikkarte mit Logo der Airline vor, worauf die Dame ein freundliches »Willkommen« ruft. »Konferenzraum zwei ist für Sie reserviert.«

Er nickt nur, geht weiter und führt mich in einen Raum, der zwischen den Duschkabinen und dem Sitzbereich der Lounge liegt. Unser Interview-Zimmer hat eine Holztür in Mahagoni-Optik und ein elektronisches Schloss, wie in fast jedem Hotel. Mit seiner Mitgliedskarte öffnet er die Tür, stellt seinen Koffer hinein und schließt wieder ab.

»Holen Sie sich etwas zu essen, dann fangen wir an.«

»Okay«, sage ich irritiert über die klare Ansage und den fensterlosen Raum, folge ihm aber zum Buffet im Sitzbereich. Mein angebissenes Sandwich packe ich unterwegs in den Rucksack. Das Buffet sieht tatsächlich köstlich aus – viel besser als mein Sandwich. Ich nehme mir einen großen Teller, lege etwas Salat, Fladenbrot, grüne Oliven und Joghurt darauf. Dann etwas Fleisch in Joghurtsoße. Zum Nachtisch nehme ich einen Obstsalat.

Auf dem Rückweg gönne ich mir noch eine Cola.

Ungeduldig warte ich mit meinem Tablett vor der Tür des Besprechungszimmers. Inzwischen brennt es mir doch unter den Nägeln, mehr zu erfahren, trotz der zweifelhaften Ausrede mit der Anonymität. Wenn ich schon so spät dran bin und der Typ noch nicht weg ist, will ich die Zeit nicht mit Herumrennen, Essen oder Warten verbringen. Ich will ihn Reden lassen. Ich sehe, wie er sich weitere Köstlichkeiten auf den Teller schaufelt, kurz aufblickt und mir zunickt, was wohl so viel bedeuten soll, dass er jetzt fertig ist. Zumindest verstehe ich es so.

Kurze Zeit später sitzen wir allein in dem reservierten Besprechungsraum, aber er sieht mich nicht an. Die Tür ist zu. Mir ist mulmig. Ich befinde mich hier mit einem flüchtigen Most-Wanted-Verbrecher in einem fensterlosen Raum. Ich nippe nur an meinem Essen, weil ich ein flaues Gefühl im Magen habe, beobachte ihn, wie er schweigend an einem Hühnerbein nagt. Mittendrin, den halb gegessenen Schenkel in der Hand, schnaubt er: »Ich habe heute noch nicht gefrühstückt. Sie kriegen Ihre Geschichte. Keine Angst. Aber unter einer Bedingung. Das habe ich Tiedemann auch gesagt.«

Ich bin völlig perplex. Davon hat mein Chef mir nichts erzählt. »Und die wäre?«

»Sie müssen sie so veröffentlichen, wie ich sie Ihnen erzähle.«

»Sie wissen doch, dass ich die Fakten überprüfen muss.«

»Tun Sie das. Es ist alles wasserdicht. Meine Geschichte ist so nie erzählt worden – Sie sind der Erste, der sie hört.«

»Okay. Warum? Warum wir? Wir sind ein ziemlich kleines Blatt.«

»Genau deswegen. Große Zeitungen schreiben nur Müll.« Er lacht. »Ich hoffe, dass das bei Ihnen anders ist.«

»Danke für das Kompliment.«

Ein freches Grinsen folgt.

»Trotzdem könnte ich mir vorstellen, dass ein amerikanisches Blatt Ihnen ein hübsches Sümmchen bieten könnte. Wenn die Geschichte so groß ist, wie Sie Tiedemann erzählt haben, warum verkaufen Sie sie nicht für viel Geld?«

Er legt das Hühnerbein zur Seite und schaut mich verächtlich an. »Das geht nicht. Und Geld ist mir egal.«

»Ach so? Und warum geht es nicht?«

»Weil die Geschichte, so wie ich sie erzähle, in keinem amerikanischen Magazin erscheinen würde.«

»Und das wissen Sie genau?«

»Ganz genau.«

»Also ist die Geschichte nicht gut genug ... oder nicht ganz wahr?«

»Doch. Aber einige Leute haben etwas dagegen. Deshalb ein deutsches Magazin.«

»Hm. Treffen wir uns deshalb in Istanbul?«

Ein Lächeln, ein Nicken. »Die Frage gefällt mir. Die Antwort bekommen Sie bald.«

»Warum sagen Sie sie mir nicht jetzt?«

»Alles zu seiner Zeit.«

Ich stoße hörbar die Luft aus. Das wird anstrengend. »Haben Sie etwas dagegen, wenn ich das Gespräch aufnehme?«

»Nein. Das würde ich sogar begrüßen.«

»Okay. Fangen wir damit an, wer Sie eigentlich sind.«

»Falsche Frage.«

»Hä?«, entfährt es mir.

»Sie sollten mich fragen, was ich über bestimmte Umweltaktivisten weiß und wie ich auf die FBI-Most-Wanted-Liste gekommen bin. Darum geht es doch.«

Ich schaue ihn grinsend an. »Gut. Welche Aktivisten? Und was wissen Sie über sie?«

»Erinnern Sie sich an die Eternal-Earth-Group?«

Ich ziehe die Augenbrauen hoch, kann mir aber ein enttäuschtes »Puh« nicht verkneifen. Sofort ist mir klar: Die Reise ist umsonst gewesen. Tiedemann ist reingefallen. Die Geschichte der Eternal-Earth-Group ist längst erzählt worden – oder besser gesagt, sie steht in jeder Zeitung. Es handelt sich um eine Gruppe von Umweltaktivisten, die einige Zeit lang mit ihren öffentlichkeitswirksamen Aktionen für Schlagzeilen gesorgt hat. Nach offizieller Darstellung hat sich diese Gruppe über Monate radikalisiert. Begonnen hatte alles damit, dass sich unterschiedlichste Mitglieder linksradikaler Gruppen über soziale Netzwerke verabredet haben, um vor Tierversuchslaboren von Universitäten und Pharmaunternehmen für den Tierschutz zu demonstrieren. Doch bei Demonstrationen ist es nicht geblieben. Das Personal wurde auf dem Weg zur Arbeit abgepasst und eingeschüchtert. Es kam sogar zu Handgreiflichkeiten mit einzelnen Mitarbeitern. Diese Form der Einschüchterung ist zuerst an der Westküste aufgetreten. Irgendwann war die Gruppe – oder nur ein Teil von ihr – an die Ostküste ausgewichen. Und ein noch radikalerer Teil der Bewegung hat eine Offensive gestartet, um die US-Politik zum Einlenken in Richtung mehr Umweltschutz zu bewegen. Fakt ist, dass auf der anderen Seite des Teichs nach wie vor viel Strom mit Gas und Kohle erzeugt wird. Seit Trump gibt es sogar den Versuch, das Rad wieder in Richtung der fossilen Energieträger zurückzudrehen. Mit anderen Worten: Es fehlt an erneuerbaren Energien. Ein radikaler Kern der Eternal-Earth-Group hat deshalb die Sache in ihre eigenen Hände genommen und andere Maßnahmen ergriffen ... Und was für welche ... Washington, D.C. war für ein paar Tage in Schockstarre verfallen. Was die Corona-Pandemie nicht geschafft hatte, haben die Aktivisten im Handumdrehen erledigt. Die Fernsehbilder mit den autofreien

Straßen sind mir noch im Gedächtnis. Leere Highways – mitten in Washington, D.C. – an einem Wochentag morgens um 8:30 Uhr. Rushhour. Bis es mit einem Mal vorbei war.

Ich konzentriere mich wieder auf seine Frage. »Der radikale Kern der Eternal-Earth-Group hat vor einigen Wochen kollektiv Selbstmord begangen. Gift. Die Polizei hat sechs Leichen auf einer verlassenen Farm in Virginia gefunden. Soweit ich weiß, geht das FBI nicht von einem Verbrechen aus. Somit gibt es auch keinen Täter, Mister ...« Den nächsten Satz überlege ich mir dreimal. »Wenn es nicht so zynisch wäre, dann könnte man das schade finden. So können wir niemandem für die Lösung dieses Problems danken.«

Er lacht und sieht mich nachdenklich an. »Ihr Humor gefällt mir. Sie sprechen laut aus, was viele nur denken ... Aber das FBI sucht trotzdem nach einem Täter ... oder besser gesagt, nach mindestens zwei. Sie präzisieren nicht, für welche Straftaten, sondern fassen das generell unter Terrorismus zusammen.«

»Ich verstehe nicht. Was wollen Sie damit andeuten? Dass es kein Selbstmord war?«

»Doch, es war Selbstmord. Ganz bestimmt. Aber es gibt noch ein paar Unklarheiten, wie es im Behördensprech heißt. Im Zusammenhang mit dem Selbstmord der Gruppe suchen sie nach zwei Flüchtigen, weil es noch offene Fragen gibt. Von einem kennen sie nur die Stimme, vom anderen den Namen. Es handelt sich aber in beiden Fällen um dieselbe Person: um mich.«

Ich erstarre. »Das ergibt keinen Sinn, wenn es stimmt, was Sie sagen: dass Sie nichts damit zu tun haben.«

»Das habe ich nicht gesagt ...«

»Tut mir leid, ich kann Ihnen nicht ganz folgen ...«

»Werden Sie die Geschichte veröffentlichen?«

Ich runzele die Stirn und schiele zum Ausgang.

Der Amerikaner räuspert sich. »Keine Angst. Ich habe niemanden umgebracht.«

»Ich würde mich einfach wohler fühlen, wenn wir das Interview woanders führen könnten ...«

Der Typ zuckt mit den Schultern. »Essen Sie erst einmal etwas.«

»Nein. Ja. Okay. Warum wollen Sie überhaupt, dass wir über Ihre Geschichte schreiben?«

»Weil ich sie bisher niemandem erzählt habe und ich endlich von dieser blöden FBI-Liste runterkommen möchte, damit ich wieder nach Hause kann.«

»Und Sie glauben, dass das Interview Ihnen dabei hilft?«

»Ja.«

Ich überlege einen Moment. Eine Exklusivgeschichte wäre gut für mich und das Blatt. Warum eigentlich nicht ... Wenn er mir eine Räuberpistole erzählt, hake ich den Tag ab. Fertig. Ich räuspere mich. »Nun gut. Mein Rückflug geht in vier Stunden. Erzählen Sie mir, was Sie mir erzählen wollen.«

Er nimmt einen Schluck Kaffee, grinst spitzbübisch und sagt: »Ich hoffe, Sie können Ihr Ticket kostenlos umbuchen.« Er schaut mich von oben bis unten an. »Aber so, wie es aussieht, hat ihre Zeitung Sie wohl auf Sparflamme gesetzt.«

»W...«, will ich protestieren, aber da fällt er mir schon lautstark ins Wort.

»Ich bin schon ewig Legionär und habe eigentlich aus dem Geschäft aussteigen wollen. Weiß der Teufel, was mich geritten hat, diesen einen Auftrag doch noch anzunehmen. Begonnen hat alles damit, dass mein ehemaliger Auftraggeber und alter Kumpel Trevor Hilson mich mit dem FBI im BoneYard zusammengebracht hat, um einen Babysitterjob zu übernehmen ...«

Damit hat er meine Aufmerksamkeit. Ich vergesse meine Zweifel, schlucke den Ärger hinunter, schalte das Aufnahmegerät ein und lehne mich zurück. Der Hunger kann warten ...

Kapitel 1

Ich war gerade von einem sechsmonatigen Auslandseinsatz in Dakar zurückgekehrt und wollte nur ein paar Biere trinken, über alte Zeiten quatschen und den neuesten Tratsch aus der Firma hören. Trevor Hilson war also von Anfang an klar, dass ich endgültig raus war. Ich wollte ein normales Leben führen, nicht mehr ständig auf Achse sein. Entweder jetzt oder nie, sagte ich mir, sonst wäre ich zu alt und könnte nichts anderes mehr machen, als Einheiten in den hintersten Winkeln der Welt zu trainieren. Hilson und ich kannten uns seit knapp fünfzehn Jahren. Wir waren vor Ewigkeiten zusammen beim Boston PD gewesen. Er hatte weit vor mir aus irgendwelchen Gründen den Dienst quittiert, die ich nie richtig verstanden hatte. Er hätte eine lose Beziehung zu einer Kollegin gehabt, hatte er mir einmal erzählt, und als die Liaison in die Brüche gegangen war, hatte er keine Lust mehr auf den Polizeidienst gehabt. Hilson war danach zuerst zur Army gegangen, hatte später für eine private Militärfirma gearbeitet und sich schlussendlich in diesem Metier selbstständig gemacht. Irgendwie glichen sich in diesem Punkt unsere Lebensläufe. Nach vier Jahren Polizeidienst hatte auch ich die Nase voll gehabt, danach einen Bachelorabschluss in Psychologie gemacht und war zur Army gewechselt, auch um der grauen Theorie an der Uni zu entfliehen. Ich wollte Praxisluft schnuppern – Führungsverantwortung live. Ich hatte damals das

Gefühl, alles noch einmal neu lernen zu müssen … Mein Abschluss half mir im täglichen Umgang mit den Kameraden trotzdem weiter. Aber irgendwann hatte auch ich von der Army genug. Ich habe mir Trevor Hilsons Story angehört und mich von ihm anwerben lassen. Stealth Parachute hieß seine Firma, und sie war über viele Jahre mein Auftraggeber – bis vor Kurzem. Ein silbriger Fallschirm auf navyblauem Grund war das Firmenlogo. Hilson war mittlerweile fast ausschließlich für die Geschäftsentwicklung des Unternehmens zuständig. Er akquirierte Kunden und schloss Verträge mit ihnen ab. Aber er war noch nicht ganz raus aus dem operativen Geschäft. Die tatsächliche Feldarbeit überließ er Leuten wie mir, das stimmte. Doch gelegentlich griff er noch selbst ein. Das war der kleine, aber feine Unterschied zwischen sogenannten Auftragnehmern wie mir und meinen Kollegen: Ich arbeitete direkt mit Hilson und rechnete nur bei ihm ab. Er hatte zwar eine Art Generalstab, der ihm die Leitungsarbeit abnahm, aber aufgrund unserer langen Vergangenheit bevorzugten wir beide die direkte Form der Zusammenarbeit. Natürlich bekam ich dadurch eine Sonderbehandlung, durfte mir gelegentlich Einsätze aussuchen und hatte Zugriff auf Informationen oder Services der Firma, die nicht jedem Vertragspartner offenstanden. Für mich war dieser Deal mehr als okay, insbesondere wenn es um Trainingsmissionen wie in Dakar ging – wenig Risiko, gut bezahlt. Aber Geld war nicht der einzige Grund, warum ich mit Hilson arbeitete. Wir kannten uns lange genug, um uns gegenseitig unsere Leben anzuvertrauen. Das war der Vorteil echter Kameradschaft. Wenn Hilson nicht gewesen wäre und er nicht mehr als einmal meiner Einschätzung der Lage vor Ort gefolgt wäre, dann wäre ich schon längst nicht mehr bei der Company. Er ist für mich einer der zuverlässigsten Menschen gewesen, die ich kannte. Deshalb habe ich mich schon gewundert, wie er mir den Auftrag in Boston schmackhaft gemacht hat …

Gleich nach der Landung auf dem Logan Airport hatte ich

Hilson darüber informiert, dass ich wieder da war. Noch für denselben Abend waren wir dann verabredet. Er sei wieder Single, hatte er geschrieben und würde sich freuen, mich zu sehen. Diese persönlichen Treffen waren selten geworden, aber jedes Mal, wenn ich in der Heimat war, versuchte ich es einzurichten. Und meine Heimat war Boston, oder besser gesagt Cambridge bei Boston. Dabei war der Begriff »Heimat« für mich normalerweise völlig unbestimmt. Wenn ich irgendwo auf der Welt länger als eine Woche verbrachte, dann bezeichnete ich diesen Ort bereits als »mein zu Hause«, selbst wenn sich dieser Ort in einem staubigen Zelt mitten in der Wüste befand und es nirgendwo fließend Wasser gab. Bei mehr als vier Wochen Auslandsaufenthalt war es dann fast schon mehr als meine Heimat – als wäre ich dort aufgewachsen. Ich fühlte mich in Boston nicht anders als irgendwo sonst auf der Welt ... offenbar bedeutete dieses Land also nicht mehr allzu viel für mich. United States of America stand in goldener Schrift auf meinem Pass, damit ich mich überhaupt noch daran erinnerte, woher ich kam. Das war eine Frage, die mich in letzter Zeit mehr beschäftigte als früher, vielleicht deswegen, weil ich müde war. Dienstmüde. Ich war in letzter Zeit nach jedem längeren Einsatz hin- und hergerissen. Gehen oder endgültig bleiben? Ich wusste es einfach nicht. Bisher hatte ich den nächsten Job immer wieder angenommen – auch aus Loyalität Hilson gegenüber. Aber das war jetzt vorbei ...

Auf jeden Fall wollte ich mit Hilson endlich mal wieder persönlich sprechen, mich auf ein Leben in der alten »Heimat« einstimmen. Ich wollte sesshaft werden und Hilson konnte mir sicherlich Tipps über Boston verraten, die ich für mein neues Leben gut gebrauchen könnte. Es war definitiv gut, mit jemandem zu reden, der der Stadt treu geblieben war.

Hilson war hier fest verwurzelt, im Gegensatz zu mir. Ich wollte immer schnell weg. Zuerst aus Boston, dann aus Neuengland, irgendwann sogar weg aus den Staaten. Inzwischen war ich wieder genau dort, wo ich vor über zehn Jahren meine Zelte abgebrochen hatte. Ich besaß eine kleine Wohnung in der Nähe des Harvard Square in Cambridge, in die ich nach meinen Einsätzen immer wieder zurückkehrte. Ich hätte sie vermieten können, aber um ehrlich zu sein, war mir der organisatorische Aufwand zu groß. Somit stand das Apartment die meiste Zeit des Jahres leer. Die Wohnung war nichts Besonderes, im Gegenteil. Oft wurde ich mit einer kalten Dusche begrüßt, wenn ich mich nach einem langen Flug einfach nur unter warmem Wasser entspannen wollte. Aber ich wollte sie nicht missen ... Sie war eine der wenigen verbliebenen Konstanten in meinem Leben. Die Nähe zum Campus der Harvard University gab mir das Gefühl, intellektuell schnell Anschluss finden zu können. Auch wenn mir das wohl nicht mehr gelingen würde ...

Jetzt saß ich also mit einer Flasche Sam Adams an der Bar im BoneYard und wartete auf Trevor Hilson. Es war noch früh an diesem Freitagabend. Am anderen Ende des Lokals baute eine Rockband ihre Instrumente auf. In ein paar Stunden würde es Live-Musik geben, hatte am Eingang gestanden. Bis dahin dröhnten The Killers aus den Lautsprechern. Ich wippte mit dem Fuß im Takt zu »Somebody told me ...«.

Plötzlich setzte sich jemand auf den Barhocker neben mir. Aus den Augenwinkeln bemerkte ich, dass es nicht Hilson war. Die Oberweite passte nicht und die Person hatte einen viel zu dunklen Teint. Ich war irritiert. Mir war nicht nach Small Talk oder Flirten zumute. Sam Adams und Trevor Hilson waren okay, aber alle anderen konnten mich mal. Ich war gerade dabei, aufzustehen, als die Dame sagte: »Trevor hat mich vorgewarnt, dass Sie so reagieren würden.«

Ich ließ mich wieder auf den Hocker fallen. »Wo ist Trevor?«

»Er lässt sich entschuldigen.«

»Ich mich auch«, sagte ich und stand endgültig auf.

»Wir brauchen Ihre Hilfe.«

Das war kein Grund, meine Entscheidung zu revidieren. So lief das nicht bei mir. Ich hob abwehrend die Hand. Wenn Hilson wollte, dass ich jemanden traf, dann würde er mich persönlich vorstellen oder vorab informieren. Es konnte also nicht allzu wichtig sein.

»Wir brauchen einen Psychologen!«, rief sie mir nach.

Ich verließ das BoneYard, ohne mich nochmals umzudrehen. An einem anderen Tag hätte ich vielleicht anders reagiert. Aber ich war enttäuscht, weil Hilson nicht gekommen war, einfach müde von der langen Reise und hatte nicht die geringste Lust auf dienstliche Gespräche. Und dieses Rendezvous mit der Dame würde ich Hilson übel nehmen, wenn er tatsächlich dafür verantwortlich war. Ich textete ihm: »Schönen Dank auch.«

Keine halbe Minute später kam die Antwort: »Tut mir wirklich leid. Hatte noch keine Zeit, dich anzurufen. Erinnerst du dich noch an Ted Williams? Ich hatte ihm gegenüber erwähnt, dass du zurück bist. Er hat deinen Namen beim FBI ins Spiel gebracht … Es ist ein neuer Auftrag. Ganz deine Kragenweite. Und sehr gut bezahlt. Sprich mit Brenda. Bitte.«

»Ich bin raus, Trev«, schrieb ich zurück.

»Ein letztes Mal. Es ist wirklich wichtig. Musst auch nicht mehr ins Ausland.«

Ich war schon auf der anderen Straßenseite, starrte Luftlöcher in den Himmel und presste die Lippen aufeinander. Was war da los? Sollte ich wirklich noch einmal … Ich war seit über zehn Jahren weg vom Boston PD und von Ted Williams. Und was zum Teufel hatte Williams mit dem FBI und Stealth Parachute zu tun?

Mit einem Mal überfiel mich eine grenzenlose Müdigkeit. Ich steckte mitten im Jetlag und konnte keinen klaren Gedanken fassen. Bevor ich wusste, was ich tun sollte, sah ich die Dame aus dem BoneYard kommen. Sie hatte mich noch nicht gesehen, was mir intuitiv sagte, dass sie nicht an Feldarbeit gewöhnt war. Im Gegensatz zu mir.

Kurzerhand überquerte ich die Straße und rannte ihr hinterher. Wenn Hilson sagte, der Auftrag wäre wichtig, dann war er das auch. Nur die Art der Kontaktaufnahme hatte mich gestört. Ich schluckte mein Ego hinunter – wieder einmal, wie so oft in den letzten Jahren. Darin war ich ziemlich gut geworden. Als ich ihr nahe genug gekommen war, rief ich: »Ich kannte mal eine Brenda in Pittsburgh.«

Wie von der Tarantel gestochen drehte sie sich um. »Mein Gott, haben Sie mich erschreckt!«

»Ich weiß. Was läuft hier?«

»Wollen wir das auf offener Straße besprechen?«

»Gehen wir in den Starbucks.« Ich nickte in Richtung Hafen. Das Café war keine Viertelmeile die Straße runter. Zumindest war er das bei meinem letzten Besuch in Boston noch gewesen …

Ich nutzte den kleinen Spaziergang, um mir meine neue Bekanntschaft aus den Augenwinkeln mal etwas näher anzuschauen. Sie war deutlich älter als ich, vermutete ich, vielleicht Ende vierzig. Ihre schwarzen Locken waren vermutlich gefärbt und sie hatte sie zu einem Zopf nach hinten gebunden. Das hellgraue Kostüm, das sie trug, ließ sie trotz der Stöckelschuhe klein wirken. Sie hatte knallroten Nagellack aufgetragen, der einfach überhaupt nicht zu ihrer etwas biederen Erscheinung passte. Offensichtlich war sie sonst legerer unterwegs. Wegen mir hätte sie das Kostüm nicht tragen müssen, daher vermutete ich, dass ich nicht ihr erster Termin an diesem Tag gewesen war.

Wir hatten Glück. Starbucks war noch genau da, wo ihn meine Erinnerung verortet hatte. Wir bestellten jeder ein Getränk und quetschten uns in eine Ecke an einen runden Tisch aus dunklem Holz, der irgendwie altmodisch wirken sollte, für zwei Personen aber definitiv zu klein war.

»Wie lange werden Sie hier sein?«, fragte sie.

»Für immer. Ich bin raus. Aber das ist meine persönliche Geschichte. Nur der Höflichkeit halber: Wer sind Sie?«

»Mein Name ist Brenda Collins. Ich bin Special Agent beim FBI.«

»Sie scheinen eine clevere Frau zu sein. Wie ich höre, arbeiten Sie mit Ted Williams vom Boston PD zusammen. Das wirft ein paar Fragen auf ...«

»Moment mal, was wird das hier?«

»Ted Williams ist ein Psychopath. Es gibt nur einen Weg, mit ihm klarzukommen, und das ist möglichst schnell das Weite zu suchen.«

»Das haben Sie ja erfolgreich geschafft. Und trotzdem hat er Sie vorgeschlagen.«

»Dann muss er wirklich verzweifelt sein. Aber ich arbeite nicht mehr für ihn. Nie wieder.«

»Ich weiß. Aber vielleicht arbeiten Sie mit mir?«

Ich runzelte die Stirn und trank einen Schluck von meinem Cappuccino, den Starbucks wegen der zusätzlichen Milch »Flat White« nannte. Das Zeug war trotzdem oder gerade deswegen geschmacklos. Nichts im Vergleich zum Touba-Kaffee, den ich in den letzten Monaten im Senegal schätzen gelernt hatte. Ich ärgerte mich, fast sieben Dollar für dieses Gesöff gezahlt zu haben. Preise in Boston ... Daran musste ich mich nach längerer Abwesenheit erst wieder gewöhnen.

»Reden wir Klartext«, sagte ich, »denn diese Plörre wird mich nicht lange wachhalten.«

Collins lachte zum ersten Mal. Sie legte eine Hand in ihren Nacken. Dabei sah sie fast mädchenhaft aus. Ich vermutete, es war eine Geste der Verlegenheit. Ich lächelte unwillkürlich, doch Brenda Collins hatte keine Zeit für Small Talk. »Wir suchen jemanden für eine sehr heikle Mission, jemanden, der Undercover-Erfahrung hat, der sich anpassen kann. Ihr Abschluss in Psychologie, ihre Polizeierfahrung und Ihre Laufbahn in der Army machen Sie zum idealen Kandidaten. Ich bin heute extra für Sie aus D.C. hergeflogen.«

»Oh«, rief ich, »dann sollte ich mich wohl geehrt fühlen ...
gilt Ihr Aufzug wohl doch mir?«

Collins schmunzelte nur.

»Um was genau geht es bei Ihrem Auftrag?«

»Wie schon angedeutet: um einen Undercover-Einsatz.«

Ich machte eine Handbewegung, um ihr zu sagen, sie solle
weitersprechen. Aber sie lehnte sich nur zurück und lächelte mich
nebulös an.

»Ich trinke jetzt meinen Kaffee aus. Dann gehe ich. Ohne
nähere Informationen habe ich kein Interesse, egal was Trevor
sagt.«

»Überlegen Sie es sich noch einmal. Sie sagten, Sie wären raus.
Wenn Sie Ihre Sache gut machen, bieten wir Ihnen vielleicht etwas
Festes an. Beim FBI. Keine Auslandseinsätze mehr, kein Leben
auf einer staubigen Militärbasis, sondern gemütliche Beraterjobs
von zu Hause aus. Eine Familie gründen. Neu anfangen. Hört
sich das gut an?«

»Hm. Klingt fast zu gut, als ob Trevor mich loswerden will ...
Dabei bin ich derjenige, der die Firma verlassen hat.«

Sie lachte erneut. »Nein. Ganz im Gegenteil. Er sagt, Sie seien
sein bester Mann. Und er will Ihnen eine Tür offenhalten, falls
Sie es sich doch noch einmal anders überlegen. Seine Worte ...
nicht meine.«

Ich schnaufte und fuhr mir über die stopplige Glatze, die
dringend eine Rasur brauchte. »Wenn Sie mir nichts Genaueres
sagen, Brenda ...«

»Kommen Sie mit aufs Präsidium. Unterschreiben Sie eine
Verschwiegenheitserklärung, dann erfahren Sie alle Details. Das
finanzielle regelt Trevor Hilson mit dem Auftraggeber.«

»Ach, das FBI ist nicht der Auftraggeber? Ich verstehe nicht ...«

Collins schüttelte nur den Kopf.

»Und wenn ich Nein sage?«

»Wird Hilson jemand anderes suchen müssen. Jemand, der

weniger qualifiziert ist als Sie. Und Ihr ehemaliger Chef wird sicherlich nicht begeistert sein.«

»Hm. Und später im Präsidium, nachdem Sie mich in Ihre Staatsgeheimnisse eingeweiht haben, kann ich immer noch ablehnen?«

Collins nickte.

»Wird Williams dort sein?«

»Ja. Aber er ist nicht Leiter dieser Operation.«

Ich atmete tief durch. »Muss ich unbedingt jetzt mitkommen?«

Collins nickte. »Im Gegensatz zu Ihnen habe ich eine Familie. Und heute Abend wäre ich gern wieder in Washington.«

»Okay ... offenbar wissen Sie ein paar Dinge über mich. Hat Trevor etwa zu viel geplaudert?«

»Nein, das habe ich nicht von ihm. Ich habe mir Ihre Akte von der Army schicken lassen.«

»Ach so? Ich dachte, so etwas dauert Wochen.«

»Nicht, wenn man die richtigen Beziehungen hat.«

»Hah. Die haben Sie offensichtlich ... Und es gibt wirklich eine Option für mich beim FBI? Oder ist das nur ein Köder?«

Collins nickte. »Ihr Gehalt würde vermutlich nur ein Bruchteil von dem betragen, was Hilson Ihnen für Ihre Aufträge zahlt. Aber interessante Arbeit werden Sie bekommen. Das verspreche ich Ihnen.«

Mit einem großen Schluck leerte ich meine Tasse. »Dann wollen wir mal«, sagte ich. Es war weniger Überzeugung als Neugier. Aber zu diesem Zeitpunkt wusste ich noch nicht, worauf ich mich einlassen sollte ...

Kapitel 2

Wir standen fast eine Stunde im Stau, um vom Hafen stadtauswärts zum Präsidium am Schroeder Plaza zu gelangen. Der Verkehr am Freitagabend in Boston war eine Zumutung. Er war schon immer schlimm gewesen, aber so schlimm hatte selbst ich ihn nicht mehr in Erinnerung ... Auf einem Dromedar wie im Senegal wäre ich schneller gewesen als mit dem Auto. Aber Amerika war ja so fortschrittlich ... Alle Auffahrten auf den I-93 waren blockiert und es gab kilometerlange Staus in alle Himmelsrichtungen. Und all das nur, um die Stadt für das Wochenende zu verlassen. Wer es sich leisten konnte, fuhr nach Cape Cod, der Rest irgendwo auf das Land. Früher hatte ich das auch gemacht, war einer der Stadtflüchtigen gewesen, wenn der Dienstplan es zugelassen hatte. Cape Cod war ein wunderbarer Ort, all dem Großstadtmief zumindest für ein paar Stunden zu entkommen. Dort konnte ich schon immer gut nachdenken, die Seele baumeln lassen. Inzwischen war es am Wochenende ruhiger in der Stadt, wenn die Mehrheit ausgeflogen war. Es machte keinen Sinn mehr, sich in den Stau zu stellen, nur um dann am Zielort festzustellen, dass die Leute, vor denen man eigentlich hatte fliehen wollen, über Airbnb den Bungalow gleich nebenan gemietet hatten.

Während ich an früher dachte, schien Collins die Gelegenheit zu nutzen, sich ihre Probleme von der Seele zu reden. Keine

Ahnung, warum Leute das bei mir machten und erwarteten, dass das für mich okay war. Offensichtlich zog ich ein solches Verhalten an. Es muss wohl an meiner ausgestellten Freundlichkeit liegen. Collins hatte mich während der Fahrt in das Arbeitsverhältnis zu ihrem Chef eingeweiht. Ich hatte ihr nur halb zugehört und aus Höflichkeit ab und zu eine Frage gestellt, war zwischendurch immer wieder in meine eigenen Gedanken abgetaucht. Und ich war immer noch verdammt müde. Sie dagegen hatte fast jede Hemmung verloren, redete ununterbrochen, wahrscheinlich, weil sie wusste, dass ich nicht zum Bureau gehörte, und nichts von dem, was sie mir erzählte, weitergab. Ihr Vorgesetzter sei cholerisch, nehme sie oft nicht ernst und frage sie nie um Rat. Das war typisch für bestimmte Persönlichkeitstypen. Da waren die Unersetzbaren, ohne die der Laden nicht lief. Die gingen auch nie freiwillig in den Ruhestand, arbeiteten lieber bis zum Umfallen. Und dann gab es noch die notorischen Besserwisser wie Ted Williams, der mich über irgendwelche Umwege an das FBI empfohlen hatte. Das Ganze kam mir noch immer wie ein Witz vor. Plötzlich hatte ich ein Grinsen auf den Lippen.

»Finden Sie das lustig?«, fragte Collins mich sofort, weil sie während des Staus statt nach vorn immer in meine Richtung schaute. Ich ignorierte ihre Frage. Dann bog sie auf einen Parkplatz ein. Nach einer Stunde ihrer wortreichen Job-Beichte hatte ich genug gehört: »Sie sollten mehr Wertschätzung für Ihre Arbeit einfordern«, sagte ich, als wir aus dem Auto stiegen. »Und wenn sich das nicht bessert, sich ernsthaft nach einer Alternative umsehen.«

Sie schaute mich erstaunt an.

»Vielleicht haben Sie nur ein Kommunikationsproblem. Ihr Chef verlässt sich darauf, dass Sie die richtigen Entscheidungen treffen. Er will nur grob über den Fortgang der Ermittlungen informiert werden, keine Details. Das gibt Ihnen das Gefühl, dass er Sie ignoriert. Aber vielleicht vertraut er Ihnen ... Oder aber er ist einer dieser Unbelehrbaren. Dann können Sie sich jede Mühe sparen.«

»Okay«, sagte sie unsicher. »Wenn Sie meinen ...«

»Nehmen Sie sich eine ruhige Minute mit ihm und finden Sie es heraus. Sagen Sie ihm direkt, wie Sie sein Verhalten empfinden. Wenn er darauf nicht reagiert, ist sowieso Hopfen und Malz verloren.«

»Hm.«

Wir betraten das gläserne Gebäude. Collins führte mich in einen Besprechungsraum im ersten Stock. Dann verschwand sie kurz und kam mit zwei Styroporbechern Kaffee zurück.

»Der wird Sie wach halten ...«

»Oh nein«, sagte ich, als sich die Tür hinter ihr wieder öffnete. »Der wird mich wach halten«, murmelte ich.

Ted Williams stand mit seiner imposanten Statur im Türrahmen. Er war schon immer ein kräftiger Kerl gewesen, aber in den letzten zehn Jahren war er nicht nur grau geworden, sondern hatte auch einen gefühlten Zentner am Bauch zugelegt. Dazu kamen ein paar Millimeter säuberlich gekürzter Stoppeln im Gesicht, aus dem er mich wie ein Vollmond anlächelte. Sofort stellten sich mir die Nackenhaare auf. Erinnerungen wurden wach. Schlechte Erinnerungen. Als Mitglied von seiner Ermittlungsgruppe hatte ich schon damals gespürt, dass etwas nicht stimmte. Ständig war er unzufrieden, nörgelte vor den Kollegen an mir herum, fühlte sich großartig, wenn ich einen Fehler gemacht hatte. Dass Ted Williams ein Narzisst allererster Güte war, wurde mir erst später klar, nachdem ich das Boston PD verlassen und das Psychologiestudium begonnen hatte. Und wie alle Narzissten konnte Williams unglaublich charmant sein. Diese toxische Kombination machte ihn schon damals sehr erfolgreich – leider.

»Oh, wen haben wir denn da?«

»Na, Ted, schon Polizeipräsident?«

»Vizepräsident«, sagte er mit einem selbstgefälligen Lächeln.

»Hm. Hätte nicht gedacht, dass wir uns noch mal über den Weg laufen.«

»Die Welt ist klein, Junge.«

Ich holte tief Luft. »Junge.« Wie sich das schon wieder anhörte. Augenblicklich spürte ich ein Pochen in meinen Schläfen. Wenn er versuchte, mir über den Kopf zu streicheln, würde ich ihm eine verpassen. Auch wenn Collins dabei wäre. Das wäre es mir wert. Aber Williams setzte sich nur zu Collins und mir an den Tisch. Dann schob er mir einen Zettel zu.

»Die Geheimhaltungsvereinbarung.«

Ich überflog die Paragraphen, Staatsgeheimnis, lebenslange Haft, Gespräche nur mit den hier Anwesenden. Standardkram. Ich unterschrieb.

»Jetzt alle Karten auf den Tisch.« Ich grinste Williams provokativ an.

Er verschränkte die Arme, rümpfte die Nase und faltete das Papier akkurat in der Mitte.

Collins war durch die Verzögerungstaktik sichtlich genervt. »Was wissen Sie über die McCrays«, fragte sie mich schließlich, damit irgendetwas vorwärtsging.

Ich runzelte die Stirn. Damit hatte ich nicht gerechnet … »Sie meinen die McCrays? Aus Waltham, Massachusetts, gleich die Straße runter?«

»Genau die.«

»Nicht viel. Eine reiche Industriellenfamilie. Soweit ich weiß, gehört ihnen eine Privatbank mit Filialen im ganzen Land. Ihr Vermögen stammt aus Stahlwerken im Rust Belt. Außerdem haben sie Anteile an einer Biotech-Firma in Cambridge. Ja, ich erinnere mich, wir hatten einmal ein gemeinsames Projekt mit Pierce Biotech an der Universität. Sie haben die Studien finanziert. Aber die McCrays sind wahrscheinlich noch an zig anderen Unternehmen beteiligt.«

Williams winkte ab. »Die McCrays haben zwei Kinder, eine

Tochter namens Crystal und einen Sohn namens Blake. Ich kenne die Familie McCray übrigens persönlich. Sehr nette Leute.«

»Schön für Sie. Und?«

»Die Tochter, Crystal, hat sich einer radikalen Umweltschutzorganisation angeschlossen und sich seitdem stark verändert. Sie spricht nur noch mit ihren Eltern, wenn sie die Organisation weiterhin mit Spenden unterstützen.«

»Seit wann kümmert sich das FBI um Familienprobleme?«

»Na ja, die Gruppe macht immer öfter mit riskanten, aggressiven Aktionen auf sich aufmerksam.«

Ich schaute von Collins zu Williams. »Ganz ehrlich, ich weiß nicht, warum wir hier sind ...«

Williams lehnte sich zurück und verschränkte die Arme vor der Brust. »Nun, eigentlich ist die Antwort ganz einfach: Die McCrays hätten ihre Tochter gern zurück – und zwar die Tochter, die sie vor einem Jahr verloren haben.«

»Okay, sagen Sie ihnen, Ted, dass sie den Geldhahn zudrehen sollen. Nach einem gehörigen Krach und großen Geschrei löst sich das Problem normalerweise von allein.«

»Danke für den Vorschlag. Daran hätten wir nie gedacht. Aber das geht leider nicht«, sagte Williams mit einem dümmlichen Grinsen.

Ich ignorierte seinen überheblichen Ton, schaute wieder von einem zum anderen.

Schließlich sagte Collins: »Sie ist eine vorlaute Koksnase, ein bisschen leichtsinnig und ein bisschen dumm. Wenn die Eltern ihr das Taschengeld, wie Crystal es nennt, streichen, wissen wir nicht, wie groß das Problem noch werden wird.«

»Es geht nicht um ungewaschene Demonstranten mit Plakaten«, warf Williams ein.

»Sondern?«

»Na ja, Crystals Freunde sind schon etwas krasser drauf ...«

»Soll heißen?«

Keine Antwort. Langsam begann mich der Eiertanz zu langweilen. Ich schaute Collins an, weil Williams mich sowieso nur hinhalten würde.

»Es gibt eine weitere kleine Erpressung, die wir bisher aber nicht zur Aktivistengruppe zurückverfolgen können. Wir vermuten aber einen Zusammenhang.«

»Aha ...«

»Bei Pierce-Biotech flattern in unregelmäßigen Abständen anonyme Bombendrohungen ein. Zweimal musste bereits eine Hundestaffel anrücken und das Gelände absuchen. Der Produktionsausfall ging jedes Mal in die Millionen. Wir können nichts beweisen, aber diese Briefe kamen immer, nachdem die Eltern mit Crystal gesprochen und angedroht hatten, die Zahlungen einzustellen.«

Ich räusperte mich. »Über welches Taschengeld reden wir denn hier?«

»Fünfzigtausend Dollar im Monat.«

»Puh.«

»Das sind Milliardäre«, sagte Williams, als ob das etwas ändern würde.

»Ihr glaubt also, dass die Tochter ihre Eltern mit einem Bombenanschlag – real oder nicht – erpresst? Das klingt ziemlich verrückt.«

»Tja«, sagte Collins. »Die Eltern wollen Ihre Tochter zurück, bevor Schlimmeres passiert. Aber wir kommen nicht an sie heran ... Wir können Crystal auch nicht festnehmen, weil sie ein Anwalt innerhalb einer halben Stunde wieder freibekommen würde. Wir haben schlicht keine konkreten Beweise für eine Täterschaft. Deshalb haben die alten McCrays Ted kontaktiert, der wiederum meinen Chef Bruce Marshall beim FBI kontaktiert hat. Bruce hat dann nach einigem Hin und Her die Zusammenarbeit mit einem privaten Militärunternehmen vorgeschlagen, Ted hat Sie und Stealth Parachute ins Spiel gebracht.«

»Dann darf ich im Auftrag von Trevor Hilson, dem Vorstandsvorsitzenden von Stealth Parachute, meinen Dank für das Vertrauen aussprechen.«

Collins lächelte mich an. Ob das an der umständlichen Formulierung lag oder an meinem freundlichen Tonfall, konnte ich nicht sagen. Sie räusperte sich. Williams fiel ihr ins Wort: »Wir vom Boston PD unterstützen das natürlich, denn der Polizeipräsident Bostons und der Gouverneur wollen auf keinen Fall, dass sich die Gruppe nach Massachusetts ausbreitet. Bisher haben sie nur im Großraum D.C. operiert.«

»Ach so. Daher weht der Wind. Und was genau soll ich dazu beitragen?«

Collins und Williams sahen sich gegenseitig an. »Sie sollen die Gruppe infiltrieren.«

Mir klappte die Kinnlade herunter. »Infiltrieren? Wie stellen Sie sich das vor? Wie alt ist Crystal McCray überhaupt?«

»Zweiundzwanzig.«

Williams schob mir ein Foto rüber, auf dem ein Mädchen mit langen braunen Haaren unschuldig in die Kamera lächelte. Sie hatte Lippenstift und etwas Rouge aufgetragen – viel zu viel für meinen Geschmack. Es war ein typisches Jahrgangsbild, aufgenommen von einem drittklassigen Fotografen und vermutlich schon einige Jahre alt. Ich kannte diese Art Fotos. Massenmörder und Terroristen sahen auf ihnen aus, als könnten sie kein Wässerchen trüben. Meine Begeisterung für diese Mission sackte in den Keller. Mit einem Kopfschütteln sagte ich: »Leute, ich bin sechsunddreißig. Ich glaube nicht, dass ich einen Draht zu ihr finde. Zumal sie nicht in meinem Metier unterwegs ist. Und ich bin ein hundsmiserabler Babysitter.«

»Sie ist die Anführerin einer Gruppe Umweltschützer, die sich die Eternal-Earth-Group nennt. Die Gruppe rekrutiert sich vor allem aus dem studentischen Umfeld. Sie sind doch Akademiker ... und kommen vom Land. Die Gruppe wohnt auf einer Farm in

Virginia. Alles sieht so verdammt idyllisch aus, aber wir glauben nicht an die Fassade.«

»Finden Sie einen Studenten dafür, Brenda. Ich bin zu alt.« Ich schob das Bild wieder zu Williams hinüber.

»Wir alle müssen manchmal Dinge tun, Junge, um die Welt ein bisschen besser zu machen. Das nennt man Opfer bringen ...«

Das war eindeutig zu viel. Ich stieß den Stuhl zurück, beugte mich über den Tisch zu Ted Williams und brüllte ihn an: »Welches Opfer haben Sie in Ihrem Leben schon gebracht, Ted? Hm? Haben Sie mal einer Frau die Tür aufgehalten? Oder einem Kollegen einen Kaffee spendiert? Sie sind so unglaublich großartig. Lecken Sie mich am Arsch. Ich habe Ihr selbstgefälliges Geschwätz so satt. Sie haben sich kein bisschen verändert. Und das meine ich nicht als Kompliment.«

Mit diesen Worten stürmte ich aus dem Konferenzraum. Auf dem Parkplatz atmete ich erst einmal tief durch. Dann sah ich mich suchend um. Ich kannte mich in diesem Teil der Stadt nicht so gut aus. Mein Smartphone wies mir den Weg zur nächsten T-Haltestelle. Sie war nur ein paar Gehminuten die Straße hoch. Sofort lief ich los, ohne mich noch einmal umzudrehen.

In der U-Bahn ließ ich das Gespräch noch einmal Revue passieren. Ich ärgerte mich über meinen Wutausbruch. Mein Verstand sagte mir, dass das falsch gewesen ist. Ted Williams war der geborene Manipulator. Er war das Problem, nicht ich. Trotzdem fühlte ich mich schlecht. Ich hatte eigentlich erwartet, über die ganze Sache von damals hinweg zu sein. All die Demütigungen, all die Machtspielchen, jeder gegen jeden und Williams gegen alle ... Aber allein Williams' Anwesenheit hatte bewirkt, dass bei mir erneut die Sicherungen durchgebrannt sind. Williams hatte gewonnen – wieder einmal. Geschlagen versank ich in der Sitzbank der U-Bahn.

Auf der anderen Seite, was hatte ich schon verpasst? Einen beschissenen Auftrag weniger ... Die McCrays ... Tsss. Sollen die stinkreichen Snobs doch ihre Familienprobleme selbst lösen. Trevor Hilson würde ich das schon erklären können ...

Eine halbe Stunde später schlenderte ich über den Broadway in Cambridge nach Hause. Ich wollte nur noch unter die Dusche und dann ins Bett. Ich war noch einen Block von dem Apartmenthaus entfernt, in dem ich wohnte, als ich den gemieteten Ford von Brenda Collins quer in der Einfahrt stehen sah. Sie lehnte sich mit verschränkten Armen an das Auto. Ungläubig schüttelte ich den Kopf. Wie hatte sie so schnell hier sein können? Ich dachte kurz daran, umzudrehen. Aber Fehlanzeige. Sie hatte mich bereits gesehen, öffnete die Wagentür und bedeutete mir, einzusteigen.

»Brenda ...«

»Ted Williams ist ein Idiot«, unterbrach sie mich. »Ich werde dafür sorgen, dass Sie ihn nicht mehr sehen müssen.«

Schnaufend ließ ich mich ins Auto fallen. Sie setzte sich auf den Fahrersitz und zog eine Akte hervor. »Crystal McCray ist der Kopf der Eternal-Earth-Group. Sie hat ihr Biologiestudium an der Georgetown University abgebrochen. Das ist ein aktuelles Foto von ihr.« Collins reichte mir ein Bild, auf dem eine blonde Frau mit kurzen Haaren ein Transparent mit der Aufschrift »Keine Folter für den Fortschritt« hochhielt. Daneben stand ein ebenfalls blonder Typ, mit einem Plakat, auf dem stand: »Tierrechte sind Menschenrechte.« Die Demonstrantin hatte keine Ähnlichkeit mit dem Bild aus dem Jahrbuch, das Williams mir gezeigt hatte. »Von ihrem Taschengeld mietet sie den Hof in Virginia und lässt die anderen umsonst dort wohnen.«

»Wie viele sind es?«

»Zwischen fünf und acht. Wir wissen es nicht genau.«

»Warum ist sie so abgedriftet?«

»Auch das wissen wir nicht genau. Sie hat einen Freund, Oscar Michael Walden, genannt Mickey, hier rechts.« Sie deutete auf den Typen mit dem Tierrechtsplakat. »Er ist ein ehemaliger

Informatikstudent, der Verbindungen zur autonomen Szene hat. Seit sie sich kennen, haben ihre Eltern jedenfalls eine starke Veränderung an ihr bemerkt.«

Ich überlegte einen Moment, ob ich meine Fragen stellen sollte. Eigentlich hatte ich mit dem Auftrag schon abgeschlossen. Jedes weitere Interesse würde Collins als kleinen Sieg für sich deuten. Ich weiß nicht, warum ich trotzdem nachfragte, obwohl alles in mir dagegen rebellierte. Vermutlich war ich einfach übermüdet, oder ich fand ihre Verlegenheitsgeste mit der Hand im Nacken sympathisch. »Wann hat Crystal das letzte Mal mit ihren Eltern gesprochen?«

»Ist schon eine Weile her. Das war etwa vor drei Monaten. Seitdem spricht sie mit ihrer Mutter nur, wenn ihr Taschengeld zu spät eingeht. Beim letzten Kontaktversuch über einen Journalisten, der sie überreden sollte, aus der Gruppe auszusteigen, haben die Alten ein anonymes Paket vor der Haustür vorgefunden, in dem ein totes Ferkel lag. Bei Pierce Biotech wird an Schweinen geforscht.«

»Hm. Und der Bruder?«

»Blake? Der sagt, er habe auch keinen Kontakt. Weder zu ihr noch zu Mickey.«

»Glauben Sie ihm?«

»Ich kann nichts anderes beweisen.«

»Aber Sie sind sicher, dass das nicht nur ein paar Spinner sind?«

»Tja, das ist genau der Knackpunkt. Ich habe meine Meinung, Marshall, mein Chef, eine andere. Fest steht, dass die Gruppe Chemikalien auf verschiedenen Agrarmärkten gekauft hat. Bisher legal. Vor allem Düngemittel. Das macht Sinn. Sie betreiben eine Farm. Bei einer Rettungsaktion mit einem Helikopter in dem Ort, in dem sie wohnen, haben uns die Einsatzkräfte einen Krater auf einem der Felder gemeldet. Bei einem Überflug haben wir das hier gefunden.« Sie zeigte mir eine Luftaufnahme eines

Getreidefeldes. In der Mitte klaffte ein großes schwarzes Loch im Korn. »Ich brauche wohl nicht zu sagen, dass das Feld inzwischen vertrocknet ist und nie abgeerntet wurde?«

Ich strich mir über die stoppelige Glatze, dann rieb ich mir den Bart. Ich wollte nur noch ins Bett …

»Nehmen Sie Kontakt auf, schauen Sie, ob Sie etwas herausfinden können.«

»So einfach ist das nicht …«

»Nein. Aber die McCrays zahlen gut. Neben Ihrem Honorar von Stealth Parachute erhalten Sie jedes Jahr zweihundertfünfzigtausend Dollar für fünf Jahre, wenn Sie es schaffen, Crystal nach Hause zu bringen. Das haben mir die Eltern versichert.«

Ich pfiff durch die Zähne. »Das Geld ist nicht der Punkt. Sie wissen, wie das ist. Infiltration ist eine komplexe Angelegenheit. Ich werde auch an einigen Aktionen teilnehmen müssen, um Crystals Vertrauen zu gewinnen.«

»Als Informant des FBI bleiben Sie straffrei, wenn Sie das meinen.«

Ich nickte.

»Sie müssten am Montag nach Washington kommen. Für Mittwoch ist eine Demonstration am Lincoln Memorial geplant. Wir gehen davon aus, dass die Eternal-Earth-Group dort sein wird.«

»Kein Ted Williams mehr?«

»Kein Ted Williams mehr.«

»Und der Job beim FBI? War das ein Köder?«

»Nein. Wir könnten einen Psychologen in unserer Gruppe gut gebrauchen, nachdem dieser Auftrag erledigt ist. Ich hoffe, Sie haben etwas gespart. Ein hohes Gehalt ist das Einzige, was wir ihnen nicht bieten können …«

»In welcher Gruppe arbeiten Sie eigentlich?«

»Anti-Terrorismus.« Sie legte ihre Hand auf meine Schulter. »Okay?«

Ich überlegte einen Moment. Collins gefiel mir. Sie war direkt und hatte Fingerspitzengefühl bewiesen, mir Williams vom Hals zu schaffen. Mal schauen, ob sie mit dem FBI-Job Wort hielt. Allein deswegen würde ich schon auf ihr Angebot eingehen – nur um zu sehen, was für ein Typ Mensch sie war.

»Okay.«

»Dann sehen wir uns am Montag. Ich schicke Ihnen Ihr Flugticket per Mail.«

Wir verabschiedeten uns. Ich schaute noch kurz ihrem Auto nach, dann ging ich nach oben in meine Wohnung. Ich wusste nicht, ob ich die richtige Entscheidung getroffen hatte. Sollte ich wirklich zurück zur Polizei? Auf der anderen Seite – ein fester Job in D.C. wäre etwas ... bodenständiger. Vielleicht wäre ich dann zur Abwechselung auch weniger müde ...

Ich zog mich aus und öffnete das Fenster. Dann legte ich mich auf das Bett. Ich dachte daran, dass ich eigentlich noch duschen wollte. Ohne das Fenster zu schließen, schlief ich ein.

Kapitel 3

Brenda Collins hatte mir ein Ticket für den 06:00-Uhr-Flug am Montagmorgen geschickt. Ob es ihr wichtig war, dass ich vor 09:00 Uhr in Washington ankommen würde, oder ob das Bureau durch den frühen Flug nur Geld sparen wollte, konnte ich ihrer E-Mail nicht entnehmen. Auf jeden Fall musste ich extra ein Taxi zum Flughafen nehmen, um überhaupt pünktlich am Gate zu sein.

Als ich mich gegen 08:45 Uhr beim Portier des J. Edgar Hoover Buildings in Washington meldete, entpuppte sich der frühe Flug als Teambuilding-Maßnahme. Die Kollegen von der Anti-Terror-Einheit waren telefonisch nicht vom Portier erreichbar. Sie waren in der Frühstückspause. Um die Wartezeit zu vertreiben, bot mir der Herr am Empfang an, mich zu setzen und mir ein Glas Wasser aus dem Wasserspender zu holen. Misstrauisch beäugte ich den durchsichtigen Plastikbehälter und lehnte dankend ab. Das Ding stand direkt am Fenster in der Sonne. Der Standort machte das Wasser zum idealen Nährboden für alles, was darin wachsen wollte. Wer wie ich lange in Afrika unterwegs gewesen war, ließ sich auf so ein Angebot nicht mehr ein.

Eine halbe Stunde später betrat Collins in dunklem Kostüm, knallroter Bluse und hochhackigen Schuhen den Warteraum. Ihr Outfit zog meinen Blick magisch an. Sie sah richtig gut aus – richtig ... sexy. In der Hand hielt sie einen Pappbecher Kaffee, der so primitiv wirkte, dass er im krassen Kontrast zu ihrer sonst eleganten Erscheinung stand. Mit meiner »sportlichen« Kleidung wirkte ich gegen sie maximal underdressed. Aber ich musste ja nicht mir ihr harmonieren, sondern mit den Aktivisten ...

»Oh, ist der für mich?«, rief ich ihr provokativ entgegen, um ein Lächeln in ihr ernstes Gesicht zu zaubern, und erhob mich.

»Nein, ich wusste nicht, dass Sie schon da sind.«

»Wirklich? Sie haben mir doch das Flugticket geschickt ...«

»Äh ... nein. Das waren die Kollegen von der Buchhaltung. Da steht in der E-Mail zwar mein Name als Absender drin, aber die haben das für mich gemacht. Und sie haben vergessen, mir Bescheid zu geben.« Sie winkte resigniert ab. »Das ist alles sehr kompliziert.«

»Eine große Behörde eben. Schlimmer als beim Militär.«

»Oh ja. Amtsschimmel gibt es hier überall ...«

Sie wies den Pförtner an, mir einen Besucherausweis auszustellen, den ich mir an den Kragen meines ausgewaschenen T-Shirts heftete. Dann gingen wir zu den Aufzügen.

Sie führte mich in einen Besprechungsraum in der Nähe des Fahrstuhls, ohne dass ich einen Blick auf die Arbeitsplätze der Bundespolizisten werfen konnte. »Bekomme ich eine Führung?«

»Leider nein«, sagte Collins, »das müssen wir verschieben, wenn klar ist, dass Sie hier arbeiten. Sicherheitsvorschriften.«

»Aha.«

»Mein Chef, Bruce Marshall, wird gleich hier sein. Jetzt hole ich Ihnen einen Kaffee.« Sie verschwand aus dem Konferenzraum. Ich schaute mich um. Was für ein furchtbar schmuckloses Zimmer. Keine Fenster, kahle weiße Wände, ein weißer Tisch und rundherum vier schnöde, mit schwarzem Kunstleder bezogene Schwingstühle. Die einzige Zierde, wenn man das so nennen konnte, war die Polycom-Telefonspinne, die jemand achtlos auf ein ebenfalls weißes Sideboard gestellt hatte. Ich schob neugierig die Türen des Schrankes auf – leer. Enttäuscht von der Sterilität des Raums setzte ich mich. Das war definitiv nicht das VIP-Büro des FBI. Ich war nun tatsächlich gespannt auf das, was kommen würde, aber große Überraschungen sollte man bei einer Polizeibehörde nicht erwarten. Ich wippte mit dem Fuß. Mit verschränkten Armen überlegte ich, ob ich wirklich Interesse an einem solchen Bürojob hatte. Auf der anderen Seite war ich nun einmal hier. Über ein Rückflugticket hatten wir noch nicht gesprochen, und Collins hatte mir auch keines schicken lassen. Ich würde es also aus eigener Tasche bezahlen müssen, wenn sich dieses Gespräch als Luftnummer herausstellen sollte.

Kurz darauf öffnete sich die Tür. Endlich. Collins und ein ziemlich ernst dreinblickender Kollege in dunkelgrauem Anzug, weißem Hemd und schwarzer Krawatte betraten den Raum. Der Mann hatte eine Manila-Mappe unter dem Arm und nickte mir zu. Dann setzte er seine Brille auf, die er bisher in der Hand getragen hatte. Das war also der Mann, der Collins nicht ernst nahm. Er wirkte unscheinbar, blass. Aber wie ich von Ted Williams wusste, hatte das Aussehen rein gar nichts mit dem Verhalten zu tun. Ohne sich vorzustellen, sagte Collins' Vorgesetzter: »Schön, dass Sie Brendas Angebot angenommen haben, auch wenn ich den Einsatz von Externen in diesem Fall absolut missbillige.«

»Warum haben Sie den Einsatz dann nicht untersagt?«

Marshall zuckte mit den Schultern. »Es sind nicht meine Ressourcen. Die McCrays zahlen. Kann mir also egal sein.«

»Sie empfinden mich als überflüssig. Ist nicht das erste Mal. Ich nehme das als Kompliment.« Irritiert sah Marshall auf meine ausgestreckte Hand, die ich ihm trotz der ungalanten Ansage reichte. Er nahm sie an. Nach Collins Beschreibungen hatte ich nichts anderes von ihm erwartet. Doch dann wurde sein Ton konzillianter. Das Eis war gebrochen: »Wie ich höre, sind Sie unser Mann. Nennen Sie mich Bruce. Ich bin der Leiter der Anti-Terror-Abteilung.«

»Sir«, erwiderte ich nur.

»Auf der anderen Seite bin ich natürlich froh, einen Profi wie Sie an Bord zu haben.«

»Schon klar«, sagte ich. »Professionelle Kompetenz tut immer gut.«

»Na ja, …«

»Hören Sie, Bruce, ich mache keinen Hehl daraus, dass ich ein Legionär bin und meine Arbeit wegen des Geldes mache. Das verbindet uns, auch wenn ich wahrscheinlich dreimal mehr verdiene als Sie. Dass Sie meinen Einsatz überflüssig finden, habe ich verstanden. Das ist Ihr gutes Recht. Aber können wir jetzt zum Punkt kommen?«

Marshalls Gesicht versteinerte sich. Er schien neu zu überlegen.

»Ich bin mir nicht sicher, ob ich für diese Aufgabe überhaupt geeignet bin, Bruce. Ich bilde Soldaten aus und habe kaum Kontakt zu Studenten wie McCray. Das habe ich Brenda auch schon gesagt.«

Marshall hob die Schultern. Seine Mundwinkel zuckten, als deutete er ein Lächeln an. »Manchmal muss man einfach ins kalte Wasser springen. Das wissen Sie doch am besten …«

»Natürlich. Ich bade gern kalt. Aber gehe ich wirklich noch als Student durch?«

»Hm.« Marshall kratzte sich im Gesicht. »Sie könnten sich ja mal den Bart färben … Grün zum Beispiel.«

»Grün …«

»Das sieht auf jeden Fall total abgefahren aus.«

»Dann sehe ich aus wie ein Clown, Bruce, nicht wie ein Student.«

»Was meinst du, Brenda?«, fragte Marshall.

»Na ja … der Bart ist vielleicht ein bisschen lang.«

Ich winkte ab. »Okay, wenn wir uns einig sind, gehe ich nachher zum Friseur und lasse mich verjüngen. Ich habe ein paar alte Klamotten mitgebracht, die sollten als Studentenoutfit durchgehen.« Ich nickte in Richtung meines Handgepäcktrolleys.

Marshall hob die Akte demonstrativ hoch, ohne auf meine Bemerkung einzugehen. »Sie kennen sich grob aus?«

»Nur ganz grob. Crystal McCray, ein Typ namens Mickey, eine Farm in Virginia, ein Loch im Kornfeld. Das ist alles.«

»Gut. Es geht uns eigentlich nichts an, aber die McCrays sind sehr an einer diskreten Ermittlung interessiert. Sie möchten, dass ihre Tochter nach Massachusetts zurückkehrt.«

»Das ist sehr unwahrscheinlich, wenn sie die Gruppe anführt.«

»Das sehe ich auch so«, pflichtete Marshall mir bei. »Im Gegensatz zu Brenda sehe ich auch keine Eskalationen in den Aktivitäten der Gruppe, die den Einsatz des FBI rechtfertigen. Aber ...«, er zeigte auf Collins, »Brenda meint, es wäre nur eine Frage der Zeit und wir sollten die Gruppe genauer unter die Lupe nehmen. Zeigen Sie uns, wer recht hat. Versuchen Sie, in die Gruppe reinzukommen. Wir sind gespannt auf Ihren Bericht.«

Ich wog meinen Kopf hin und her. Auf dem Papier sah es immer verdammt einfach aus. Meistens scheiterten solche Pläne an der Realität. Zuletzt hatte mich das Pentagon mit meiner Einheit in den Senegal geschickt, um dort eine Spezialtruppe auszubilden, die bei Geiselnahmen und Kriegen zwischen Drogenbanden schnell im Inland eingreifen sollte. Leider waren die Rekruten sehr jung und hatten kaum Kampferfahrung. Wir mussten erst eine Grundausbildung durchführen, um die Jungs überhaupt einsatzfähig zu machen. Auf Geiselnahmen waren sie noch nicht vorbereitet. Nach den geplanten sechs Monaten wurden wir abgezogen, obwohl ich und viele andere freiwillig geblieben wären, um das Training fortzusetzen. Aber das Pentagon meinte, uns zurückholen zu müssen, um eine andere Truppe Legionäre zu schicken. Die würden zwar nicht bei null anfangen, aber es würde lange dauern, Vertrauen aufzubauen. Wenn die Verbindung hergestellt war, wurden sie wieder abgezogen. Es war immer das gleiche Spiel. Nachhaltigkeit war etwas anderes ...

»Wenn Sie mir die Akte geben, dann lese ich mich ein.«

Sofort krallte sich Marshall mit beiden Händen an der Akte vor ihm fest, als befürchtete er, ich würde sie ihm entreißen wollen.

»Nein, das geht auf gar keinen Fall. Darin befinden sich polizeiliche Ermittlungen. Und Sie sind kein Mitarbeiter meiner Abteilung.«

Ich bließ lautstark Luft durch die Lippen.

»Haben Sie irgendein anderes Dossier über die Mitglieder der Gruppe?«

»Sie müssen sich Ihr eigenes Bild machen. Wenn Sie aber vorab Fragen haben, können Sie sie jetzt stellen.«

»Wissen wir, ob es innerhalb der Eternal-Earth-Group rivalisierende Gruppierungen gibt?«, fragte ich, um mehr über die Aktivisten herauszufinden.

»Nein. Wir wissen nur, dass Mickey Verbindungen zur autonomen Szene hat. Er ist es auch, der McCray in die Gruppe geholt hat. Sie haben sich auf einer Uni-Veranstaltung in San Francisco kennengelernt. Sie hat dort ein Sommerpraktikum absolviert. Wir halten ihn für den Kopf der radikalen Aktionen, sie für die Finanzen zuständig – und die spirituelle Chefin.«

»Aber warum sollte er ihr den Platz an der Spitze überlassen, wenn er der Antreiber ist?«

»Die beiden sind ein Paar«, warf Collins ein. »Vielleicht steuert er sie.«

Ich sah sie irritiert an. »Beschreiben Sie mir Crystal McCray. Was sagen ihre Freunde über sie?«

»Sie ist ein eher schüchterner Typ, interessiert sich für Malerei, hat ein Pferd, das immer noch außerhalb von Boston auf sie wartet, und vor Mickey hatte sie keine Männergeschichten.«

Diese Beschreibung passte zu dem biederen Jahrgangsfoto, das Williams mir gezeigt hatte, aber nicht zu der Aktivistin mit dem Transparent in der Hand.

»Lassen Sie mich raten, Brenda, ist es das, was ihre Eltern über sie sagen?«

Marshall lächelte mich zum ersten Mal an. Collins antwortete: »Gut geraten. Wir haben ihre Freunde aus Diskretionsgründen nicht befragt. Wir haben keine Ahnung, was in ihr vorgeht und ob sie schon immer einen Hang zu Extremen hatte.«

»Zu viel Drogen? Sie hatten bei unserem letzten Gespräch angedeutet, dass sie irgendwas einwirft.«

»Kokain, ja, das ist belegt.«

»Erzählen Sie mir von der geplanten Aktion am kommenden Mittwoch.«

»Die Veranstaltung ist als normale Demonstration angemeldet. Die Eternal-Earth-Group und andere Gruppen werden einige Reden am Lincoln Memorial halten. Anschließend ist ein gemeinsamer Marsch zum Weißen Haus geplant. Die Sicherheitskräfte des Präsidenten sind bereits alarmiert.«

Nun war ich es, der Marshall angrinste.

»Was ist?«, fragte er nur.

»Am Lincoln Memorial standen früher Leute, die wirklich etwas zu sagen hatten. Martin Luther King jr., Lyndon B. Johnson, John F. Kennedy, Nelson Mandela ... Und jetzt Crystal McCray von der Eternal-Earth-Group. Ich kann mir vorstellen, was ich dort zu hören bekomme.«

Marshall zuckte mit den Schultern. »Mischen Sie sich unter die Demonstranten. Einige Polizisten in Zivil werden auch dort sein. Nehmen Sie Kontakt mit der Gruppe auf.«

»Interessant«, sagte ich, »Sie behaupten, McCray stelle keine Gefahr dar. Trotzdem sind Zivilpolizisten vor Ort ...«

»Es geht um die Sicherheit des Präsidenten.«

Ich lachte auf. »Alles klar.« Die Sache war also politisch.

»Sie können McCray nicht verfehlen. Sie wird eine Rede halten ...«

»Nein, nein, das ist es nicht. Angenommen, es gelingt mir tatsächlich, Kontakt aufzunehmen. Irgendwann werden sie mich auf die Probe stellen. Ich werde an Aktionen teilnehmen müssen, die nicht gesetzeskonform sind ... Brenda sagte bereits ... Ich würde es nur gern auch von Ihnen hören.«

»Vergehen gegen Sachen werden wir bereinigen. Von allem anderen müssen Sie sich fernhalten.«

»Okay.«

»Um mit Ihnen in Kontakt zu bleiben, haben wir Ihnen einen sicheren Kanal über einen Messenger eingerichtet. Schicken Sie uns darüber Ihre Berichte. Wenn es brenzlig wird und Sie mit Brenda sprechen wollen, merken Sie sich ihre Telefonnummer und rufen Sie sie an.«

»Alles klar. Muss ich sonst noch etwas wissen?«

Marshall und Collins sahen sich an und schüttelten die Köpfe. »Hier ist noch Ihre Hotelreservierung. Ist erst heute Morgen reingekommen. Wir leiten die Rechnung an Ihre Firma weiter. Checken Sie aus, wenn Sie das Zimmer nicht mehr brauchen«, sagte Marshall.

»Und hier ist meine Nummer ... Viel Glück.« Collins gab mir ihre Visitenkarte und ein billiges Smartphone. »PIN müssen Sie selbst beim ersten Start festlegen.«

Ich steckte alles in meine Hosentasche. »Was tut man nicht alles für einen Job beim FBI.«

Marshall runzelte irritiert die Stirn. Ich verstand seine Reaktion so, dass es Collins' Idee gewesen war, mir von einem Jobangebot zu erzählen, aber Marshall nichts davon wusste. Daher auch keine Führung durch das Gebäude ...

Langsam stand ich auf, ließ es mir aber nicht nehmen, Collins noch einmal in die Augen zu sehen. Ich setzte einen Ich-habe-dich-durchschaut-Blick auf, bekam aber nur unschuldige, aufrichtige Dankbarkeit von ihr zurück. So jedenfalls interpretierte ich ihren Blick. Na gut, dachte ich, ich könnte es ja mal versuchen. Wenn auch nur ihr zuliebe – und wegen des Geldes. Dann verließ ich das Hoover Building.

Kapitel 4

Ich hätte mir denken können, wo das FBI mich unterbringen würde, nach dem Manöver mit dem frühen Flug am Morgen. Die Buchhaltung hatte mir ein Zimmer in einem Motel mit dem blöden Namen Best-Inn-Town am Rande von Chinatown gebucht. Zugegeben, die Lage war zentral. Aber das war auch der einzige Pluspunkt. Die Fassade war in aschgrau gehalten und hätte dringend eine Behandlung mit dem Sandstrahl benötigt, um ansatzweise freundlich zu wirken. Der einzige Farbtupfer war die Leuchtreklame, die unaufhörlich über dem Haupteingang blinkte und Zimmerpreise auf sehr günstigem Niveau anpries.

Innen sah das Best-Inn noch schäbiger aus. Zu den abgenutzten Teppichen gesellten sich überall an den Wänden schwarze Streifen von Rollkoffern, in den Gängen und in den Zimmern. Die Minibadewanne in meinem Badezimmer hatte einen durchgerosteten Riss in der Mitte, der notdürftig mit weißer Farbe übertüncht worden war, aber an einigen Stellen bereits wieder abblätterte. Das Bett quietschte und eine Klimaanlage gab es nicht. Wenn ich das Zimmer kühlen wollte, musste ich das Fenster öffnen – direkt zur Hauptstraße. Ich war einiges von Auslandseinsätzen gewohnt, aber das hier hatte ich nicht erwartet. Das war eines Hotels in den Staaten unwürdig ... In Dakar hatte es schon bessere Unterkünfte gegeben. Warum das Bureau so knauserig war und mir keine vernünftige Unterkunft buchen konnte, war mir völlig unverständlich, zumal Stealth Parachute die Rechnung sowieso übernehmen würde. Ich überlegte, ob ich Ärger machen sollte. Beim nächsten Auftrag im Inland würde ich Hilson bitten, direkt über die Firma zu buchen. Wir hatten noch ein paar gute Leute in der Verwaltung. Das FBI offenbar nicht. Die Inkompetenz in diesem Bereich konnte ich noch verschmerzen, denn ich hoffte, dass die wirklich guten Leute auf anderen Positionen saßen. Wenn ich allerdings über Marshall nachdachte, war ich mir da nicht mehr so sicher ...

Nachdem ich meinen Trolley ausgepackt hatte, kaufte ich mir an der nächsten Straßenecke eine Lunchbox in einem chinesischen Fast-Food-Restaurant.

Mit dem Essen in der Hand setzte ich mich in die Lobby des Motels. Dort gab es immerhin einen Fernseher, auf dem ein Nachrichtenkanal eingestellt war. Ich nahm eine der Zeitungen, die auf dem Tisch lagen, und blätterte lustlos darin herum, während ich genüsslich die knusprig gebratene Ente auf Reis aß. Plötzlich kam eine Breaking News aus D.C.: »... weitere Verkehrsbehinderungen am Dienstag und Mittwoch erwartet. Am Montagmorgen haben Demonstranten den I-395 mit einem Sitzstreik blockiert und für erhebliche Verkehrsbehinderungen gesorgt. Sie machten damit auf die dringende Notwendigkeit aufmerksam, den CO_2-Ausstoß zu reduzieren, um den Klimawandel zu begrenzen. Zwischenzeitlich bildete sich ein fünfzehn Meilen langer Stau, bis die Polizei die Demonstranten vorläufig festnahm. Sie sind wieder auf freiem Fuß, werden sich aber wegen Nötigung vor Gericht verantworten müssen.«

»Danke schön«, rief jemand von hinten. »Wegen diesen Idioten habe ich heute Morgen zwei Stunden im Stau gestanden.«

Ich drehte mich um. Die unscheinbare Empfangsdame um die fünfzig warf mir einen wütenden Blick zu. »Warum nehmen Sie nicht die Metro?«

»Tsss. Ich wohne zu weit draußen. Dahin fährt keine U-Bahn.«

Ich nickte verständnisvoll. »Gibt es viele solcher Aktionen in D.C.?«

Sie bejahte. »Haben Sie davon nichts mitbekommen?«

»Ich war lange im Ausland. Bin erst seit ein paar Tagen zurück.«

»Ach so. Hier gibt es jede Woche Proteste von Leuten, die zu viel Zeit, zu viel Geld und zu wenig Arbeit haben. Und die, die noch arbeiten, müssen deren Müßiggang dann auch noch finanzieren.«

Ich zuckte die Achseln. Mir war klar, welche Richtung dieses Gespräch nehmen würde. Ich wandte mich wieder meinem Essen zu. Dann fiel mir etwas ein. »Haben Sie von der Eternal-Earth-Group gehört?«

»Oh ja«, kam prompt die Antwort. »Das sind die Lautesten. Die wollen am Mittwoch wieder auftreten, haben sie vorhin im Radio gesagt. Die müssen Sie sich mal anhören ... Da schrumpft einem das Hirn zusammen.«

Ich lachte lauthals auf. »Danke für den Tipp, werde mal hingehen.«

»Nehmen Sie Ohrenstöpsel mit. Wussten Sie, dass die Gruppe von einer Frau mit viel Geld im Hintergrund angeführt wird? Sie stammt aus einer reichen Familie in Neuengland.«

»Nein, das ist interessant.«

»Wohlstandsverwahrlosung, sage ich Ihnen.«

Ich nickte nur und aß schnell auf.

Den Rest des Tages verbrachte ich damit, mich äußerlich zu verändern. Einige Barbiere in Chinatown waren echte Künstler. Der flippige Typ in dem Laden namens Cut-Throat Frazer schaffte es tatsächlich, dass ich mich im Spiegel kaum wiedererkannte. Der Bart war so kurz ... Okay, er machte mich jünger, aber irgendwie fühlte ich mich unwohl dabei, nicht richtig angezogen. Egal, Hauptsache, McCray würde mich zumindest nicht in die Gruppe »Alter Sack« einordnen.

Der ultimative Härtetest meiner neuen Persönlichkeit stand also erst noch bevor ...

Kapitel 5

Am Mittwochmorgen hatte ich mich betont lässig angezogen: eine ausgeblichene Jeans, ein kurzärmeliges Karohemd und dazu meine alten Timberland-Stiefel. Für meinen Geschmack sah ich camp genug aus, um mich unter die Demonstranten zu mischen. Der Start der Demo war für 10:00 Uhr angekündigt, aber ich wollte nicht zu früh da sein, also lief ich erst um 10:00 Uhr vom Motel los. Keine fünfundzwanzig Minuten später stand ich am Rande einer Menschenmenge vor dem Lincoln-Memorial. Zu meiner Überraschung fiel ich auf wie ein bunter Hund. Die Demonstranten trugen schwarze Hosen und weiße T-Shirts. Nur vereinzelt gab es Teilnehmer mit bunter Kleidung. Irgendwie hatte ich das Motto dieser Party verpasst. Trotzdem mischte ich mich unter die Menge.

Der Redner auf der Tribüne sprach gerade davon, dass die westliche Welt mit ihrem Ressourcenhunger bald am Ende sei. Daher bräuchte es umweltfreundliche Technologien wie das Elektroauto. Ich stöhnte innerlich, ließ mir aber nichts anmerken. Das waren wohlfeile Worte, nur leider war das alles viel zu kurz gedacht ... Oder fehlte mir der Weitblick? Hier in den Staaten beschwerte man sich schon, wenn die Büroklimaanlage im Hochsommer nicht auf zwanzig Grad runterkühlte, sondern zwei Grad mehr zuließ. Damit lebten meine Mitbürger noch im angenehmen Teil der Welt. Wenn unsere Wohlstandsjünger einmal eine illegale

Erzmine im Kongo besucht hätten, wüssten sie, dass nicht sie, sondern die armen Teufel in Afrika, die mit nichts als einfachen Werkzeugen und ihren Händen Bodenschätze mit hochgiftigen Chemikalien bei tropischen Temperaturen zutage förderten, die wahrlich Gelackmeierten waren. Dafür konnte Amerika Elektroautos mit dem Kupfer aus dem Kongo fahren … Aber so weit dachte hier niemand …

Ich stand zwischen einem Mann und einer Frau, die beide ein Transparent in der Hand hielten. Auf dem einen stand »Lasst das Graben sein, Strom schickt uns der Sonnenschein«, auf dem anderen »Solidarität und Widerstand«. In Gedanken nannte ich den Mann Sonnenschein und die Frau Krawallschwester.

Ich hörte noch eine Weile zu, dann brach plötzlich Jubel aus. War etwas passiert? Ich reckte den Kopf in Richtung Rednerpult. Da stand sie … Ich hatte sie sofort erkannt, obwohl sie ihre Haare blau gefärbt hatte. Sie sah genauso aus wie auf dem Foto, das Collins mir vor ein paar Tagen im Auto gezeigt hatte. Schlanke Statur, kleine Brüste, ein durchschnittliches Gesicht – soweit ich das aus der Entfernung erkennen konnte. Definitiv nicht mein Typ, aber ich musste auch nicht mit ihr anbandeln – hoffentlich.

Das Unangenehmste aber war ihre schrille Stimme. Sie klang hysterisch, brüllte ein »Liebe Mitstreiterinnen und Mitstreiter« ins Mikrofon, dass es mir in den Ohren klingelte. Und dann ging es erst richtig los …

»Ich bin hier, um euch zu sagen, dass es fünf vor zwölf ist. Der Klimawandel ist eine Bedrohung für uns alle und es liegt an uns, ihn zu bekämpfen. Jeder von uns kann etwas tun, um unseren Planeten zu schützen und unsere Zukunft zu sichern. Ich weiß, dass wir gemeinsam stark sind und etwas bewegen können. Jede Aktion zählt! Jeder Schritt, jedes Plakat, jeder Protest hilft, unseren Lebensstil nachhaltiger zu gestalten. Gemeinsam zwingen wir unsere Regierung zum Handeln!«

Joviale Zustimmung aus der Menge.

»Lasst uns gemeinsam für eine bessere Zukunft kämpfen.« Sie reckte die geballte Faust in den Himmel, als wäre sie die Anführerin eines militanten Geheimbunds. »Lasst uns zum Weißen Haus ziehen und dem Präsidenten Beine machen!«

Jetzt schlug die joviale Zustimmung in heiseres Gebrüll um. Plötzlich setzte sich die Menge in Bewegung. Ich drängte mich zwischen Sonnenschein und Krawallschwester, um weiter nach vorne zu kommen. Meter für Meter ging es voran, bis ich in der dritten Reihe stand und einen guten Blick auf McCray hatte, die die Meute anführte und alle paar Sekunden wiederholte: »Wir sind hier, wir sind laut. Weil ihr uns die Zukunft klaut.«

Wie erwartet standen die Sicherheitskräfte bereits vor dem Zaun des Weißen Hauses. Und wie zu erwarten war, war auch niemand im Garten oder hinter den Fenstern des Weißen Hauses zu sehen, der von den Demonstranten Notiz genommen hätte. Abgesehen von den Autofahrern, die laut hupten, als die Menge im Schritttempo die Constitutional Avenue überquerte, nahmen nur die Polizisten und ein Fernsehteam, das sich etwas abseits positioniert hatte, Notiz von den Demonstranten. Ich behielt McCray die ganze Zeit im Auge. Sie wirkte abgelenkt, nicht bei der Sache, im Gegensatz zu den eifrigen Mitstreitern um mich herum. Nach etwa zehn Minuten Geschrei schob sie sich seitlich aus der Menge. Ich folgte ihr – mit Abstand.

Sie blieb am Rand stehen, suchte Blickkontakt mit Leuten in der Menge und bekam plötzlich eine Spraydose und ein Feuerzeug in die Hand gedrückt. Mickey, dachte ich. Er war da, aber er überließ ihr die Show.

Bevor einer der uniformierten Polizisten reagieren konnte, hatte sie den Sprühstoß der Dose mit einem Feuerzeug entzündet. Zwei Männer aus der Menge, die ein Transparent mit einer Weltkugel darauf trugen, eilten auf sie zu und hielten ihr den Stoff demonstrativ zum Anzünden hin. »Treibhausgase runter! Sonst gehen wir alle unter!«, rief sie.

Die Menge stimmte klatschend ein. Sofort griffen Polizisten ein, warfen Crystal McCray zu Boden und legten ihr Handschellen an. Drei weitere Polizisten nahmen sich die Bannerträger vor, einer versuchte, das Feuer mit einem Feuerlöscher zu löschen. Plötzlich bemerkte ich das Fernsehteam, das natürlich nicht mehr abseits, sondern direkt neben McCray stand. Sie filmten ihren Wutausbruch in Großaufnahme, als sie von den Einsatzkräften abgeführt und in einen Mannschaftswagen gesperrt wurde. Ich konnte mir die Bilder vorstellen, die die Abendnachrichten von der Demonstration zeigen würden. »Polizeibrutalität vor dem Weißen Haus«. Aber wer im Vorgarten des Präsidenten ein Transparent anzündete, musste damit rechnen … Nicht mein Problem, dachte ich und blickte zurück auf die Menge. Mickey versuchte gerade, sich auf die andere Seite der Menschenmasse hindurchzuschlängeln. Die Kollegen mit den Bannern dagegen folgten McCray – ebenfalls in Handschellen. Ich hielt mich an Mickeys Fersen fest.

Er zog sein weißes T-Shirt aus und warf es achtlos auf den Boden. Darunter trug er ein dunkelgrünes Kurzarmhemd, das ihn deutlich von der Menge abhob, ihn aber mit dem Rest der Umgebung verschmelzen ließ. Er war schon fast am anderen Ende angekommen und wollte die Demonstration in östlicher Richtung verlassen. Mit schnellen Schritten ging er auf die Smithsonian Institutions zu. Er folgte der Pennsylvania Avenue. Kurz hinter der Kreuzung an der 14th Street bog er rechts in Richtung Children's Museum ab und verschwand in eine Parkgarage. Ich rannte ihm hinterher. Er hatte ein enormes Tempo drauf und ich wollte ihn auf keinen Fall verpassen.

Als ich das Parkhaus betrat, hörte ich einen V8 aufheulen, dann quietschende Reifen. Mickey? Ein V8? Von der Treppe aus sah ich, wie ein Pick-up durch die Schranke fuhr. Tatsächlich Mickey. Er saß am Steuer. Hm. Ich überlegte. Mickey war mit dem V8 eine ziemliche Umweltsau für einen Aktivisten. Egal. Ich musste einen Blick erhaschen. Ich rannte aus dem Treppenhaus, um das Nummernschild zu sehen. Ich schaffte es gerade noch rechtzeitig, bevor der Wagen mit aufheulendem Motor abbog. In Gedanken notierte ich Virginia SMX 312, dann zückte ich mein Smartphone. Ich gab das Nummernschild an Collins durch und bat darum, den Wagen zu überprüfen. Ich fragte noch, wohin die Polizei McCray bringen würde. Dann lief ich zurück zur Demonstration.

Unterwegs meldete sich Collins zurück. Der Wagen war FBI-bekannt. Er war auf die Farm in Brandy Station, Virginia, zugelassen, die McCray von ihrem Taschengeld gemietet hatte. Und sie fügte hinzu, dass das Metropolitan Police Department McCray auf die Dienststelle in der Indiana Avenue gebracht hätte.

»Gute Idee mit dem Polizeipräsidium. Die sind bald wieder auf freiem Fuß«, schrieb sie. »Hängen Sie sich dran.«

Ich rief den Stadtplan auf meinem Smartphone auf. Zum Laufen war es mir zu weit. Ich nahm das nächste freie Taxi. Die ganze Fahrt über konnte ich mir ein blödes Grinsen nicht verkneifen. Crystal McCray, die biedere Schülerin und spätere Studentin, hatte es faustdick hinter den Ohren. Langweilig würde es mit ihr nicht werden, aber ob Collins' Theorie von der weiteren Radikalisierung stimmte, bezweifelte ich. Brandanschläge, Randale, Demos, okay. Was sollte sie noch wollen? Medienaufmerksamkeit hatten sie genug. Ich war mehr denn je zwiegespalten, ob der Auftrag Sinn machte oder ob die McCrays nicht einfach nur ihr Geld verschwendet und Collins irgendwie davon überzeugt hatten, dass das FBI ihnen helfen sollte, ihre Tochter von der Sinnlosigkeit ihres Tuns zu überzeugen. Aber ich würde nicht aufgeben, bevor ich eine Antwort darauf gefunden hatte. Zumindest vorerst nicht ...

Kapitel 6

Ich greife das Glas Wasser auf meinem Tablett, nur um festzustellen, dass ich es bereits ausgetrunken hatte. Suchend schaue ich mich im Besprechungsraum um.

»Sie müssen in die Lounge zurückgehen, wenn Sie mehr wollen.«

»Okay, bin sofort zurück. Soll ich Ihnen etwas mitbringen?«

»Ein Bier wäre nett.«

Ich nicke und lasse meinen Interviewpartner kurz allein, finde in der Lounge aber keine Flaschen, sondern nur einen Spender für alkoholfreie Getränke und einen mit Bier. Ich zapfe ihm ein Lager und fülle mein Glas mit Wasser auf. Auf dem Rückweg kann ich nicht am Kaffeeautomaten vorbeigehen, ohne einen Espresso mitzunehmen.

Wild mit den Getränken balancierend setze ich mich wieder zu ihm, verschütte aber im letzten Augenblick die prächtige Blume des Biers über sein Tablett.

»Das macht nichts ...« Er bedeckte den nassen Fleck mit einer Serviette.

»Hatten Sie schon früher mit Terroristen zu tun?«

»Ja, in Afrika, warum?«

»Hm. Was ich mich gerade frage, ist, ob es irgendwelche Parallelen gibt zwischen dem, was Sie in Afrika und vor dem Weißen Haus gesehen haben.«

Der Glatzkopf verschränkt die Arme und lacht auf. »Sie haben keine Ahnung, was in Afrika abgeht ... McCray hatte eine Vollklatsche, das war klar. Sie war aufmerksamkeitssüchtig, aber ich hielt sie nicht für gefährlich.«

»Aber dann war doch klar, dass sie nicht aussteigen wollen würde. Zumindest nicht freiwillig.«

»Das stimmt. Mein Kopf sagte mir, dass der Einsatz sinnlos war. Aber mein Bauchgefühl ... Was mich irritiert hat, war die Geschwindigkeit der Eskalation vor dem Weißen Haus, die gezielten Handgriffe, die Routine. Das wirkte alles sehr eingespielt, gar nicht amateurhaft.«

»Sie hatten also doch eine Vorahnung ...«

»Wie man es nimmt. Ich wollte so schnell wie möglich auf Tuchfühlung gehen, um mein Bauchgefühl zu beruhigen.«

»Wie haben Sie Kontakt aufgenommen?«

»Das gestaltete sich schwieriger, als ich erhofft hatte.«

Er nimmt einen kräftigen Schluck Bier, tupft sich mit einer Serviette den Schaum vom Bart und erzählt weiter ...

Kapitel 7

Ich hatte bereits drei Donuts in mich hineingestopft und den fettigen Nachgeschmack mit zwei Tassen Kaffee hinuntergespült, als McCray und die beiden Bannerträger am späten Nachmittag lachend aus dem Polizeigebäude kamen. Es war genau so, wie Collins es beschrieben hatte. Nicht einmal eine Nacht mussten die Eternal-Earth-Group-Aktivisten auf der Wache verbringen. Allein das fand ich schon bemerkenswert angesichts der aggressiven Aktionen vor dem Weißen Haus. Normalerweise saßen Kriminelle für weit geringere Vergehen als Brandstiftung mehrere Monate im Gefängnis. Nicht so Crystal McCray. Ob ihre Eltern dafür gesorgt hatten? »Das sind Milliardäre«, hatte ich noch die Worte von Ted Wiliams im Ohr. Sofort pochten meine Schläfen. Ich versuchte, Williams vom Boston PD zu vergessen, indem ich mich auf die Situation vor mir konzentrierte. Dann verließ ich Dunkin' Donuts.

Die drei gingen die Straße entlang, sehr wahrscheinlich zur nächsten U-Bahn-Station. Irgendwo würde Mickey sie abholen wollen – nur nicht direkt vor dem Polizeipräsidium. Ich wechselte die Straßenseite und lief McCray entgegen. Ich ließ sie an mir vorbeigehen, dann drehte ich mich um und rief: »Crystal? Crystal McCray?«

Sie und die beiden Bannerträger drehten sich um.

»Erinnerst du dich an mich? Wir kennen uns aus der Schule ...

Was für eine Überraschung, dich hier zu treffen. Ich habe deine coole Aktion heute vor dem Weißen Haus im Fernsehen gesehen. Echt stark.«

Sie schüttelte irritiert den Kopf. Was war falsch? War der Bart noch zu lang? Sah ich trotzdem noch zu alt aus?

»Woher kennen wir uns?«

»Aus der Schule.«

»Lass den Spinner, Crystal. Ich bin müde«, sagte einer ihrer Begleiter.

»Ich war auf einer Mädchenschule.«

Scheiße. Das hatte ich natürlich nicht überprüft. Peinlicher Anfängerfehler. Sie wollte schon weitergehen, als mir spontan etwas einfiel, das ich entgegnen konnte. Es war mehr ein Schuss ins Blaue: »Ich bin der Sohn des Direktors, ich hab da oft rumgehangen, obwohl es verboten war. Ich hab dich öfter gesehen. Damals hattest du noch lange braune Haare ...«

»Verpiss dich, Mann. Sie kennt dich nicht ...«, sagte derselbe Typ, der mir damit kräftig auf die Nerven ging.

Sie antwortete mit zittriger Stimme: »Ich kann mich wirklich nicht an dich erinnern. Aber schön, wenn du es kannst.«

»Ja«, sagte ich, »das war auf jeden Fall eine coole Aktion heute.«

Die beiden Kerle zogen sie weiter. »Danke. Mach's gut!«

Und weg waren sie. Okay, ich musste zugeben, die Kontaktaufnahme war nicht so gelaufen, wie ich es mir vorgestellt hatte. Immerhin hatte sie mein Gesicht schon einmal gesehen. Beim nächsten Treffen würde ich ihr nicht mehr fremd sein. Obwohl ... Das wusste ich auch nicht genau. Mit dem Koks, von dem Collins gesprochen hatte, war alles möglich. Außerdem schien sie gerade neben sich zu stehen. Waren das schon die Entzugserscheinungen? Egal, ich musste mir etwas anderes einfallen lassen.

Auf dem Rückweg zum Motel, den ich diesmal zu Fuß zurücklegte, schrieb ich Collins noch eine Nachricht. Sie sollte das

Nummernschild des Wagens bei der Verkehrsüberwachung hinterlegen und mir Bescheid geben, wenn er sich der Stadt näherte. Außerdem sollte sie nachsehen, ob noch andere Fahrzeuge auf die Farm zugelassen waren, und mit diesen das gleiche Verfahren anwenden. Und dann war da noch die Akte über Crystal McCray, die ich dringend brauchen würde und die Marshall mir nicht geben wollte. Kindheit, Schule, Freunde und Freundinnen, Abschlüsse, Hobbys, Musikgeschmack und all das, was ihre Persönlichkeit ausmachte. So schnell wie möglich. Vielleicht würde mir Collins ohne Marshalls Wissen Zugriff gewähren ...

Kurze Zeit später hatte ich ihre Bestätigung, dass es nur ein Auto war, das andere Fahrzeug war ein Traktor. Und sie würde mir Bescheid geben. Sie hätte das Fahrzeug schon länger im Visier und seit einiger Zeit bei der Kennzeichenüberwachung hinterlegt. Zufrieden lief ich Richtung Chinatown.

Als ich das Motel betrat, hoffte ich inständig, ohne Diskussion an der Rezeptionistin vorbeizukommen. Doch gerade als ich am Fernseher vorbeihuschte und ihr für einen Moment das Bild verdeckte, löste sie sich aus ihrer Starre. »Haben Sie das gesehen?« Sie deutete auf die Fernsehbilder. »Die Polizei geht viel zu lasch mit diesen Ökoterroristen um. Die gehören alle hinter Gitter.«

Entgegen meinem Instinkt, der mir empfahl, sofort weiterzugehen, blieb ich stehen. »Glauben Sie, dass die Aktivisten das gerne machen?«

Bei dieser Frage schaute die Empfangsdame mich überrascht an. Ihr Mund formte einen Strich.

»Ich glaube, es ist ein Hilferuf. Die sind doch fast noch Kinder. Vielleicht sollten wir zuhören und versuchen zu verstehen, warum sie so handeln. Die haben vermutlich einfach nur Angst ...«

Die Dame an der Rezeption schüttelte den Kopf. »Das bringt nichts.«

Ich zuckte mit den Schultern und ging nachdenklich auf mein Zimmer. Vielleicht hatte sie recht und ich war viel zu naiv an die

Sache herangegangen. Ich würde es noch herausfinden ... auf die harte Tour.

Kapitel 8

Am Tag nach der Demo war es schon Mittag, und das Warten ging mir auf die Nerven. Ich bin kein ungeduldiger Mensch, aber diese völlig passive Rolle gefiel mir überhaupt nicht. Es konnte Tage, Wochen oder noch länger dauern, bis McCray wieder in D.C. auftauchte. Verdammt, so lange wollte ich nicht in diesem schäbigen Motel sitzen.

Collins hatte mir noch am Vorabend die Rückkehr des Pick-ups von D.C. nach Brandy Station in Virginia bestätigt. Wie ich mir gedacht hatte, war der Wagen hinter der Metrostation Franconia-Springfield auf dem Highway aufgetaucht. Mickey hatte McCray und ihre beiden Mitstreiter abgeholt. Ganz früh am Morgen, vermutlich bevor Marshall im Büro war, hatte Collins mir dann doch noch kommentarlos die Informationen gesendet, die das FBI über McCray und die anderen Aktivisten gesammelt hatte. Sie hatte jede Seite mit dem Handy abfotografiert und in den Messenger gepackt. Seitdem hatte sie nichts mehr von sich hören lassen.

Um die Zeit sinnvoll zu nutzen, zog ich alle Fotos vom Messenger auf mein Tablet, damit ich vom Starren auf den Handybildschirm keinen Augenschaden bekam. Dann ging ich die Berichte durch.

Das FBI hatte wirklich gründlich recherchiert. Die Akte enthielt einen fünf Jahre alten Bericht des Boston PD, in dem eine

Nachtstreife eine Gruppe alkoholisierter Jugendlicher in Back Bay Fens, einem öffentlichen Park in Boston, aufgegriffen hatte. McCray war darunter gewesen und mit einer Verwarnung davongekommen. Die Streife hatte sie netterweise sogar nach Hause gefahren. Das war offensichtlich das erste Mal, dass sie aktenkundig geworden war. Danach war jahrelang Ruhe gewesen, bis sie in San Francisco das erste Mal inhaftiert wurde, weil sie das Wells Fargo Hauptquartier besetzt hatte und die Bank das Gebäude hatte räumen lassen. Und hier tauchte das erste Mal sein Name auf: Oscar Michael Walden, alias Mickey. Er hatte behauptet, die Bank würde Firmen mit Krediten finanzieren, die ausschließlich auf die Förderung fossiler Energieträger setzte. Das stimmte vermutlich sogar, dachte ich mir. Trotzdem verstand die Bank keinen Spaß bei der schlechten Publicity und schaltete die Polizei ein.

Dann folgten weitere Festnahmen McCrays und kurze Zeit später immer wieder Freilassungen – gegen Kaution. Irgendjemand zahlte jedes Mal, ohne mit der Wimper zu zucken. Ich konnte mir denken, woher das Geld kam, fand aber keine weiteren Hinweise, die meinen Verdacht bestätigten. Collins hatte mir vielleicht nicht die ganze Akte fotografiert …

Ich überflog die Berichte, interessierte mich aber mehr für ihren privaten Hintergrund. Und da wurden die Informationen plötzlich dürftiger. Ich fand ein Interview mit einer gewissen Jenna Lake, die angab mit Crystal McCray befreundet gewesen zu sein. Sie kannten sich von einem Reiterhof außerhalb Bostons, auf dem beide ihr Pferd untergebracht hatten. Sie waren oft zusammen ausgeritten, bis McCray zum Studium nach Washington gegangen war. Seitdem war der Kontakt abgerissen.

Dann fand ich endlich die Berichte zu ihrer Schulzeit. Sie war auf der Winsor School gewesen, wo auch sonst. Das hätte ich mir denken können. Es war eine der teuersten und nobelsten Adressen in Boston – und eine reine Mädchenschule. Sie lag unweit des Parks, in dem die Polizei sie alkoholisiert aufgegriffen hatte.

Ich prüfte online die Informationen zur Schule. Bei den über sechzigtausend Dollar Schulgebühren pro Jahr stieß ich lautstark die Luft aus. Und natürlich hatte die Schule eine Direktorin und keinen Direktor – Christine O'Neal. Gut, dass McCray meinen Fauxpas nicht bemerkt hatte. Mein Nachname war also O'Neal. War das nicht Irisch? Egal. Ich brauchte noch einen Vornamen. Matthew klang gut. Matthew O'Neal, Mutter Christine, Vater Henry, das klang gut, sehr gut. Ich recherchierte, ob Christine O'Neal einen Sohn hatte. Bingo. Laut Schulwebseite hatte sie zwei Söhne und lebte mit ihrem Mann in Boston. Ich brauchte also noch einen Bruder. Am besten einen älteren Bruder, der schon aus dem Haus war, als ich an der Schule war. Colin. Colin O'Neal. Ich wäre bis zu ihrer zehnten Klasse an der Schule gewesen, hätte dort öfter beim Aufbau der Bühne für die Theaterstunden ausgeholfen. Ich prüfte nochmals die Webseite. Ja, alle Schülerinnen dort mussten Kunst- und Theaterkuse besuchen. Das war also plausibel. Das könnte funktionieren. Ich hatte meine neue Identität: Matthew O'Neal aus Boston. Den Akzent konnte ich problemlos sprechen, wenn ich wollte.

Ich schaute weiter in das Dossier vom FBI. Collins hatte zwar keine Schulfreunde, aber ein paar Kommilitonen an der Georgetown University nach McCray befragt. Sie war im Studium eher unscheinbar gewesen, hatte kaum Anschluss gefunden und bereits im zweiten Semester abgebrochen. McCrays Bruder Blake und ihre Eltern machten kaum Angaben, die über das hinausgingen, was Collins mir schon gesagt hatte. Dann überflog ich das Dossier über Mickey. Er war ein Scheidungskind und bei der Mutter in Santa Rosa aufgewachsen. Später hatte er Informatik an der California State University studiert. Er war irgendwann in der autonomen Szene untergetaucht und hatte nie einen Abschluss gemacht. Er und McCray hatten sich auf einer Demo in San

Francisco kennengelernt, als sie dort ein Praktikum absolviert hatte, das ihre Eltern ihr über Kontakte vermittelt hatten.

Ich sah mir die anderen Dateien ebenfalls an, bekam aber nur ein diffuses Bild von den Aktivisten.

Als Nächstes recherchierte ich im Internet über die Eternal-Earth-Group und machte einige ihrer Profile in den sozialen Netzwerken ausfindig. Das war nicht weiter schwierig. Die Eternal-Earth-Group nutzte eine rote, stilisierte Faust als ihr Symbol. Auf allen Netzwerken war die verlinkt. Ich hatte mich nur durchklicken müssen ... McCray selbst hatte ihre privaten Seiten anscheinend gelöscht, aber sie postete in unregelmäßigen Abständen auf dem öffentlichen Instagram-Account der Gruppe. Der letzte Post war vom Vortag, der die Demo am Lincoln-Memorial ankündigte. Dieser Account wäre mein nächster Angriffspunkt, um mit ihr in Kontakt zu treten. Aber vorher musste ich mir noch ein neues Telefon zulegen – eins, das weder mit mir oder dem FBI zu tun hatte. Mickey hatte einen Informatikbackground und ich wollte auf gar keinen Fall über meine Telefonnummer identifiziert werden.

Ich nahm die U-Bahn zum nächsten Best Buy in den Columbia Heights. Dort besorgte ich mir ein Prepaid-Smartphone und eröffnete, zurück im Motel, ein Instagram-Profil mit meiner neu erworbenen Telefonnummer und einem ziemlich unprofessionellen Mugshot, der mich wie einen Kriminellen aussehen ließ. Hoffentlich sperrte mir Meta deswegen nicht den Zugang ... Zumindest sah ich mit gestutztem Bart wirklich um Jahre jünger aus ... Einen Trost musste es bei meiner Glatze, die mich nicht gerade jünger machte, ja geben.

Anstatt meinen ersten öffentlichen Post abzusetzen, schrieb ich eine persönliche Nachricht, von der ich hoffte, dass McCray sie lesen würde, bevor einer dieser Bannerträger oder Mickey sie löschte: »Hi, Crystal, hier ist Matthew O'Neal, der Sohn der Direktorin, der dich noch kennt, als du lange Haare hattest.

Ich mache mir Sorgen um dich. Du hast vor dem Präsidium so abwesend gewirkt. Geht es dir gut?«

Keine fünf Minuten später kam die Antwort: »Mir geht's gut.« War das wirklich von McCray? Das hätte jeder schreiben können … Ich versuchte es noch einmal: »Kann ich dich auf einen Kaffee einladen? Ich würde gerne wissen, wie ich bei euch mitmachen kann.«

Schweigen. Es dauerte über eine Stunde, bis die nächste Nachricht kam: »Wir haben morgen einen Sponsorentag in Arlington. Vor der Stadtbibliothek. Um 17:00 Uhr geht's los.«

Ich strich mir über die Glatze. Das war besser als nichts. Wenigstens wusste ich jetzt, wo ich sie als Nächstes treffen konnte. Ich informierte Collins über mein Vorhaben.

»Social Media. Sehr gut mitgedacht. Sie werden einen brillanten FBI-Agenten abgeben«, erhielt ich als Antwort.

Ich schrieb ihr einen Smiley zurück.

Kapitel 9

Gegen 16:30 Uhr stand ich am Folgetag in der Nähe des modernen Stahlbetongebäudes mit Glasfassade, das die Stadt Arlington als Bibliothek bezeichnete. Im Gegensatz zu vielen anderen öffentlichen Gebäuden, die ich aus amerikanischen Großstädten kannte, wirkte dieses hier vergleichsweise einladend. Ich suchte mir einen Platz, von dem aus ich das Geschehen beobachten konnte – nicht zu nah, nicht zu weit weg. Auf keinen Fall wollte ich McCray verpassen oder etwas von ihrem Auftritt, der sicher wieder spektakulär werden würde. Allein bei dem Gedanken an das brennende Banner vor dem Weißen Haus bekam ich schon wieder Kopfschmerzen. Ich lehnte mich mit meinem Smartphone in der Hand an die Wand des Gebäudes gegenüber der Bibliothek und tat so, als würde ich auf jemanden warten. Immer wieder suchten meine Augen mit wachsender Ungeduld den Platz vor dem Gebäude ab, dann schaute ich demonstrativ auf meine Uhr. Aber es passierte nichts. Ein paar Bibliotheksbesucher gingen ein und aus, aber von einer Veranstaltung oder einem Sponsorentag der Eternal-Earth-Group konnte ich nichts erkennen.

Kurz vor fünf Uhr beschloss ich, die Umgebung zu erkunden. Vielleicht war ich einfach am falschen Ort. Ich umrundete das Bibliotheksgebäude – erfolglos. Niemand war zu sehen. Ich zückte mein Handy und wollte McCray gerade über mein Instagram-Profil schreiben, als ich bemerkte, dass jemand einen neuen Post auf der Seite der Gruppe veröffentlicht hatte. Das Bild zeigte ein Stadion, der Kommentar wies auf eine Veranstaltung vor dem College Park Center hin. Ich überprüfte meinen Standort auf dem Smartphone. Das College Park Center lag etwa zehn Gehminuten südlich. Sofort machte ich mich auf den Weg. Irgendein Mitglied der Gruppe hatte mir am Vortag eine falsche Information gegeben. Aber warum? Vielleicht hatte sich nur der Veranstaltungsort kurzfristig geändert. Oder man wollte mich absichtlich nicht dabeihaben ...

Schon von Weitem wurde mir klar, was die Eternal-Earth-Group unter einer Sponsorenveranstaltung verstand. Immer wieder sah ich Mitglieder der Aktivistengruppe in knallgrünen T-Shirts mit aufgedruckter roter Faust durch die wartenden Stadionbesucher huschen. Wenn ich es nicht anders wüsste, könnten sie Mitglieder einer Gewerkschaft sein, die für einen Streik warb. Aber wer streikte schon öffentlich in Amerika? Das war so gut wie undenkbar ...

In einer halben Stunde fand ein Basketballspiel zwischen den Jugendmannschaften aus Arlington und Alexandria statt. So stand es in Großbuchstaben auf einer Leuchttafel über dem Eingang. Gleich darunter hatte McCrays Gruppe Transparente aufgehängt: »Republikaner heizen Kohle, wir fahren Rad. Dadurch schmelzen Pole, aber wir retten noch ein paar Grad.«

Ich atmete tief durch. Offensichtlich wählte Arlington mehrheitlich demokratisch, und die Aktivistengruppe wollte auf diese Weise Bonuspunkte sammeln. Doch es ging nicht nur darum. Mitglieder der Gruppe sprachen Besucher des Stadions an und sammelten Spenden. Irgendjemand musste ja den Sprit für Mickeys Pick-up bezahlen ... So viel zu den radfahrenden Aktivisten. Aber ging es hier wirklich um Geldbeschaffung? Schließlich bezog McCray doch ein großzügiges Taschengeld. Ich fand das seltsam, hatte aber keine Antwort darauf. Stattdessen stellte ich mich in die Reihe der Wartenden, reckte den Kopf. Wo war McCray?

Sie war nirgendwo zu sehen. Ich schrieb ihr eine Nachricht über Instagram.

Kaum hatte ich meinen Text abgeschickt, sprach mich einer ihrer Mitstreiter an. Er war keine zwanzig Jahre alt, hatte Pickel im Gesicht und einen flauschigen Oberlippenbart. Ich musste mir das Lachen verkneifen. »Sir, mit Ihrer Spende retten Sie das Klima. Machen Sie mit?«

Am liebsten hätte ich ihm eine passende Antwort gegeben: »Wer etwas für die Umwelt tun will, sammelt Müll an der Autobahn.« Stattdessen fragte ich in neutralem Ton: »Wo ist Crystal? Wir waren verabredet ... Wir kennen uns aus der Schule.«

Der Typ zuckte kurz mit dem Bart, dann räusperte er sich. »Crystal konnte nicht kommen.«

»Geht es ihr gut?«

»Ja. Sie hat es sich nur anders überlegt.«

»Ich muss mit ihr sprechen. Ich fand die Aktion vor dem Weißen Haus ziemlich gut.«

Er schüttelte den Spendenbecher in seiner Hand dreimal hintereinander, als überlegte er, wie er am besten aus dieser Situation herauskommen könnte. In meinem Kopf gingen alle Warnlampen an. Irgendetwas versuchte er zu verbergen ...

»Ich weiß nicht ... Wenn sie deine Kontaktdaten hat, wird sie sich bei dir melden. Und bei der nächsten Aktion ist sie bestimmt wieder dabei.«

Der Typ mit dem Pornobalken wollte gerade gehen.

»Wann und wo findet die nächste Aktion statt?«

»Keine Ahnung. Schau einfach auf unserer Insta-Seite nach.«

Dann verschwand er in der Menge.

Ich überprüfte mein Telefon. Keine Nachricht von McCray. Etwas stimmte nicht. Ich schrieb Collins: »No sale bei dem Spendentag der Gruppe. McCray ist nicht aufgetaucht.«

Ihre Antwort kam prompt: »Und jetzt?«

Einen Moment lang überlegte ich. »Ich werde nach Brandy

Station fahren. Mal nach dem Rechten sehen. Schicken Sie mir die Adresse.«

»Ist das nicht ein bisschen aufdringlich?«

»Sicher. Aber wir haben keine Zeit für das übliche Spiel.«

»Okay. Wie Sie meinen ...«

Kurz darauf erhielt ich GPS-Koordinaten. Als Nächstes reservierte ich mir einen Mietwagen am Reagan Airport. Ich würde direkt losfahren, ohne für den Abend in das Motel nach Chinatown zurückzukehren – nur schnell meine Sachen holen, auschecken und dann nichts wie weg. Lieber schlief ich unter freiem Himmel als in dem stickigen Motelzimmer. Es würde aber noch eine Weile dauern, bis ich D.C. verlassen konnte, um auf das Land rauszufahren, denn ich musste noch ein paar Besorgungen machen – lebenswichtige Utensilien. Damit kannte ich mich bestens aus ...

Kapitel 10

Schon am Reagan Airport verfluchte ich meine Idee, Washington in Richtung Virginia zu verlassen. Wegen einer Messe in D.C. waren fast alle Mietwagen vergeben, sodass mir der Thrifty-Mitarbeiter am Flughafen nur einen überdimensionierten Minivan vermieten konnte. Für amerikanische Mittelstandsfamilien mit einem Häuschen und Carport in einem Vorort von D.C. wäre das genau das richtige Fahrzeug gewesen. Allein kam ich mir in diesem Blechmonster maximal verloren vor. Ich nahm den Wagen dennoch, denn bei den anderen Autovermietern sah es wahrscheinlich ähnlich aus. Wie sagte man so passend: Wer zu spät kam, den … Es blieb mir also nichts anderes übrig, als mit dem ziemlich auffälligen Wagen vom Hof zu fahren.

Da ich nun unerwarteterweise über reichlich Stauraum verfügte, konnte mein geplanter Einkauf entsprechend größer ausfallen. Außerdem hatte der Wagen keinen der bei Mietwagenfirmen üblichen Barcodes auf den Scheiben. Das Fahrzeug sah aus, als würde es mir gehören.

Ich fuhr zu einem Jagdoutlet direkt an der I-66 in Arlington. Schließlich wollte ich nicht gleich auf der Farm in Brandy Station mit der Tür ins Haus fallen und dort um Obdach bitten. Ein wenig Überwachungstechnik wäre ebenfalls nicht schlecht. Mein Plan war, zumindest für ein paar Tage die Bewohner auszuspionieren, ihre Gewohnheiten zu studieren und mit diesem Wissen eine Taktik zu entwickeln, wie ich mich glaubhaft einschleichen konnte.

Im Laden kaufte ich mir einen Schlafsack, einen Campingkocher, ein Fernglas mit Nachtsichtfunktion und eine Thermoskanne. Ein Zelt brauchte ich nicht – ich hatte ja den Minivan. Der wäre mehr als ausreichend. Also nahm ich noch eine Thermomatte mit, obwohl es im Spätsommer nicht besonders kalt werden würde, aber sicher war sicher. Die Ausgaben hatte ich mir natürlich von Trevor Hilson per SMS absegnen lassen. Ein Gut-so-Daumen war seine kapriziöse Antwort auf meine Nachricht, dass ich fünfhundert Dollar für Campingequipment ausgeben wollte.

Im Supermarkt neben dem Outlet kaufte ich noch ein paar Gallonen Wasser, Instantkaffee, Ravioli für den Gaskocher, Toastbrot, eine Packung Erdnussbutter und Toilettenpapier. Vor der Vitrine mit den Zigaretten blieb ich kurz stehen. Sollte ich? Puh, es fiel mir verdammt schwer, daran vorbeizugehen. Trotzdem überwand ich mein Verlangen nach Glimmstängeln und ging stattdessen zurück in die Gemüseabteilung. Dort legte ich eine Tüte Karotten in den Einkaufswagen. Ich liebe Karotten, vor allem bei nächtlichen Überwachungseinsätzen. Sie waren ein fantastischer Rauchersatz. Ich konnte mir einfach eine Karotte wie eine Zigarre in den Mund stecken und die Farm durch das Nachtsichtgerät beobachten – kein Glimmen, kein Rauch, keine Brandgefahr. Das klang alles fast nach Pfadfinderromantik, wenn mir nicht ständig Gedanken an McCray und Collins im Hinterkopf umherschwirren würden ... Um die eine machte ich mir Sorgen, und um die andere ... Sie hatte Familie, hatte sie mir in Boston erzählt. Trotzdem schrieb ich ihr eine Nachricht: »Auf dem Weg nach Brandy Station. Im Minivan mit Campingausrüstung.«

»Das passt zu Ihnen.«

»Wieso?«

»Naturbursche. Erkennt man am Bart.«

»Der ist ab.«

»Will sehen. Schicken Sie mir ein Bild, wie viel jünger Sie aussehen.«

Ich grinste in mich hinein. Sie hatte von Familie gesprochen … nicht von einem Ehemann. Ich überlegte kurz, ob ich ein Foto schicken sollte, entschied mich aber dagegen. »Später«, schrieb ich zurück und bezahlte an einer Selbstbedienungskasse. Dann verstaute ich zufrieden meinen Proviant im Van. Trotz der drei Taschen und der Campingausrüstung war der Kofferraum immer noch gespenstisch leer. Ich konnte die mittleren Sitzreihen einfach umklappen, ohne etwas aus dem Kofferraum zu räumen. Ein fast perfekter Schlafplatz … ohne nervige Mücken und trotzdem im Grünen. Gerüstet für die Mission, begab ich mich auf den Weg nach Brandy Station.

Eineinhalb Stunden später fuhr ich in gemächlichem Tempo durch einen merkwürdig verlassenen Ort mitten im Nirgendwo, hielt kurz bei der Post, die an diesem Tag schon geschlossen hatte, dann weiter zum einzigen Schnellimbiss, dann weiter im Stop-and-Go und tat so, als würde ich eine ganz bestimmte Hausnummer suchen. Dabei hielt ich nur Ausschau nach Mickeys Pick-up. Fehlanzeige. Er war wohl auf der Farm. Also fuhr ich die asphaltierte einspurige Brandy Road entlang, von der ich wusste, dass sie zur Farm führte.

Der Hof lag auf der linken Seite ein paar Meilen außerhalb des Ortes. Ich bog rechts in einen Feldweg ein, der auf Google Maps als Jonas Run markiert war. Dort parkte ich das Auto hinter einer Kurve, sodass es von der Straße aus nicht zu sehen war, obwohl ich auf dieser kleinen Straße auch tagsüber kaum mit Fahrzeugen rechnete. Sie war eine Verbindung für die anliegenden Farmen und war somit auch an diesem Abend kaum befahren. Wenn Fahrzeuge vorbeikamen, würde man sie schon von Weitem sehen. Ich würde mich also immer rechtzeitig aus dem Staub machen können und im Gebüsch verstecken. Niemand würde mich hier bemerken, wenn er nicht nach mir suchte.

Ich schnappte mir das Fernglas mit Nachtsichtfunktion, kochte Kaffee auf dem Gaskocher und füllte ihn in die Thermoskanne. Bewaffnet mit ein paar Karotten überquerte ich die Straße, dann ein eingleisiges Bahngleis und machte mich auf den Weg zum Hof. Zehn Minuten später erblickte ich in der Abenddämmerung die Lichter der Farm. In einer Reihe von Büschen vor mir richtete ich meinen provisorischen Beobachtungsposten ein. Neugierig griff ich zum Fernglas.

Der Hof bestand aus drei Nebengebäuden, in denen kein Licht brannte, und einem Haupthaus. Bei den Nebengebäuden handelte es sich vermutlich um Ställe. Da ich keine Tierlaute hörte, nahm ich an, dass sie leer standen. Zwischen den Ställen standen drei Metallsilos, die alle Gebäude überragten. Dahinter befanden sich weitere Gebäude, von denen ich nur das Dach sehen konnte. Das beleuchtete Haupthaus lag quer zu meiner Blickrichtung, der Eingang lag also auf der anderen Seite. Ich musste somit meine Position ändern, um zu sehen, wer ein- und ausging und ob überhaupt etwas passierte. Doch bevor ich das tat, schaute ich mir noch einmal das Satellitenbild auf Google an, bevor es endgültig zu dunkel wurde und mich ein beleuchteter Bildschirm verraten könnte. Hinter dem Haupthaus befand sich noch ein weiterer Stall. Ich musste mich also von links anschleichen, um nicht direkt über den Hof zu müssen. Da es dort aber nur freies Feld und keine Deckung für mich gab, würde ich warten, bis es noch dunkler wurde. Erst dann würde ich mich hinauswagen.

Währenddessen beobachtete ich die Fenster. Negativ. Das Licht brannte, aber ich konnte nicht erkennen, wer und wie viele Menschen sich in dem Haupthaus befanden.

Eine Dreiviertelstunde später, ich hatte bereits meine dritte Karotte gegessen, machte ich mich auf den Weg. In einiger Entfernung vom Wohnhaus legte ich mich in der Mitte eines

Getreidefeldes flach auf den Boden. Das nicht gemähte, vertrocknete Korn war durch Regen plattgedrückt und reichte mir kaum bis zum Kinn. Es gab mir keine Deckung. Trotzdem wähnte ich mich unsichtbar. Ich setzte im Schutz der Dunkelheit das Nachtsichtfernglas auf. Endlich hatte ich freie Sicht auf den Hauseingang.

Ich brauchte nicht lange zu warten, da kam ein Typ in Muskelshirt aus einem der Ställe, warf etwas vor den Eingang des Haupthauses und ging hinein. Ob es Mickey war, konnte ich aus der Entfernung nicht erkennen. Es hätte jeder sein können. Also musste ich noch näher ran, was nicht ganz ungefährlich war. Egal. Ich musste weiter. Auf leisen Sohlen und mit gebeugtem Gang schlich ich mich auf der dem Eingang abgewandten Seite an das Haus heran, drückte mich an der Wand entlang bis zum erleuchteten Fenster. Ich schaute hinein. In der Mitte des Raumes stand ein Esstisch mit Stühlen, in jeder Ecke saßen vier junge Männer an Schreibtischen, die Gesichter zur Wand gewandt. Einer spielte ein Computerspiel, wie ich sah. Zwei andere waren in verschiedenen sozialen Netzwerken unterwegs. Das Logo der Aktivisten prangte auf der geöffneten Seite ganz oben. Die Männer pflegten wohl die Profile der Gruppe, wie ich vermutet hatte. Was der vierte tat, konnte ich nicht erkennen. Sonst war niemand im Raum. Genau in diesem Moment wurde eine Tür geöffnet und Mickey betrat das Zimmer. Ich erkannte ihn sofort an seinen blonden Locken. Er hatte ein Handtuch über die Schulter geworfen. Er sagte etwas, das ich nicht verstand, und verschwand wieder. Kurz darauf hörte ich ein Plätschern.

Ich schlich mich an der Außenwand entlang in Richtung eines der Stallgebäude. Bevor ich um die Ecke bog, sondierte ich das Gelände. Alles war ruhig. Ich linste um die Ecke und hielt mir die Hand vor die Augen. Eine grelle Lampe über einem hölzernen Sichtschutz blendete mich. Dort musste die Dusche sein, denn ich hörte deutlich das Plätschern aus der Richtung. Ich wandte mich ab und untersuchte stattdessen den Stall zu meiner Rechten. Vorsichtig zog ich die Schiebetür auf. Der Geruch von Kuhmist schlug mir entgegen, aber der Stall war wie erwartet leer.

Zurück an der Hauswand lauschte ich, ob die Dusche noch lief. Gerade als ich mich aus der Deckung wagte, drehte jemand das Wasser ab. Ich wich hinter die Hausecke zurück. Der Sichtschutz öffnete sich. Mickey kam heraus, nahm das Handtuch, das er über den Sichtschutz gelegt hatte, und trocknete sich ab. Dann verschwand er pfeifend im Haus, nur mit dem Handtuch bekleidet.

Ich wagte mich weiter vor, überprüfte den Stall neben der Dusche, aus dem vorhin jemand gekommen war. Kein Geruch von Kuhmist, aber stockdunkel. Leise schloss ich die Tür hinter mir. Dann knipste ich die Taschenlampe meines Smartphones an. Sofort sah ich, dass dies kein Stall, sondern eine Lagerhalle, eine Art Schuppen, war. Hier waren ein kleiner Traktor, ein Anhänger und Dünger abgestellt. Ich untersuchte die Fässer. Sie stammten von einem Händler für Agrarchemikalien aus Fredericksburg. Das war nichts Ungewöhnliches für einen Bauernhof, wie Collins gesagt hatte. Dennoch fotografierte ich die Fässer. Später würde ich die Fotos an Collins schicken.

Als die Luft rein war, verließ ich die Lagerhalle, aber diesmal ging ich auf der Seite des Eingangs zum Wohnhaus entlang. Hier waren viel mehr Fenster beleuchtet als auf der Rückseite des Gebäudes. Beim ersten Fenster blieb ich stehen ... Crystal McCray saß am Küchentisch, ihr gegenüber Mickey, er immer noch nur mit einem Handtuch bekleidet, sie mit zwei großen blauen Flecken im Gesicht und auf dem schlanken Oberarm. Ihr Blick war abwesend, sie stocherte lustlos in ihrem Teller herum. Mickey dagegen hatte anscheinend Hunger und löffelte kräftig. Es war offensichtlich, warum McCray nicht an der Spendenaktion in Arlington teilgenommen hatte ... Ihr Gesicht war alles andere als geeignet für die Nahaufnahme einer Kamera ... Mickey musste die

Hand ausgerutscht sein. Oder gab es eine andere Erklärung? Ich verstand nicht, was hier vorgefallen war, aber ich musste es schnell herausfinden. War McCray in Gefahr? Aber das war schwer vorstellbar ... Als ich irgendwo eine Tür aufgehen hörte, huschte ich wieder um die Ecke und überlegte, was das alles zu bedeuten hatte. Sollte ich Collins alarmieren? Nein, dafür wusste ich bisher viel zu wenig über diese Aktivisten. Außerdem wäre es peinlich, wenn es eine harmlose Erklärung für McCrays Veilchen gab. Und es würde die ganze Operation gefährden. McCray musste noch ein bisschen warten ... Eine kleine Koksnase, ein bisschen verrückt, hatte Collins sie genannt. Wenn ihre Einschätzung stimmte, kam es auf ein paar Tage mehr oder weniger in Mickeys Nähe nicht mehr an. Auf jeden Fall musste ich mir schneller als gedacht Zugang zur Gruppe verschaffen. Ich beobachtete das Haus noch eine Weile, aber als sich nichts mehr tat, schlich ich zu meinem Versteck und Van zurück. Ich hoffte, der nächste Tag würde mehr Klarheit bringen, was auf der Farm wirklich vor sich ging ...

Kapitel 11

Noch vor dem Morgengrauen weckte mich das Geräusch eines V8-Motors. Mit einem lauten Knurren verriet er mir, dass er viel Kraft brauchte, entweder wegen der schweren Ladung oder wegen der Fahrt durch unwegsames Gelände. Sofort sprang ich aus meinem Schlafsack. Ich rannte zur Straße, wo ich die Rücklichter des Pick-ups sah. Es war Mickeys Wagen, da war ich mir sicher, obwohl ich das Kennzeichen auf diese Entfernung nicht erkennen konnte. Es war eine Art Instinkt, der keine Zweifel in mir aufkommen ließ. Wohin er auch immer unterwegs war, er wollte möglichst unentdeckt bleiben. Er war nicht über die offizielle Straße gekommen, sondern nutzte einen Trampelpfad auf der anderen Seite. Aber wohin wollte er? Warum war er überhaupt so früh aufgestanden? Schliefen diese Studenten nicht bis mittags? Da ich mein Fernglas mit Nachtsichtgerät im Auto gelassen hatte, konnte ich keine Details auf der Ladefläche des Pick-ups erkennen. Es gab nur eine Möglichkeit, herauszufinden, was Mickey vorhatte. Kurzerhand rannte ich zu meinem Auto zurück und nahm die Verfolgung auf. Mühsam quälte ich mich mit meinem überdimensionierten Van über den Feldweg. Mickey war längst enteilt, aber es gab ja keine Wendemöglichkeit. Dann fuhr ich Minuten später an den ersten Gebäuden vorbei, und mit einem Mal wusste ich, wo ich mich befand.

Schon von Weitem sah ich den Pick-up vor dem Schnellimbiss

im Zentrum von Brandy Station stehen, wo auch schon die ersten hunrigen Trucker mit ihren Lastwagen geparkt hatten. Weit und breit keine Spur von Mickey.

Ich parkte neben einem Costco-Truck. Obwohl mein Minivan eine stattliche Größe hatte, war er gerade mal so lang wie die Zugmaschine des Lastwagens. Das erinnerte mich an einen HumVee, den ich einmal in Freetown, Sierra Leone, aus einer C-17 Globemaster geholt hatte. Das Riesending war im Flugzeug völlig verloren gewesen. Im Vergleich zu den sechs Tonnen des HumVee fuhr sich mein Minivan aber wie ein Spielzeugauto. Ich lachte in mich hinein …

Ich verdrängte die Gedanken an die Vergangenheit und betrat das Diner. Ein Potpourri aus Spiegelei, leicht angebranntem Schinken und etwas Süßem, das mich entfernt an Ahornsirup erinnerte, schlug mir entgegen. Sofort hatte ich Hunger. Aber ich war ja nicht zum Essen hier … Mit einem kurzen Blick taxierte ich den Laden. Links an der Theke war noch ein freier Platz zwischen zwei Truckern, aber Mickey und die beiden Typen, die ich mit McCray schon in Washington vor dem Polizeirevier getroffen hatte, hatten sich ganz hinten in einer Ecke des Ladens niedergelassen. Mickeys Handlanger hatten mich nicht erkannt. Ich lief zu ihrem Tisch.

»Was für ein Zufall … Darf ich mich setzen?«

Keine Antwort.

Ich haute mich einfach hin und blickte in drei ausdruckslose Gesichter mit in Falten gelegten Stirnen. »Wir kennen uns doch. Erinnert ihr euch?«

Wieder keine Reaktion. Nur dieses Glotzen, das irgendwo zwischen Verärgerung und Ratlosigkeit wechselte.

»Ich kenne Crystal aus ihrer Schule. Ich hab sie und auch euch vor ein paar Tagen in D.C. getrofffen. Auf so einer großen Kundgebung.«

»Wer sind Sie? Und was machen Sie hier?«, fragte Mickey in

scharfem Ton, ohne eine Miene zu verziehen. Seine blauen Augen blickten mich mit einem leeren Blick an. Koks. Ganz sicher.

»Das ist ein Zufall, dass ich hier bin. Bin gerade auf der Durchreise ... um ehrlich zu sein, ich suche ein neues Leben.«

»Warum gerade hier?«

Gute Frage. Ich musste improvisieren. Ehrlich währt am längsten, dachte ich mir und reimte mir eine fast wahre Story zusammen: »Ich habe im Auto geschlafen und etwas zu essen gesucht. Dann bin ich auf das Diner gestoßen. Reiner Zufall ...«

»Und woher kennst du Crystal?«, fragte der eine von den Handlangern.

»Lange Geschichte. Wahrscheinlich kann sie sich gar nicht mehr an mich erinnern. Bin ja auch ein Stück älter. Dachte halt, vielleicht kann sie mir weiterhelfen.«

Schweigen. Ich registrierte, wie es in Mickeys Kopf arbeitete.

»Wohnt ihr hier?«, fragte ich, um wieder in die Offensive zu kommen.

Immer noch keine Antwort.

»Hey Leute, ich habe erst meinen Job und dann meine Wohnung verloren. Wenn ich euch irgendwie nützlich sein kann, gegen ein Bett und eine Dusche, wäre ich euch echt dankbar. Nur für ein paar Tage ... bis ich einen Plan habe, wie es weitergehen soll.«

Es dauerte etwa zehn Sekunden, dann atmete Mickey langsam aus. »Okay, wir haben einen Hof ...«

»Mickey!«, unterbrach ihn der kleinere der beiden Handlanger, der noch keine zwanzig war. Mickey brachte ihn mit einem Blick zum Schweigen. Der junge Mann senkte den Kopf und stocherte wieder im Essen herum.

»Auf der Farm gibt es viel zu tun. Wir müssen mähen, um Heu zu machen. Kannst du einen Traktor fahren?«

»Klar, kein Problem.« Ich konnte noch ganz andere Fahrzeuge fahren, aber das würde ich Mickey natürlich nicht sagen.

»Okay, ich informiere Crystal. Sie wird dich einweisen. Ich bin übrigens Mickey, das sind Ted und Todd.« Ted und Todd – das klang wie Mario und Luigi, Snoopy und Woodstock, Dumm und Dümmer ... Wie auch immer. Snoopy und Woodstock, so würden die beiden jedenfalls ab jetzt für mich heißen. Mickey war offensichtlich der Chef, die beiden treu ergeben. »Ihr seid echt okay«, flötete ich noch, »vielen Dank.«

Mickey nickte.

»Aber jetzt brauche ich ein erst einmal was zu essen ...« Ich ging zum Tresen und bestellte ein amerikanisches Frühstück, bestehend aus Eiern, Speck, Toast und einem Glas Orangensaft. Als ich zu den drei Aktivisten zurückkam, sagte ich: »Das war übrigens eine echt coole Aktion vor dem Weißen Haus. Um was ging es da eigentlich ganz genau?«

Wieder keine Reaktion. Langsam ging mir ihre Maulfaulheit auf die Nerven. Eine Wand war gesprächiger als die drei Witzfiguren. So langsam verstand ich Bruce Marshall, was er damit gemeint hatte, als er bekannte, dass er dieser Gruppe nicht viel zutrauen würde.

»Was macht ihr denn so früh hier im Diner?«, fragte ich, um keine schlafenden Hunde zu wecken, wobei ...

»Wir müssen jetzt noch ein paar Dinge besorgen. Für die Farm. Kommen erst gegen Abend zurück.«

Ich nickte verständnisvoll. »Das ist aufregend. Ich bin zum ersten Mal auf einem Bauernhof«, log ich. »Habt ihr Tiere?«

Snoopy, dem ich einen Flaumbart angedichtet hatte und der bislang nicht wirklich etwas zum Gespräch beigetragen hatte, schüttelte zum ersten Mal den Kopf. »Die waren schon weg, bevor wir den Hof übernommen haben.«

»Wie kommt ihr denn überhaupt darauf? Ich meine, eine Farm zu führen, ist wirklich viel Arbeit.«

»Das stimmt. Aber es passt zu unseren Zielen, eine bessere Welt zu schaffen, indem wir uns mit der Natur verbinden.«

»Kommen viele Leute zu euch, um euch zu unterstützen?«

»Nein, die meisten spenden nur ...«

»Das verstehe ich.«

»Ach ja?«, fragte Mickey belustigt. Endlich nahm das Gespräch Fahrt auf.

»Viele Leute arbeiten woanders ...«

»Um zu konsumieren?«

»Nein, um ihr Leben zu finanzieren. Haus, Familie, Kinder. Aber trotzdem können sie euch doch unterstützen ...«

Mickey lachte zum ersten Mal. »Ich glaube nicht, dass du der Richtige bist für unsere Sache.«

»Warum?«

»Dir fehlt die Überzeugung.«

»Überzeugung? Reicht es nicht, etwas für die Umwelt tun zu wollen?«

»Nein, dann ändert sich nie etwas.« Mickey schlug mit der Faust auf den Tisch. »Wir müssen alle wachrütteln. Alle, die nur an sich denken. Alle, die nur konsumieren. Und alle, die nur arbeiten, um zu überleben.«

Ich atmete tief durch. »Okay ... was meinst du damit konkret?«

»Sei kein Krebsgeschwür für diese Erde – lass der Natur Raum ...«, murmelte Mickey.

»Was war das?«

»Eines unserer Credos.«

»Okay«, ich trank meinen Saft aus und schluckte meinen Kommentar auf Mickeys merkwürdige Mission hinunter. Zumindest hoffte ich, dass mir das gelang.

»Wo muss ich hin?«, fragte ich, um das Thema zu wechseln.

Wir bezahlten und gingen vor das Diner.

»Die Straße etwa zwei Meilen in diese Richtung.« Mickey zeigte in Richtung der Farm. »Irgendwo geht nach ein paar Meilen links ein Weg ab, der zu einem Hof mit weißen Gebäuden führt. Da ist es.«

Er zückte sein Handy. Wahrscheinlich schrieb er McCray eine Nachricht.

»Bis heute Abend«, sagte ich und lief zu meinem Auto. »Viel Glück mit euren Besorgungen.«

»Das ist ein ziemlich teures Auto für einen Mann, der gerade sein Leben verloren hat.«

Ich drehte mich wieder um. »Das Letzte, was ich noch habe ...«

»Also doch nur ein Konsument.«

»Nein, ein Überlebender.« Ich schenkte Mickey ein herausforderndes Lächeln. Doch der wandte sich nur mit einem verächtlichen »Tsss« ab.

Kapitel 12

In der Nacht zuvor hatte ich durch die Fensterscheibe gesehen, dass Crystal McCray ein paar hässliche Veilchen im Gesicht trug, also hatte ich nicht wirklich damit gerechnet, dass Mickey mir erlauben würde, die Farm zu betreten. Es sei denn, sie stammten gar nicht von ihm. Wie viele Stunden hatte sich MrCray im Polizeigewahrsam befunden? Als ich auf der Farm ankam, wirkte McCrays Aussehen zu meiner Überraschung ziemlich normal – zumindest bei schlechten Lichtverhältnissen. Sie öffnete mir die Tür zum Farmhaus, in dem es stockfinster war. Crystal schien ein wenig neben sich zu stehen, wie am Tag vor dem Gefängnis in D.C., aber dieser Zustand schien für sie normal zu sein.

»Hi, Crystal«, sagte ich, »was für ein Zufall, dass ich Mickey im Diner getroffen habe. Ich hoffe, er hat dir geschrieben, dass ich kommen würde. Es ist schön, dich wiederzusehen.« Sie stand in der Tür in Jogginghose, T-Shirt und Flip-Flops. Ich reichte ihr meine Hand und blickte sie erstmals aus nächster Nähe an. Da erkannte ich ihr Geheimnis der Gesichtsverwandlung. Das billige Make-up, das von den Augen bereits abbröckelte, verriet sie. Ihr Gesicht sah bei Licht betrachtet aus wie ein verdörrter Ackerboden, auf den monatelang kein Tropfen Regen mehr gefallen war. Zumindest einen Effekt hatte die Schminke: Von den blauen Flecken war nichts mehr zu sehen.

Plötzlich kam sie mir mit ausgebreiteten Armen und einem

breiten Lächeln entgegen, als wären wir die allerbesten Freunde, die sich seit Jahren erstmals wiedersehen. »Ah«, rief sie, »schön, dich zu sehen … Es ist so lange her …«

Irritiert über den unerwartet herzlichen Empfang, erwiderte ich nur »Das finde ich auch« und ließ mich umarmen. Wen auch immer sie in mir zu erkennen glaubte, ich nutzte die Gelegenheit aus und würde den ehemaligen Schulfreund Matthew O'Neal spielen.

»Willkommen in unserer kleinen Gruppe.« Sie drückte mich fest an sich – ein bisschen übertrieben fest für meinen Geschmack. Nicht, dass mir die Umarmung missfiel, aber ich hatte einfach nicht damit gerechnet. Außerdem hielt sie länger an, als ich erwartet hatte. Crystal hatte offenbar gerade geduscht, und ihr fruchtiges Shampoo stieg mir in die Nase. Sofort schwollen meine Schleimhäute an. Ich musste niesen. Doch ich hielt den Atem an, riss mich zusammen. Solch intensiv duftende Kosmetika gab es nicht bei den Frauen, die ich im Senegal näher kennengelernt hatte. Aber das war eine andere Geschichte … Ich klopfte ihr freundschaftlich auf den Rücken und suchte nach Spuren der Misshandlung an ihrem Hals. Da war nichts. Ihre Kopfhaut deutete darauf hin, dass sie ihre blondierten Haare frisch nachgefärbt hatte. An der rechten Seite trug sie einen langen silbernen Ohrring in Form eines Traumfängers. Am anderen Ohr sah ich nur ein leeres Ohrloch. Bei unserer ersten Begegnung in D.C. hatte sie den Ohrring nicht getragen, da war ich mir ziemlich sicher. Ich streichelte freundschaftlich ihren Rücken und fühlte, dass sie keinen BH trug.

»Wie geht es dir, Crystal?«

»Sehr gut. Ich bin so glücklich hier draußen.«

»Das …«, antwortete ich trocken, »… das freut mich.« Endlich ließ sie mich los. Ich blickte in ihre braunen Augen mit den riesigen Pupillen. Sie hielt sich die Hand vor die Stirn, um sich vor dem Licht zu schützen, obwohl der Himmel bewölkt war und die Sonne nicht blendete. Alles deutete darauf hin, dass sie unter Drogen stand. »Ich soll dich von meiner Mutter grüßen. Du weißt schon, die Direktorin ...«

»Ja.«

Ich wagte mich etwas weiter vor: »Sie fragt, wie es deinen Eltern geht?«

Sie sah mich völlig ausdruckslos an. »Möchtest du etwas trinken?«

»Ein Kaffee wäre nett.«

Sie führte mich ins Haus. Wir gingen in eine rustikal eingerichtete Küche, in der sie am Abend mit Mickey gesessen hatte. Es roch nach Kaffee und etwas Süßem, das ich nicht näher definieren konnte. Sie füllte zwei Tassen mit Kaffee aus einer Thermoskanne auf. Eine reichte sie mir. »Milch? Zucker?«

»Schwarz wie meine Seele«, sagte ich. Wir lachten. »Ich habe Mickey und die anderen im Diner getroffen. Lebt ihr hier nur zu viert?«

»Nein, wir sind zu acht. Aber ich bin die einzige Frau auf der Farm.«

»Und, gefällt es dir?«

»Total gut. Theoretisch hätte ich also viel Auswahl an Männern.« Sie lachte auf und winkte ab. »Aber Mickey wird schnell eifersüchtig, dabei hat er überhaupt keinen Grund ...«

Ich verschluckte mich beinahe am Kaffee. »Wie meinst du das?«

»Na ja, wir sind zwar keine Familie, aber ich steh einfach nicht auf die.« Sie nippte am Kaffee und sah mich neugierig an. »Wie ich höre, willst du hier mitarbeiten?«

»Ja, klar. Ich habe gerade ein paar Probleme, deshalb wäre ich sehr froh, wenn ich für eine Zeit unterkäme.«

Dann kam sie auf mich zu und gab mir einen kurzen Kuss auf den Mund. Plötzlich. Einfach so. Aus heiterem Himmel.

»Du bist süß«, sagte sie.

Meinte sie mich oder den Geschmack des angebissenen Honigbrots auf dem Tisch? Ich lachte verlegen auf. Kokain, dachte ich, lässt einen alles Mögliche machen ... Ich entschied mich für einen Themenwechsel: »Willst du erst zu Ende frühstücken oder mir das Haus und die Farm zeigen?«

Sie nahm mich bei der Hand, zog mich aus dem Zimmer und wechselte in das Zimmer, in dem die Computer standen. »Unser Aktionsraum ...«

»Aktionsraum?«

Sie antwortete nicht. Ich blieb vor der Wand des Zimmers stehen, die ich von draußen nicht gesehen hatte. Ich erstarrte. Die Tapete war mit einem übergroßen Transparent bedeckt. Darauf standen Zehn Gebote, handgeschrieben. Aber es waren nicht die Gebote, die ich aus der Bibel kannte, sondern ganz andere: 1. Halte die Menschheit unter 500.000.000 im ständigen Gleichgewicht mit der Natur, 2. Lenke die Fortpflanzung weise ..., 10. Sei kein Krebsgeschwür für diese Erde – lass der Natur Raum ...« Das war der Satz, den Mickey im Diner gemurmelt hatte. »Woher habt ihr das?«

»Das ist die Inschrift der Georgia Guidestones ... unsere zehn Gebote.«

»Glaubst du wirklich, dass sich die Weltbevölkerung so einfach reduzieren lässt?«

»Nein, aber es ist möglich.«

»Und wie?«

Sie grinste mich schief an. Mir lief ein Schauer über den Rücken.

»Komm«, sagte sie und führte mich in den nächsten Raum, der bis auf einen Teppich auf dem Boden völlig leer war. »Unser Andachtsraum.«

»Ihr betet?«

»Ja. Nein. Also ... wir wiederholen im Sitzkreis die Zehn Gebote. Vor jeder größeren Aktion.«

Ich tat so, als wäre ich beeindruckt. Wir gingen weiter.

»Das sind die Schlafzimmer.« Im ersten Zimmer standen zwei Etagenbetten, im nächsten wieder zwei.

»Schläfst du auch hier?«

»Nein. Oben auf dem Dachboden. Aber du kannst hier schlafen.« Sie zeigte auf das untere Bett im zweiten Zimmer, das an der Außenwand stand. Es war schmal und bis auf einer Wolldecke und einem verknautschten Kissen, dass offensichtlich schon jemand vor mir benutzt hatte, ohne es abzuziehen, gab es keine Bettwäsche. Aber ich war Schlimmeres gewohnt …

Ich nickte.

»Wir haben draußen eine Dusche, in der die Sonne das Wasser erwärmt. Und dann gibt es noch eine Toilette. Gleich hinter der Küche.«

»Perfekt. Wo sind denn die anderen?«

»Ach, draußen auf dem Hof. Wir ernten gerade etwas Salat. Mickey hat gesagt, du sollst die Wiese mähen.«

»Ja?«

»Ich zeig dir den Mäher, dann muss ich weiter.«

»Was machst du?«

»Ich poste auf Instagram, dann habe ich eine Videokonferenz.«

»Ihr habt hier Internet?«, fragte ich neugierig, obwohl ich die Antwort natürlich schon kannte.

»Klar.« Sie ging voraus, führte mich aus dem Haus in den gegenüberliegenden Geräteschuppen, in dem ich die Düngerfässer gefunden hatte, und deutete hinein. »Die Sense ist da hinten.«

»Die Sense?«

»Ja. Wir haben keinen Rasenmäher. Wegen der kleinen Tiere und der Abgase.«

»Puh, okay.«

»Die Wiese ist da drüben.« Sie deutete hinter die Gebäude, einen Bereich, den ich bei meinem nächtlichen Ausflug noch nicht erkundet hatte. »Fang schon mal an, ich rufe dich dann zum Mittagessen.«

Dann war sie weg. Ich sah ihr ungläubig nach und wusste nicht, was ich von ihr halten sollte. Nach kurzem Überlegen nahm ich die Sense und ging auf die Wiese.

Die ersten Versuche waren furchtbar. Ich hielt die Klinge immer falsch. Entweder glitt das Metall über das Gras, ohne etwas abzuschneiden, oder es rutschte seitlich ab, mit dem gleichen geringen Erfolg. Es war ein bisschen wie beim Rasieren mit dem Rasiermesser. Nur im richtigen Winkel schnitt man sich nicht und bekam trotzdem den Bart ab. Nach einer Viertelstunde des Herumprobierens hatte ich den Dreh raus. Langsam arbeitete ich mich von der einen Ecke der Wiese vor – von den anderen Aktivisten, die McCray erwähnt hatte, sah ich nichts. Nach kurzer Zeit war mir warm, obwohl die Sonne sich nicht blicken ließ. Eine halbe Stunde später schwitzte ich wie verrückt, und irgendwann musste ich eine erste Pause einlegen. Ich war durstig und hatte vergessen, mir etwas zu trinken mitzunehmen. Also lief ich zurück ins Haus.

Leise betrat ich den Flur, horchte in das Gebäude hinein. Ich hörte McCrays Stimme aus dem Zimmer, das sie als Aktionsraum bezeichnet hatte. Die Tür war zu, aber ich stellte mich davor.

»... Für die nächste Aktion in D.C. brauchen wir mehr Geld. Es soll etwas richtig Großes werden. Es wäre schön, wenn Sie uns unterstützen könnten.«

Eine tiefe Männerstimme antwortete. »Wir überweisen den üblichen Betrag auf das Konto der Gruppe und deklarieren es als Spende. Mehr würde auffallen. Ich kann den Betrag nicht einfach erhöhen.«

McCray antwortete giftig: »So kommen wir mit unserer Sache nicht weiter. Die Leute merken einfach nichts.«

»Das kann alles sein. Aber für mehr Geld müsste man die Aktionen anders gestalten.«

»Aha. Und wie?«

»Ich gebe Ihnen eine Adresse in D.C. Organisieren Sie Ihre Aktion vor diesem Gebäude. Das ist ganz in Ihrem Sinne. Dort wohnt jemand, der sehr böse ist. Wenn Sie dort Krawall machen, verdopple ich die Spende.«

»Was glauben Sie, wer wir sind?« McCrays schrille Stimme klingelte in meinen Ohren.

Doch der Typ am anderen Ende ließ sich nicht aus der Ruhe bringen. »Sie wollen mehr? Dann halten Sie sich an meine Vorschläge. Es wird sich auszahlen.«

McCray überlegte. »Schicken Sie mir die Adresse.«

Dann beendete sie das Gespräch, ohne sich zu verabschieden. Ich ging schnell in die Küche. Als ich mir Wasser in eine Kanne füllte, die ich im Schrank gefunden hatte, stürmte sie herein.

»Was machst du denn hier?«, fuhr sie mich an, rannte an mir vorbei und holte etwas aus dem Oberschrank neben mir.

»Ich hatte Durst.«

Sie reagierte nicht. Sie öffnete ein Tongefäß, eine Tajine, wie ich sie aus Nordafrika kannte.

»Tolles Gefäß. Woher habt ihr das?«

Irritiert schaute sie mich an. »Ähm, Walmart.«

Alles klar, dachte ich mir. Vermutlich wusste sie nicht einmal, dass man darin kochen konnte. Stattdessen holte sie aus dem Pott ein Päckchen mit Pulver, und ich hatte eine gewisse Ahnung, was jetzt passieren würde. Ich lag richtig. Sie platzierte eine Messerspitze der weißen Kristalle auf dem Handrücken und inhalierte. Dann wiederholte sie die Prozedur mit dem anderen Nasenloch. Sie schloss die Augen und stand für einen Moment reglos da. Ich beobachtete ihre Reaktionen. Sie atmete tief ein und dann wieder aus. Als sie die Augen öffnete, schrie sie: »Leck mich am Arsch. Geh an die Arbeit!«

Das nannte ich mal Temperament. Solche Stimmungsschwankungen kannten ihre Eltern garantiert nicht von ihr. Ob Collins das wusste? Auf jeden Fall würde ich ihr davon berichten ... Ich grinste McCray frech an, ohne mich zu rühren. Wenn sie glaubte, mich mit solch infantilem Gehabe umherkommandieren zu können, hatte sie sich geschnitten. Aber ich musste meine Meinung im nächsten Moment ändern. Sie kam auf mich zu und schlug mir, ohne dass ich es in irgendeiner Weise vorhersehen konnte, fest auf den Oberarm.

»Los!«, brüllte sie, gefolgt von noch einem Schlag.

Völlig überrumpelt von diesem plötzlichen Wutausbruch nahm ich in Zeitlupe die Wasserkaraffe und bewegte mich gemächlich und mit einem Kopfschütteln zurück zur Wiese. Unterwegs fragte ich mich, wie McCray sich so schnell hatte verändern können ... Es musste das Kokain sein. Das war die einzig plausible Erklärung. Sie schien ziemlich abhängig zu sein von diesem Zeug ... und das machte sie unberechenbar. Aber war sie deswegen auch gefährlich? Zugegeben, sie war mir gegenüber handgreiflich geworden, auch wenn ihre Aktion eher kindisch gewesen ist. Ich dachte an meinen Auftrag, wusste aber nicht genau, was ihr Verhalten zu bedeuten hatte. Nur eins war zu befürchten: Es würde verdammt schwer werden, wenn nicht unmöglich, sie dazu zu bringen, zu ihren Eltern zurückzukehren, solange sie unter Drogen stand.

Als ich meine Ecke auf der Wiese erreicht hatte, sah ich, wie wenig ich bis jetzt gemäht hatte. In diesem Tempo würde es Tage dauern, bis ich mit dem Stück Land fertig war. Egal. Ich machte mich wieder an die Arbeit.

Nun, da ich das Gras im immer gleichen Rhythmus mähte, überlegte ich, wie ich weiter vorgehen sollte. Bisher hatte ich noch keinen konkreten Plan entwickelt. Das war auch nicht möglich gewesen, weil ich nicht wusste, wie McCray tickte oder wie ich sie ködern könnte. Der erste Schritt war gewesen, Zugang zur Gruppe zu erhalten. Das hatte geklappt. Ich setzte einen gedanklichen Haken an die Aufgabe. Der nächste wäre, mich mit McCrays

Persönlichkeit vertraut zu machen, eine Gelegenheit zu finden, allein mit ihr zu sprechen und zu versuchen, ihre Beziehung zu ihrer Familie zu verstehen. Vielleicht gab es etwas, das sie vermisste und das sie wiederhaben wollte. Es musste etwas Persönliches sein, zum Beispiel ein Gespräch mit ihrer Mutter, gemeinsame Unternehmungen mit ihrem Bruder oder der Reitunterricht. Keine Ahnung, sie war fast noch ein Teenager, verdammt noch mal. Ich hoffte einfach, dass solche Erinnerungen sie dazu bringen würden, über ihre derzeitige Situation nachzudenken. In gemächlichem Tempo mähte ich weiter. Eins ... zwei ... drei ... Meine Bewegungen hatten etwas Hypnotisches. Jeder Schnitt erzeugte einen neuen Gedanken. Ich musste sie ... vom Kokain wegkriegen ... So schnell ... wie möglich ... Damit sie wieder ... klar bei Verstand war ... Nur wie?

Kapitel 13

Es war kurz vor Mittag. Permanent lief mir Schweiß in die Augen und meine Wasserkaraffe hatte ich längst geleert. Ich wollte nur noch die eine Ecke fertig mähen, an der die Wiese an ein Weizenfeld grenzte, als es unter dem Sensenblatt verdächtig schepperte. Ich legte die Klinge beiseite, kniete mich auf den Rasen und tastete vorsichtig umher. Ich war auf etwas Metallisches gestoßen, daran bestand kein Zweifel. Und plötzlich war ich verdammt neugierig, was es war.

Nach einigem Suchen fand ich unter einem Haufen gemähten Grases einen Metallstift, an dem ein gelbes und ein rotes Kabel hingen, deren Enden abgeschnitten waren. Ich musste die Drähte beim Mähen durchtrennt haben oder jemand hatte den kaputten Gegenstand achtlos auf die Wiese geworfen. Trotz der fehlenden Teile am anderen Ende der Drähte hatte ich eine Vermutung, was für ein Gerät ich in der Hand hielt, und musste kräftig schlucken. Ich hatte solche Dinger schon in Afghanistan, im Jemen und im Kongo gesehen. Am anderen Ende der Drähte befand sich meist ein Mobiltelefon der einfachsten Art. Das Ganze war ein Fernzünder für selbst gebastelte Sprengsätze. Ich hielt kurz inne, atmete noch mal tief durch und unterdrückte das flaue Gefühl in der Magengegend. Es könnte auch eine harmlose Erklärung geben ... Ich musste sicher sein, was ich gefunden hatte. Also suchte ich weiter im Gras.

Kurze Zeit später hatte ich die Bestätigung – leider. Unter einem weiter entfernten Grashaufen fand ich eine Platine mit den beiden anderen Kabelenden. Es handelte sich um einen Funkempfänger mit einer Reichweite von vielleicht ein paar Hundert Metern, kein Mobiltelefon. Das Ding war sehr simpel gestrickt. Das allerdings bedeutete, dass man sich zum Auslösen des Sprengsatzes in der näheren Umgebung aufhalten musste. Das war nicht nur gefährlich, weil man sehr nah an der Explosion sein musste, sondern erhöhte auch das Risiko, entdeckt zu werden. Daher vermutete ich, dass dies – wenn überhaupt – nur ein Testgerät war. Die Frage war natürlich, wem diese Sprengfalle gehörte und was sie hier zu suchen hatte? Hatte hier jemand die Wirkung testen wollen? Die Aktivisten? Gab es bei ihnen jemand, der sich damit auskannte? Vielleicht hatte Collins doch nicht so unrecht ... Sie hatte mir das Foto von dem verbrannten Kornkreis gezeigt ... Irgendwas hatte die Eternal-Earth-Group also abgefackelt. War dies der Zünder zu einer Art Sprengsatzprototyp? War das Loch im Kornfeld nur ein Test gewesen, ein Anfang, um größere Anschläge vorzubereiten? Ich mochte mir das einfach nicht vorstellen. Mickey, Woodstock und Snoopy waren so stoned gewesen ... McCray war zwar launisch und handgreiflich geworden, aber der Bau von Sprengsätzen erforderte erheblich mehr kriminelle Energie. Oder war der Gruppe das Koks mal ausgegangen und dies war eine Überreaktion im kalten Entzug?

Möglich war alles ... Wer wusste schon genau, was in solchen Junkies vorging ... Ich würde in den nächsten Tagen ein paar heikle Fragen stellen müssen. Hoffentlich lief die Sache hier nicht aus dem Ruder. Aber Collins hatte nicht zu viel versprochen. Die Gruppe wurde immer interessanter. Aber es brauchte jemanden mit sehr viel Fingerspitzengefühl und Menschenkenntnis, um sich darin zurechtzufinden und zu behaupten. Dafür war ich nicht ganz der Richtige. Ich war gut darin, Leute zu motivieren und ihre Energie auf ein Ziel hinzulenken. Aber eine möglicherweise gewaltbereite Gruppe in friedlichere Bahnen zu lenken und die Gruppe auseinanderzubringen, das waren ganz andere Aufgaben. Ich tupfte mir den Schweiß vom Kopf. Zu gern hätte ich in diesem Moment in einem Liegestuhl gesessen, ein kühles Bier getrunken und eine Zigarette angesteckt. Aber ich hatte aufgehört zu rauchen ... und die restlichen Karotten waren im Van.

Ich konzentrierte mich wieder, fotografierte den Fund und steckte ihn in meine Hosentasche. Vorerst würde ich ihn für mich behalten. Sobald ich sicher sein konnte, unbeobachtet zu sein, würde ich Collins die Fotos schicken. Aber das war im Moment nicht wichtig. Wichtig war jetzt, Vertrauen zu den Mitgliedern der Gruppe aufzubauen.

Ich hatte gerade die Sense wieder in die Hand genommen, als ich aus einiger Entfernung ein »Essen!« hörte. Ich suchte nach der Quelle des Schreis und fand McCray, die wild aus dem Fenster des Wohnhauses winkte. Ich winkte zurück.

Im Wohnhaus wusch ich mir zuerst die Hände, dann ging ich in die Küche. McCray und vier weitere junge Kerle hatten sich um den Tisch gesellt und löffelten eine Art Haferschleimsuppe. Ich musste unweigerlich schlucken.

»Mickey hat dem Neuen erlaubt, für ein paar Tagen bei uns zu bleiben«, sagte McCray überflüssigerweise, weil Mickey den Mitgliedern sicherlich schon Bescheid gegeben hatte – oder aber die Mund-zu-Mund-Propaganda die Neuigkeit bereits weitergetragen hatte. Oder wollte sie mir eine versteckte Botschaft mitgeben? Ein undefinierbares Murmeln folgte. »Das sind Greg, Stan, Arthur und Wilbur«, sagte sie.

Ich grüßte in Richtung des Tisches, stellte mich ebenfalls kurz vor und setzte mich McCray gegenüber. Dann schaute ich mich um. Greg, links neben mir, wirkte auf mich wie ein Nerd. Er trug eine übergroße Brille, hatte blonde Haare, war schmächtig und ziemlich blass. Ich vermutete, dass der Strohhut, der an der Küchentür hing, von ihm war. Die anderen drei waren eher dunkelhaarige Durchschnittstypen. Ziemlich unscheinbar. In diesem Punkt musste ich McCray recht geben: Wenn ich eine Frau wäre, hätte ich mich mit diesen Typen auch nicht eingelassen. Aber mit Mickey auch nicht …

»Nimm dir einen Teller«, forderte McCray mich auf.

»Hm.«

Ich schenkte mir eine kleine Kelle von dem schleimigen Zeug aus dem Topf auf dem Gasherd ein und setzte mich wieder hin. Statt zu essen, sah ich mich weiter am Tisch um. Die anderen drei waren braun gebrannt, muskulöser als Greg und sportlich gekleidet mit irgendwelchen Markenklamotten. Keiner von denen sah so aus, als wäre er das Leben auf dem Bauernhof gewohnt. Sofort fiel mir auf, dass die Typen mich nicht direkt ansahen, meinen Blick förmlich mieden. Die Einzige, die permanent umherschaute, war McCray.

»Wie mäht es sich?«, fragte sie mit einem herausfordernden Lächeln.

»Ähm, gut. Hab den Bogen raus.«

»Dann kannst du ja mit dem Weizen weitermachen.«

»Mal sehen«, sagte ich mit einem verschmitzten Lächeln. »Vielleicht hilft mir ja noch jemand?«

Niemand ging auf meine Provokation ein. »Seid ihr alle von hier?«

Greg, der Nerd, war der Erste, der etwas sagte: »Wir sind alle aus D.C. Außer Crystal.«

»Aha. Ja, Crystal und ich kennen uns aus Massachusetts, wir sind da zur Schule gegangen.«

»Studierst du noch?«, fragte der Nerd.

»Abgebrochen. Seitdem habe ich in einem Fitnessstudio gejobbt. Aber jetzt bin ich arbeitslos«, sagte ich und hoffte, dass meine Tarnung überzeugte.

Sie wirkte. »Warum haben sie dich entlassen? Gab es Probleme mit dem Chef?«

»Nein, das Studio hat zugemacht. Es kamen keine Kunden mehr.«

»Warum?«

»Warum? Ganz einfach: Weil die Kriminalitätsrate im Viertel in die Höhe geschnellt ist, seit die Polizei abgezogen wurde, und sich niemand mehr auf die Straße traut, geschweige denn ins Fitnessstudio. Defund the police ... Das sind die Folgen.«

»Diese Scheiß-Bullen. Scheiß-Rassisten«, sagte McCray.

»Nein, nein. Die Polizei ist weg. Das ist das Problem.«

»Scheiß Bullen! Scheiß Bullen! Scheiß Bullen!«, schrie sie. Die anderen stimmten ein, zum Glück etwas leiser. Ich saß mit offenem Mund da und beobachtete das surreale Schauspiel. Plötzlich waren sie wie ein Haufen Kinder, die mit der Schaufel auf eine Sandburg einschlugen. Ich dachte an den Fernzünder in meiner Tasche. Gefährliche Kinder. Da war ich tatsächlich in etwas hineingeraten ...

Nach ein paar Wiederholungen verloren sie den Spaß an ihrem Spiel.

McCray ergriff wieder das Wort. »Die Bullen sind das Symbol für den systemischen Rassismus in unserer Gesellschaft. Sie sind verantwortlich für die Armut der Farbigen, sie diskriminieren Homosexuelle und ermorden die Unterprivilegierten, wie es ihnen passt.«

Ich verschränkte die Arme vor der Brust. »Was kümmert es dich, Crystal? Du bist nicht unterpriveligiert, homosexuell oder farbig.«

In diesem Moment explodierte sie so richtig. Offensichtlich hatte ich einen wunden Punkt getroffen. »Das ist doch wohl scheißegal. Wir sympathisieren mit all den Gruppen, die jahrhundertelang nur Opfer waren.«

»Aha. Okay. Hm«, ruderte ich zurück. »Ich dachte, ihr wärt Umweltaktivisten. Das hatte ich wohl falsch verstanden. Für was seid ihr denn noch so?«

»Wir sind für den Abbau der Polizei, mit der der weiße Mann alle unterdrückt.«

»Allen Polizisten Rassismus vorzuwerfen, ist doch Unsinn. Das Ergebnis siehst du an meinem Beispiel. Ist es jetzt besser, wenn keiner mehr ins Fitnessstudio geht, weil die Kriminalität überhand nimmt?«

»Das liegt daran, dass das bei der Polizei eingesparte Geld nicht in die Problemviertel zurückfließt, sondern in die ohnehin schon reichen Viertel investiert wird.«

»Hast du dafür Beweise?«

»Es ist so. Das wissen wir.«

»Und wie wollt ihr das ändern?«

»Durch Aktionen. Wir wollen eine andere, eine bessere Welt. In zwei Tagen werden wir in D.C. auftreten. Komm mit und sieh selbst.«

»Also gut. Was machen wir?«

»Etwas richtig Großes.« Sie grinste mich maliziös an. »Wir werden die Schuldigen an den Pranger stellen. Die, die Menschen umbringen, die Umwelt verpesten und die Mehrheit unterdrücken.«

»Jetzt bin ich gespannt«, sagte ich trocken, kippte mein Essen zurück in den Topf und verließ die Küche. Ich hatte mir zwar vorgenommen, eine Beziehung zu allen Mitgliedern aufzubauen, aber bei diesem gequirlten Mist, den McCray von sich gab, brauchte ich dringend frische Luft. Da drinnen bei den Aktivisten gab es für mich keinen Platz zum Atmen. Da mähte ich lieber wieder meine Wiese und hoffte, dass in zwei Tagen niemand zu Schaden käme.

Kapitel 14

Am Nachmittag hatte die Sonne es geschafft, die Wolken vollständig zu durchbrechen. Zum Schutz meiner frisch rasierten Kopfhaut hatte ich mir den Strohhut aus der Küche geholt. Über Stunden schwang ich das Eisen, bis Mickey, Snoopy und Woodstock mit dem Pick-up zurückkamen. Als sie von der Straße auf den Schotterweg Richtung Hof abbogen, sah ich die blauen Plastikfässer auf der Ladefläche, die die aufgewirbelte Staubwolke nebulös einlullte. Meine Neugier war wieder geweckt. Mehr Düngemittel? Ich würde es herausfinden. Mit der Sense in der Hand lief ich zu Mickey, der gerade den Wagen in die kombinierte Lagerhalle mit Geräteschuppen einparkte, in der schon die anderen Chemikalienfässer standen. Als Mickey mich sah, winkte er mich heran.

»Hilf beim Abladen«, rief er mürrisch und bedeutete Snoopy und Woodstock mit einem Kopfnicken, mir zu helfen.

»Ist das alles Dünger?«, fragte ich naiv.

»Nein, wir haben noch für die Aktion am Mittwoch einge-kauft.«

»Klingt spannend. Was machen wir denn genau?«

»Erklär' ich dir heute Abend.«

Als Mickey die Ladefläche des Wagens herunterklappte, konnte ich sehen, was sie bei der Demonstration vorhatten. Diesmal würde es nicht dabei bleiben, ein Transparent mit einer Spraydose anzuzünden. Die Eternal-Earth-Group wollte das große Besteck auffahren: Drei pechschwarze Benzinkanister, die, als ich sie anhob, bis zum Rand mit Flüssigkeit gefüllt waren, würden ausreichen, um einen ganzen Häuserblock in Brand zu setzen. Die Gruppe plante also ein größeres Feuer als das vor dem Weißen Haus. Ich verzog bei dem Gedanken die Mundwinkel, ließ mir aber nichts anmerken. Zuerst lud ich die Kanister ab, dann reichte ich Snoopy eine weiße Stoffrolle, aus der neue Transparente gebastelt werden konnten. Dann waren die Düngerfässer an der Reihe.

»Abendessen«, rief jemand aus dem Haus. Aber es war nicht Crystals Stimme, sondern die von Mickey, der sich zwischenzeitlich aus dem Staub gemacht hatte. Fauler Mistkerl. Snoopy und Woodstock verschwanden ebenfalls, ohne sich noch einmal umzudrehen. Ich machte ein Foto von den Fässern und schickte es zusammen mit den anderen vom Vortag an Collins. Das hatte ich schon am Vorabend tun wollen, aber bis jetzt vergessen. »Großes Feuer am Mittwoch in D.C. Adresse folgt, sobald ich mehr weiß.« Dann löschte ich die Bilder wieder von meinem Handy. Erst als mein Handy wieder sauber war, ging ich ins Haus. Nur die Zünderfotos hatte ich behalten, allerdings in meine Cloud hochgeladen. Warum, kann ich im Nachhinein auch nicht mehr mit absoluter Sicherheit sagen. Eine intuitive Entscheidung. Wahrscheinlich wollte ich zu diesem Zeitpunkt nicht, dass das FBI offizielle Ermittlungen aufnahm, bevor ich nicht genau wusste, was auf der Farm vor sich ging. Es war also besser, das FBI erst einmal etwas auf Abstand zu halten, um nicht alle sofort verrückt zu machen. Wenn ich die Information über einen möglichen Fernzünder für selbst gebastelte Bomben an Collins weitergab, würde vielleicht ein Spezialistenteam anrücken, das Gelände auf den Kopf stellen und nichts weiter finden, wofür es keine plausible Erklärung gab. Meine Tarnung würde dann auf jeden Fall auffliegen, schließlich war ich die Person, die zuletzt gekommen war. Intensivere Recherchen zu meinem Hintergrund anzustellen, wäre für die Aktivisten oder ihre Anwälte nicht allzu schwer. Die könnten dann behaupten, dass ich den Zünder dort platziert hätte, zumal ich keinen Zeugen für den Fund hatte. Jeder halbwegs geschickte Anwalt würde den Verdacht direkt auf mich lenken. Meine militärische Vergangenheit war gerade eine Einladung dazu, mir alles Mögliche in die Schuhe zu schieben. Dann wären wir keinen Schritt weiter, sondern geradezu in einer erneuten Sackgasse gelandet. Nein, nein, eine offizielle Untersuchung brächte uns im Augenblick nicht weiter. Das wusste auch Collins, daher ermittelte das FBI nicht direkt, sondern beobachtete und hatte mich geschickt. Außerdem beruhigte mich der Gedanke, dass, solange die Gruppe Benzin als Brandbeschleuniger nutzte, sie nicht vorhatte, stärkeren Sprengstoff einzusetzen.

Kaum hatte ich die Türschwelle zum Farmhaus überschritten, hörte ich Stimmen und einen heftigen Schlag aus der Küche. »Du warst den ganzen Nachmittag hier und hast nichts vorbereitet.«

Ich riss die Küchentür auf. McCray hatte eine weiß-rot karierte Küchenschürze übergeworfen und stand mit hängenden Schultern am Herd. Ihr gegenüber hatte sich Mickey mit hochrotem Kopf und einer Pfanne in der Hand aufgebaut. Die anderen saßen mit gesenkten Köpfen am Küchentisch. Greg, der Nerd mit der Brille, schielte in meine Richtung. In seinem Blick sah ich Spuren von Verzweiflung. Und vielleicht die Hoffnung, dass jemand etwas unternehmen würde. Aber McCray und Mickey hatten überhaupt keine Augen für mich, nahmen mich noch nicht einmal wahr.

»Tut mir leid, Mickey. Ich hatte noch eine Videokonferenz mit unserem Sponsor und habe das Essen völlig vergessen.«

»Vergessen?«, brüllte er und trat einen Schritt auf McCray zu. »Du hast den ganzen Nachmittag vor dem Spiegel gestanden, dich geschminkt und deine Nägel lackiert, du Schlampe. Das sehe ich doch.«

»Für die Aktion am Mittwoch gibt es richtig Geld ...«

»Hast du dich für ihn ausgezogen? Du kleines Miststück!«
Mickey fuchtelte mit der Pfanne herum.

»Hey, ich kann beim Kochen helfen«, mischte ich mich jetzt
ein. »Sag mal, Crystal, wie viel Geld hat der Spender überhaupt
versprochen?«

Das holte Mickey zurück in die Realität. Völlig verdutzt darüber, dass es jemand wagte, sich einzumischen, ließ er den Arm
sinken, atmete durch und bedachte McCray mit einem Blick,
der gleichzeitig Wut, Verachtung und Hilflosigkeit ausdrückte.
McCray wirkte unbeeindruckt. Sie drehte sich einfach um und
achtete nicht weiter auf Mickey.

»Danke«, flüsterte sie. Ich stellte mich neben sie. Dann sagte
sie etwas lauter: »Wenn du die Ananas schälst und würfelst, ist
der Obstsalat fertig. Ich mache noch Käse auf die Auberginen
und stelle sie dann in den Ofen.«

»Klaro.«

Hinter mir klapperte ein Stuhl. Mickey hatte sich hingesetzt,
aber er schwieg, genauso wie die anderen am Tisch. Erst als der
Obstsalat fertig war und die Auberginen zum Überbacken im
Ofen, brach ich das Eis und schlug vor, den Nachtisch vorzuziehen
und das Obst als Vorspeise zu essen. Einhelliges Nicken und
Murmeln.

»Also, was habt ihr für Mittwoch geplant?«, nahm ich den
Faden wieder auf.

Mickey schniefte, antwortete aber nach ein paar Sekunden:
»Eigentlich war es Crystals Idee ... Wir besorgen uns ein paar
alte Autoreifen ... legen unsere Banner drauf und übergießen
das Ganze mit Benzin. Das wird uns maximale Aufmerksamkeit
bringen.«

»Ist das nicht ein Riesenaufwand?«

»Das geht schon. Wir machen das alle zusammen.«

»Aber das dauert doch eine ganze Weile: Reifen hinlegen,

Banner darauf, Benzin darübergießen, anzünden. Habt ihr denn keine Angst, dass euch die Bullen dazwischenfunken und alles versauen?«

Crystal grinste mich an. »Keine Angst. Wir kriegen unsere Botschaft gesendet, bevor die anrücken.«

Ich nickte. Dann wechselte ich das Thema. »Und was hat der Spender damit zu tun?«

Keine Antwort. Nach einer längeren Pause sagte McCray: »Er will, dass die Aktion an einem bestimmten Ort stattfindet.«

»Was ist das für ein Ort?«

Die Küchenuhr surrte. McCray stand auf, holte die überbackenen Auberginenhälften aus dem Ofen, verteilte sie auf Teller und brachte sie zum Tisch. Ich wartete noch immer auf eine Antwort auf meine Frage.

»Diesmal soll die Aktion in einem Wohngebiet stattfinden. Maximale Aufmerksamkeit. Das letzte Mal war es in einem Industriegebiet. Die Klimaschweine sind überall ...«

»Das heißt, wir könnten früher gesehen werden ... ?«

»Es reicht!«, rief Mickey in einem Ton, der keine Widerrede duldete, und warf abwechselnd mir und dann McCray einen wütenden Blick zu. Plötzlich stand er auf. Er ging zum Küchenschrank und holte das Tongefäß hervor. Ich wusste schon, was es enthielt, nur fehlte mir die Vorstellung davon, was Mickey beim Essen damit anstellen wollte. Fehlte ihm die Würze? Bei dem Gedanken musste ich unwillkürlich grinsen.

Aber seine Aktion hatte nichts mit dem Essen zu tun. Was dann passierte, war surreal, erniedrigend und zutiefst traurig. Mickey streute sich eine Prise des weißen Pulvers auf seinen Handrücken. Wortlos ging er auf McCray zu und hielt ihr demonstrativ das Pulver hin. Geschickt und ohne Widerstand zog sie sich das Zeug in die Nase. Dann nahm er selbst eine Prise und hielt mir das Tongefäß hin. Ich lehnte dankend ab. Das war also Mickeys Rezept, dachte ich. Befehle, emotionale Erpressung und wenn nichts mehr half, dann gab es eine Nase Koks und vielleicht noch ein blaues Auge? Das war eine verdammt toxische Kombination. Crystal McCray, worauf hast du dich da eingelassen?

Sprachlos und ein bisschen ratlos fuhr ich mir über die Glatze, sagte aber nichts. Crystal McCray schwieg ebenfalls und schnitt sich wie in Trance Stücke von ihrer Aubergine ab, schien aber nicht wirklich hungrig zu sein. Ich hatte meine Portion schon aufgegessen, da kaute sie noch an dem kleinsten Stück herum. Ohne Vorwarnung warf sie plötzlich das Besteck auf den Tisch, sprang auf und sagte: »Ich will jetzt ficken.«

Ich schaute sie völlig verdutzt an und fragte mich, ob ich richtig gehört hatte.

Mickey dagegen war sofort aufgesprungen, als hätte er nur darauf gewartet. Schnurstracks verschwanden sie aus der Küche.

Einen Moment lang starrte ich nur vor mich hin. Dann fragte ich die anderen am Tisch: »Läuft das immer so?«

»Äh, ja«, sagte Snoopy. »Die beiden haben eine besondere Beziehung.«

»Besonders? Das ist ein bisschen untertrieben, oder?«

Nur ein Achselzucken war die Antwort. Keine zwei Minuten später hörte ich lautes Stöhnen vom Dachboden. Dann schrie McCray ekstatisch, ab und an hörte man eine Hand, die auf einen Körper klatschte, gefolgt von einem dumpfen Geräusch irgendwo zwischen Lust und Schmerz. Mein Gott, war das Haus hellhörig. Ich konnte nicht sagen, wer hier wen malträtierte. Aber beide schienen diese Art von Sex zu mögen. Gott sei dank war es ein kurzes Intermezzo, weil Mickey nur Sekunden später mit einem lauten Grunzen kam. Ich konnte ein Grinsen nicht unterdrücken. »Komisch, von Crystal hört man gar nichts mehr ...«

»Halt lieber die Klappe«, sagte Greg, der Nerd. »Wenn Mickey dein Grinsen sieht, dann ...«

»Was dann? Habt ihr etwa Angst vor ihm? Ich nicht ...«

»Pfff.« Alle sprangen auf und wollten die Küche verlassen.

Doch es war schon zu spät. Mickey kam herein, zog sich gerade den Reißverschluss seiner Jeans hoch und grinste alle selbstgefällig an, bis er meinen spöttischen Blick bemerkte. »Wieso grinst du über beide Ohren?« Offensichtlich ahnte er, dass ich von seiner Darbietung auf dem Dachboden wenig beeindruckt war. Ich setzte ein süffisantes Lächeln auf, wusste natürlich, dass ich Mickey damit nur noch mehr provozierte und wartete auf seine Reaktion. Er war inzwischen fuchsteufelswild.

»Du Wichser, erst machst du meine Freundin an und dann lachst du mich aus?« Mickey holte mit seinem rechten Arm zum Schlag aus, es war ein richtig schöner Kneipenschwinger, wenn man nicht damit rechnete. Aber erstens konnte man in Mickeys Gesicht lesen wie in einem offenen Buch, und zweitens hatte ich kein Koks in der Birne … Ich riss den linken Arm hoch, sodass sein Unterarm von meinem Ellbogen geblockt wurde. »Ahhh«, hörte ich nur. Ich konnte nicht sagen, ob es vom Aufprall auf meinem Knochen kam oder vom Verlust des Gleichgewichts und Mickeys anschließendem Sturz auf den Boden. Aber irgendetwas tat ihm weh. Geschah ihm eigentlich recht.

»Was macht ihr denn hier?« McCray stand nur mit Slip und T-Shirt bekleidet in der Tür. »Mickey!« Sie rannte auf ihn zu, wollte ihm aufhelfen. Doch er schubste sie grob weg. Sie ruderte zurück, fing sich aber am Küchentisch. Ihre rechte Wange glühte – deutliche Spuren ihres kurzen Liebesspiels mit Mickey. Ich wollte nicht wissen, wie der Rest ihres Körpers aussah … Gut, dass ich Collins nichts von dem Veilchen am Vortag berichtet hatte. Gar nicht auszudenken, wie schnell McCrays Eltern versuchen würden, ihre Tochter hier rauszuholen.

»Lass gut sein, Mickey«, sagte ich und gab ihm meine Hand, um ihm aufzuhelfen. Mit Speichel vor dem Mund und feuerrotem Gesicht spuckte er mich an: »Verpiss dich! Verschwinde von hier! Sofort!«

»Okay, okay«, sagte ich, um die Situation zu entschärfen.

»Schon gut. Ich schlafe heute Nacht in meinem Auto. Aber morgen früh müssen wir auf jeden Fall noch einmal über die kommende Aktion sprechen.«

Ohne eine Antwort abzuwarten, verließ ich die Küche, setzte mich in meinen Van und fuhr zu dem Parkplatz in der Nähe der Farm, auf dem ich die Nacht zuvor gestanden hatte. Dann packte ich mein Fernglas und machte mich mit ein paar Karotten im Gepäck auf zu meinem Beobachtungsposten im Gebüsch.

Doch auf der Farm rührte sich nichts. Das hatte ich auch nicht anders erwartet. Mickey würde den ganzen Abend grollen, die anderen würden nichts sagen. McCray würde ihn in seiner Männlichkeit bestärken und wenn ich mit meiner Einschätzung richtiglag und etwas Glück hatte, würde morgen früh alles vergessen sein. Mickey hatte tiefsitzende Persönlichkeitsprobleme, die durch das Koks noch verstärkt wurden. Mit anderen Worten: Er war unberechenbar, wie eine geladene Waffe, die jederzeit losgehen konnte. Wenn die Wirkung der Droge nachließ, würde er wieder runterkommen. Zumindest hoffte ich das ... Eines war mir jedenfalls klar: An diesem Abend sollte ich ihm besser aus dem Weg gehen. Bei meinem Anblick würde er nur wieder die Kontrolle verlieren. Aber was war mit McCray? Welche Art von Beziehung führten die beiden eigentlich, abgesehen davon, dass sie miteinander ins Bett gingen. Dass Kokain sexuell enthemmte, war eine übliche Wirkung. Und sie schien den Stoff genauso zu brauchen wie Mickey ... Also musste ich beide, auf jeden Fall aber Crystal, davon wegkriegen. Und ich hatte auch schon eine Idee, wie ...

Kapitel 15

Collins Anruf am nächsten Morgen riss mich aus einem traumlosen Schlaf. Mein Nacken war verspannt, weil ich im Sitzen auf dem Rücksitz eingeschlafen war. Nach zwei Bier aus dem Supermarkt in Culpeper war ich plötzlich so müde geworden ... Ich ging ans Telefon.

»Können Sie sprechen?«, fragte sie mich knapp.

»Kein Problem. Schlaf in meinem Wagen.«

»Sie sind doch auf der Farm, oder?«

»Nicht weit weg, zumindest. Ist alles ein bisschen schwierig.« Sie schnaufte in den Apparat hinein.

»Machen Sie sich keine Sorgen ...«

»Was ist passiert? Wenn Sie nicht bei der Gruppe sind, wissen wir nicht, was sie planen ...«

»Mickey ist am Vorabend völlig ausgeflippt. Ich werde gleich wieder zurückfahren, aber gestern hat es einfach nicht mehr gepasst. Außerdem muss ich daran arbeiten, Crystal und diesen Mickey auseinanderzubringen, sonst wird unser Plan nicht aufgehen.«

»In Ordnung«, sagte Collins, »was ist am Mittwoch als Nächstes geplant?«

»Sie wollen eine Barrikade aus Altreifen errichten, die mit Benzin übergießen und wie Rumpelstielzchen herumtanzen.«

»Wo?«

»In D.C. Das Ziel ist diesmal ein Wohnviertel. Mehr weiß ich noch nicht.«

»Glauben Sie, dass es bei brennenden Reifen bleiben wird? Wir haben Ihre Fotos ausgewertet. Es handelt sich um ein anderes Düngemittel als früher, und mit ein paar Spezialkenntnissen kann man daraus ohne Probleme einen primitiven Sprengstoff herstellen. Wenn Sie weitere Hinweise auf einen solchen Anschlag haben, schicken wir ein Einsatzkommando und durchsuchen den Hof. Dann ist Schluss mit lustig.«

Ich dachte kurz an den Zünder, den ich beim Mähen gefunden hatte, sagte aber nichts. Das war nicht der richtige Moment. Wenn jetzt das FBI eingreifen würde, wäre ich sofort draußen. Und mehr als den kaputten Zünder hatte ich nicht ... »Ich weiß nicht«, sagte ich schließlich.

»Verschweigen Sie mir etwas?«

»Brenda, ich bin noch keine vierundzwanzig Stunden mit der Gruppe zusammen. Ich kann es nicht mit Sicherheit sagen, aber diesmal wird es wahrscheinlich nicht um mehr als ein paar qualmende Reifen gehen.«

»Wenn die mehr planen, haben wir ein Problem ...«

»Ich dachte, ich sollte McCray nach Hause bringen.«

»Sie sollen vor allem verhindern, dass die Aktivisten anfangen, durchzudrehen.«

Ich stöhnte auf. »Wenn Sie wüssten ... der reinste Kindergarten.«

Collins antwortete nicht.

»Mickey und Crystal haben auf jeden Fall ein massives Drogenproblem. Mickey ist übrigens, wie erwartet, der Chef, die anderen ordnen sich ihm total unter, sind eingeschüchtert. Er ist leider sehr schräg drauf, und die Drogen machen es nicht besser. Das Drogenproblem muss ich auf jeden Fall lösen, aber ich habe da schon eine Idee ...«

»Ihre Entscheidung. Sie sind drin, sonst niemand. Sobald Sie aber mehr über die Pläne der Gruppe erfahren, melden Sie sich sofort.«

»Mach ich. Ich schalte das GPS-Signal des Telefons ein. Verfolgen Sie es, falls ich keine Zeit habe, Sie anzurufen.«

Collins lachte. »Das machen wir sowieso schon die ganze Zeit.«

»Na, dann passen Sie besser auf«, sagte ich trocken. »Sie müssten doch längst wissen, dass ich abseits der Farm parke.« Ich legte auf, ohne ihre Antwort abzuwarten. Ich wusste nicht, warum Collins so ungeduldig war. Irgendjemand machte wohl Druck. Auf einmal wollte sie Ermittlungsergebnisse, die ich in dieser kurzen Zeit einfach nicht liefern konnte. Das wusste sie auch. Irgendetwas gefiel mir an dieser Situation nicht. Zumal ich mich ja vor allem um McCray kümmern sollte, nicht um die Aktionen der Gruppe …

Ich quälte mich von der Rücksitzbank. Vor dem Wagen machte ich als Erstes Dehnübungen, um mich wieder richtig bewegen zu können. Dann trank ich eine Flasche Wasser auf ex. Die belebte mich zumindest so weit, dass ich bereit war, zurück auf die Farm zu fahren, um zu gucken, ob Mickey sich wieder beruhigt hatte. Zu gern hätte ich noch eine Zigarette geraucht. Ich steckte mir eine Karotte in den Mund, fuhr mir über das Gesicht und konzentrierte mich wieder. Ich musste schnellstmöglich in die Küche, solange es noch früh war und wahrscheinlich alle schliefen. Hoffentlich war die Haustür offen … Ich startete das Auto und fuhr zur Farm zurück.

Als ich aus dem Wagen stieg, hörte ich schon das Plätschern der Dusche. Es war also schon jemand auf den Beinen. Auf leisen Sohlen schlich ich mich in die Küche. Keiner da. Ich schloss die Tür bis auf einen kleinen Spalt, damit mich niemand, der durch den Flur kam, zufällig sehen konnte. Zielstrebig nahm ich das Tongefäß aus dem Oberschrank, in dem Mickey das Kokain aufbewahrte. Dann durchsuchte ich die anderen Küchenschränke nach Mehl. In einem Seitenfach wurde ich fündig. Doch ich hatte Pech. Es war Maismehl mit der typischen gelben Farbe. Das Pulver im Tongefäß war strahlend weiß. Das würde sofort auffallen, wenn ich es mit gelbem Mehl verschnitt. Krampfhaft überlegte ich, was ich statt des Mehls nehmen könnte. Ich lehnte mich an die Spüle und starrte aus dem Fenster. Plötzlich bewegte sich der Sichtschutz der Dusche. Jetzt musste es schnell gehen. In diesem Moment hatte ich keine bessere Idee, als das Kokain mit Zucker zu strecken. Zumindest sah er ähnlich aus – weiß, aber mit größeren Kristallen. Ich holte die Tüte aus dem gleichen Schrank wie das Maismehl, kippte den halben Inhalt des Kokstütchens ins Tongefäß, den Rest in den Ausguss und füllte das Gefäß mit der gleichen Menge Zucker auf. Mit dem Finger rührte ich das Pulver schnell um, in der Hoffnung, dass alles gut vermischt war und meine Spezialmischung nicht sofort auffallen würde. Dann stellte ich das Tongefäß in den Schrank zurück. In diesem Moment öffnete sich die Küchentür. Mickey stand keine zwei Meter von mir entfernt. Ich drehte das Wasser auf und tat so, als würde ich mir die Hände waschen. Dabei achtete ich darauf, das Kokain schnellstmöglich herunterzuspülen.

»Morgen«, sagte Mickey mit müder Stimme, als wäre es völlig normal, dass ich mich wieder in seiner Küche befand.

Ich nickte zurück. Mickey hatte tiefsitzende Augenringe und war ungesund bleich im Gesicht. Er sah krank aus, aber nicht mehr aggressiv. Die Wut von gestern Abend war anscheinend verflogen.

»Machst du Frühstück? Hab irgendwie Hunger.«

Erleichtert nickte ich kurz, dann machte ich mich auf die Suche nach etwas Essbarem. Mickey hatte sich tatsächlich wieder beruhigt. Das Kokain schien alle verrückt zu machen. Aber nicht mehr lange, hoffte ich. Die Dosis war jetzt mindestens halbiert ... Hoffentlich fiel das nicht sofort auf ...

»Ich mache uns ein paar Toast«, sagte ich. »Dann essen wir

zusammen.« Ob er sich überhaupt an den Abend zuvor erinnerte, als er mich verprügeln wollte? Vorsichtig tastete ich mich vor und hoffte, dass die Erinnerung an mein Grinsen nicht zurückkam. »Schläft Crystal noch?«

»Ja, sie braucht noch eine Weile. Vor heute Mittag wird sie nicht aufstehen.«

»Und was treibt dich so früh aus dem Bett?«

»Der Hunger, was sonst.«

Ich rollte mit den Augen, was Mickey nicht sehen konnte. Dann deckte ich den Tisch, holte Erdnussbutter und Marmelade heraus und holte für uns beide eine heiße geröstete Scheibe Weißbrot aus dem Toaster. »Machst du Kaffee, Mickey?«

Ohne zu zögern, stopfte er das Brot in sich hinein. Dann stand er auf, um den Filterkaffee aufzusetzen.

»Sag mal, was ist morgen genau geplant?«

»Hm«, Mickey schluckte schwer. Er hatte zu hastig gegessen. Der trockene Toast mühte sich durch seine Speiseröhre hinunter. Er hustete kurz, dann trank er einen Schluck Wasser aus der Leitung. »Also, ich habe heute Nacht im Detail geträumt, wie wir das machen könnten.«

»Geträumt? Okay ...«

»Wir benötigen zwanzig alte Autoreifen. Fünf davon stapeln wir übereinander.« Er fuchtelte mit den Armen in der Luft herum. »Darüber spannen wir ein Transparent mit einer aufgemalten Kalaschnikow – in Pink. Das war Crystals Idee von gestern Abend. Wir filmen das Ganze mit dem Smartphone und streamen es live ins Internet. Dann zünden wir die Reifen an und rollen eine Banderole mit unserer abschließenden Botschaft aus: ›Lehmann-Crawford hat keine Not, denn ihre Waffen bringen den Tod.‹ Du könntest der Kameramann sein. Was hältst du davon?«

»Hm«, ich brauchte einen Moment, um angesichts dieser kindischen Aktion nicht laut loszulachen. Eine Kalaschnikow in pink ... Wie originell. Fehlte nur noch ein Einhorn, das Torpedos pupste, um das militante Aktivistenbullerbü perfekt zu machen. Ich räusperte mich, dann sagte ich: »Könnte funktionieren. Aber warum ausgerechnet Lehmann-Crawford? Versteht man das sofort? Ich meine, wir wollen doch für die Umwelt demonstrieren.«

Mickey überlegte einen Moment und ließ sich meine Bedenken durch den Kopf gehen. Dann hellte sich seine Miene auf. »Du hast recht, da fehlt noch etwas. Wir können auch ein Transparent mit einer Weltkugel zeigen. Ja«, rief Mickey plötzlich, »das ist eine super Idee von dir. Als Gegenbild zum Bösen zeigen wir die Erdkugel.«

»Das klingt einleuchtend. Aber was hat denn dieser Ort mit Lehmann-Crawford zu tun? Deren Fabriken liegen doch ganz woanders. Ich verstehe den Zusammenhang noch nicht.«

»Ach so.« Mickey machte ein ungläubiges Gesicht, als wäre es das Einfachste der Welt, das zu verstehen. »Was du nicht weißt, ist: Wir machen die ganze Aktion vor der Villa des CEOs von Lehmann-Crawford.«

»Und der Auftrag kam von einem eurer Sponsoren?«

»Klar.«

Ich lehnte mich in meinem Stuhl zurück, verschränkte die Arme, stand dann auf und warf noch ein Weißbrot in den Toaster. Und dachte nach. Ein Sponsor bestimmte also, welche Aktionen die Eternal-Earth-Group untermnahm. Und wo. Und das machte dieser Sponsor bestimmt nicht aus Menschenfreundlichkeit. Das Ganze hatte also weniger mit einem Kampf für eine bessere Umwelt als mit wirtschaftlichen Interessen zu tun. In Wirklichkeit waren die Aktivisten nichts anderes als Legionäre – genau wie ich. So viel zu den nach außen kommunizierten Zielen. Für Mickey schien das in Ordnung zu sein, sich derart kaufen zu lassen. Hauptsache, das Geld floss. Aber wusste Crystal McCray davon? Und wofür das alles? Koks? Hier auf der Farm hatte ich nicht das Gefühl, dass die Aktivisten in Luxus schwelgten. Könnte es sein, dass Mickey sein eigenes Spiel spielte? Was wussten die anderen?

Ich atmete tief durch. Puh. Bevor ich mich hinsetzte, schenkte ich uns Kaffee ein. »Wer ist euer Sponsor, Mickey?«

»Das geht dich nichts an.«

In diesem Augenblick betrat McCray die Küche. Offensichtlich hatte sie unser Gespräch mit angehört. Ihre rechte Wange war noch immer rot. Sie hatte sich noch nicht geschminkt. Mit müden Augen sagte sie: »Das ist unser Geheimnis, nicht wahr, Mickey?«

Mickey nickte.

»Wir treffen uns in zehn Minuten zum Morgengebet und dann zur Vorbesprechung.«

Mickey nickte erneut.

»Vorher gönnen wir uns noch einen Toast«, sagte ich und belud die Maschine mit zwei weiteren Scheiben Weißbrot.

Kapitel 16

Das Morgengebet, wie McCray es genannt hatte, fand in dem leeren Raum statt, den sie mir gleich bei meiner Ankunft gezeigt hatte. Wir saßen alle im Schneidersitz auf dem Boden. Ich war gespannt, was mich jetzt erwarten würde. Der Einzige, der noch fehlte, war Mickey. Er kam als Letzter mit dem Kokspott aus der Küche. Ich riss die Augen auf, blieb aber äußerlich ruhig. Keiner der Anwesenden hatte meine Reaktion wahrgenommen. Würde Mickey meinen Schwindel entdecken? Hatte er es vielleicht schon bemerkt? Mickey öffnete das Tongefäß, guckte überrascht hinein.

»Ey, was ist das denn?«

»Hm?«, antwortete McCray.

Ich wurde noch nervöser.

»Echt eine gute Idee, Crystal, das Pulver direkt reinzugießen. Dann müssen wir nicht mehr mühsam mit dem Tütchen rumfummeln.«

Mickey streute sich eine Prise auf den Handrücken, die er sogleich inhalierte. Dann noch eine Line für das andere Nasenloch. Amüsiert über Mickeys Pragmatismus grinste ich in mich hinein. Nachdem er einmal tief durchgeatmet hatte, gab er den Topf weiter. Mickey hatte keinen Verdacht geschöpft. Die anderen würden es auch nicht merken. Als ich an der Reihe war, nahm ich aus Solidarität eine Prise, tat so, als würde ich inhalieren, ließ das Pulver aber in meinen Schoß rieseln. Sollten sich doch alle die Birne wegkoksen. Ich musste einen klaren Kopf behalten.

Als alle Mitglieder der Eternal-Earth-Group versorgt waren, erhob McCray ihre Stimme: »Wir schließen jetzt die Augen und stellen uns die Welt vor, die wir erschaffen wollen.« Ich tat wie geheißen, zumindest mit dem rechten Auge. Das linke hielt ich noch offen. Schließlich wollte ich sehen, was um mich herum passierte.

»Wir fahren mit dem Fahrrad auf dem I-95 in Richtung Boston, vorbei an einem Weizenfeld, überall Stille, nur gelegentlich das Klingeln eines Kinderrades. Kein Auto weit und breit. Der Wind weht uns um die Nase. Es duftet nach frisch gemähtem Gras. Wir nehmen die Abfahrt in den nächstliegenden Ort. Gleich am Ortseingang begrüßen uns Gemüsefelder, auf denen Familien ihre Lebensmittel anbauen. Kein Auto ist auf der Straße unterwegs, das Dorf ist voller Leben. Die Menschen gehen nirgendwo hin, sie bleiben zu Hause, reden mit ihren Nachbarn, mit ihren Familien. Sie alle sind glücklich, füreinander da zu sein.«

Eine Kunstpause.

»Wir wollen diese Welt erschaffen«, sagte McCray. »Wir wollen«, antwortete die Gruppe im Chor.

»Wir von der Eternal-Earth-Group wollen füreinander da sein.«

»Wir wollen.«

»Wir wollen den Rest der Menschheit bekehren, unserem Weg zu folgen.«

»Wir wollen.«

»Wir wollen dieses Ziel um jeden Preis erreichen.«

»Wir wollen.«

»Ich danke euch. Ihr könnt die Augen wieder öffnen.«

Die anderen schüttelten kurz die angespannten Glieder, dann fuhr McCray fort. »Kommen wir zu der Aktion, die für morgen geplant ist. Jede Hand wird gebraucht. Wir werden in D.C.

Barrikaden aus Autoreifen bauen. Mickey fährt am Nachmittag zu seinem Onkel nach Fredericksburg. Dort holt er die Reifen ab. Er braucht zwei Freiwillige. Wer kommt mit?«

Vier Hände gingen hoch – meine inbegriffen. Schließlich wollte ich sehen, was Mickey so trieb. McCray wählte Snoopy und Woodstock – wieder einmal.

»Alle anderen brauche ich heute, um die Transparente zu basteln.«

Damit war das Treffen beendet. Ich ging kurz auf die Toilette, textete Collins das geplante Aktionsziel, das Mickey mir beim Frühstück verraten hatte, und gab ihr überflüssigerweise den Hinweis, einen Löschzug der Feuerwehr bereitzustellen. »Gruppe zündet Autoreifen mit Benzin an. Ich soll nur filmen. Zum Glück.«

Die Antwort kam prompt.

»Verstanden. Lassen Sie es nicht zu einer Eskalation kommen. Und löschen Sie alle Nachrichten und Bilder von diesem Handy. Für alle Fälle ...«

Mein Gott, für was für einen Amateur hielt sie mich eigentlich? Bei nächster Gelegenheit würde ich sie damit aufziehen. Dann dachte ich noch einen Moment über die Situation im Andachtsraum nach. Mickey hatte sich dabei stark im Hintergrund gehalten. McCray hatte das sogenannte »Gebet« gesprochen und auch die Mitfahrer für Mickey ausgewählt. Ich dachte darüber nach, was das für das Kräfteverhältnis zwischen den beiden bedeutete? Wer hatte hier eigentlich den Hut auf? Laut FBI-Akte hatte Mickey McCray zur Eternal-Earth-Group geholt, ihr aber nur die Führung überlassen, weil sie zusammen waren. Und weil ihre Eltern die Gruppe zumindest teilweise finanzierten. Trotzdem hatte ich den Eindruck, das McCray tatsächlich die Führungsrolle übernommen hatte und Mickey nur die ausführende zweite Hand war. Ich musste unbedingt herausbekommen, ob mein Eindruck stimmte. Ich lief zurück zu den anderen.

Im Andachtsraum waren McCray und ihre Helfer bereits in kreative Hektik verfallen. Auf dem Boden lag ausgerollt das Tuch, das ich am Abend zuvor von der Ladefläche des Pick-ups geholt hatte. Auf der einen Seite saßen Greg, der Nerd und Wilbur, einer der für mich extrem blassen Typen, der immer mit Greg rumhing, und schnitten im Schneckentempo mit der Schere eine Stoffbahn ab. Es war offensichtlich, dass sie nichts falsch machen wollten. Mickey, Snoopy und Woodstock waren nirgends zu sehen. Wahrscheinlich waren sie gleich nach dem Morgengebet losgezogen, um die Reifen zu besorgen.

»... macht das schön gerade. Darauf malen wir später die Kalaschnikows und unser Motto für morgen. Ich suche schon mal die Farben zusammen.«

»Crystal, wir haben noch nicht einmal gefrühstückt. Können wir das nicht später machen?«, maulte Wilbur.

»Ihr denkt doch immer nur ans Essen! Wie sollen wir so für unsere Sache kämpfen?«

»Wir haben heute genug Zeit. Lass uns erst mal was essen«, bettelte er weiter.

»Gut«, sagte sie genervt. »Dann esst was. Aber danach geht's gleich weiter.«

Zustimmendes Gemurmel. Greg und Wilbur verließen den Andachtsraum Richtung Küche.

»Brauchst du Hilfe?«, fragte ich McCray, als sie gerade den Raum verlassen wollte. Schließlich hatte ich schon gefrühstückt und wenig Interesse daran, mit den Jungs abzuhängen. Sie interessierten mich schlicht nicht die Bohne, im Gegensatz zu Crystal.

»Okay. Lass uns die Farben von oben holen.«

»Klar.« Neugierig lief ich ihr hinterher. Oben im Haus war ich noch nicht gewesen. Das war der Bereich von McCray und Mickey, der für die anderen sakrosankt war. Ich war gespannt, wie es dort aussah.

Wir stiegen eine Steintreppe hinauf, die mit alten dunkelgrünen Fliesen belegt war. Einige waren zerbrochen, und die Tapete, die nikotingelb war, hing in Fetzen von der Wand herunter. Schöner wohnen war anders. Oben befand sich ein riesiger Dachboden mit Holzverkleidung an den Dachschrägen, die stark nachgedunkelt war und dem Ganzen trotz des strahlenden Sonnenscheins durch die Oberlichter einen kellerartigen Charakter verlieh. In der Mitte des riesigen Raumes lagen zwei einsame Matratzen, die Decken darauf zerwühlt. An der gegenüberliegenden Wand lehnte ein mannshoher Spiegel. Davor eine kleine Kommode mit ein paar Kosmetikartikeln. Ich erkannte die blaue Sprühfarbe, die McCray für ihre Haare benutzt hatte. An der hinteren Giebelwand standen Kisten mit weiteren Sprühdosen, Pinsel und irgendwelche Papierschablonen. Alles sah sehr unordentlich aus. Sie ging direkt zur Giebelseite.

»Okay, am besten bringen wir alles runter.«

»Alles klar. War übrigens eine schöne Rede vorhin. Das mit den Familien ... Wie geht's eigentlich deinen Eltern? Ich hab sie seit der Schule nicht mehr gesehen.«

»Ach, die ...« Sie winkte ab.

»Wohnen die noch in dem großen Haus in Waltham?«

»Was glaubst du denn ... Die würden sich nie davon trennen.«

»Siehst du sie oft?«

»Kannst du zwei Kisten tragen?«

»Klar. Siehst du sie oft?«

»Schon lange nicht mehr. Aber warum interessiert dich das überhaupt?«

»Hm. Es klang vorhin ein bisschen so, als würdest du sie vermissen.«

»Nee. Nie im Leben. Hier bin ich frei und nicht nur die Tochter, die brav aufs College geht und danach Karriere in einem ihrer kapitalistischen Scheißläden macht, von denen sie so viele besitzen.«

»Aber euer Sponsor ist doch bestimmt auch kein armer Mann, oder?«, sagte ich.

»Stimmt. Aber der hält sich wenigstens aus meinem Privatleben raus.«

»Klar«, murmelte ich auf dem Weg nach unten. »Den interessieren nur die Ergebnisse.«

»Das ist ein fairer Deal für mich. Tausendmal besser als meine Alten.«

»Du wirkst ein bisschen gefrustet, wenn ich das so sagen darf. Es ist richtig, Grenzen zu setzen. Aber bei dir scheint es fast Hass zu sein.«

»Das haben sie sich selbst eingebrockt. Das Schlimmste ist, dass sie mich zwingen wollten, mit Mickey Schluss zu machen.«

Keine schlechte Idee, dachte ich mir, und auch besser für den Teint. Aber natürlich sagte ich nichts dergleichen. »Liebst du ihn denn?« Wir hatten gerade alle Utensilien in den Andachtsraum geräumt, als ich sie herausfordernd ansah, weil sie auf meine Frage nicht reagiert hatte – wieder einmal. Ich hatte erwartet, dass sie aggressiv werden würde, mich anschreien, ausflippen, mich beschimpfen, mir vorwerfen würde, was auch immer mir einfiel, solche Fragen zu stellen.

Stattdessen sagte sie ganz nüchtern: »Er hat mir gezeigt, dass es ein Leben außerhalb der Blase meiner Eltern gibt. Sie haben immer gesagt, ich muss tun, was sie wollen, sonst bin ich auf mich allein gestellt.«

Das war zwar keine direkte Antwort auf meine Frage, aber ich begann nachzudenken. Es klang beinahe vernünftig, was McCray da gesagt hatte. Und das war mehr, als ich von ihr erwartet hatte. Zumindest gab es eine gewisse für mich nachvollziehbare Logik und es offenbarte ein klares Machtverhältnis in ihrer Familie – wir sind die Eltern, du Tochter. Du machst, was wir sagen, sonst gibt es Ärger. Seit sie mit Mickey zusammen war, konnte sie den Spieß umdrehen. Was auch bedeuten konnte, dass Mickey vor allem

Mittel zum Zweck war. Das wurde mir in diesem Moment absolut klar. Jetzt hatte sie die Fäden erstmals in der Hand. Entweder gaben die Eltern ihr weiter Geld, oder aber sie … sie sabotiert ihre Firmen. Ich erinnerte mich an die Bombendrohungen gegen die Biotechfirma in Cambridge und das tote Ferkel vor der Haustür.

Eine Frage hatte ich noch. »Und was sagt dein Bruder dazu?«

»Blake? Der ist so ein Weichei. Er hält sich raus und hat es für sich akzeptiert.«

Wir stellten die Farbkisten in den Andachtsraum. »Okay«, sagte ich und blickte sie neugierig an. Sie nahm die erste Spraydose, knallrot, und sprühte mehrere Kugeln auf den im Raum ausgebreiteten Stoff.

»Was ist das?«

»Blut. Wenn ich an meine Eltern denke, wünsche ich mir oft, sie wären tot.«

Mit einem tiefen Seufzer sprühte ich ein grünes Herz darauf.

»Hey, was soll das?« Sie schlug mir die Dose aus der Hand.

»Na, wenn sie ein grünes Herz hätten, dann müssten sie wahrscheinlich nicht rot bluten.« Ich grinste sie keck an, wartete einen Moment ab, ob sie meine Pointe verstanden hatte. Ich hatte nicht übel Lust, sie ein bisschen aus der Reserve zu locken. Vielleicht würde sie mir noch ein paar interessante Details aus ihrem Leben erzählen.

Doch Crystal McCray schüttelte nur den Kopf. Ich gab die Hoffnung auf, dass sie für solche Spitzfindigkeiten den Nerv hatte. Oder den Verstand.

»Kümmer du dich lieber um die Kalaschnikow. Wenn du nicht weißt, wie die aussehen, googel sie.«

Wenn sie wüsste, dachte ich. Wenn es etwas gab, das ich blind zu jeder tages- und Nachtzeit malen konnte, dann waren es Waffen. Ich begann zu sprühen …

Kapitel 17

Mein Telefon vibriert unablässig im Rucksack, doch ich ignoriere es vorerst. Ich will den Redefluss meines Gegenübers nicht gerade jetzt unterbrechen.

»Sie können ruhig rangehen«, sagt der Amerikaner und stand auf, um sich zu strecken. »Machen wir eine kleine Pause.«

Ich nicke. Umständlich krame ich das Gerät heraus. Es ist Alwin Tiedemann, der Chefredakteur der Zeitung, für die ich schreibe. Ich nehme das Gespräch an.

»Ja, hallo?«

»Läuft das Interview schon? Ich habe nichts von dir gehört …«

»Wir sind mittendrin. Daher habe ich mich nicht gemeldet.«

»Ah, gut. Und die Story? Ist die gut?«

»Ich weiß es noch nicht, Alwin. Wie gesagt, wir sind mittendrin.«

»Okay, okay, dann …«

»Genau, wir machen jetzt weiter«, setze ich seinen Satz fort.

»Melde dich doch, wenn ihr fertig seid.«

»Wenn ich Zeit habe, ja. Du erinnerst dich: Ich muss heute Abend noch zurückfliegen. Wir sehen uns spätestens morgen früh im Büro.«

»Okay.«

»Bis dann.« Ich lege auf, ohne eine Antwort abzuwarten. Dann stecke ich das Gerät erneut in den Rucksack.

»Wollte er sich vergewissern, ob seine Reisekosten gut angelegt sind?«

»So ungefähr. Wie sind Sie eigentlich auf ihn gekommen?«

»Auf Tiedemann? War eine Empfehlung von Trevor Hilson. Er hat ihn auf einer Konferenz der American Chamber of Commerce in Berlin getroffen. Damals war er noch nicht Chefredakteur gewesen. Muss einen bleibenden Eindruck bei ihm hinterlassen haben, dass er sich nach so langer Zeit an ihn erinnert hat.«

»Ah, ja. Kann ich mir vorstellen. Apropros Erinnerung. Wie wollten Sie McCray zu diesem Zeitpunkt von der Gruppe trennen? Hatten Sie einen Plan?«

»Einen Plan würde ich das nicht nennen, nein. Ich hatte nur so eine Ahnung ... Erstens, sie war total abhängig von dieser verdammten Droge. Zweitens, sie genoss die Machtposition und Aufmerksamkeit als Aktivistin. Und Drittens ...«

»Ja?«

»Und Drittens war sie bestens mit Geld versogt. Sie hatte überhaupt keinen Grund, zu gehen.«

»Weil ihre Eltern sie finanziell unterstützt haben ...«

»Nicht nur ihre Eltern.«

»Ach so?«

»Ja, auch. Aber da war noch mehr.«

Ich hebe die Augenbrauen.

»Ich erklär's Ihnen. Es kommt gleich. Aber erst einmal musste ich das Vertrauen der Gruppe gewinnen, insbesondere Crystal McCrays. Und dafür bin ich mit ihr und den anderen nach D.C. gefahren ...«

Kapitel 18

Am nächsten Morgen standen wir noch vor Sonnenaufgang auf. Ich hatte erstmals im Haus übernachtet, was für mein Wissen über die Hiercharchie in der Gruppe ganz nützlich war. Außerdem musste ich anerkennen, dass sie in gewissen Dingen wirklich diszipliniert waren. Es überraschte mich etwas angesichts der seltsamen Ansichten, die sie von sich gaben. Die Aktion in D.C. sollte während des morgendlichen Berufsverkehrs stattfinden, um die maximale Aufmerksamkeit zu erreichen, und das erforderte eine sehr frühe Anreise. McCray hatte am Vorabend immer wieder davon gesprochen, wie pünktlich wir sein müssten, denn die Leute von der Presse würden nicht lange warten, wenn sie zu spät kämen. Sie hatte einigen ausgewählten Journalisten vorab Informationen über die Aktion zukommen lassen. Ich erinnerte mich an die Demo vor dem Weißen Haus. Ich hatte mich gleich gewundert, warum die Presse genau zum richtigen Zeitpunkt vor Ort gewesen war. Es war alles ein professionelles Geben und Nehmen, wurde mir langsam klar. Die Eternal-Earth-Group war organisiert wie ein kleines Unternehmen – und die entsprechende PR-Arbeit lieferte die Presse frei Haus, weil eine spektakuläre Aktion eine hohe Auflage, Klickzahlen und Einschaltquoten garantierte.

McCray ließ für die Pressevertreter sogar das obligatorische Morgengebet ausfallen, nicht aber ein schnelles Frühstück. Nach zwei Scheiben Toast für jeden reichte Mickey wieder den Kokspott herum.

»Das ist nur zum Aufwärmen«, sagte er mit einem schiefen Grinsen. »Nicht so viel für dich, Crystal, sonst willst du gleich wieder mit mir nach oben.« Sie lachte schrill und schnupfte kräftig das weiße Pulver. »Für später habe ich noch etwas Spezielles organisiert ...«

»Wow ...«, riefen einige aus der Gruppe, als Mickey eine kleine Plastiktüte aus der Hosentasche zog und stolz in die Luft hielt. »Mit besten Grüßen aus Fredericksburg.«

»Yikes.« McCray reckte die Faust in den Himmel. Mir wurde ganz flau im Magen. Ich erinnerte mich an Collins Aufforderung, die Sache nicht eskalieren zu lassen. Mit dem Zucker-Mischkoks würde es nicht so schlimm werden, hoffte ich, aber bei dem anderen Zeug, das Mickey aufgetrieben hatte, konnte ich für nichts garantieren ...

»Los geht's, Leute.« Mickey warf die Autoschlüssel demonstrativ in die Luft.

Es war ausgemacht, dass Mickey uns mit seinem Pick-up nach Fredericksburg brachte, von wo aus wir den ersten Überlandbus nach D.C. nehmen sollten. Wir mussten alle in den Wagen, weil die Ladefläche voller Reifen war. Also quetschten wir uns zu acht in die Kabine, in der normalerweise nur drei Personen Platz hatten. Eine kurze Strecke über Land konnte man so riskieren, aber nach D.C. war es zu weit. Außerdem wollten McCray und Mickey Polizeikontrollen vermeiden, die schwer beladene Pick-ups mit acht Personen in der Kabine garantiert herauswinken würden. Also sollten wir parallel mit dem Bus fahren. Mickey, McCray und Snoopy würden zu dritt mit dem Auto fahren. Treffpunkt war die U-Bahn-Station an der Potomac Avenue. Das letzte Stück würden wir dann wieder zusammen mit dem Pick-up zurücklegen.

Über vier Stunden später, Mickey hatte genauso im Stau

gestanden wie wir mit dem Fernbus, gabelte er uns mit den Worten auf: »Scheiße, viel zu spät. Verdammt noch mal. Los, alle rein, schnell.« Mickey fuchtelte heftig in der Luft herum. »Die warten auf uns. Hoffentlich sind sie noch nicht weg.«

»Ich geb dir auch gleich mein Handy«, sagte McCray zu mir, die ganz rechts an die Scheibe gequetscht saß, und reichte mir umständlich ihr Telefon. »Dann kannst du die Aktion aufnehmen. Der rote Knopf startet den Livestream.«

»Okay.« Pressevertreter und Livestream. Alle waren informiert. Nur die Polizei nicht. Die würde erst sehr viel später Wind davon bekommen. So sollte es auch diesmal sein, aber McCray und die anderen wussten nicht, dass das FBI einen Wissensvorsprung hatte. Ich hatte Collins noch einmal dringend geraten, die Aktion nicht zu torpedieren, solange sie nicht aus dem Ruder lief.

Nach einer kurzen, kurvenreichen Fahrt durch Alleen eines Wohnviertels – ich konnte die Straße oder weitere Details des Viertels wegen der Leute, die auf mir saßen, nicht wirklich sehen – hielt Mickey den Wagen an. »Da drüben ist es«, sagte er. »Hier.« Er holte die Tüte heraus, die er schon beim Frühstück zur Schau gestellt hatte, und steckte einen Finger hinein. Dann schmierte er sich das weiße Puder unter die Nase, atmete tief ein, reichte die Tüte weiter und sprang heraus. Als ich an der Reihe war, verteilte ich das Zeug einfach auf den Rücken von Gregs T-Shirt, ohne es zu schnupfen.

»Helft mir, die Barrikade aufzubauen.« Mickey riss die Plane von der Ladefläche. McCray rief mir zu: »Lass die Handykamera laufen. Wir bauen mitten auf der Kreuzung auf. Da vorne ist die Villa. Such dir eine gute Position ... Und denk daran, den Auslöser zu drücken.« Sie zeigte mir den Knopf auf dem I-Phone in meiner Hand. Dann lief sie zu den anderen, nahm die gebastelten Transparente mit. Mit einem Grinsen sah ich das grüne Herz über ihrem Blutfleck. Aber das Grinsen sollte mir bald vergehen ...

Ich stellte mich mit dem Rücken zu einer schneeweißen Villa

im Kolonialstil auf der anderen Straßenseite, das Telefon in der Hand. Ich blickte über die Straße auf die Villa vor mir. Hinter den fünf antiken Säulen vor dem Haus befand sich ein rustikales Tor, das wohl die Eingangstür des Gebäudes war. Davor befand sich ein gepflegter Garten mit rot blühenden Rhododendren. Das Metallgitter des Eingangs war aus rostfreiem Stahl, über zwei Meter hoch und mit Kameras bestückt. Es wurde von zwei gemauerten Pfosten aus grauem Stein gehalten. Das Haus des CEO von Lehmann-Crawford war wie eine kleine Festung gesichert und machte auf mich einen massiven Eindruck. Es hätte mich nicht gewundert, wenn es noch mehr technische Sicherheitsvorkehrungen geben würde. Aber die waren nicht nötig. Als ich durch das Gitter des Zauns blickte, sah ich eine schwarz vermummte Gestalt an der rechten Ecke des Hauses auftauchen. Ob es einer von Collins Männern war oder ein privater Sicherheitsdienst, konnte ich nicht sagen. Auf jeden Fall hatte Collins die Bewohner des Hauses vorgewarnt, und mit an Sicherheit grenzender Wahrscheinlichkeit hatte das FBI sie gebeten, an diesem Morgen nicht zu Hause zu sein. Die Aktion war also ziemlich sinnlos, wenn das Ziel war, den CEO zu anderen Entscheidungen zu bewegen. Er würde davon, wenn überhaupt, nur aus den Medien erfahren.

Inzwischen hatte die Aktivistentruppe bereits die erste Reihe Autoreifen auf der Kreuzung aufgebaut, von der die Zufahrt zum Haus des CEO abging. McCray war gerade dabei, die Transparente auszurollen. Von den angekündigten Pressevertretern war allerdings nichts zu sehen. Ob das an Collins lag oder der Verspätung, die wir hatten, konnte ich nicht sagen. Ich drückte auf die Aufnahmetaste der Telefonkamera. In weniger als fünf Minuten hatten die Jungs die Barrikade errichtet. Schwer schnaufend reichte Mickey noch einmal das Tütchen mit dem Kokain herum. Ich gestikulierte wild mit den Händen, das doch bitte vor laufender Kamera zu unterlassen, aber Mickey ignorierte mich komplett. Viel später würde ich auch erfahren, warum …

Stattdessen kletterte McCray plötzlich auf die Reifenbarrikade. Mit erhobener Faust rief sie immer wieder »Mörder, Mörder, Mörder« und hielt zusammen mit Snoopy und Woodstock das Transparent mit der Kalaschnikow hoch. Ekstatisch begann sie auf den Reifen zu hüpfen. Wie in Trance folgte ich ihren Bewegungen mit der Kamera. Auf und ab. Auf und ab … Plötzlich hörte ich Polizeisirenen. Wo steckte eigentlich Mickey? Aus dem Augenwinkel sah ich ihn mit zwei Kanistern in der Hand auf die Barrikade zulaufen. Er hatte den Pick-up ein bisschen abseits geparkt und wohl vergessen, die Kannister mit dem Benzin früher zu holen. Jetzt fluchte er angesichts der nahen Sirenen und befürchtete wohl, zu spät zu kommen. Ohne Vorwarnung goss er Benzin auf die Reifen. Dann zündete er ein Streichholz an. In diesem Moment hörte ich auf zu filmen, rannte auf McCray zu und schrie: »RUNTER! RUNTER!« Doch sie reagierte nicht. Aber Snoopy und Woodstock hatten die brenzlige Situation bereits erkannt und rissen sie gerade noch rechtzeitig von der Barrikade, bevor der Haufen Altreifen lichterloh in Flammen aufging. Ich schüttelte den Kopf und begann, wieder zu filmen. Mickey hatte doch nicht alle Tassen im Schrank … Was er gemacht hatte, war mehr als leichtsinnig gewesen. Wenn Snoopy und Woodstock nicht gewesen wären, hätte die Sache für McCray übel enden können. Doch der Wahnsinn war noch nicht vorbei. Als die Flammen vollends aufloderten, fuhren von drei Seiten Polizeiwagen auf die Kreuzung zu und versperrten den Fluchtweg. Stinkender schwarzer Rauch stieg auf. Die Situation wurde von Sekunde zu Sekunde unübersichtlicher. Überall tauchten Polizisten auf, nahmen einen Aktivisten nach dem anderen fest. Und als ob das alles noch nicht genug Chaos gewesen wäre, öffnete Mickey den zweiten Benzinkanister und schleuderte ihn in die Flammen. Ich war völlig perplex. Mickey musste im Koksrausch seinen Verstand verloren haben …

Keine Sekunde später riss mich die Druckwelle der Explosion

zu Boden. Ich hörte Schreie, Stimmen, Sirenen. Dann roch ich verbranntes Haar. Ich lachte bei dem Gedanken, mir das fehlende Haar versengt zu haben. Aber als ich aufstehen wollte, wurde ich herumgerissen und hörte das Klicken von Handschellen. Alles ging so schnell, dass ich nicht sagen konnte, was um mich herum passierte. Erst als der Polizeiwagen sich mit mir von der Kreuzung mit den brennenden Reifen entfernte, registrierte ich die Feuerwehr, die den Brand bereits mit Löschschaum abgedeckt hatte.

Man brachte mich zu einem nahe gelegenen Polizeipräsidium. Mein letzter Gedanke auf der Fahrt war, dass dieser Mickey reif für die Klapsmühle war. Wenn ich es mir recht überlegte, stand es um McCray ganz ähnlich.

Kapitel 19

Im Präsidium hatte man mir ein Glas Wasser und ein Telefon hingestellt, damit ich nach dem feurigen Vormittag meine Kehle befeuchten und den obligatorischen Anruf tätigen konnte. Ich saß allein in einem Verhörraum, angekettet an einen Stahltisch. Meine Handys – auch das für die Kommunikation mit Collins – hatte mir das Metropolitan PD abgenommen. Glücklicherweise hatte ich ihre Nummer im Kopf. Wenn ich also schon ein Telefon zur Verfügung hatte, dann würde ich bestimmt keinen Anwalt anrufen. Ich hoffte, dass Collins' Intervention effektiver war. Ich wählte ihre Nummer. Sie war sofort dran.

»Ich bin's, Brenda«, sagte ich. »Auf dem Polizeipräsidium. Verhaftet.«

Sie sagte keinen Ton.

»Wer hatte denn die Idee mit dem Polizeieinsatz ...«

»Das tut nichts zur Sache.« Ihre Stimme klang sauer. »Was war denn mit diesem Mickey los?«

Ich lachte auf. »War schon merkwürdig. Er hatte auf jeden Fall 'ne Menge Drogen intus. Und die haben voll reingehauen.«

»Hm.« Einen Moment war es still.

»Mickey ist reif für die Klapse. Solange er auf Droge ist, wird ihn niemand aufhalten. Aber was anderes: Wie geht es mit mir weiter? Offiziell bin jetzt ja Teil der militanten Gruppe ...«

»Das FBI wird sich erst einmal nicht einmischen. Da müssen

sie erst einmal durch. Allerdings weiß ich aus anderer Quelle, dass der Anwalt der Gruppe schon unterwegs ist. Möglicherweise wird eine Kaution festgelegt, dann seid ihr wieder draußen. Ist ja nicht viel passiert.«

»Gab es eigentlich Verletzte?«

»Zum Glück nur ein verstauchtes Bein bei einem Kollegen.«

»Und bei den Aktivisten?«

»Wie Sie selbst gesagt haben ... Nur ein kleines Drogenproblem. Sonst sind alle okay.«

»Und McCray? Hat Sie Anzeige erstattet? Mickey hätte sie fast abgefackelt. Sie haben doch mein Video gesehen, oder?«

Collins atmete tief durch. »Ja, habe ich. McCray verweigert die Aussage. Und nein, sie hat natürlich keine Anzeige gestellt. Ehrlich gesagt, verstehe ich das Mädchen nicht ...«

»Vielleicht ist die Sache einfacher, als wir denken. Ihr Verhältnis zu den Eltern ist schwierig. Ihren Bruder hält sie für einen Feigling. Mickey braucht sie, um auf ihre Eltern Druck auszuüben. Ich bin mir nicht einmal sicher, ob es bei der Sache wirkich um die Umwelt geht. Vielleicht ist das alles viel persönlicher, als wir vermuten.«

»Wie dem auch sei. Ich schlage vor, Sie nehmen so schnell wie möglich wieder Kontakt mit den Aktivisten auf. Wir warten erst einmal ab, ob Sie mit auf freien Fuß kommen. Wenn nicht, schalten wir uns ein.«

Wir verabschiedeten uns. Völlig erschöpft atmete ich durch. Ich wartete auf meine Vernehmung, dann döste ich für ein paar Minuten ein. Das ständige Katz- und Mausspiel auf dem Hof der Gruppe hatte mich ausgelaugt. Fast noch mehr nervten mich die kindischen Sprüche und Aussagen von McCray und ihrer Gruppe. Eigentlich wollte ich immer laut »Schwachsinn!« rufen. Stattdessen musste ich aber alles herunterschlucken, was mich reizbar machte. Das musste ich unbedingt vermeiden, um meine Tarnung nicht zu gefährden ... Ich hoffte inständig, dass ich nicht in die Zelle von Mickey und Co verlegt wurde. Ein paar Tage Verschnaufpause von diesen Brüdern wäre nicht schlecht. Wegen mir konnten die Aktivisten noch einige Nächte in Gewahrsam bleiben.

Kapitel 20

Stunden später war meine Laune schon erheblich schlechter. Nicht die Nacht auf einer unbequemen Pritsche in einer Einzelzelle hatte mich irritiert, auch nicht das miserable Essen, das aus ein paar labbrigen Pommes, einem ungenießbaren Burger und halb vertrockneten Möhrenstückchen bestand. Richtig merkwürdig war allerdings, dass mich bis jetzt niemand befragt hatte. Und natürlich war keine Freilassung erfolgt, wie Collins sie angedeutet hatte. Man hielt mich noch immer auf der Polizeiwache in der Indiana Avenue unter Verschluss.

Irgendwann am Vormittag des Tages nach der aus dem Ruder gelaufenen Demo rief mich ein Sergeant Stokes an die Zellentür, legte mir Handschellen an und führte mich zum ersten Mal in ein Verhörzimmer. Dort traf ich auf Detective Lopez, einen korpulenten Mann mit Schnurrbart und abstehenden Ohren.

»Setzen Sie sich, setzen Sie sich. Weigern Sie sich immer noch, Ihre Personalien anzugeben?«

»Mein Name spielt keine Rolle. Warum werde ich noch festgehalten? Und wo sind die anderen?

»Welche anderen?«

»Die anderen Aktivisten! Was ist mit denen?«

»Ach so. Die sind schon lange weg. Sie sind der Letzte.«

Ich schluckte ungläubig. »Was?«

»Das machen die immer so.«

»Was soll das heißen?«

»Na ja«, sagte Lopez und lehnte sich in seinem Stuhl zurück, »sie werden verhaftet, es kommt ein Anwalt, der Ermittlungsrichter erlässt einen Haftbefehl gegen Kaution, die Kaution wird sofort bezahlt und sie sind wieder draußen. Ich weiß nicht, wie oft wir die schon hier hatten …«

»Und es kommt nie zu einer Anklage?«

»Puh, irgendwann schon. Sie wissen ja, wie lange das dauert.«

»Wer hat denn die Kaution bezahlt?«

»Das geht Sie nichts an. Jetzt müssen wir erst mal sehen, was wir mit Ihnen machen.« Lopez kramte in den Papieren. »Oh, da kommt so einiges zusammen. Der Richter hat einen Haftbefehl erlassen wegen Behinderung der Justiz, Sachbeschädigung, Störung des öffentlichen Friedens und illegalem Drogenbesitz. Die Kaution, und da hat er sich nicht lumpen lassen, hat er auf eine Viertelmillion festgesetzt. Wie möchten Sie bezahlen? Kreditkarten nehmen wir nicht …« Lopez lachte über seinen eigenen Witz, sein Vollmondgesicht verformte sich dabei zu einem Fußball mit einem schwarzen Balken in der Mitte.

»Gar nicht. Wir rufen jetzt gemeinsam das FBI an. Special Agent Brenda Collins, Terrorismusbekämpfung. Ich habe gestern mit ihr gesprochen, und sie hat mir versichert, dass sie Sie informieren wird.«

»Informieren? Worüber denn?«

»Dass ich ein Informant des FBI bin.«

»Was? Das ist ja Mal eine originelle Geschichte. Die muss ich sofort meinen Kollegen erzählen.« Lopez stand auf, öffnete die Tür des Vernehmungsraums und rief: »Jungs, wir haben hier einen Informanten des FBI in der Zelle.«

Lautes Gelächter drang von draußen zu mir herein. Ich verzog die Mundwinkel.

»Tut mir leid. Solchen Aussagen teilen wir gern untereinander. Letzte Woche saß hier jemand, genau da, wo Sie jetzt sitzen, der hielt sich für Abraham Lincoln. Ich hab ihn dann immer als Mister President angesprochen.«

Ich verdrehte die Augen. Mit Lopez zu diskutieren hatte keinen Sinn. »Rufen Sie sie einfach an. Ich gebe Ihnen die Nummer.«

»Sie verstehen das nicht, Mann. Ich rufe hier niemanden an. Entweder Sie zahlen die Kaution oder Sie gehen zurück in die Zelle. Das ist der Deal.«

»Dann will ich jetzt telefonieren.«

Diesmal war es Lopez, der mit den Augen rollte. »Wie Sie wollen. Also, ich schreibe hier rein: ›Kein Deal.‹ Wenn Sie Ihre Meinung wegen der Kaution ändern, können Sie sich gerne noch einmal melden. Irgendwann komme ich wieder. Es wird ein paar Tage dauern, bis wir Sie in die Central Detention Facility verlegen können. Bis dahin bleiben Sie hier.« Lopez winkte den Kollegen namens Stokes herbei, der mich in meine Zelle zurückbringen sollte. Ich war in diesem Moment so was von stinksauer, aber ich leistete keinen weiteren Widerstand, denn Lopez verstand, da war ich mir sicher, keinen Spaß. Stokes ließ mich dann tatsächlich auf dem Weg in meine Zelle telefonieren. Ich wählte Collins Nummer und war schon darauf vorbereitet, ordentlich Dampf abzulassen. Was zum Teufel lief da? Ich knirschte buchstäblich mit den Zähnen, während das Telefon klingelte. Doch Collins ging nicht ran. »Der Teilnehmer ist zurzeit nicht erreichbar«, teilte mir eine automatische Ansage mit. Ich knallte den Hörer auf die Gabel des alten Tastentelefons, dass es ordentlich schepperte.

»Na, na, na ...«, sagte Stokes.

»Geht nicht ran.«

Der Sergeant quittierte meine Aussage nur mit einem Schulterzucken. Eine halbe Minute später saß ich wieder in meiner Zelle. Jemand hatte also die Kaution für die Mitglieder der Eternal-Earth-Group bezahlt ... aber warum nicht für mich? War ich damit aufgeflogen? Das wäre eine Möglichkeit. Oder die Gruppe zählte mich nicht zum Kern und kümmerte sich nicht um mich.

»Wir wollen füreinander einstehen«, hatte ich noch Crystal McCrays Gebet im Ohr. Tsss. Was für ein naiver, verlogener Scheiß. Langsam ging mir die Doppelmoral dieser verzogenen Göre auf die Nerven. Aber das nutzte mir jetzt auch nichts. Zuerst musste ich aus der Zelle raus …

Kapitel 21

Zwei Tage später, Lopez hatte bereits meine Verlegung in die Central Detention Facility von D.C. organisiert, tauchte Collins in meiner Zelle auf. Sie hatte ihr Haar zusammengebunden, den obersten Knopf ihrer Bluse geöffnet und war hörbar außer Atem. Am liebsten wäre ich ihr in die Arme gefallen. Hoffentlich brachte sie endlich gute Nachrichten ... Aber ich ließ mir meine Anspannung nicht anmerken.

»Sie haben ja Nerven«, begrüßte ich sie und erntete ein mitleidiges Gesicht. »Erst lassen Sie mich hier tagelang sitzen, und dann besuchen Sie mich, ohne einen Kaffee mitzubringen.«

»Es tut mir wirklich, wirklich leid. Wie kann ich das wiedergutmachen?«

»Sie schulden mir ein gutes, amerikanisches Frühstück.« Collins nickte.

»Warum tauchen Sie erst heute auf?«

Collins legte wieder ihre Hand in den Nacken. Sie schaute zu Boden, dann wieder zu mir. »Kommunikationsprobleme. Ich hatte dem Dienststellenleiter gleich nach unserem Gespräch eine Nachricht aufs Band gesprochen. Aber er hat sie offensichtlich nicht abgehört. Ich dachte, Sie wären längst wieder auf der Farm. Aber nachdem Sie auf keine meiner Nachrichten reagiert haben, habe ich mir Sorgen gemacht. Heute Morgen habe ich endlich den Dienststellenleiter ans Telefon bekommen und bin dann aus allen Wolken gefallen. Die Sache mit dem Staatsanwalt habe ich auf der Fahrt schon geklärt.«

Ich war nicht bereit, sie schon aus der Verantwortung zu entlassen. Da war mir zu viel schiefgelaufen. »Was ist mit meiner Entschädigung?«

Sie grinste mich das erste Mal an. »Kommen Sie. Verschwinden wir von hier.«

Collins führte mich aus dem Zellentrakt zurück in die Wache. Stokes öffnete uns mit einem mürrischen Blick alle Türen. In einem Büro wartete bereits Detective Lopez mit einer Metallbox in der Hand, in der ich nach meiner Festnahme meine persönlichen Sachen deponiert hatte.

»Ich habe Ihnen doch gesagt, Detective, dass ich hier nichts zahle.«

Als Reaktion erntete ich nur ein geringschätzendes Schnauben. Ich nahm meine Sachen an mich, darunter mein Smartphone. Zwei Minuten später waren wir auf der Straße. Ich checkte den Akku meines Telefons. Immerhin noch achtzehn Prozent. Dann checkte ich die aufgelaufenen Nachrichten. Es stimmte, Collins hatte in den letzten drei Tagen zwölf Mal versucht, mich anzurufen, und einundzwanzig Nachrichten geschickt.

»Waffeln oder Burger? Ich kenne zwei gute Läden ein paar Blocks weiter.«

»Burger«, sagte ich entschlossen.

»Ich hatte die letzten Tage etwas Zeit, nachzudenken. Etwas hat mich wirklich beschäftigt: Wer hat die Kaution für die Aktivisten bezahlt?«

Collins verschränkte die Arme. »Gute Frage. Die Zahlungen kommen direkt von den gemeinnützigen Konten der Gruppe. Aber normalerweise sind die nicht so prall gefüllt ... Wie von Geisterhand gehen kurz nach den Festnahmen immer genau die geforderten Summen von einem Offshore-Konto auf den Cayman Islands ein. Absender unbekannt, nein, anders formuliert: Wir wissen nicht, wer sich hinter dem Kürzel verbirgt. Dorthin reicht der Arm unserer Ermittlungen nicht.«

»Die McCrays?«

Collins zuckte mit den Schultern und fuhr sich durchs Haar. »Sie finanzieren ihre Tochter doch sowieso direkt, warum sollten sie in diesem Fall den Umweg über ein Offshore-Konto wählen? Nein, die McCrays sind klassisches amerikanisches Unternehmertum. Industrielle. Die nutzen keine Offshore-Konten. Die würden das über eine Stiftung regeln ...«

Ich nickte. Wäre auch zu einfach gewesen. Collins lotste mich mit einer Handbewegung die Straße hinunter zur Burgerbude. »Es gibt einen Spender, Brenda, der die Aktionen der Eternal-Earth-Group direkt finanziert und damit auch steuert. Wissen Sie, wer das ist? Aber nein, lassen Sie mich raten, wieder ein Offshore-Konto?«

»Genau. Alle größeren Geldeingänge der Gruppe stammen vom Offshore-Konto. Immerhin ist es immer dasselbe Konto.«

»Dann überlegen wir doch mal. Bei der Aktion vor drei Tagen hatte es der Spender auf Lehmann-Crawford abgesehen. Warum?«

»Das war nicht die erste Aktion dieser Art. Ich meine damit Aktionen gegen Wirtschaftsvertreter. Vor zwei Monaten gab es eine Demonstration vor dem Haus eines Aufsichtsratsmitglieds einer Supermarktkette. Ein paar Wochen später sickerte in der Wirtschaftspresse dann durch, dass die Handelskette von einem Investor übernommen wird. Vielleicht besteht da ein Zusammenhang.«

»Wer ist der Investor?«

»Jaysaw Investment.«

»Nie gehört. Und warum Lehmann-Crawford? Geht es da auch um eine Übernahme?«

»Keine Ahnung. Ihr Livestream vor dem Haus des CEO hat jedenfalls dafür gesorgt, dass die Aktien des Konzerns kurzfristig um drei Prozent gefallen sind. Zwei Stunden später hatte der Kurs sich wieder erholt.«

»Drei Prozent von dem Börsenwert sind wie viel?«

»Mehrere Hundert Millionen Dollar.«

»Sie vermuten also, dass die Aktion den Sinn hatte, den Aktienkurs kurzfristig zu manipulieren?«

Sie hob die Hände. »Reine Spekulation. Aber wir überprüfen gerade, wer wie viel in diesen zwei Stunden an der Börse gekauft oder verkauft hat.«

Inzwischen waren wir im Burgerladen angekommen. Zum Glück war um diese Zeit noch nicht viel los. Der Laden hatte eine Theke, hinter der zwei Typen mit weißen Schürzen und Mützen standen. Am Fenster waren ein paar einfache weiße Plastiktische mit Hockern aufgereiht. Collins führte mich zu einem Tisch am Fenster in einer der Ecken. Nachdem ich einen Blick auf die Karte geworfen hatte, rief ich dem Typen hinter der Theke meine Bestellung zu: »Einen doppelten Cheeseburger, eine Portion extra-knusprige Pommes und eine Cola«.

»Das Gleiche für mich«, ergänzte Collins. Dann blickte sie mich direkt an.

»Es geht nicht mehr nur darum, McCray zu retten, oder?«

Collins hob entschuldigend die Hände.

»Das hätten Sie mir auch gleich sagen können. Für alles andere werde ich nämlich nicht bezahlt ...«

»Sie hätten doch abgelehnt.«

»Richtig. Ich hatte von Anfang an so ein komisches Gefühl.«

Sie grinste mich verschmitzt an. »Was halten Sie von McCray? Gibt es etwas, was wir unbedingt wissen müssen?«

Ich schüttelte den Kopf. »Wie Sie schon sagten, ist sie eine Koksnase. Das erklärt vielleicht auch die extremen Stimmungsschwankungen – Crystal McCray ist im Grunde unberechenbar. Vielleicht liegt es tatsächlich an dem Stoff, den sie sich in großen Mengen reinziehen – sie, aber auch dieser Mickey. Ich habe das

Zeug übrigens mit Zucker gestreckt, um die Wirkung abzuschwächen. Bisher hat es niemand gemerkt.«

Collins grinste. »Haben Sie herausgefunden, wer von der Gruppe das Zeug besorgt? Das Kokain, meine ich.«

»Mickey, er hatte Nachschub dabei, als er aus Fredericksburg zurückkam. Er hat bei seinem Onkel die alten Reifen abgeholt, die bei der Aktion verbrannt worden sind ...«

»Es gibt dort keinen Onkel. Haben wir überprüft. Seine ganze Familie lebt an der Westküste.«

»Habe ich mir schon gedacht, dass das ein Fake ist. Leider bin ich noch nicht so tief in die Gruppe integriert, dass ich alle Geheimnisse kenne. Die Drahtzieher sind auf jeden Fall Mickey und Crystal. Aber wie schon gesagt: Mir ist noch nicht klar, wer von beiden eigentlich das Sagen hat.«

Die Burger kamen. Ich hatte einen Heidenappetit auf das fettige Zeug. Nachdem der Kellner gegangen war, fragte Collins: »Was meinten Sie vorhin mit psychisch labil?«

»Ihre Beziehung zu Mickey, zum Beispiel. Crystal McCray hat es nicht so mit Blümchen-Sex höherer Töchter.« Ich grinste sie vielsagend an.

Collins lächelte versonnen zurück.

»Aber gut, jedem das Seine ... Sie lässt sich jedenfalls von ihm verprügeln. Anscheinend gibt ihr das einen Kick.«

»Was? Wie abgefuckt.«

»Total. Um ehrlich zu sein, Brenda, ich habe nicht die geringste Ahnung, wie ich McCray ohne richterliche Anordnung da rausholen soll. Sie ist nie richtig erwachsen geworden, sie verhält sich wie ein kleines Kind, dem man das Spielzeug weggenommen hat. Sie kann nur randalieren, beschimpfen, hassen. Intrigieren kann sie auch ... Das ist auch ein Teil ihrer Persönlichkeit. Mickey manipuliert sie und sie ihn. Wer durchgeknallter ist, kann ich nicht sagen.«

»Mein Gott, Sie lassen aber wirklich kein gutes Haar an ihr.«

Ich steckte mir eine Pommes in den Mund und dachte an die Situation in der Küche, als McCray und ihre Aktivistenfreunde die Polizisten als Rassisten beschimpft hatten. Ich suchte ein Feuerzeug in meiner Hosentasche. Dann merkte ich, dass ich keine Zigarette zwischen den Lippen hatte, und zerbiss stattdessen das knusprig frittierte Kartoffelstäbchen. Die waren so viel besser als auf dem Präsidium ...

Collins unterbrach meine Gedankengänge. »Sie müssen auf jeden Fall zurück auf die Farm.«

»Ich weiß nicht, ob es überhaupt ein Zurück gibt. Die Gruppe hat mich im Gefängnis sitzen lassen. Ich war nicht Teil ihres Deals mit dem Staatsanwalt. Wenn ich jetzt so plötzlich wieder auftauche, werden sie garantiert noch misstrauischer, als sie sowieso schon sind.«

»Das Risiko müssen wir eingehen. Ich habe hier ein Dokument für Sie, dass ihre Freilassung auf Kaution bestätigt. Die Summe haben wir übrigens auf 5.000 Dollar runtergehandelt, wegen Geringfügigkeit der zur Last gelegten Straftat. Sie haben ja weder ein Feuer gelegt noch sich mit Beamten geprügelt. Und wenn die fragen, wer die Summe bezahlt hat, verweisen sie auf einen alten Freund.«

Ich schaute sie zweifelnd an.

»Sie müssen wieder zurück. Wir versuchen seit Monaten, jemanden einzuschleusen. Bisher hat es nicht geklappt. Aus irgendeinem Grund sind sie bisher am weitesten gekommen, also bleiben sie im Spiel. Wir müssen unbedingt herausfinden, wer die Gruppe finanziert und warum.«

»Ich bin mir nicht sicher, ob die das selbst wissen. Ist das nicht Sache des FBI? Schließlich hat Ihre Behörde doch ganz andere Möglichkeiten ...«

»Haben Sie nicht daran gedacht, für uns zu arbeiten? Fangen Sie am besten gleich damit an. Von außen kommen wir hier nicht weiter, weil die Gruppe sich total abschottet. Alles, was wir sehen, sind Geldeingänge von einem Offshorekonto, die wir nicht zurückverfolgen können.«

»Hm«, sagte ich, »andere Frage: Was machen die eigentlich mit dem Geld? Bis auf das Koks schwelgen die nicht in Luxus.«

»Gute Frage. Die Pacht für die Farm beträgt fünfundzwanzigtausend Dollar im Monat. Da bleibt einiges übrig. Der größte Teil davon wird bar abgehoben.«

»Hm. Hm. Mal schauen, was ich noch finden kann. Und die McCrays sind damit einverstanden, dass der Einsatz länger dauert? Ich meine, im Moment arbeite ich mehr für das FBI als für die McCrays. Ich will keinen Ärger mit Trevor Hilson, weil irgendjemand die Rechnung meiner Firma nicht bezahlen will. Unter normalen Umständen würde ich jetzt abbrechen ... Das primäre Ziel, McCray nach Hause zu holen, werde ich nicht erreichen ...«

»Das sollten Sie aber. Wenn Sie ihnen ihre Tochter zurückbringen, werden sie mit der Rechnung kein Problem haben.«

»Und wenn nicht? Genau danach sieht es nämlich aus.«

Collins lächelte maliziös. »Dann wird es diese Option wohl nicht geben. Und jetzt muss ich ins Büro.«

Ich hielt sie sanft am Arm fest, schaute ihr in die Augen. »Sind Sie wirklich verheiratet und haben Familie?«

Collins, die gerade im Begriff war aufzustehen, sah mich entgeistert an. »Ich bin geschieden«, antwortete sie nach einigen Sekunden des Zögerns.

»Kinder?«

»Nein. Warum fragen Sie?«

Ich nickte einen Moment.

»Warum fragen Sie?«

»Was Sie gesagt haben ... dass es diese Option nicht gibt ... klingt sehr mechanisch, wie business as usual. Ich habe mich nur gefragt, ob Sie genauso reagieren würden, wenn es Ihre Tochter wäre, was mich zur Frage gebracht hat, ob Sie Kinder haben. Sie haben mich also in Boston angelogen, als Sie sagten, Sie wollten das Wochenende in Washington verbringen, um bei Ihrer Familie zu sein. Und das nur, um mich für diesen Job zu ködern.«

»Es tut mir leid. Es war eine Notlüge. Hätte ich Sie nicht unter Druck gesetzt, wären Sie nicht nach D.C. gekommen.«

»Das stimmt. Lassen Sie mich raten: Sie haben selbst versucht, in die Gruppe zu kommen, oder?«

Sie presste die Lippen zusammen. Dann nickte sie und setzte sich wieder.

»Was ist passiert?«

Sie hob die Hände und ließ sie wieder in den Schoß fallen. »Ich habe einfach keinen Draht zu ihnen gefunden. Ich glaube, das liegt daran, dass ich eine Frau bin. Crystal war sehr eindeutig in ihrer Ablehnung ... Gut, ich könnte ihre Mutter sein. Dabei war meine Tarnung absolut authentisch. Ich bin auf einer Farm in Wisconsin aufgewachsen, ich kann Traktor fahren, Kühe melken und alle möglichen Maschinen bedienen. Ich habe ihnen meine Hilfe bei der Feldarbeit angeboten, auch bei der schweren Arbeit, die sie zum Teil noch von Hand verrichten. Ich bin ein paarmal hingegangen ... sogar ohne Bezahlung und habe so getan, als ob ich ihre Aktionen gut finde, und dass ich gerne dabei wäre, einfach so. Aber die waren alle feindselig ... von Anfang an, nachdem Crystal ihre Meinung klar geäußert hat. Haben mich immer wieder weggeschickt.«

»Deshalb wollten sie lieber einen Mann ...«

»Als Marshall, mein Chef, mir einmal in einem anderen Zusammenhang erzählte, dass er diese Sicherheitsfirma kenne, die Spezialisten für alle möglichen schwierigen Einsätze hat, war mir klar, dass das der einzige Weg ist. Vor allem, weil die Rechnung nicht sein Budget belastet, sondern das der McCrays. Das hat ihn überhaupt erst zusagen lassen.«

»Okay, verstehe. Ich gehe zurück zur Farm und versuche, weiterzumachen. Aber wir müssen enger zusammenarbeiten.

So ein Missverständnis wie in den letzten Tagen will ich nicht noch einmal erleben. Ich weiß nicht, was Crystal und Mickey noch aushecken, aber ich muss sicher sein, dass ich mich auf Sie verlassen kann.«

»Ich werde mir Mühe geben.«

»Das hoffe ich ...«

Sie nickte. »Okay, ich muss jetzt wirklich los.«

»Noch was, Brenda. Bestellen Sie Ihrem Chef einen schönen Gruß. Ich habe einen Fernzünder beim Mähen auf einer Wiese gefunden. Sie hatten schon ganz recht, dass da ordentlich gezündelt wird ...«

»Wo ist der Zünder jetzt?«

»Auf der Farm. Bilder befinden sich in meiner Cloud. Die Zugangsdaten haben Sie.«

Sie nickte und schien zu überlegen, ob es noch etwas zu sagen gab. Ich trank den Rest meiner Cola aus und stand dann auf. »Ich halte die Augen und Ohren offen.«

Collins nickte. Dann verabschiedeten wir uns. Als sie die Burgerbude verließ, sah ich ihr nachdenklich nach. Wieder hatte ich das Gefühl, dass sie nicht mit offenen Karten spielte. Ob sie wirklich hinter mir stand, wenn es darum ging, meinen Kopf aus der Schlinge zu ziehen? Ich war nicht naiv. Für Collins zählte nur der Ermittlungserfolg. Ich schaute in den strahlendblauen Himmel über D.C., dann nahm ich die U-Bahn zur Franconia-Springfield Station. Von dort aus musste ich es irgendwie schaffen, nach Brandy Station zu trampen, und das mit einem minimalen Budget ... Alles andere wäre unglaubwürdig für einen arbeitslosen Vagabunden und Möchtegern-Aktivisten wie mich ...

Kapitel 22

Auf der Farm kam ich so erst am frühen Abend an und fand meinen Mietwagen ein Stück vom Haus entfernt geparkt vor – an einer Stelle, an der ich ihn definitiv nicht abgestellt hatte. Einen Moment hielt ich inne und betrachtete das Szenario. Es war ein Fehler gewesen, den Schlüssel im Haus liegen zu lassen. Die Gruppe hatte das Auto für sich beansprucht, natürlich ohne zu fragen ... wahrscheinlich, um die Bohnen oder irgendein anderes Grünzeug vom Feld zum Haus zu fahren. Ich konnte mir gut vorstellen, wie der Wagen von innen aussah. Ich atmete tief durch, um mich zu beruhigen.

McCray, Mickey und die anderen hatten wirklich vor nichts Respekt, schon gar nicht vor dem Eigentum anderer. Eigentlich hätte mich das nicht wundern dürfen, denn ich hatte ihre Aktionen schon einige Male miterlebt. Was mich aber wirklich störte, war die Tatsache, dass sie mein Auto genommen hatten. Schließlich hatte ich ihnen bei der Vorbereitung der Demo in D.C. geholfen ... Ein bisschen Dankbarkeit wäre doch nicht zu viel verlangt. Oder hatten sie gehofft, dass ich nicht zurückkomme? Ich konnte solche Leute, diese selbst ernannten Aktivisten, die immer nur forderten, ohne eine Gegenleistung zu erbringen, einfach nicht verstehen, weil ich mit anderen Werten aufgewachsen war. Die hier, die Eternal-Earth-Group oder wie auch immer sie sich nannten, waren sich selbst am nächsten. Egoistisches

Pack. Zudem handelten sie so. Einfach mal das Eigentum anderer benutzen, ist schon okay ...

Auf jeden Fall würden sie sich jetzt bei mir revanchieren dürfen ...

Ein weiterer Trost war, dass ich nach einer halben Ewigkeit endlich am Ziel war ... Vorerst sollte mir das genügen, aber innerlich kochte es in mir. Wenn McCray oder Mickey oder sonst jemand aus der Bande jetzt den Unschuldigen spielte und behauptete, nichts von meiner Verhaftung gewusst zu haben, würde ich den verdammten Kokstopf aus der Küche holen und demjenigen das ganze Pulver ins Gesicht schütten. Ich hatte noch nie gehört, dass Koks gegen Rücksichtslosigkeit half. Aber einen Versuch wäre es allemal wert.

Mit gemischten Gefühlen betrat ich das Haus, fand die Küche leer vor, hörte aber gedämpftes Stimmengewirr aus dem anderen Teil des Gebäudes. Ich ging in das Computerzimmer. Auch leer. Dann in den Andachtsraum. Dort fiel mir die Kinnlade herunter. Alle Mitglieder der Eternal-Earth-Group saßen im Schneidersitz im Kreis um einen Kerl, der in ihrer Mitte stand. Der Typ war ganz in schwarz gekleidet, hatte feuerrot gefärbte Haare, eine ungebräunte, fast künstlich wirkende helle Haut und hielt offenbar eine Rede.

»Was ist denn hier los?«

»Ach, da bist du ja wieder. Wir haben uns schon gefragt, wo du bleibst. Komm doch herein. Setz dich zu uns.« Mickey winkte mir zu. »Das ist Conor aus Portland. Er ist wieder bei uns und hat eine tolle Idee, wie wir mehr Aufmerksamkeit bekommen können.«

»Aha. Ich habe eine viel bessere Idee. Wie wäre es, wenn ihr einmal das tut, was ihr die ganze Zeit predigt? Füreinander einstehen und so ... Ich war jetzt drei Tage im Knast. Und dann höre ich, dass ihr am ersten Tag einfach so rausspaziert seid. Habt ihr vergessen, dass ich auch dabei war? Und was ist das für eine

Geschichte mit meinem Wagen? Habt ihr gedacht, wie schön, der Typ braucht ihn ja nicht mehr, also dürfen wir den benutzen?«

»Conor hat uns damit in D.C. abgeholt. Wir dachten, das wäre okay«, verteidigte sich McCray jetzt.

Ich verschränkte die Arme vor der Brust. »Ja, Crystal, es ist völlig okay, dass Conor euch mit meinem Auto abgeholt hat und mich nicht. Ich hoffe, er hat wenigstens getankt.«

Jetzt sah mich Conor erstmals an und ergriff das Wort: »Sorry, Bruder, ich wusste wirklich nicht, dass es dein Auto ist und du noch im Knast sitzt. Wir dachten, du bist längst wieder draußen und wärst auf dem Weg zur Farm. Wir haben uns schon gefragt, wo du steckst. Aber drei Tage im Knast sind ja wirklich keine lange Zeit. Ich hab schon drei Monate in Untersuchungshaft gesessen. In Detroit.«

Ich rollte nur mit den Augen und verkniff mir jeden Kommentar. Stattdessen erinnerte ich mich an meinen eigentlichen Auftrag. »Okay, Conor, vergessen wir diesen Scheiß, du kannst ja nichts dafür. Was ist das für ein Plan, von dem die anderen so begeistert sind?«

Entweder hatte Conor keinen blassen Schimmer von Ironie oder sie war ihm egal. »Willst du meinen Vorschlag hören oder nicht?«, fragte Conor.

»Ich brenne darauf«, sagte ich und setzte mich zu den anderen. »Schieß los.«

»Das Grundproblem ist, dass all eure Aktionen zwar lokal Aufsehen erregen, die breite Masse aber nicht erreichen. Ihr müsst eine solche Panik, eine solche Existenzangst in den Leuten schüren, damit sie euch zuhören. Um das zu erreichen, müsst ihr härter werden, Leute. Die bittere Wahrheit ist doch: Der Klimawandel schreitet voran. Das wissen wir alle. Denen da draußen«, er zeigte aus dem Fenster, »ist das alles egal. Die wollen nur möglichst billig von A nach B kommen. Also müsst ihr es schaffen, dass die Mehrheit der Autofahrer begreift, dass es Schwachsinn ist, ins

Auto zu steigen. Das Ziel einer Aktion muss sein, dass die Leute danach freiwillig zu Hause bleiben oder die Bahn nehmen oder zu Fuß gehen.« Conor machte eine Kunstpause. Ich schaute mich um. Alle starrten ihn an, Einzelne nickten mit dem Kopf. Scheiße, hatte Conor frisches Koks mitgebracht? Das war nicht der übliche Schwachsinn, den die Gruppe von sich gab, dies war eindeutig gefährlicher Schwachsinn.

»Ich werde mit Mickey und Greg von morgen an daran arbeiten, eine solche Aktion vorzubereiten. Aber das braucht Zeit und ist geheim. Psst.« Er legte demonstrativ den Finger auf den Mund. »Deshalb ist es total wichtig, dass die Farm so weiterläuft wie bisher.«

»Wie kann ich dabei mithelfen, Conor?«, fragte ich, denn ich hattte keine große Lust, noch eine Wiese zu mähen.

»Wenn wir so weit sind, werden wir euch einweihen. Aber solange ist das unser Geheimnis.«

»Das heißt, wir wissen nicht, ob deine geplante Aktion überhaupt funktioniert«, sagte ich, um ihm etwas zu entlocken.

»Das wird sie, das wird sie ... Wir werden den Druck entsprechend verstärken.«

»Seid ihr alle damit einverstanden?«, fragte ich in die Runde, sah mich um, aber alle Gesichter wichen mir aus. Dann tauschten Conor und ich einen kurzen Blick aus. Er lächelte. Aber es war kein freundliches Lächeln.

»Wenn du mit dem Plan nicht einverstanden bist«, sagte Conor, »solltest du jetzt gehen.«

Mit Interesse bemerkte ich, dass Crystal überrascht die Augen aufriss.

»Nein, nein«, sagte ich versöhnlich. »Ich bin auf jeden Fall dabei. Ich frage mich nur, ob deine Idee – wie auch immer die aussehen mag – uns weiterbringen oder ein Schritt zurückwerfen wird.«

»Das wird uns Nachrichten zur Prime Time im Fernsehen

einbringen. Landesweit. Das verspreche ich euch.« Conor glühte förmlich vor Enthusiasmus. Der Typ war völlig von sich überzeugt. Und es war klar, dass er mich lieber heute als morgen loswerden wollte. Conor war gefährlich, das spürte ich. Ich senkte meinen Blick und dachte an den Prototypen eines Zünders, den ich auf der Wiese beim Mähen gefunden hatte. Keinem in der Eternal-Earth-Group traute ich den Bau selbst gebastelter Bomben zu. Conor schon. War er der große Unbekannte, von dem das FBI bisher nichts wusste?

»In Ordnung. Wollen wir jetzt essen und dann beten?«, unterbrach er meine Gedanken. Alle nickten und sprangen auf. Alle, außer mir. Ich verließ den Gebetsraum als Letzter. An der Tür wartete Crystal und lächelte auf eine Art, die ich nicht einschätzen konnte. »Schön, dass du wieder da bist«, sagte sie, dann war sie schon weg. Ich ignorierte ihre Bemerkung und dachte darüber nach, was sich verändert hatte. Collins hatte recht gehabt, es war gut gewesen, wieder zurückzukommen. Mein Instinkt sagte mir, dass sich mit Conor etwas Entscheidendes verändert hatte. Es würde noch eine Weile dauern, bis er die Gruppe auf seinen Kurs gebracht hatte, aber es würde passieren. Und ich war nicht sicher, ob Crystal diese Entwicklung wirklich gut finden würde ...

Kapitel 23

Als ich in die Küche kam, platzte ich gerade mitten in Conors plumpe Versuche, der Gruppe Honig ums Maul zu schmieren. Kaum auszuhalten, diese Sprüche. »Ihr seid die produktivste aller Gruppen, die ich betreue«, dann ein »Gemeinsam stoppen wir die Klimaschweine«, gefolgt von »Die Scheißkapitalisten werden ihr Fett abkriegen«. Ich hoffte für ihn, dass er diesen Unsinn nicht wirklich glaubte.

»Wo kommst du eigentlich her? Hat dich einer der Spender geschickt?«, fragte ich ihn geradeaus, weil mir dieses Geschwalle auf den Zeiger ging.

Sofort hörte ich ein Schnaufen aus Mickeys Ecke.

»Was für ein Spender?«, fragte Conor sichtlich überrascht. »Was meinst du damit?«

»Es ist alles gut, Conor«, beschwichtigte Crystal McCray. »Bei unseren letzten Aktionen haben wir ein paar größere Ausgaben gehabt, für die wir finanzielle Unterstützung benötigt haben.«

»Alles halb so wild«, nahm Mickey den den Faden auf, »wir wollten den Spender sowieso loswerden. Lasst uns die nächsten Schritte vorbereiten und nicht zurückschauen.«

Interessant. Offensichtlich hatten Mickey und McCray Conor nicht die ganze Wahrheit über die Gruppe erzäht. Warum sie jetzt aber sogar ihren Geldgeber verleugneten, der nach ihrer letzten Verhaftung sicher die Kaution gestellt hatte, war mir nicht klar. War es Leichtsinn oder Dummheit? Oder hatten sie Conor einfach nur dreist belogen? Das musste ich unbedingt herausfinden, früher oder später.

»Also, Conor, warum bist du hier? Für wen arbeitest du?«, hakte ich nach.

»Für niemanden. Ich mache Freiwilligenarbeit bei der Clean Currents Foundation. Das ist eine Dachorganisation für alle Umweltgruppen.«

»Kenne ich nicht«, sagte ich provozierend. Und zu den anderen: »Oder habt ihr je von denen gehört?«

Keine Reaktion. Also legte ich nach: »Wer steckt denn hinter dieser Organisation? Und wer finanziert sie?«

»Die haben Spender, genauso wie ihr. Ein paar Unternehmen, meist aber ganz normale Leute.«

Wer's glaubt, dachte ich, fragte aber stattdessen: »Und die haben dir den Auftrag gegeben, unsere Gruppe mit einem Plan zu unterstützen, der landesweit Furore machen soll?«

»Jetzt reicht's. Warum interessiert dich das überhaupt?«

»Weil ich das Gefühl habe, dass wir hier langsam die Kontrolle verlieren.«

»Du kannst jederzeit aussteigen …«

Ich lachte. Es war interessant, wie Conor bei kritischen Fragen immer wieder mit meinem Ausstieg konterte. Das hatte er in der einen Stunde, seit ich wieder auf der Farm war, schon zum zweiten Mal getan.

»Ich will nicht aussteigen, ich will etwas bewegen. Aber die richtigen Dinge …«

»Du wirst sehen, wir werden alle Aufmerksamkeit bekommen, die wir brauchen, um endlich voranzukommen.«

Daran hatte ich mittlerweile nicht mehr den geringsten Zweifel.

»Crystal, Mickey, wolltet ihr nicht mal zum Präsidenten eingeladen werden, um eure Forderungen vorzutragen?«, fragte Conor und lächelte.

»Auf jeden Fall«, sagte McCray. Mickey nickte heftig.

»Ab morgen geht's los. Die nächste Aktion ist euer Ticket ins Weiße Haus.«

Kein Widerspruch. Das hatte ich von den beiden auch nicht erwartet.

»Seid ihr alle satt?«

Ich hatte meinen Salat nur zur Hälfte aufgegessen, aber Conor schien es eilig zu haben. Trotzdem nickte ich, vor allem, weil ich endlich aus der Küche herauskommen wollte.

»Ich weiß, ihr betet nur morgens vor den Aktionen. Heute machen wir eine Ausnahme. Kommt mit.« Er stand auf und scheuchte alle zurück in den Andachtsraum. Ich hatte noch keine Lust, ihm zu folgen, weil ich noch eine Nachricht an Collins schreiben wollte: »Es hat sich etwas verändert. Ein Typ namens Conor ist zur Gruppe gestoßen und führt jetzt das große Wort. Er plant irgendein großes Ding. Keine Ahnung, was.«

Keine Minute später kam postwendend ihre Antwort: »Gibt es noch mehr Details, die uns weiterbringen können?«

Ich gab ihr noch den Namen der Organsisation, für die Conor angeblich arbeitete, dann schickte ich ein »Gute Nacht« hinterher, erhielt aber keine Antwort.

Dann folgte ich der Gruppe in den Gebetsraum und platzte mitten in Conors Predigt: »Wir kämpfen gegen den Klimawandel. Nur Gott weiß, dass wir auf der richtigen Seite stehen ...«

Tief ein- und ausatmen. Die nächste Stunde musste ich überstehen, ohne ein paar IQ-Punkte zu verlieren ...

Kapitel 24

Am nächsten Morgen weckte mich schon vor Sonnenaufgang wieder heftiger Lärm, obwohl ich gerne länger geschlafen hätte. Mein Schlafdefizit aus dem Gefängnis wirkte noch nach. Dort war es auch in der Nacht nur immer kurze Phasen ruhig gewesen. Ständig waren irgendwelche Krawallmacher und Randalierer in meinem Trakt untergebracht worden. Es war nicht so, dass ich absolute Ruhe zum Schlafen brauchte, aber unter Soldaten war es ein ungeschriebenes Gesetz, die Kameraden nicht zu stören und sich nachts möglichst ruhig zu verhalten. Die betrunkenen Kriminellen aus D.C. hielten sich natürlich nicht daran ...

Conor tickte anscheinend ähnlich. Wenn er wach war, mussten alle wach sein, also sollten auch alle mitbekommen, dass sein Tag begonnen hatte. Er hatte sich schwungvoll aus dem Bett über mir geschwungen und war dann auf den Boden gesprungen, hatte laut gegähnt und die Tür hinter sich ins Schloss fallen lassen. Jetzt war ich wach, aber das machte nichts. Schließlich wollte ich wissen, was er, Mickey und Greg vorhatten. Also stand ich ebenfalls auf und ging in die Küche.

Aber die Küche war leer. Ich hörte von draußen den V8 aufheulen, dann einen alten Dieselmotor starten. Conor fuhr gerade den Pick-up vor dem Lagerschuppen weg, in dem auch die Düngerfässer standen. Mickey rangierte mit dem Traktor und einem

Anhänger in dem Schuppen. Ich hielt mich ein Stück weit vom Küchenfenster weg im Hintergrund und ließ das Licht ausgeschaltet. Ich bewegte mich keinen Millimeter. Einen Moment später war klar, was das Manöver bezweckte. Die Jungs luden die Düngerfässer auf, die im Schuppen standen. Ich dachte daran, dass ich Collins darauf hingewiesen hatte, dass man daraus Sprengstoff herstellen konnte. Ich war zwar kein Experte und wusste nicht, wie schwierig das war, aber ich musste Collins trotzdem informieren. Sofort schickte ich ihr eine Nachricht. »Sie laden die Düngerfässer auf. Wie lange dauert es, bis man daraus Sprengstoff hergestellt hat?«, und wartete ein paar Minuten. Doch Collins antwortete nicht. Wahrscheinlich schlief sie noch.

Kurz darauf kam die mit einigen Tippfehlern versehene Antwort. »Guten Morgen, erst einmal.«

Ich musste grinsen und simste zurück. »Guten Morgen. Den Frühstückskaffee müssen wir verschieben.«

»Mach mir jetzt einen Espresso. Und Sie?«, kam es jetzt fehlerfrei zurück.

»Wasser.«

»Geschieht Ihnen recht. Das ist die Strafe für zu frühes Nerven.«

Ich ignorierte ihre Spitze und konzentrierte mich auf das Wesentliche. »Düngerfässer?«

»Der Hersteller sagt, man kann daraus Sprengstoff herstellen. Ist aber nicht so einfach. Wie lange das dauert, haben sie mir aber nicht gesagt. Frag noch mal nach.«

»Danke.« Ich schaute wieder aus dem Fenster und beobachtete, wie die Jungs das letzte der blauen Fässer auf den Traktor hievten. Dann zog ich mich wieder ein Stück vom Fenster zurück. »Für mich bitte auch einen Espresso«, antwortete ich Collins mit einem Smiley. Dann schaute ich wieder raus. Ich hoffte inständig, dass Conor keine Ahnung von Sprengstoff hatte ... Aber der Typ war offensichtlich das Paradebeispiel eines skrupellosen

Psychopathen – er heuchelte Empathie, hatte aber keine, war manipulativ bis zum Gehtnichtmehr, oberflächlich und sah nur seine eigenen Ziele. Meine Gedanken wurden durch das Getrampel aus dem ersten Stock unterbrochen. Ich wandte mich vom Fenster und den Düngerfässern ab und tat so, als würde ich Filterkaffee kochen. McCray stürmte herein, rannte schnurstracks zum Schrank mit dem Kokspott und nahm einen kräftigen Zug. »Guten Morgen«, sagte ich. »Auch ein Frühaufsteher?«

»Die Jungs wollen was essen, bevor sie losfahren.«

Sie holte den Toaster heraus, etwas Brot und Erdnussbutter.

»Wohin denn?«

»Keine Ahnung. Aber Mickey wird die nächsten Tage nicht hier schlafen, hat Conor gesagt.«

»Weißt du, was sie vorhaben?«

»Nein«, sagte sie, ohne ihre schlechte Laune zu verbergen. »So ist das immer mit diesen Scheißkerlen. Die machen irgendwas unter sich aus, ohne mich einzubeziehen.«

»Ich dachte, Mickey und du … Du hast mir doch gesagt, dass du ihn liebst, oder?«

»Ja, das muss ein Irrtum gewesen sein. Conor sagt, ich darf nicht mitmachen und muss nichts wissen. Wäre besser für mich.«

»Hört sich so an, als würde er dir nicht trauen. Was sagt denn Mickey dazu? Denn das hat Conor doch nicht zu entscheiden?«

Statt einer Antwort setzte Crystal sich hin, nahm sich einen Toast und begann zu essen. Ich wartete, denn ich sah, wie es in ihr arbeitete.

»Ich weiß auch nicht, was Conor reitet. Bisher hatte ich das Gefühl, er vertraut mir. Er ist jetzt schon zum dritten Mal hier. Er war schon bei anderen Aktionen mit dabei, aber das ist das erste Mal, dass ich ausgeschlossen werde.« Sie schlug frustriert mit der Faust auf den Tisch. Wie ein kleines Mädchen, das bockig ist.

Ich toastete mein eigenes Brot und setzte mich wieder an den Tisch. »Crystal, ich weiß nicht, was Conor vorhat, aber ich glaube, er ist eine Nummer zu groß für euch. Sprich doch mal mit Mickey. Vielleicht könnt ihr Conor gemeinsam zum Gehen überreden.«

Als mein Toast endlich fertig war, kamen Conor, Mickey und Greg zurück. »Machst du uns Brote?«, fragte Conor McCray, ohne mich eines Blickes zu würdigen. »Wir fahren gleich los.«

»Wohin denn?«, fragte jetzt auch Crystal.

Conor lächelte sie nur vielsagend an. »Was du nicht weißt, macht dich nicht heiß ...«

Genervt presste ich die Lippen aufeinander. Diese Sprüche! Kurz darauf verschwand Conor wieder nach draußen, um die Ladung festzubinden. Was hatte Crystal gesagt? Conor war schon früher hier gewesen. Aber wann? Ich dachte an den Zünder, den ich vor ein paar Tagen auf der ungemähten Wiese entdeckt hatte. Plötzlich hatte ich eine Idee ... Conor kam wieder, um die fertigen Brote abzuholen. McCray hatte sie ihm in einer Papiertüte auf den Esstisch gelegt und war dann selbst verschwunden.

»Hey, Conor, wann genau warst du das letzte Mal hier?«

Er hielt einen Moment inne, drehte sich dann aber zu mir um. »Hm. Das muss ungefähr vor einem halben Jahr gewesen sein. Wieso?«

Ich zuckte mit den Schultern. »Nur so. Hat mich halt interessiert.«

Conor nickte, machte sich dann aber mit den Broten auf den Weg. Jetzt war ich in der Küche allein. Ich schrieb noch einmal an Collins: »Sie haben mir doch die Luftaufnahme mit dem verbrannten Getreide gezeigt. Von wann ist die Aufnahme?«

»Moment ...«, kam es zurück. Ich trank meinen Kaffee und aß mein Brot.

»Vor fünf Monaten.«

»Okay, das könnte passen. Conor könnte der Typ mit dem Sprengstoff sein. Sprechen Sie schleunigst mit dem Labor.«

»Mach ich.«

Kurz nachdem Collins geantwortet hatte, kamen die anderen Aktivisten in die Küche. Gelangweilt steckte ich mein Smartphone weg. »Und, was steht heute an?«, fragte ich in die müden Gesichter.

»Wir ernten das Gewächshaus ab, graben aus, was nicht mehr gut ist und säen noch ein paar Radieschen. Du sollst den Schuppen fegen, hat Mickey gesagt.« Snoopy grinste mich an. Es war klar, dass ich mal wieder den beschissensten Job hatte. »Alles klar«, sagte ich, um mir meinen inneren Frust nicht anmerken zu lassen. »Wo steckt eigentlich Crystal?«

»Am Computer.«

»Okay. Dann geh ich mal kurz zu ihr, bevor ich mit dem Schuppen anfange.«

Im Computerraum sah ich, wie McCray den Kopf auf die Hände gestützt hatte und gebannt auf den Bildschirm starrte. Sie hatte ein E-Mail-Programm geöffnet. Wahrscheinlich überlegte sie, was sie schreiben sollte.

»Trennt ihr euch wirklich von eurem Spender?«

Sie antwortete nicht.

»Ist alles in Ordnung?«

»Ja.«

»Du hast meine Frage nicht beantwortet?«

»Ich weiß nicht. Frag Mickey.« Sie sah mich zum ersten Mal an. »Und jetzt verpiss dich. Ich muss nachdenken.«

Ich hob die Hände, als würde ich mich ergeben. Dann ging ich zum Schuppen. Manchmal hat Putzen etwas Hypnotisches ... Vielleicht sollte McCray diesen Job übernehmen, dann käme sie auf klarere Gedanken. Ich nahm mir vor, bei nächster Gelegenheit den Zuckeranteil in der Koksdose noch einmal zu erhöhen. Später am Tag ... Das würde die Sache hoffentlich beschleunigen.

Kapitel 25

Ich hatte mir beim Fegen und Aufräumen des Schuppens Zeit gelassen, weil ich alles durchsuchen wollte, hatte aber keine weiteren Hinweise auf Sprengstoff oder Zünder gefunden. Gegen Mittag bekam ich Hunger, weil ich außer einem Toast nichts gefrühstückt hatte. Ich ging zurück zum Haus, um etwas zu essen zu finden. McCray hatte sich bisher noch nicht wie üblich mit einem Mittagsruf gemeldet. Das konnte alles Mögliche bedeuten – auch, dass sie mich wieder einmal beim Essen vergessen hatte. Ich würde mir einfach selbst etwas zubereiten.

Die Küche war leer, aber ich hörte deutlich, dass McCray in einer Videokonferenz im Computerraum steckte. Offensichtlich wähnte sie sich allein, denn sie benutzte einen Lautsprecher und ich konnte den Gesprächspartner durch die Tür hören.

»Misses McCray, wir hatten eine Vereinbarung ...«

Ich horchte auf.

»Die Vereinbarung gilt immer noch, Mister Dunn. Ich habe nur gerade erfahren, dass wir nächste Woche keine Aktion durchführen können. Es tut mir leid, wir haben eine interne Schulung.«

Ich konnte mich vor Lachen kaum halten. Eine Schulung? Mit Conor? Da band McCray dem spendablen Mister Dunn aber einen ganz schönen Bären auf. Aber offensichtlich schluckte er ihre Ausrede, zumindest tat er so.

»Dann verschieben wir das eben auf übernächste Woche«, sagte Dunn.

»Gut, sagen Sie mir wo, dann versuchen wir, es möglich zu machen.«

Dunn schnappte nach Luft und ließ sich mit der Antwort Zeit. Ich nutzte den Moment, öffnete leise die Tür und lugte auf den Monitor. Jetzt hatte ich ein Gesicht. Sofort zog ich mich zurück.

»Ich melde mich.« Damit war das Gespräch beendet.

Ich ging in die Küche, suchte Brot und Käse zusammen und überlegte, was ich jetzt tun sollte. Schnell kam ich zu dem Schluss, dass ich mich noch einmal mit Collins treffen musste. Das war natürlich nicht ganz uneigennützig ... Ich hatte aber auch einige neue Informationen, die ich ihr nicht über SMS mitteilen wollte. Außerdem musste ich mit ihr über mein weiteres Vorgehen sprechen. Aber das war nicht der eigentliche Grund. Es würde mir guttun, mich wieder einmal mit einem normalen Menschen unterhalten zu können. Ich war erst wieder ein paar Stunden auf der Farm und hatte schon wieder genug von dem infantilen Anarchogehabe. Allerdings hatte Conor alles verändert. Ich benötigte eine Einschätzung des FBI zu seiner Person. Es hätte mich sehr gewundert, wenn sie keine Akte über ihn hätten. Also schrieb ich ihr: »Habe neue Erkenntnisse. Können wir uns heute Nachmittag treffen?«

Ich hatte mein Käsebrot gerade halb aufgegessen, als die Antwort kam. »Hab erst um 16:00 Uhr Zeit. Treffen wir uns im Café gegenüber vom Ritz-Carlton?«

Ich schickte ihr einen Daumen hoch zurück. Obwohl ich noch dreieinhalb Stunden Zeit hatte, wollte ich sofort los. Die Arbeit, die hier auf der Farm zu tun war, lief mir nicht davon. Ich überlegte, ob ich zu McCray gehen und ihr sagen sollte, dass ich erst nach dem Abendessen zurück sein würde, oder ob ich ihr eine Nachricht hinterlassen sollte. Andererseits ... Beim letzten Mal hatte sie auch nicht bemerkt, dass ich mehrere Tage weg war. Ich beschloss, einfach loszufahren und niemandem Bescheid zu sagen. Als kleines Schmankerl mischte ich noch einmal eine kräftige Dosis Zucker in den Kokspott, bevor ich ins Auto stieg.

Zu meiner Überraschung sah der Wagen innen besser aus als erwartet. Dafür roch er nach abgestandenem Frittenfett. Offenbar hatte Conor bei der Rückfahrt von D.C. mit den frisch freigelassenen Aktivisten einen Stopp bei einer Fastfoodkette eingelegt. Ich tippte auf KFC – den Geruch würde ich tagelang nicht los. Ich ließ die Fenster hinunter und drehte die Lüftung auf die höchste Stufe.

Keine zwei Minuten später bog ich von der Schotterpiste auf die asphaltierte Straße Richtung Brandy Station. Dann nahm ich den Interstate Richtung D.C.

Kapitel 26

Eines musste ich Collins auf jeden Fall zugestehen: Sie hatte einen verdammt guten Geschmack, was die kleinen, unbekannten Genussecken in D.C. anging. Das Café gegenüber dem Ritz-Carlton hatte ich als fiese Touristenfalle in Erinnerung, aber es war viel kleiner und unscheinbarer als gedacht. Internationale Hotelgäste auf der Durchreise nach Washington würden es kaum bemerken. Es gab nur drei Tische vor einem Tresen mitten in einer kleinen Einkaufspassage. Auf der einen Seite neben dem Café befand sich ein Laden, der unnatürlich gefärbte Smoothies anbot, auf der anderen Seite ein Handtaschengeschäft. Aber die Google-Bewertung des Cafés sprach Bände ... Es sei eines der wenigen authentischen französischen Cafés in der Stadt. Der Besitzer könnte mit einer besseren Lage viel mehr erreichen, dachte ich. Als ich die Bedienung hinter der Theke fragte, warum sie ihren Laden ausgerechnet hier hätten, versicherte sie mir, dass sie auf der Suche nach etwas Größerem seien, sich aber die hohe Miete derzeit nicht leisten könnten. Mit einem verständnisvollen Nicken bestellte ich einen Verlängerten, ein Pain au Chocolat und zwei Macarons, die ich in dieser Qualität zuletzt nur im Senegal gegessen, hier aber nicht erwartet hatte.

Ich dachte an meine Zeit in Nordafrika zurück und fragte mich, während ich auf Collins wartete, in was ich bei meinem aktuellen Auftrag hineingeraten war. Es war ein undankbarer

Job, einen Haufen unreifer Spinner zu beaufsichtigen, die, ob gefährlich oder nicht, nicht für ihren Lebensunterhalt arbeiten mussten. Klar hatte es solche Typen früher auch gegeben, aber sie hatten nicht eine solche Aufmerksamkeit bekommen. Die sozialen Medien waren einfach ein ungerechter Verstärker – je lauter, abgefahrener und emotionaler, desto größer die Aufmerksamkeit. Diese Dauerbeschallung mit gefühlten Wahrheiten hatte Amerika nachhaltig verändert. Ich fragte mich, ob dies wirklich noch das Land war, in dem ich für immer leben wollte. Wenn Typen wie bei der Eternal-Earth-Group mehrheitsfähig wurden, wären wir alle verloren.

Aber vielleicht gab es ja noch Hoffnung ...

Als Collins zwei Kaffee später immer noch nicht aufgetaucht war und auch meine Textnachricht nicht beantwortet hatte, wollte ich schon gehen. Aber bevor ich bezahlen konnte, kam sie im Laufschritt in die Mall gestürmt, auf High Heels und in einem knielangen Rock. Mein Blick blieb an ihr kleben. Sie sah umwerfend, gestresst, aber in den hohen Schuhen auch irgendwie ungelenk aus. Innerlich war ich bei ihrem Anblick hin- und hergerissen. Einerseits musste ich unwillkürlich über ihre elegante, aber unpraktische Kleidung schmunzeln, andererseits befürchtete ich fast, sie würde hinfallen. Doch die Angst war unbegründet. Im Laufen auf High Heels war sie Profi. Sie hielt sich tapfer auf den Beinen.

»Es tut mir so leid. Es ist mir kurzfristig etwas dazwischengekommen ...« Sie war völlig außer Atem.

Ich machte eine einladende Handbewegung. »Kaffee und Pain au Choloclat? Kann ich wirklich empfehlen. Aber das wussten Sie sicher schon.«

Sie nickte.

Ich bestellte, dann schaute ich sie erwartungsvoll an.

»Wie schon gesagt, das Labor hat unsere Befürchtungen bestätigt. Der Dünger basiert auf Ammoniumnitrat. Daraus kann man sehr leicht Sprengstoff herstellen, aber man muss wissen, wie, sonst jagt man sich selbst in die Luft.«

»Hm. Das wäre das Beste, was uns in der jetzigen Situation passieren könnte ...«

»Warum so zynisch?«

Ich winkte ab. »Nur genervt. Egal. Haben Sie etwas über Conor herausfinden können? Er ist der derjenige, der die Dynamik in der Gruppe verändert hat. Mickey hört auf ihn und Crystal hat er kaltgestellt.«

»Bisher habe ich keine Informationen. Aber wir arbeiten dran. Entweder ist er ein unbescholtenes Blatt oder er hat eine gefakte Biografie. Da müssen wir sehr tief graben, um die Ungereimheiten rauszufiltern. Das fängt schon damit an, dass er wahrscheinlich in Wahrheit ganz anders heißt. Wie alt ist er eigentlich? Haben Sie ein Foto von ihm?«

Ich ärgerte mich über mich selbst, dass ich daran nicht gedacht hatte. Andererseits ... »Keine Möglichkeit gehabt, zu gefährlich.« Dann lieferte ich ihr eine möglichst akkurate Beschreibung. »Er war anscheinend schon dreimal bei der Eternal-Earth-Group zu Besuch. Ich kann mir nicht vorstellen, dass die Stiftung weiß, was er macht. Aber Sie können ja mal vorsichtig nachfragen. Irgendwas muss doch zu finden sein.«

»Ich fütter den Computer, sobald ich wieder zurück bin.«

»Gut. Das verbrannte Gras im Feld, Conors Besuch und der Zünder, den ich beim Mähen gefunden habe, ergeben ein stimmiges Bild. Da ist was Größeres in Planung. Conor hat Mickey und Greg zu einem anderen Grundstück gebracht. Dort wird der Sprengstoff hergestellt, vermute ich. Gibt es noch andere Grundstücke, die der Gruppe gehören oder die sie nutzt?«

»Keine Ahnung. Wir haben alle Akten durchgesehen. Von einem anderen Gelände wissen wir nichts ...«

»Es muss noch etwas anderes geben ... die Farm ist nur eine Tarnung.«

Collins nickte, während sie in ihr Pain au Chocolat biss.

»Ich habe noch einen zweiten Namen. Ein gewisser Mr. Dunn scheint die Aktionen bei McCray quasi zu bestellen. Habe eine Videokonferenz von McCray mitgehört. Könnte sich lohnen, ihm mal auf den Zahn zu fühlen ...«

Collins nickte erneut und notierte sich den Namen. »Wow. Gute Arbeit. Was mir im Moment mehr Sorgen macht, ist dieser Conor. Sie sind mit dem Pick-up unterwegs, nicht wahr?«

»Und mit dem Traktor.«

»Mist. Den Wagen haben wir schon eine ganze Weile in unseren Systemen. Ich habe ihm damals einen GPS-Tracker verpasst. Mickey hat ihn jetzt auf einem Parkplatz in Brandy Station geparkt. Aber wo ist der Traktor?«

»Keine Ahnung. Weit können sie nicht sein.«

»Hm. Wenn sie nur um die Ecke fahren, warum haben sie dann nicht nur den Traktor genommen? Wozu der Pick-up?«

»Ich weiß es wirklich nicht. Können Sie irgendetwas tun, um den Traktor zu finden? Drohnen?«

»Guter Witz!? Keine Chance. Und über den Interstate werden sie kaum gefahren sein.«

»Hm.«

»Beim nächsten Mal bringe ich Ihnen einen GPS-Tracker mit. Den können Sie anbringen, wenn der Traktor wieder auftaucht.«

»Beim nächsten Mal? Hoffentlich dauert das nicht so lange ...« Ich blickte in ihre dunkelbraunen Augen und verlor mich vielleicht für einen Moment zu lang in ihrem Blick. Verlegen wandte sie den Kopf ab.

»Fahren Sie zurück zur Farm. Ich melde mich, sobald ich mehr Informationen habe.«

»Zu Befehl, Frau General.«

Jetzt lachte sie zum ersten Mal. »Wir haben keine andere Wahl ...«

»Man hat immer eine Wahl«, sagte ich. »Immer.«

Sie legte mir die Hand auf den Arm. Es war eine eher freundschaftliche Geste. Dann verließ sie die Mall genau so schnell, wie sie gekommen war, nur mit stabileren Schritten. Ich lächelte ihr hinterher, dann ging ich zum Auto. Ich hatte eine Rückfahrt von eineinhalb Stunden vor mir – aufgrund des Verkehrs waren es laut Google Maps aktuell zwei Stunden. Die Begegnung mit Collins wog jedoch jede Sekunde Stauzeit auf.

Kapitel 27

Als ich zurück auf der Farm war, hingen die meisten Aktivisten im Computerraum ab, chatteten in sozialen Netzwerken, schrieben E-Mails oder recherchierten die neuesten Nachrichten über die Gruppe. Niemand hatte mitbekommen, dass ich für einige Stunden verschwunden war.

»Wo ist Crystal?«, fragte ich in die auf ihre Bildschirme konzentrierte Runde.

»Oben. Die macht da irgendwas.«

»Hm.« Ich hatte wenig Lust, in McCrays chaotisches Schlafzimmer im ersten Stock zu platzen. Nach der langen Fahrt beschloss ich, als Nächstes zu duschen. Collins hatte sich bislang noch nicht gemeldet. Ich hatte also eh nichts zu tun. Ein guter Zeitpunkt, etwas zu entspannen und um über die nächsten Schritte nachzudenken.

Vor dem Haus hängte ich meine Klamotten über den Sichtschutz und schaltete das Licht ein, um allen zu signalisieren, dass die Dusche besetzt war. Dann genoss ich das warme Wasser auf meinem Körper aus der Solardusche. Ich war gerade fertig, als sich der Sichtschutz öffnete. Urplötzlich stand Crystal McCray nur mit einem Handtuch bekleidet vor mir. Mir fiel die Kinnlade runter.

»Oh, ich dachte, hier wäre frei«, sagte sie mit einem frechen Grinsen.

»Bin gerade fertig. Du kannst weitermachen.«

Sie zog den Sichtschutz zu. Dann ließ sie das Handtuch fallen. Ihre weiße Haut strahlte im künstlichen Licht wie am helllichten Tag. Die kleinen, wohlgeformten Brüste reckten sich mir entgegen. Ich dachte einen Moment darüber nach, dass sie offensichtlich nicht der Sonnenbadtyp war, denn an ihren Armen und Beinen zeichneten sich deutlich die Enden der T-Shirts und Shorts ab, die sie tagsüber trug.

»Crystal, ähhhm ...«

Sie kam auf mich zu, ohne ein Wort zu sagen. Ich schaute sie neugierig an und versuchte, ihre Absichten zu lesen.

Aber es gelang mir nicht. Sie war mit Mickey zusammen, okay. Aber was zum Teufel machte sie hier? Und was würde Mickey dazu sagen, wenn er davon erfuhr? Nicht, dass mir seine Meinung irgendetwas bedeutete. Aber ich hatte nicht die geringste Lust, die Probleme größer zu machen, als sie eh schon waren. Und mit Mickey und Crystal McCray in einer Dreiecksbeziehung zu stecken, war definitiv keine gute Idee.

Sie bewegte sich um mich herum und schmiegte sich von hinten an mich. Ich ließ es zu, auch wenn mein Körper sich bei ihren Berührungen versteifte. Ich war hin- und hergerissen. Obwohl sie nicht mein Typ war, fand ich sie attraktiv. Aber ich mochte ihre launische, kindische Art nicht, ihren Fanatismus und ihre Gleichgültigkeit gegenüber allem, was nicht sie selbst betraf. Die Frage war nur, ob es mir Pluspunkte einbrachte, wenn ich auf ihre Avancen einging.

Ich machte einen Schritt nach vorn, drehte mich um und sah ihr in die Augen. »Leider stehe ich nicht auf dich, Crystal. Sorry.«

Jetzt fiel ihr die Kinnlade herunter. Plötzlich holte sie aus und schlug mir heftig gegen die Brust. Ich taumelte zurück, verlor fast das Gleichgewicht, konnte mich aber am Sichtschutz festhalten. Mit dieser Wut hatte ich nicht gerechnet.

»Du Scheißkerl«, schrie sie plötzlich. Es war offensichtlich, dass sie es nicht gewohnt war, ihren Willen nicht zu bekommen.

»Verpiss dich hier. Was fällt dir ein?«

Ich schüttelte nur resigniert den Kopf. Arme Crystal, wann wirst du endlich erwachsen? Ich wickelte mir das Handtuch um, schnappte meine Sachen und verließ die Dusche.

»Ja, hau endlich ab, du Wichser!«

Zurück im Haus trocknete ich mich ab, setzte mich an einen freien Rechner im Computerraum, doch schon nach kurzer Zeit hatte ich eine Menge Zuschauer mit fragenden Gesichtern. »Was war los?«, fragte Snoopy.

»Nichts.«

»Wir haben Crystal schreien hören, dass du abhauen sollst.«

Ich setzte mich auf einen Stuhl und atmete tief durch. »Ich habe geduscht, als Crystal mich gestört hat. Ich habe ihr dann gesagt, dass sie warten soll, bis ich fertig bin. Das hat sie wohl falsch verstanden.«

»Was? Verstehe ich nicht«, sagte Snoopy.

»Willkommen im Club.«

Ich hatte mich kaum angezogen, als McCray auch hereingestürmt kam. »Mach das nie wieder, hörst du?«

»Crystal, du hast mich hinter der Dusche gestört, nicht umgekehrt. Also beruhig dich.«

Sofort waren alle ganz Ohr. Wenn die Computer nicht im Hintergrund gesummt hätten, hätte man eine Stecknadel fallen hören.

»Fass mich nie wieder an, du perverses Schwein.«

Aha, daher wehte der Wind. Ich sah sie kalt lächelnd an, sagte aber nichts.

»Stimmt das? So etwas dulden wir hier nicht«, sagte Snoopy bestimmt und verschränkte feindselig die Arme. Alle nickten. »Du musst gehen. Sofort.«

Ich hob entschuldigend die Arme. »Leute, ich stehe nicht

auf kleine Mädchen. Auch wenn Ihre Eltern Milliardäre sind.«
Atemlose Stille. Selbst Crystal war die Luft weggegblieben. »Sie
ist zu mir in die Dusche gekommen. Nicht umgekehrt.«

»Das stimmt«, kam es leise von hinten aus der Ecke. Wilbur
hatte sich ausnahmsweise zu Wort gemeldet. »Ich, ich wollte
auch duschen und hab dann gesehen, dass jemand drin ist. Als
ich umgedreht bin, kam mir Crystal entgegen.«

So cool ich nach außen wirkte, so erleichtert war ich über
den unverhofften Entlastungszeugen. Was immer Wilbur an der
Dusche wirklich gesucht hatte, es war mir herzlich egal. Bedauernd
sah ich Snoopy an.

Der drehte sich zu McCray um. »Was soll das Geschrei? Willst
du unsere Gruppe auseinanderbringen?«

»Ihr lügt! Ihr steckt alle unter einer Decke. Scheißkerle!«,
zischte sie. Zitternd vor Wut verließ sie die Küche, dann stapfte sie
die Treppen hinauf. Ein Schluchzen war zu hören, dann knallte
eine Tür. Keiner sagte ein Wort.

Mein Smartphone unterbrach die gespenstische Versamm-
lung, und mit einem Mal kam Bewegung in die Gruppe. »Tut
mir leid, Leute. Ich muss mal kurz reinschauen. Vielleicht ein
Jobangebot ...«

Nicht, dass es irgendjemand interessiert hätte. Die Jungs verließen nach und nach den Computerraum und ich blieb allein
zurück. Das war verdammt knapp. Wenn Wilbur die Szene nicht
zufällig mitbekommen hätte, wäre ich jetzt wahrscheinlich schon
auf dem Weg zurück nach D.C. Ich atmete tief durch. Dann schaute ich auf das Telefon. Collins hatte eine Nachricht geschickt.
Wer auch sonst ...

»Conor Bauer arbeitet ehrenamtlich als Kommunikationsma-
nager für die Clean Currents Foundation. Im Moment hätte er
sich freigenommen. Keine negativen Rückmeldungen, eher im
Gegenteil.«

»Freigenommen?«, textete ich zurück. Dann kam mir ein

nächster Gedanke: »Wovon lebt Conor denn? Von irgendwem muss er doch Geld bekommen? Reiche Eltern?«

»Möglich. Kann ich überprüfen. Und was diesen Dunn betrifft: ein gewisser Nathanial Dunn arbeitet als Fondsmanager bei Jaysaw Investment. Sollen wir ihn morgen zusammen besuchen?«

Ich zögerte einen Moment. Hatte ich richtig gelesen? Hatte Collins mich eingeladen? Ich fuhr mir über den Kopf, denn nach der Szene in der Dusche hatte ich überhaupt keine Lust, mich innerhalb kürzester Zeit wieder in eine unangenehme Situation zu bringen. Andererseits ... Collins bewegte sich in einer anderen Gewichtsklasse als Crystal McCray. Und damit meinte ich nicht ihr Aussehen. Aber ich dachte darüber nach, was diese Einladung bedeuten sollte. Ein Friedensangebot für den vermasselten Job, als ich im Gefängnis saß? Nein, entschied ich mich. Collins hatte deswegen kein schlechtes Gewissen. Ich musste ihr vertrauen, dass sie einen Plan hatte. Vertrauen war Teil meiner Arbeitsweise. Den Leuten in meiner Einheit vertraute ich mein Leben an. Collins gehörte zu meiner Einheit – McCray und die ganze Aktivistenbande nicht.

Ich sagte Collins zu.

»7:32 Uhr an der Union Station. Wir fahren nach New York. Mit Amtrak.«

Ich lachte. Es würde eine kurze Nacht werden. Und dann noch mit der Bahn ...

»Fahren wir etwa aus Umweltgründen Zug?«

»Amtrak ist schneller. Kein Stau.«

Na, dann ... Ich grinste vor mich hin und sendete einen Daumen hoch.

»Keine Neuigkeiten zum Pick-up.«

»Gut. Dann bis morgen früh. Gute Nacht.«

Ich bekam einen Daumen hoch zurück.

Später im Bett dachte ich darüber nach, was McCray mit ihrer Aktion in der Dusche bezwecken wollte. Mickey eifersüchtig machen? Oder war es das Kokain oder eher der Entzug, der sie so unberechenbar werden ließ? Sie war psychisch labil, keine Frage. Sie betäubte sich mit Sex, Gewalt und Drogen, um den wichtigen Fragen aus dem Weg zu gehen – mit ihren Eltern zu reden, ein normales Leben zu führen, Verantwortung für sich selbst zu übernehmen. Im Prinzip hätte ich Mitleid mit ihr haben müssen. Aber nein, es war ihre große Portion Egoismus, die mich nicht einmal das für sie empfinden ließ. Im Grunde war sie nichts anderes als ein pubertierender Teenager. Leider schon Mitte zwanzig. In ihrem Alter hatte ich mich von meinem Chef bei der Bostoner Polizei erniedrigen lassen – lassen müssen –, bevor ich mich entschloss, ihm den Rücken zuzukehren, um zu studieren. Wenn ich meine damalige Situation mit ihrer verglich, erschien mir ihr Verhalten noch unreifer. Manche Menschen werden einfach nie erwachsen ... Müssen sie ja auch nicht, wenn die Milliarden von Mama und Papa dafür sorgen, dass die Scherben unter den Teppich gekehrt werden. Crystals einzige Leistung bestand darin, geboren zu werden und am Leben zu bleiben. Ich schloss die Augen.

Spätestens zu diesem Zeitpunkt hätte mir klar sein müssen, dass diese Frau alles tun würde, um Aufmerksamkeit zu bekommen. Sie brauchte die Bewunderung der anderen wie die Bienen den Nektar. Sie ernährte sich davon. Im Grunde war sie ein Narzist, wie damals mein Chef bei der Bostoner Polizei. Aber deutlich unberechenbarer. Dann dachte ich an die FBI-Agentin, mit der ich am nächsten Morgen nach New York fahren würde. Eine sehr kluge Regel lautete: Niemals in einem professionellen Umfeld persönliche Beziehungen eingehen. Sonst leidet das eigene Urteilsvermögen. Diesen Punkt hatte ich aber längst überschritten. Auch, wenn ich es nicht wahrhaben wollte.

Kapitel 28

Die Parkplatzsuche an der Union Station gestaltete sich schwieriger als erwartet. Aus irgendwelchen Gründen war das Parkhaus direkt am Bahnhof geschlossen, sodass ich mich zur nächstgelegenen Garage umleiten lassen musste, die leider überfüllt war und ich noch einmal weiterfahren musste. Den zusätzlichen Fußweg zum entfernten Parkplatz hatte ich natürlich auch nicht einkalkuliert. Ich schloss das Auto ab und rannte los.

Im Laufschritt kam ich drei Minuten vor Abfahrt des Zuges am Bahnsteig an. Schon von Weitem sah ich Collins winken. Sie trug eine schwarze Stoffhose, eine weiße Bluse und darüber einen kurzen, fast sportlich wirkenden Mantel. Und dazu einen knallroten Lippenstift. Am liebsten hätte ich sie zur Begrüßung geküsst ... Der Morgen war kühl gewesen, und der Mantel passte sowohl zur Temperatur als auch zu ihrem Outfit. Ich hatte mich für die übliche Mischung entschieden: Eine ordentliche Jeans, Sneakers, ein kurzärmeliges Hemd und ein beiger Pullover, den ich nach dem Sprint zum Bahnhof ausgezogen hatte, mussten reichen. Mit Businesskleidung oder was auch immer man in New York darunter verstand, hatte ich auf der Farm keine Chance.

»Tut mir leid, Brenda, der Park...«

»Steigen wir ein. Hier ist Ihr Ticket.«

Achselzuckend nahm ich das Papier entgegen. Kurze Zeit später saßen wir auf unseren reservierten Plätzen nebeneinander in einer Zweiersitzreihe. Ich bot ihr den Platz am Fenster an. Sie setzte sich dankend an die Scheibe.

»Leider nur zweite Klasse«, sagte sie fast entschuldigend.

Ich zuckte mit den Schultern. »Immer noch besser als ein Truppentransporter.«

Sie lachte.

»Wo treffen wir diesen Mr. Dunn?«

»In einem Restaurant, wo er oft zu Mittag isst. Seine Sekretärin hat mir gesagt, dass es mittwochs seine bevorzugte Adresse ist.«

»Also haben wir keine offizielle Verabredung?«

»Nein«, sagte Collins bestimmt. »Ich wollte möglichen Ausreden von Mr. Dunn vorbeugen und ihn nicht in seinem Büro aufsuchen, wo wir von seiner Sekretärin abgewimmelt werden.«

»Keine schlechte Strategie ...«

»Reiner Selbstschutz. Ich habe keine Lust, mich noch einmal bei meinem Chef für meine Methoden entschuldigen zu müssen.«

»Wieso das?«

»Er ist sich immer noch nicht sicher, ob er Ihren Undercover-Einsatz gut finden soll. Die Ergebnisse überzeugen ihn noch nicht ...«

»Na ja ...« So ganz unrecht hatte er da nicht. Meine Chancen, Crystal McCray nach Hause zu bringen, tendierten seit gestern gegen null. Dabei hatte ich Collins noch gar nichts von meiner gemeinsamen Dusche mit McCray erzählt. Aber immerhin konnte ich dem FBI ein paar nützliche Informationen zuspielen.

»Was meinen Sie damit?«

»Na ja«, druckste ich herum, »es ist sehr schwierig, zu McCray eine persönliche Beziehung aufzubauen, geschweige denn, sie davon zu überzeugen, aus der Gruppe auszusteigen.« Dann wechselte ich schnell das Thema. »Wie läuft es eigentlich jetzt mit ihrem Chef? Marshall hieß er, richtig? Hat sich da irgendetwas getan?«

Sie fuhr sich durch das Haar und ließ die Hand im Nacken liegen. Es war die Geste der Verlegenheit, die ich schon mehrmals bei ihr beobachtet hatte.

»Nun, ich habe ihn darauf angesprochen. Wie Sie schon sagten …«

»Und?«

Sie kniff den Mund zusammen, überlegte einen Moment. »Es ist nicht so gelaufen, wie ich es mir erhofft hatte. Er hat sich angehört, wie ich sein Verhalten empfinde, ich habe ihm gesagt, dass mir Wertschätzung fehlt, dass ich mich von ihm nicht ernst genommen fühle, dass ich nicht das Gefühl habe, dass er hinter mir steht. Und wissen Sie, was er geantwortet hat?«

»Keine Ahnung. Vielleicht, dass er öfter mit Ihnen über solche Dinge reden sollte?«

»Nope. Er nähme meine Beschwerde zur Kenntnis und leite sie an die zuständige Stelle weiter.«

Ich prustete los. Die wenigen Fahrgäste in unserem Waggon schauten mich neugierig an. »Brenda, es tut mir leid, aber das ist genau die Reaktion, die Sie von einem Bürokraten wie Marshall erwarten können.«

Collins fand das leider weniger lustig und schaute angestrengt aus dem Fenster.

Als ich mich wieder beruhigt hatte, sagte ich zu ihr: »Brenda, Ihr Chef spricht von sich in der dritten Person. Er ist die zuständige Stelle. Entweder ist er also ein genialer Stratege und Sie haben sein Talent nur noch nicht erkannt, oder er hat ein paar Schrauben locker. In beiden Fällen können Sie nicht viel von ihm erwarten.«

»Nun, dann bin ich genauso schlau wie vorher.«

»Nein. Sie wissen jetzt, dass es nicht an Ihnen liegt. Ich finde, das ist eine sehr wichtige Erkenntnis. Und die Zeit Ihres Chefs … na ja …«

»Ja?«

»Die Zeit von Bruce Marshall geht auch zu Ende. Ich glaube nicht, dass er auf diesem Posten in Rente geht.«

»Die Situation nervt einfach.«

»Klar. Nehmen Sie nicht alles für bare Münze, was er sagt.«

»Hm.«

»Kommen wir noch einmal auf Dunn zurück. Wie wollen Sie konkret vorgehen?«

»Ihn mit dem Vorwurf konfrontieren, dass er im Verdacht steht, Umweltterroristen zu unterstützen. Es bringt nichts, um den heißen Brei herumzureden.«

»Das sehe ich genauso. Aber warum legen Sie Wert auf meine Anwesenheit? Ich meine, ich kann ja schlecht zugeben, dass ich ihn aus einer Videokonferenz mit McCray kenne ...«

»Erstens, weil Sie ihn identifizieren können. Sie haben nicht nur seine Stimme gehört, sondern ihn gesehen, oder?«

»Richtig. Das hatte ich Ihnen geschrieben.«

»Zweitens brauche ich eine zweite Meinung, was die Rolle von Dunn betrifft. Warum unterstützt er die Umweltaktivisten? Das können Sie besser beurteilen, weil sie jetzt Teil der Gruppe sind.«

Alles richtig, dachte ich, aber ich war trotzdem nicht überzeugt, dass das alles war.

»Kommen Sie Brenda, irgendwas verheimlichen Sie mir. Worum geht es hier wirklich?«

Brenda Collins schwieg einen Moment, dann lächelte sie.

»Gut, es gibt zwei mögliche Szenarien: Wenn wir der Gruppe nachweisen können, dass Sie Sprengstoff herstellen, dann haben wir sie. Kein Richter der Welt wird ein Auge zudrücken und eine Kaution festsetzen. Dann ist auch Ihr Einsatz wieder beendet. Das Problem ist, dass wir Mickey und Conor gerade aus den Augen verloren haben. Wir können natürlich warten, bis der Pick-up wieder bewegt wird oder der Traktor auftaucht, aber bis dahin sollten wir nicht untätig herumsitzen.«

»Das heißt?«

»Wir kümmern uns um das zweite Szenario: Wir folgen der Spur des Geldes.«

Ich nickte. Das ergab Sinn.

»Offshore-Konten, mögliche Steuerhinterziehung und so weiter sind nicht mein Gebiet. Aber wenn damit Terrorismus finanziert wird, sind wir wieder im Spiel. Ich will also wissen, wie Mr. Dunn auf meine Fragen diebezüglich reagiert.«

»Wollen Sie ihn warnen?«

»Eher aufschrecken, ihm klarmachen, dass wir ihn im Visier haben. Um der Gruppe auf diese Weise den Geldhahn zudrehen, wie Sie es in Boston vorgeschlagen haben. Vielleicht können wir damit Schlimmeres verhindern. Ich habe auch den McCrays geraten, ihrer Tochter kein Taschengeld mehr zu schicken.«

»Oh«, sagte ich und räusperte mich.

»Wenn sie tatsächlich eine Bombe bauen, bleibt uns keine andere Wahl. Wir müssen den Druck jetzt erhöhen. Das ist kein Kinderspiel mehr.«

»Ich verstehe.« Ich verschränkte die Arme und starrte vor mich hin. »Aber McCray und Mickey traue ich das einfach nicht zu – das mit der Bombe. Das sind kleine Kinder, die sich gegen ihre Eltern auflehnen, oder die Gesellschaft, wenn sie wollen. Bei Conor könnte ich mir das mit der Bombe schon eher vorstellen ... Allerdings ...«

»Was?«

Ich schniefte und beugte mich zu Collins hinüber. »Ich habe nicht die geringste Ahnung, wie McCray reagiert, wenn ihre Eltern den Geldhahn zudrehen. Meine Vermutung ist, dass sie total ausflippt. Und dann ist sie völlig unberechenbar und wäre für Conor leicht zu manipulieren.«

»Sie meinen, ich beschleunige damit die Eskalationsspirale?«

»Ich weiß es nicht. Ich weiß es wirklich nicht. Es besteht allerdings auch die Gefahr, dass die Gruppe untertaucht, wenn sie noch stärker unter Druck gerät. Dann könnte die Sache außer Kontrolle geraten …«

»So oder so: Wir müssen den Druck erhöhen, weil wir nicht wissen, was sie genau vorhaben.«

»Genau. Aber selbst dann werden sie landesweit gesucht, nehme ich an, und die Finanzierung der Gruppe wird noch schwieriger. Die kommen nicht weit. Die sind nicht besonders überlebensfähig …«

»Was ist mit diesem Conor? Kann der die Gruppe übernehmen?«

»Schon möglich. Sie wissen noch nicht mehr über ihn, oder?«

»Nein. Aber sie haben recht, die Dinge geraten in Bewegung, und wir müssen auf alles vorbereitet sein. Auch darauf, dass die Gruppe versucht, vom Radar zu verschwinden.«

»Das heißt?«

»Komplette Überwachung der Farm, vierundzwanzig Stunden. Ich versuche, mit Marshall zu reden, um mehr Leute zu bekommen, dazu noch Drohnen, Kameras und die ganze Technik. Die dürfen sich nicht einmal mehr am Sack kratzen, ohne dass wir es mitbekommen.«

»Wenn sie wieder aufgetaucht sind.«

»Genau.« Brenda seufzte. »Wenn alles so läuft, wie wir es uns vorgestellt haben, wird McCray für lange Zeit nicht mehr nach Hause kommen«, sagte Collins plötzlich, und ich hatte das Gefühl, dass sie den Gedanken gar nicht so schlimm fand. Bevor ich nachfragen konnte, fügte sie hinzu: »Die McCrays werden Ihre Firma bezahlen, aber einen Bonus für Sie wird es sicher nicht geben.«

Ich sah sie mit hochgezogenen Augenbrauen an. »Sie kennen mich doch schon ein bisschen. Glauben Sie, es geht mir ausschließlich ums Geld?«

Sie antwortete nicht sofort. Ich senkte den Blick.

»Sagen Sie mir, worum es Ihnen wirklich geht.«

»Darum, das zu tun, was sonst niemand tun will oder kann. Das Geld ist nur ein netter Nebeneffekt.«

»Waren Sie schon immer so idealistisch?«

»Ein bisschen.«

»Das passt nicht zu dem Bild, das Ihre Branche in der Öffentlichkeit hat.«

»Ich spreche auch nicht für meine Branche, sondern nur für mich.«

Wir schwiegen einen Moment. Ich war etwas enttäuscht, dass sie so über mich dachte. Nach einer Weile wechselte ich das Thema. »Da wir noch eine Weile unterwegs sind, erzählen Sie mir doch, wie Sie von einer Milchfarm in Wisconsin zum FBI gekommen sind.«

»Ich habe nie gesagt, dass es eine Milchfarm war.«

»Gibt es noch andere Farmen in Wisconsin?«

Sie lachte. »Sie haben recht. Es war eine Milchfarm. Aber zunächst biete ich das Du an.«

»Abgemacht.«

Sie erzählte ihre Geschichte, und ich erfuhr endlich mehr über sie als Person, als ihr vielleicht lieb war. Jedenfalls lernte ich eine neue, im wahrsten Sinne überraschende Seite von ihr kennen ...

Kapitel 29

Wir fuhren mit der U-Bahn von der Penn Station zum Bread-and-Butter Diner am Columbus Circle, direkt gegenüber dem Central Park. Die Bahn war voll. Brenda und ich standen getrennt an verschiedenen Türen. Die Entfernung zwischen uns und das Quietschen der Räder in den uralten U-Bahnschächten New York Citys machten es unmöglich, dass wir uns weiter unterhielten. Das gab mir die Gelegenheit, über die Geschichte nachzudenken, die Brenda mir über ihre Jugend erzählt hatte.

Sie hatte sich nie mit ihrer Mutter verstanden. Sie sei eine kontrollsüchtige, verbissene Frau gewesen, die sehr viel Wert auf Ordnung gelegt und ihr keine Freiräume gelassen hatte. Vom Erntedankfest eine Stunde zu spät nach Hause zu kommen, bedeutete eine Woche Stubenarrest, sonntags zu spät zum Essen zu kommen, eine Woche Stall putzen. Damals war sie vierzehn gewesen. Als sie alt genug war, hatte sie die erstbeste Gelegenheit zur Flucht genutzt. Sie war mit einer Freundin zum Wisconsin State Fair gegangen, einem Jahrmarkt, der jedes Jahr am selben Ort stattfand. Dort hatte sie einen Typen auf der Durchreise kennengelernt, der die Gabe hatte, sie ständig zum Lachen zu bringen. Ob das die wichtigste Eigenschaft eines Menschen wäre, auf der man eine Beziehung stützen konnte, wagte ich stark zu bezweifeln. Aber sie war damals achtzehn gewesen ... Ohne weiter darüber nachzudenken, fuhr sie mit ihm noch am selben Abend nach Newark, New Jersey, und zog kurzerhand bei ihm ein. Die Beziehung hielt nicht lange. Irgendwann merkte sie, dass der Typ nichts ernst nehmen konnte, auch sie nicht. Aber nachdem sie einen Job an der Kasse eines Supermarktes gefunden hatte, konnte sie es sich leisten, wieder bei ihm auszuziehen. Nach Hause war sie nie zurückgekehrt. Zur New Yorker Polizei kam sie über eine Kollegin im Supermarkt, deren Mann dort arbeitete. Die bessere Bezahlung lockte sie, obwohl sie bei der Polizei anfangs Schichtdienst leisten musste. Beim NYPD hatte sie sich durch ihre ruhige, seriöse und gleichzeitig zupackende Art so weit nach oben gearbeitet, bis ihr irgendwann ein Job beim FBI angeboten wurde.

Endlich. Wir waren da. Wir stiegen zusammen mit halb New York City an der Station am Columbus Circle aus.

»Dann schauen wir mal, was Mr. Dunn für ein Typ ist …« Brenda bedeutete mit einer Handbewegung in Richtung Ausgang, so als müsste sie einem großen Jungen die Großstadt zeigen. Ich nickte großzügig, konnte das verschmitzte Grinsen aber nicht verbergen.

»Was ist?«, fragte sie.

»Du gibst gern den Ton an, oder?« Ich stellte mir gerade die zwanzigjährige Brenda Collins zusammen mit einem Klassenclown in einem Wagen Richtung Newark vor. Natürlich hatte die Beziehung nicht funktionieren können.

»Also, na ja, hm«, antwortete sie nur.

Offensichtlich hatte ich ins Schwarze getroffen. Ich war sicherlich nicht der Erste, der ihr das sagte. Dabei wusste ich gar nicht, ob mich ihre dominante Art wirklich störte.

Kurz nachdem wir die U-Bahn-Station verlassen hatten, waren wir auch schon da. Das Diner befand sich im Erdgeschoss eines modernen Glasbaus, zu dem der rustikale Name des Lokals nicht so recht passen wollte. Um dorthin zu gelangen, mussten wir erst eine lichtdurchflutete Lobby durchqueren, bevor wir auf eine hölzerne Saloontür stießen, auf der der Name Bread-and-Butter Diner stand. Das passte wieder ins Bild. Westernromantik für reiche Investmentbanker. New York eben.

»Sieht wahnsinnig gemütlich aus«, sagte ich mit ironischem Unterton.

Brenda schaute mich irritiert an. »Ein verdammt teurer Schuppen, auch wenn er billig klingt.«

»Habe ich auch nicht anders erwartet. Was machen wir jetzt? Gehen wir rein?«

»Klar. Wenn Dunn hier Stammgast ist, kennen die ihn.«

Wir gingen durch die Tür und staunten nicht schlecht über den dunklen Holzraum dahinter. Alles wirkte absolut edel. Das Lokal war klein, hatte aber an den Seiten abgetrennte Räume, aus denen zwar ein Gemurmel drang, in die wir aber von unserem Standort aus nicht hineinsehen konnten. Privatsphäre wurde hier großgeschrieben.

Sofort kam ein Kellner in schwarzem Anzug und weißem Hemd auf uns zu. Seiner Größe und seinem breiten Kreuz nach zu urteilen war er gleichzeitig der Türsteher des Lokals. »Haben Sie reserviert?«

»Nein. Wir suchen Mister Dunn. Nathaniel Dunn. Ist er hier?«

Der Kerl kniff die Lippen zusammen, als wollte er keine Auskunft geben.

»Seine Sekretärin hat uns gesagt, dass wir ihn hier finden würden. Wir wollen Geschäftliches besprechen ...«

»Okay«, sagte der Kellner. »Wie heißen Sie?«

»Brenda Collins. FBI.«

»Ich sehe nach, ob Mr. Dunn zu sprechen ist.«

»Danke.«

Der Kellner verschwand in einem der Nebenzimmer, ohne nach mir zu fragen.

»Wie alle in New York. Total aufgeblasen.« Sie schüttelte den Kopf.

»Dafür verdienen die Gäste hier wahrscheinlich mehr in einem Monat als wir beide zusammen im Jahr.«

Sie warf mir einen herausfordernden Blick zu. »Für mich mag das stimmen, aber für dich?«

»Du hast völlig falsche Vorstellungen, Brenda, was man als Freelancer verdient.«

Bevor sie antworten konnte, tauchte der Kellner wieder auf.

»Bitte.« Er führte uns in einen Nebenraum.

Dort angekommen, stellte er uns einem Mittfünfziger in dunkelblauem Anzug, lachsfarbenem Hemd und dezent blauer Krawatte vor. Er saß allein an einem Tisch und aß einen kunstvoll drapierten Salat mit Speckstreifen.

Dunn bedeutete uns, Platz zu nehmen. »Ich gestehe, ich bin einigermaßen neugierig, was das FBI von mir will.«

Brenda und ich sahen uns für den Bruchteil einer Sekunde an. Ich nickte. Es war dieselbe kratzige Stimme, die bei McCray aus dem Lautsprecher gekommen war. Das Gesicht passte auch.

»Misses Collins, haben Sie Hunger?«

Sie verneinte.

»Und Sie?«

»Nein, danke.« Mein Magen knurrte, aber jetzt war nicht der richtige Zeitpunkt zum Essen.

»Also, was kann ich für Sie tun?«

Dunn nickte dem Kellner freundlich zu, der daraufhin verschwand.

»Mr. Dunn, kennen sie die Eternal-Earth-Group?«, fiel ich mit der Tür ins Haus.

Dunn zuckte zusammen und legte das Besteck zur Seite, antwortete aber nicht.

Brenda legte mir die Hand auf den Arm, um mir zu bedeuten, mich zurückzuhalten: »Was mein Kollege meint: Wir wissen, dass

Sie die Gruppe kennen. Was uns interessiert, ist, was für eine Art Verbindung Sie zu der Gruppe pflegen?«

Ein Lächeln, dann die kühle Antwort. »Ich wüsste nicht, was das das FBI angeht.«

»Mr. Dunn, wir beobachten die Eternal-Earth-Group schon seit einiger Zeit. Und wir machen uns Sorgen. Sorgen, dass die Gruppe in Aktionen verwickelt ist, die nicht legal sind.«

Der Investmentbanker antwortete nicht.

Doch Brenda ließ nicht locker. Sie stützte sich auf den Tisch und beugte sich zu Dunn hinüber. »Mister Dunn, wir vermuten, dass die Gruppe Sprengstoff herstellt und bei einer ihrer nächsten Aktionen einsetzen wird. Wollen Sie damit in Verbindung gebracht werden? Wenn Sie etwas darüber wissen, macht Sie das zu einem Komplizen.«

»Ich weiß nicht, wovon Sie reden.«

»Mister Dunn, es geht darum, dass wir davon ausgehen müssen, dass ihr Unternehmen die Eternal-Earth-Group finanziell unterstützt. Uns geht es darum, dass Sie diese Zahlungen einstellen. Jeder Dollar, den Sie an die Gruppe überweisen, könnte den Inlandsterrorismus finanzieren.«

Dunn machte eine wegwerfende Handbewegung. »Mit illegalen Aktionen hat mein Unternehmen nichts zu tun, wir unterstützen keine Terrorgruppen. Das ist absurd. Die Eternal-Earth-Group ist eine Umweltgruppe, mit deren Zielen wir uns identifizieren können, mehr nicht. Und soweit ich weiß, liegt nichts gegen diese Gruppe vor, was sie mit dem Gesetz in Konflikt bringt, oder?«

»Bisher. Aber wir haben Grund zur Annahme, dass ...«, sagte Brenda Collins ungewohnt kleinlaut.

»Warum unterstützen Sie die Gruppe überhaupt?«, unterbrach ich sie.

»Mein Gott, was glauben Sie denn? Die McCrays und ich kennen uns schon seit Jahren. Wir verwalten Teile ihres Vermögens, und ich wollte ihnen einen Gefallen tun.«

»Mehr steckt nicht dahinter? Ein Gefallen?«

Dunn machte wieder eine arrogante, wegwerfende Handbewegung. »Das hier ist inoffiziell, oder?«

Brenda nickte.

Dunn beugte sich vor und flüsterte: »An den Finanzmärkten hat es in den letzten Jahren die eine oder andere Verwerfung gegeben. Unser Unternehmen hat ein paarmal bei Investitionen danebengelegen, was die Renditen für unsere Kunden geschmälert hat. Das mögen sie nicht. Also mussten wir ein bisschen kreativ sein. Da hilft die eine oder andere Börsenwette, gepaart mit negativer Publicity, um kurzfristig ein paar Gewinne abzuschöpfen. Und hier kommt die Eternal-Earth-Group ins Spiel. Wenn die entsprechenden Bilder über den News-Ticker laufen, kommen die Sachen in Bewegung. Aber das hat nichts mit Terrorismus zu tun, im Gegenteil. Jaysaw Investment ist einfach offizieller Spender der Eternal-Earth-Group, weil wir ihre Ziele teilen. Man kann über die Mittel diskutieren, aber solange sie sich im Rahmen der Gesetze bewegen …«

»Okay, Mr. Dunn, wir haben verstanden. Verbleiben wir doch einfach so: Wenn Jaysaw Investment den Verdacht hätte, dass die Eternal-Earth-Group in illegale Aktionen, die Menschenleben gefährden könnten, verwickelt ist, würden Sie ihre Unterstützung sofort beenden.«

»Davon können Sie ausgehen. Mit Terrorismus wollen wir nichts zu tun haben und distanzieren uns aufs Schärfste davon.«

»Gut. Dann sind wir uns ja einig.«

Dunn lehnte sich zurück und verschränkte die Arme.

Brenda stand auf. Ich ebenfalls.

»Noch etwas, Mr. Dunn«, sagte Collins beim Hinausgehen, »wundern Sie sich bitte nicht, wenn die Börsenaufsicht demnächst ein paar Fragen an Sie hat. Und der Speck auf dem leckeren Salat ist übrigens schlecht für den Blutdruck.«

Dann drehte sie sich um. Ich folgte ihr zum Ausgang, hatte

aber allergrößte Mühe, ernst zu bleiben. Ihr Abgang war fast filmreif gewesen ... Die Frau hatte echt Nerven ...

Kapitel 30

Kaum saßen wir im Amtrak zurück nach D.C., nickte Brenda schon ein. Im Gegensatz zu ihr war ich von dem Gespräch ziemlich aufgekratzt. Um mich zu beruhigen, holte mir aber einen Kaffee aus dem Automaten. Zurück auf der Zweierbank hatte ich viel Zeit, darüber nachzudenken, was die Eternal-Earth-Group in Wirklichkeit war: Eigentlich nicht mehr als eine lautstarke Hooligan-Truppe, die bereit war, ihre Seele für ihre vermeintlich hehren Ziele zu verkaufen. Mehr Verpackung als Inhalt. Trotzdem verachteten McCray und Mickey Leute wie Mister Dunn, brauchten aber das Geld. Für Dunn war das ein billiger, effizienter Deal. Er griff gezielt feindliche Unternehmen an, setzte auf kurzfristig fallende Kurse und verdiente sich an diesen Wetten eine goldene Nase an der Börse – mit garantierter Rendite. Ich fand das Verhältnis Eternal-Earth-Group-Dunn beinahe witzig, denn jeder verachtete irgendwie den anderen, aber dennoch brauchten sie sich gegenseitig. Es war eine klassische Symbiose. Ohne Dunn gab es kein Geld, ohne Aktivisten keinen Spekulationsgewinn, den Dunn wiederum in ganz kleinen Portionen an sie zurückgab. Man konnte das fast als Geschäftsmodell bezeichnen, wenn es nicht so zynisch wäre.

Nur Conor Bauer passte da nicht ins Bild. Er war ein Überzeugungstäter, und damit ironischerweise der Totengräber dieses Geschäftsmodells, davon war ich mittlerweile überzeugt. Bauers

Radikalität war Gift für die Gruppe, für die soften Umweltziele und damit auch für Mister Dunns Rendite. Mit Gewalt wollte niemand etwas zu tun haben, schon gar nicht Dunns wohlhabende Klienten. Und es war offensichtlich, dass Dunn dabei war, die Kontrolle über die Gruppe zu verlieren, so viel war mir nach der Videokonferenz mit McCray klar geworden. Er würde sich deshalb auch so schnell wie möglich von der Gruppe distanzieren, da war ich mir sicher. Und unser Termin in New York City wird ihn davon überzeugt haben, dies so schnell wie möglich zu tun. Und ob wir ihm je beweisen könnten, dass er die Gruppe noch intensiver unter-stützt hatte ... Das FBI würde nie in der Lage sein, seine illegalen Spenden über die Offshore-Konten nachzuweisen. Und die legalen Spenden, die in den Büchern auftauchten, konnte er hinter der Fassade des Umweltschutzes verstecken. Damit wäre er fein raus.

Plötzlich brummte ein Telefon, und Brenda neben mir zuckte zusammen. Sie griff nach ihrem Mantel, den sie über die Knie gelegt hatte, und holte das Telefon heraus. »Collins.«

Ich beobachtete sie, neugierig, ob es etwas Neues vom Pick-up gab. Ich lauschte, hörte aber nichts.

»Nein, Mister McCray. Sie ist noch nicht so weit.«

Sie drehte sich von mir weg.

»Ach, das haben Sie auch gehört? Das ging aber schnell. Viele Grüße an Mister Dunn.« Sie sah mich an und rollte mit den Augen. »Wir haben noch keine konkreten Beweise, und bitte, Mister McCray, behalten Sie diesen Verdacht unbedingt für sich. Nichts an die Medien.«

McCray, Crystals Vater, sprach noch eine Weile weiter. Plötz-lich setzte sich Brenda kerzengerade hin.

»Sir, wir hatten eine Vereinbarung ...«

Wieder McCray.

»Ich weiß, dass sie Ihre Tochter ist, Sir. Wie könnte ich das ver-gessen? Aber Sie müssen einsehen, dass wir nicht weiterkommen, wenn Sie ihr ständig Geld ...«

McCray hatte sie unterbrochen.

»Sie wollen es nicht verstehen, oder? Das Geld ist nicht für Ihre Tochter.« Brenda senkte die Stimme, hielt sich sogar die Hand vor den Mund. »Wenn es so ist, wie wir vermuten, finanzieren Sie damit indirekt illegale Aktionen, die Menschenleben kosten können. Ihre Tochter braucht keine fünfzigtausend Dollar im Monat. So wie sie und ihre Aktivistenfreunde auf der Farm leben, kommen sie mit viel weniger aus.«

McCray antwortete wieder.

»Ich habe keine Ahnung, wofür sie das Geld ausgibt. Aber das Kokain, das sie konsumieren, wird kaum so viel kosten.«

Wieder eine Unterbrechung.

»Ja, Sir, sie konsumiert Drogen. Und nicht zu knapp .... Nein, es sind nicht nur Mickey und die anderen. Ich bitte Sie, Sir, überweisen Sie ihr kein Geld mehr, egal, wie sehr sie Sie anfleht. Je schneller Sie ihr den Geldhahn zudrehen, desto eher kommt sie wieder zu Ihnen zurück.«

Ich konnte McCrays Anwort nicht hören, dann legte Brenda kopfschüttelnd auf.

»Crystal hat ihren Vater angerufen und unter Tränen um fünfzigtausend Dollar gebeten. Wenn wir sie nicht innerhalb der nächsten Woche nach Hause bringen, wird er das Geld überweisen.«

»Sie muss unter großem Druck stehen.«

»Dieses Miststück ...«

»Jetzt bist du aber emotional, Brenda.«

Sie hob entschuldigend die Hände. »Sie wurde mit dem sprichwörtlichen goldenen Löffel geboren, hat noch nie etwas Sinnvolles getan, außer ihre Alten anzupumpen, bläst sich Koks ohne Ende rein, was ihr Vater nicht wahrhaben will, und zum Dank brennt sie mit dieser Flachzange Mickey durch, um für irgendeinen blöden Klimascheiß und gegen den Kapitalismus zu demonstrieren. Dabei ist sie völlig abhängig von dem Geld ihrer Eltern. Diese Doppelmoral muss mir erst mal jemand erklären ...«

Jetzt musste ich wirklich lachen, was Brenda mit einem hochnäsigen Blick kommentierte. »Wenigstens muss der Steuerzahler nicht dafür aufkommen ...«, fügte ich entschuldigend hinzu.

»Das glaubst auch nur du. Stiftungen wie diese Clean Currents Foundation werden mit Steuergeldern bestens versorgt, damit die Kollegen ihres PR-Managers Conor Bauer auch was zu essen haben.«

»Okay ... nur gut, dass du nicht auf der Farm bist, Brenda.«

»Was soll das heißen?«

Ich grinste sie an. »Du hast mit allem recht. Aber wenn du dich schon darüber aufregst, musst du dir erst mal ihre Gebete anhören. Diesen verquasten Unsinn hälst du nicht aus.«

»Aber du, oder was??«

»Jede kleine Gruppe, die in ihrem eigenen Saft schmorrt, entwickelt solche paranoiden Tendenzen. Das ist so beim Militär, bei der Polizei und natürlich auch bei einer Sekte wie der Eternal-Earth-Group. Und ich sage dir was, der Unsinn, dem Soldaten manchmal ausgesetzt sind, ist noch absurder ...«

»Echt? Hast du ein Beispiel.«

»Ein Beispiel? Kein Problem. Bei der Army müssen die Soldaten immer einen reflektierenden Gürtel tragen – damit sie nicht von einem Fahrzeug überfahren werden. Das klingt harmlos, geht aber noch weiter. Sie müssen diesen Gürtel auch tagsüber tragen, und sie dürfen ihn auch in Gebäuden nicht abglegen. Noch absurder ist allerdings: In keiner Kaserne auf amerikanischem Boden darf man über den Rasen laufen. Im Gefecht dürfe man das auch nicht, lautet die Begründung, denn so steht es in der Dienstanweisung: Es könnte irgendwo eine Mine vergraben sein. Das bedeutet im Grunde, dass das militärische Oberkommando dem einfachen Soldaten nicht zutraut, zwischen Schlachtfeld und Heimatkaserne zu unterscheiden. Irgendwelche Bürohengste schreiben sogar die Farbe der Socken vor. Was macht das für einen Sinn? In der Offiziersschule war es dann Vorschrift, dass wir alle Heimspiele unserer Schule im Football anschauen mussten. Egal ob du Football hasst oder nicht, Anwesenheit war Pflicht.«

»Okay, ich verstehe, was du meinst.«

»Die Armee ist eine harte Schule, in der man sehr gut lernt, den Blödsinn, den unsere Regierung verzapft, so gut wie möglich auszublenden, weil die Armee noch viel mehr Unsinn verzapft. Natürlich ist eine Wohlstandstussi wie Crystal McCray nur schwer zu ertragen, da hast du völlig recht. Aber das ist dein Blick von draußen. Wenn du in die Gruppe eintauchst, kommt dir vieles völlig verständlich vor. Und genau das werde ich jetzt auch wieder tun müssen, denn ansonsten haben wir null Kontrolle darüber, was diese Spinner demnächst unternehmen werden ...«

Brenda verschränkte die Arme vor der Brust, blieb aber still. Nach einer Weile sagte sie: »Ich werde jetzt ins Büro zurückgehen und Marshall versuchen davon zu überzeugen, die Überwachung der Farm anzuordnen.«

»Viel Glück.«

»Was werden McCray und Mickey denn über deinen Casual Look sagen, wenn du plötzlich wieder dort auftauchst?«

Sie musterte mich amüsiert.

»Ich habe in der Küche einen Zettel hinterlassen. Angeblich sollte ich heute in D.C. ein Accessmentcenter absolvieren. Ich werde ihnen nachher erzählen, dass ich mich für einen Job beworben habe.«

»Und?«

»Ist leider schlecht gelaufen. Dem Kapitalistenschwein in der Personalabteilung hat im Abschlussgespräch meine Nase nicht gepasst.«

»Clever.«

»Ich muss zurück auf die Farm, sonst werden die misstrauisch.«

»Okay. Aber ich habe noch was für dich.«

Ich guckte sie neugierig an.

Sie zog einen kleinen Umschlag aus der Tasche.

»Hier sind etwas über 2000 Dollar drin, in kleinen gebrauchten Scheinen.«

Ich sah sie verdutzt an.

»Du wohnst auf der Farm, und das ist deine Art, dich erkenntlich zu zeigen, dass sie dich dort aufgenommen haben. Sozusagen dein letztes Geld für eine gute Sache. Marshall hat schön geflucht, als ich ihn darum gebeten habe, aber er fand die Idee gut.«

Brenda war noch viel cleverer, als ich gedacht hatte.

»Du musst es ja nicht komplett abgeben. Aber wenn ich Crystal und Mickey richtig einschätze, kannst du dir mit ein paar Dollar extra den Weg zu ihrem Herzen sichern.«

Kapitel 31

Knapp zwei Stunden später war ich zurück auf der Farm. Es war bereits früher Abend. Kaum hatte ich die Haustür geöffnet, kam mir McCray entgegen. »Endlich, endlich bist du da«, rief sie mir überschwänglich zu.

Irgendetwas stimmte wieder nicht. Das war mir sofort klar. Im spärlichen Licht blickte ich in ihre glasigen Augen. Schweiß stand ihr auf der Stirn. Zum Blau ihrer Haare hatte sie einen rosa Farbtupfer in den Pony gezaubert. Sie sah aus, als hätte sie in ihrem Zimmer mit Spraydosen wild um Farben gekämpft. Offensichtlich hatte sie sich wieder ordentlich mit Koks zugedröhnt. Entweder war meine Mischung immer noch zu hoch dosiert, oder sie hatte für ihre Drogen noch ein anderes Versteck.

Ich lächelte sie an, weil ich natürlich darauf brannte zu erfahren, was in meiner Abwesenheit vorgefallen war. Ich ahnte nichts Gutes …

»War Mickey hier?«, fragte ich vorsichtig.

»Nein. Wir wollten nur nicht ohne dich anfangen. Das habe ich extra angeordnet.«

»Anfangen, womit?«

Sie zog mich ohne Antwort in den Computerraum. Alle Mitglieder der Gruppe waren dort um einen Computer mit angeschlossenem Mikrofon versammelt. Als wir zur Gruppe gestoßen waren, sagte sie: »Setz dich hier hin und lies den Text vor, der vor dem Bildschirm liegt. Mit deiner tiefen Stimme klingt das bestimmt richtig gut.«

Mit offenem Mund sah ich mich um. Ich blickte in erwartungsvolle Gesichter. Dann wandte ich mich dem PC zu. Davor lag ein gedruckter Zettel, eine Art Skript, vermutete ich. Ich nahm das Blatt in die Hand, schaute es aber nicht an.

»Kann mir jemand erklären, was das soll?«

»Lies den Text einfach laut vor. Wir nehmen das Ganze auf. Dann verzerren wir deine Stimme und posten es.«

Ich nahm das Blatt Papier und begann, es zu überfliegen. »Dies ist die letzte Erinnerung daran, dass der Klimawandel uns auslöschen wird ...«

Die erste Zeile genügte mir, um zu verstehen, worum es ging. Meine hübsch gesponnene Geschichte von dem Vorstellungsgespräch in D.C. konnte ich getrost zu den Akten legen. Keiner hier hatte offensichtlich Verdacht geschöpft, im Gegenteil. Anscheinend war das so eine Art Test, wie sehr ich mich mit ihren Zielen identifizieren konnte. Und ob sie mir vertrauen konnten. Ich entschloss mich, die Situation für eine kleine Scharade zu nutzen. »Das lese ich auf keinen Fall«, sagte ich.

Schockierte Gesichter blickten mich an.

»Ich lese das erst, wenn ich weiß, was Mickey, Conor und Greg vorhaben. Ich will Teil eurer Aktion sein. Nicht nur ein paar Zeilen lesen ...«

»Aber, aber ... ich weiß nicht, wo sie sind«, stammelte McCray beunruhigt.

»Lüg mich nicht an.«

Alle wichen zurück. McCray war fast den Tränen nah: »Wir müssen die Aufnahme bis morgen fertig haben, hat Mickey gesagt, damit die nächste große Aktion über die Bühne gehen kann.«

Ich überlegte einen Moment, dann nahm ich den Zettel und begann zu lesen. Wenn ich gewusst hätte, was ich damit in Gang setzen würde, hätte ich ihn lieber in den Mund gesteckt und

herruntergeschluckt. Zu meiner Entschuldigung kann ich nur
anführen, dass ich unter großem Druck stand. Eine größere
Aktion stand bevor, Mickey und Conor waren nach wie vor
wie vom Erdboden verschluckt, und wir hatten nichts, außer
meiner Wenigkeit im Auge des Hurrikans. Keine gute Grundlage,
um wichtige Entscheidungen zu treffen. Aber wie heißt es so
schön: Hinterher ist man immer schlauer ... Und noch etwas
wusste ich: Wenn ich jetzt nicht lesen würde, wäre ich draußen
gewesen. Also nahm ich den Zettel, setzte mich und blickte in
Richtung PC. McCray startete die Aufnahme. Dann begann ich
zu lesen. Erst etwas stockend, dann mit wachsender Wut. Später
würde ich mich vergewissern, dass die Verzerrung perfekt war. Ich
wollte auf keinen Fall mit diesem Scheiß in Verbindung gebracht
werden. Aber Crystal McCray war schlauer, als ihr Drogengehirn
vermuten ließ ...

Kapitel 32

Nachdem ich am Abend zuvor über Stunden meine Stimme auf dem PC bis zur Unkenntlichkeit verzerrt hatte, wähnte ich mich am nächsten Morgen in der trügerischen Sicherheit, dass die Aufnahme nichts mehr mit meiner tatsächlichen Sprechweise zu tun hatte.

Meine gute Laune erhielt einen ersten Dämpfer, als Brenda mir per SMS mitteilte, dass Marshall eine permanente Überwachung der Farm abgelehnt hatte und sie somit auch nicht beim Staatsanwalt beantragen würde. Anhand der mäßigen Gefahrensituation würde kein Staatsanwalt der Welt eine solche Aktion genehmigen, so Marshalls Meinung. Schließlich wäre es völlig plausibel, dass Farmer große Mengen Düngemittel kauften. Ich schüttelte den Kopf, als ich Collins' Nachricht las. Anscheinend wollte er unserere Argumente überhaupt nicht verstehen: Die Aktivisten waren keine Farmer, sondern Aktivisten. Sie nutzten die Farm nur zur Tarnung. Aber egal. Die bisherigen Aktionen der Eternal-Earth-Group hatte Marshall als Kinderkram bezeichnet, nervig, aber letztlich nicht radikal genug, um von der oberflächlichen Beobachtung des FBI zu einer intensiveren Überwachung überzugehen.

»Du bist jetzt auf dich allein gestellt«, hatte Brenda noch hinzugefügt.

»Wir werden sehen«, war mein trockener Kommentar dazu.

»Die nächste Aktion steht kurz bevor. Und ich glaube, dass die Folgen diesmal ernster sind.«

Darauf erhielt ich keine Antwort.

Ich hätte sie anrufen können, um ihr den Ernst der Situation klarzumachen, aber auch das hätte nichts geändert. Marshall war Bürokrat durch und durch. Und Bürokraten haben keine Fantasie, dass etwas passieren könnte – sie haben das Aktenzeichen, um den Vorgang später abheften zu können. In aller Ruhe kehrte ich den Dreck im Lagerschuppen zusammen, den ich schon vor Tagen hätte wegräumen sollen. Aber noch gab es keinen Grund zur Eile ...

Der Rest des Tages verlief ereignislos. Von Mickey, Conor und Greg fehlte weiter jede Spur. McCray und die anderen bereiteten Social-Media-Kampagnen für die nächste große Aktion vor. »Bald ist D-Day«, hatte sie mir beim Mittagessen mit einem süffisanten Grinsen verraten.

Als ich sie gefragt habe »Wann genau?«, lachte sie nur und widmete sich wieder ihrem vegetarischen Auflauf.

Kurz bevor ich ins Bett gehen wollte, riskierte ich nochmals eine Dusche, auf die Gefahr hin, dass McCray einen zweiten Versuch der Kontaktaufnahme riskieren würde. Doch diesmal tauchte sie nicht auf. Entspannt zog ich mich an, checkte ein letztes Mal die Nachrichten auf meinem Smartphone. Ich staunte nicht schlecht, als ich Brendas Mitteilungen in schneller Folge las:

»Pick-up ist wieder aufgetaucht. Auf dem Weg nach D.C.«

»Irgendwelche neuen Entwicklungen auf der Farm?«

»Biegt von der I-66 Richtung Innenstadt ab.«

»Parkt am Franklin Park. Eine Streife ist unterwegs.«

Ich tippte entspannt ein »Hier ist alles ruhig. Halte mich auf dem Laufenden«, dann hörte ich nichts mehr. Ich setzte mich unter den klaren Sternenhimmel auf einen Klappstuhl in der Nähe des Hauseingangs und wartete, ob Brenda weitere Nachrichten schicken würde. Weil ich weder Karotten noch Glimmstängel zur Hand hatte, verging die Zeit noch langsamer. Der Mond stand mittlerweile hoch am Himmel. Mich überkam die erste Müdigkeit. Ich würde mir noch einen Kaffee kochen müssen, wenn Brenda sich nicht bald meldete ... Gegen Mitternacht kam die lang ersehnte Nachricht .

»Conor, Greg und Mickey waren über eine Stunde im Park. Sind dann weggefahren. Streife hat den Park überprüft. Nichts Ungewöhnliches gefunden.«

Ich überlegte, ob ich antworten sollte. Doch Brenda kam mir zuvor: »Marshall sagt, dass der Einsatz von Sprengstoffhunden übertrieben ist, weil es keine konkrete Bedrohung gibt. Wir müssen es vorerst dabei belassen.«

Ich antwortete: »Die werden dort nicht spazieren gegangen sein. Wo befindet sich der Pick-up jetzt?«

»Haben D.C. in östlicher Richtung verlassen. Vermutlich Richtung Brandy Station. Bisher keine weiteren Hinweise.«

»Scheiße«, flüsterte ich. Einige Zeit später, ich war immer noch nicht im Bett, obwohl es weit nach Mitternacht war und ich einen langen Tag hinter mir hatte, erhielt ich eine weitere Textnachricht. »Erbitte Sprengstoffhund vom Flughafen. Ein alter Kollege von mir arbeitet dort. Ist in einer Stunde vor Ort.«

»Gute Idee«, schrieb ich zurück. »Hier ist nichts los. Mickey & Co sind noch nicht aufgetaucht. Gehe jetzt ins Bett. Schreib mir trotzdem, wenn es Neuigkeiten gibt.«

»In Ordnung.«

Kurze Zeit später war ich im gemeinsamen Schlafraum. Ich hörte Snoopy und Woodstock – mit denen ich diesmal den Raum teilte – gleichmäßig atmen. Leise legte ich mich hin. Das Telefon parkte ich neben meinem Kopfkissen. Ich war gerade eingeschlafen, als es vibrierte. Ich setzte mich erschrocken auf, verdeckte das Display schnell mit einer Hand, damit die anderen beiden nicht durch die Helligkeit geweckt wurden. »Sie haben einen Baum im Franklin Park gesprengt, bevor der Hund kam.

Mitten auf der K-Street, direkt gegenüber der Redaktion der Washington Post. Zum Glück wurde niemand verletzt.«

Ich stand sofort auf und las die anderen eingehenden Nachrichten nicht mehr. Leise verließ ich das Haus und rief Brenda aus dem Lagerschuppen an. Nach nur einem Freizeichen nahm sie ab.

»Ist Mickey wieder auf der Farm?«, kam sie sofort zur Sache. Im Hintergrund hörte ich die Sirene der Feuerwehr.

»Nein. Hier ist immer noch alles ruhig – verdächtig ruhig. Was ist los, Brenda?«

»Endlich ist die Hundestaffel da und sucht alles nach Sprengstoff ab. Erst dann kann die Spurensicherung ihre Arbeit aufnehmen. Ich meine, ich verstehe das nicht. Der Pick-up parkt vor dem Park und kurze Zeit später fliegt der Baum in die Luft. Welchen Sinn sollte das haben? Wer sprengt einen Baum im Park in die Luft? War das ein Testlauf?«

Ich schwieg. Anscheinend so lange, dass Brenda mich irritierte fragte, ob ich noch da sei.

»Bin ich. Nein, das war kein Test. Es wird eine anonyme Nachricht in den Medien geben, in der die Leute aufgefordert werden, in den nächsten Tagen ihr Auto stehen zu lassen.«

»Woher weißt du das?«

»Wir haben die Meldung gestern hier auf der Farm aufgenommen.«

»Was? Das sagst du mir jetzt? Wie lautet die Nachricht genau?«

»Es ist eine kurze Sequenz. Sie hat keinen direkten Bezug zur Explosion. Aber ich würde sie als Warnung verstehen und ernst nehmen. Das kannst du genau so an Marshall weitergeben.«

Einen Moment lang sagte sie nichts. »Du hast recht. Ich sage trotzdem im Büro Bescheid, dass da was im Busch ist. Die Bekennernachricht ist ein klares Signal, das es bald losgeht.«

Damit legte sie auf. Etwas verloren stand ich im Lager. Brenda war gestresst, weil wir beide wussten, dass die Eternal-Earth-Group jetzt Ernst machte. Leider hatte ihr Vorgesetzter Angst davor, die Kavallerie loszuschicken. Ich beschloss, nicht wieder schlafen zu gehen. Stattdessen setzte ich mich im Halbdunkel des Schuppens auf eine Schlauchrolle. Fahles Mondlicht fiel durch das Fenster. Plötzlich ging das Licht im Haus an. Ich wartete und schaute, ob ich etwas erkennen konnte. Aber keine fünf Minuten später ging das Licht wieder aus. Ob McCray die Bekennernachricht an die Medien jetzt abgeschickt hatte? Am nächsten Morgen würde ich es wissen. Ich saß noch eine Weile untätig rum, dann ging ich wieder ins Haus und legte mich hin.

Kapitel 33

Es wurde eine verdammt kurze Nacht. Noch vor Sonnenaufgang vibrierte mein Handy wieder. Brenda. Ich brauchte einen Moment, um mich zu sammeln, und drückte den Anruf weg. Private Handys waren bei den Aktivisten nicht gern gesehen, und auf neugierige Fragen hatte ich keine Lust. Aber Brenda ließ nicht locker. Sie rief immer wieder an, obwohl ich das Gespräch inzwischen mindestens zweimal weggedrückt hatte. Ich zog mir meine Jeans an, schlüpfte in ein T-Shirt und ging leise nach draußen.

Sobald ich im Schuppen war, rief ich Brenda zurück.

»Wieso gehst du nicht ans Telefon?«, bellte sie mir entgegen.

»Warum wohl«, sagte ich nur knapp. Ich ärgerte mich tatsächlich, dass sie mich so angefahren hatte. Ein Moment der Stille trat ein. Ich hörte Stimmengewirr im Hintergrund, aber keine Sirenen mehr. Ich nahm an, dass sie im Büro war.

»Ich kann dir nicht folgen, Brenda.«

»Einen Moment.« Die Stimmen wurden leiser. Sie suchte sich offenbar ein ruhigeres Plätzchen.

Plötzlich hörte ich mich selbst sprechen: »Dies ist die letzte Erinnerung daran, dass der Klimawandel uns auslöschen wird. Es wird das Ende unserer Zivilisation sein, wenn wir jetzt nicht handeln …«

»Wo, wo, wo hast du das her?«

»Warum zum Teufel hast ausgerechnet du die Bekennerbotschaft gesprochen?«

Ich konnte ihren Unglauben absolut verstehen, war aber selbst zu überrascht, dass meine Stimme so deutlich zu hören war – klar und unverzerrt.

»Das bedeutet, dass wir jetzt nach dir suchen – suchen müssen. Ich dachte, du wärst ein Profi.«

Das ließ ich lieber unkommentiert. Stattdessen dachte ich laut. »Brenda, McCray hat mich verarscht. Ja, ich habe mich bereit erklärt, die Nachricht zu sprechen, weil ich keine Wahl hatte. Entweder ich mache mit, oder ich bin draußen. Außerdem habe ich gehofft, dass ich so endlich erfahre, wo Conor und Mickey stecken. Diese Aktion sollte sicherstellen, dass ich Teil der Gruppe bin.«

»Das ist dir auf jeden Fall gelungen.«

»Nein, nein. Nicht so.«

Brendas Ironie war schmerzhaft, aber noch schmerzhafter war die Erkenntnis, dass McCray mich an der Nase herumgeführt hatte. »Hör zu, Brenda, meine Stimme wurde elektronisch verzerrt. Ich habe die Sequenz Dutzende Male abgespielt. Kein Mensch hätte mich darauf erkannt.«

»Hast du das Original gelöscht?«

Ich fuhr mir über das Gesicht, rieb mir die Augen. Das hatte ich nicht gemacht. »Ich habe das Original völlig vergessen. Aber McCray ... sie muss irgendwo eine Kopie gespeichert haben ... Oder sie hat alle Verzerrungen wieder herausgenommen. Scheiße.«

»In der Tat. Es ist kaum anzunehmen, dass McCray die Aufnahmen zufällig verwechselt hat.«

Ich überlegte einen Moment, ob es etwas gab, dass McCray in Schutz nehmen könnte. Aber da gab es nichts, und dann lief es mir eiskalt den Rücken herunter. Schweißperlen bildeten sich auf meiner Stirn. McCray und Mickey haben mich ausgespielt.

Schachmatt. Game over. Plötzlich ergab alles einen Sinn. Denn jetzt hing ich endgültig mit drin. Ob ich wollte oder nicht.

»Nein«, sagte ich mit einem tiefen Seufzer. »Das war von langer Hand geplant. Zuerst hat sich McCray an mich rangemacht. Als ich nicht darauf eingegangen bin, beschuldigte sie mich des sexuellen Missbrauchs, wahrscheinlich, um mich später zu erpressen. Aber es gab Zeugen dafür, dass es nicht so war, wie sie behauptet hat. Als auch das nicht funktioniert hat, haben die beiden diese Nummer durchgezogen. Verdammter Mist. Ich nehme an, die suchen einen Sündenbock. Möglicherweise«, schwante mir, »haben sie den jetzt gefunden.«

»Hm. Glaubst du, dass McCray allein dahintersteckt?«

»Mickey und Conor waren die ganze Zeit nicht hier.«

»Das muss nichts heißen.«

»Das stimmt. Aber ich glaube nicht, dass Mickey für so einen Plan clever genug ist. Außerdem wäre er nie damit einverstanden, dass seine Freundin sich mir an den Hals wirft. Du hättest ihn sehen sollen. Der reagiert beim kleinsten Anlass komplett über.«

»Okay. Das heißt aber auch, dass McCray die Fäden fest in der Hand hat.«

»Ja. McCray und Conor, wenn du mich fragst.«

Es entstand wieder eine Pause.

»Aber diese Tonaufnahme kriegen wir nicht mehr aus der Welt. Die haben es über einen anonymen Link an alle möglichen Zeitungsredaktionen geschickt. Für heute bist du der Internetstar mit der unverkennbaren sonoren Stimme. Von mir bekommst du aber keine Glückwünsche.«

Ich atmete tief durch und rollte mit den Augen.

»Was machen wir jetzt, Brenda? Ich werde hier nicht warten, bis ich die Sirenen höre. Wenn du mir jetzt sagst, dass ich mich jetzt vom Acker machen soll, dann tauche ich unter.«

Sie überlegte einen Moment. »Noch nicht. Es ist ja nichts passiert. Niemand außer mir hat deine Stimme erkannt – auch

Marshall nicht. Zum Glück hat er ein schlechtes Gedächtnis, was das betrifft ... Alles, was wir haben, ist eine anonyme Botschaft und ein kaputter Baum, der mit einer Mischung aus Ammoniumnitrat und Diesel gesprengt wurde. Ein billiges Gemisch, das man in jeder Garage herstellen kann. Wir wissen immer noch nicht, wo Mickey und Co stecken. Halt die Augen auf!«

»Mache ich.«

»Die Farm wird übrigens ab sofort rund um die Uhr bewacht.«

»Hatte dein Chef ein Einsehen?«

»Dank deiner Bekennerbotschaft.«

Wieder eine Pause.

»Ich wünschte, du hättest dieses Tape nie aufgenommen«, sagte sie traurig.

Ich nickte nur. »Zu spät.«

Sie legte grußlos auf.

Ich setzte mich wieder auf die Schlauchrolle und fuhr mir ein paarmal über das Gesicht, als würde das meine Naivität einfach wegwischen. Ab diesem Moment wusste ich, wohin die Reise für mich gehen würde. Beziehungsweise, wo sie nicht hingehen würde. Zum FBI. Ich zuckte instinktiv mit den Schultern. Das war eh nur eine laues Versprechen gewesen und nicht so schlimm. Viel schlimmer wog, dass ich die USA vielleicht schnell verlassen müsste, wenn es komplett aus dem Ruder lief. Der Mitschnitt machte mich zum Mittäter, und mit einem Mal stand alles in Frage.

Meine Gedanken kehrten schnell zu Brenda zurück. Ich hoffte, sie würde mich nicht im Stich lassen und mich rechtzeitig warnen. Wenn dieser ganze Scheiß nicht wäre, würde ich sie gern wiedersehen. Aber das konnte ich mir gleich wieder aus dem Kopf schlagen ... als gesuchter Umweltterrorist würde sie für mich nichts tun können. Ich atmete tief durch.

Da war aber noch etwas, das ich organisieren musste – für alle Fälle. Die Polizisten, die das FBI zur Überwachung abgestellt hatte, würde ich schon an der Nase herumführen, um unbeobachtet die Farm verlassen zu können. Aber ich brauchte eine zuverlässige Transportmöglichkeit, die mich außer Landes bringen könnte. Ich schickte Trevor Hilson eine SMS: »Hi Trev, könnte sein, dass ich in Kürze deine Hilfe brauche. Kannst du mich kurzfristig vom Culpeper Regional Airport ausfliegen, wenn es sein muss? Danke.«

Es war noch früh. Hilson würde sowieso erst antworten, wenn er die Sache organisiert hatte. Er würde mit ziemlicher Sicherheit zusagen – und bei solchen Dingen konnte ich mich hundertprozentig auf ihn verlassen.

Langsam gewann mein Optimismus wieder die Oberhand. Meine Gedanken klarten auf, je mehr ich damit begann, vom Worst-Case-Szenario auszugehen. Erwarte immer das Schlechteste, um das Beste zu tun. Andere Fragen tauchten in meinem Kopf auf, die mich brennender interessierten als meine Zukunft. Zunächst einmal hatte ich übel Lust, McCray mit ihrem Täuschungsmänover zu konfrontieren. Und wo zum Teufel war dieser Idiot Mickey?

Dieses Gespräch würde ich nicht auf die lange Bank schieben. Ich verließ das Lager und stampfte direkt in Crystal McCrays Schlafzimmer.

Kapitel 34

Das Obergeschoss fand ich leer vor. Von McCray weit und breit keine Spur. Ich ging wieder runter und versuchte es im Computerraum. McCray saß bereits vor dem PC und verfolgte mit hochgelegten Füßen die Liveberichterstattung im Internet. Wortlos nahm ich mir einen Stuhl, setzte mich zu ihr und starrte sie einfach nur an. Sie sah schlecht aus, hatte tiefe Augenringe und ihre Haut wirkte im Licht der weißen LED-Zimmerbeleuchtung unnatürlich fahl. Hatte sie überhaupt geschlafen? Vermutlich hatte sie sich genug Pulver in die Nase gezogen, um die Nacht durchzuhalten. Um was auch immer zu tun.

»Was ist?«, fragte sie. »Schau mich nicht so an. Schau lieber auf den Bildschirm. Dort läuft die Show.«

»Hab die Nachrichten schon gesehen. Du hast unsere Abmachung gebrochen.«

»Habe ich das? Vielleicht ist mir ein Versehen passiert. Du wolltest mehr in unsere Aktionen eingebunden werden. Das hast du selbst gesagt.«

Ich blieb ruhig, obwohl es in mir brodelte. »Meinst du nicht, dass ich jetzt etwas mehr Vertrauen verdient habe? Wo ich sozusagen eure Stimme bin?«

McCray lächelte, ohne mich anzuschauen.

»Ich habe vorhin im Fernsehen gesehen, dass es in einem Park in D.C. eine Explosion gegeben hat. Haben wir etwas damit zu tun? Sie haben gesagt, dass ein Baum in die Luft geflogen ist. Ich dachte, wir wären Umweltaktivisten ...«

McCray sagte immer noch keinen Ton.

»Was soll diese Aktion eigentlich? Einen Baum in die Luft zu sprengen? Ist das so eine Art Testlauf?«

»Du stellst zu viele Fragen.«

»Ich stelle Fragen, weil meine Stimme jetzt landesweit zu hören ist. Es wird nicht lange dauern, bis die Polizei hier ist.«

»Das ist egal.«

Ich schlug mit der Faust auf den Computertisch. »Dir vielleicht.«

»Es geht sowieso alles dem Ende zu.«

»Wie meinst du das?«

»Es wird immer heißer. Irgendwann ist unser Planet unbewohnbar.«

»Ja! Irgendwann! Aber dann sind wir zwei schon lange unter der Erde. Ich habe nur keine Lust, für so einen Unsinn in den Knast zu gehen.«

Anstatt zu antworten, ließ sie mich wieder links liegen und starrte auf den Bildschirm. »Das wird ein schönes Chaos geben. Bis auf ein paar Straßen ist alles gesperrt.«

»Wo ist Mickey?«

»Die Feuerwehr rechnet erst am Nachmittag mit einer Freigabe des Gebiets.«

»Crystal, wo ist Mickey?«

»Habe ich dir schon erzählt, dass ich eine Einladung zum Interview bei CNN habe? Weil wir in D.C. so aktiv sind, haben die uns ausgewählt.«

»Crystal«, herrschte ich sie an, »wo ist Mickey, verdammt noch mal?«

»Keine Ahnung, Mann. Entspann dich mal. Er ist bei Conor, soviel weiß ich.«

Ich schüttelte den Kopf. Sie war eindeutig wahnsinnig. Ich

konnte mir meine Worte sparen – sie lebte in ihrer eigenen Welt, und in der spielten andere keine Rolle.

Ich verließ den Computerraum und ging in die Küche, um mir einen Kaffee zu kochen, nur um überhaupt etwas zu tun. Zwischenzeitlich prüfte ich mein Smartphone. Trevor Hilson hatte mir getextet, dass der Abflug von dem kleinen Regionalflughafen kein Problem war. Er würde eine Maschine chartern und mich ausfliegen lassen. Jederzeit. Wenigstens eine gute Nachricht.

»Weiß nicht, wie das passieren konnte. Aber du wirst deine Gründe haben«, war sein Kommentar gewesen. »Bring die Tochter mit. Mit dem Geld der McCrays kannst du eine Weile untertauchen.«

Daraus würde wohl nichts, aber dass sagte ich Hilson natürlich nicht. Zu einem geeigneten Zeitpunkt musste ich natürlich meine schlechten Karten offenlegen.

Kurze Zeit später hörte ich Crystal McCray durch das Haus schreien: »Wir haben heute ein Interview mit CNN. Conor hat mit allem recht gehabt.«

Darauf versammelten sich alle Mitglieder in der Küche. Mit meiner Ruhe war es augenblicklich vorbei. Es hagelte euphorische Glückwünsche an McCray. Der reinste Kindergarten. Nur ich saß vor meinem Kaffee und starrte mürrisch vor mich hin.

Kapitel 35

Zwei Stunden später hatte sich McCray für das Interview herausgeputzt, wenn man das Auftragen der wildesten Haarfarben als solches bezeichnen konnte. Sie sah aus, als wäre sie in einen Farbtopf gefallen. Aber ihre Frisur war das einzig Verrückte, dass auf ihren Aktivistenstatus hindeutete. Sie hatte ihre Augenringe mit Make-up überdeckt, die Lippen dezent geschminkt und trug eine schlichte Leinenbluse in Weiß. Ich erinnerte mich sofort an das Foto aus dem Schuljahrbuch. Das Outfit verlieh ihr etwas Unschuldiges, ließ sie harmloser und konservativer erscheinen, als sie war. Weniger gefährlich. Einmal mehr musste ich mir eingestehen, dass ich sie unterschätzt hatte.

Ich setzte mich abseits der Gruppe in den Computerraum, in dem das Videointerview stattfinden sollte. Ich wollte auf keinen Fall im Bild erkannt werden.

Es gab einen kurzen Ton- und Videocheck. Dann ging es los.

Eine Moderatorin namens Alice Brown stellte McCray und die Eternal-Earth-Group vor. Ich kannte die Dame von CNN nicht, googelte kurz ihren Namen und stellte fest, dass sie eine feste Größe in der Politiksparte beim Sender war. Sie interviewte Senatoren, Mitglieder des Repräsentantenhauses und auch Präsidenten.

McCray war eindeutig in den letzten Wochen zu einem Mediendarling geworden. Ich schüttelte den Kopf angesichts dieser skurrilen Situation. Die Medien hofierten eine Gruppe militanter Umweltaktivisten, gaben ihnen eine Plattform und würden sie, so wie es aussah, vermutlich als die Guten darstellen. Im Hintergrund des Studiobildes war ein Foto von McCray eingeblendet, dass das Kamerateam bei der Aktion vor dem Weißen Haus aufgenommen hatte, kurz nachdem McCray das Banner mit der Spraydose entzündet hatte. Das ikonografische Bild suggerierte Unschuld und Stärke gleichzeitig. Das war zwar völlig unangemessen, aber gut …

McCray war nicht Browns einzige Interviewpartnerin an diesem Tag. Per Video zugeschaltet war auch der konservative Kongressabgeordnete Paul Irving. Er war schon lange in der Politik. Ich kannte ihn noch aus seiner Zeit als Gouverneurskandidat in Massachusetts. Irving stand für einen gemäßigten Liberalismus und gehörte weder in die christlich-radikale noch in die nationalistische Ecke der Republikaner. Solange ich mich erinnern konnte, war er immer pragmatisch gewesen, was für einen Politiker in Amerika inzwischen das Ende seiner Karriere bedeuten konnte.

Brown eröffnete das Interview.

»Misses McCray, darf ich Sie Crystal nennen?«

»Natürlich, Alice.«

Brown lächelte.

»Sehr nett. Ich nehme an, Sie haben die Nachrichten verfolgt, Crystal. Ihre Gruppe fordert ja seit ihrer Gründung eine Änderung der amerikanischen Umweltpolitik. Glauben Sie, dass der Bombenanschlag heute Nacht Ihnen helfen wird, Ihre Ziele zu erreichen?«

»Der Anschlag zeigt vor allem eines: Wir sind nicht die Einzigen, die einen Wandel fordern. Die exzessive Nutzung fossiler Brennstoffe heizt die Atmosphäre auf. Unser Planet wird bald unbewohnbar sein. Die Menschen müssen begreifen, dass es so nicht weitergehen kann.«

»Sie haben völlig recht. Es muss sich etwas ändern. Ganz

offensichtlich nimmt unsere Regierung den Klimawandel nicht ernst genug.«

Ich fand es bemerkenswert, dass Brown nicht nachhakte, denn McCray hatte ihre eigentliche Frage, ob sie den Anschlag gutheiße, nicht beantwortet. Stattdessen lenkte sie das Gespräch auf Irving.

»Halten Sie dieses Ziel für legitim, Paul?«

»Es ist ja nicht so, dass wir den Klimawandel leugnen, Alice. Aber wir müssen maßvoll vorgehen. Ein Anschlag in dieser Dimension bringt uns auf keinen Fall weiter. Ich verurteile das zutiefst und bezeichne ein solches Vorgehen als terroristischen Akt. Dem treten wir entschieden entgegen.«

»Was genau schlagen Sie vor, Paul, damit sich etwas ändert?«

»Wir setzen auf die Elektrifizierung von Fahrzeugen, investieren in die Kernenergie, um den CO_2-Ausstoß zu reduzieren und fordern alle Unternehmen und Behörden auf, eine Home-Office-Regelung einzuführen, um den Pendlerverkehr zu reduzieren.«

»Geht Ihnen das weit genug, Crystal?«

»Das alles hören wir seit Jahren, aber wir sehen keine großen Veränderungen. Die Durchschnittstemperaturen steigen immer weiter. Der Verkehr in Washington nimmt nicht ab, sondern zu. Jeder, wirklich jeder, muss verstehen, dass es so nicht weitergehen kann.«

Diesmal hakte Brown nach. »Können Sie konkrete Ziele nennen?«

»Autofreie Tage oder Wochen wären ein guter Anfang. Ein Ende der Subventionen für die Kohle-, Öl- und Stahlindustrie wären nächste Schritte. Und Einsparungen beim Energieverbrauch in allen öffentlichen Gebäuden durch weniger Heizen und Klimatisieren.«

Irving schien sich mit einem Mal köstlich zu amüsieren.

»Finden Sie das lustig, Paul?«

»Ein bisschen schon. Misses McCray fordert das Ende einer Industrie, die ihre Familie in eine sehr privilegierte Position gebracht hat. Ich würde mich hüten, an dem Ast zu sägen, auf dem ich sitze.«

»Das ist sehr anmaßend, Paul«, sagte Brown. »Das sollten Sie nicht sagen.« Auch McCray wollte etwas erwidern.

»Also, ich finde die Ironie von Misses McCrays Forderung schon bemerkenswert. Aber gut, bleiben wir sachlich ...«

McCray unterbrach ihn: »Ihre Generation ist schuld daran, dass wir in dieser Situation sind.«

»Sehen Sie Versäumnisse in Ihrer Politik, Paul?« Brown stimmte McCray mit einem Nicken zu. Die Sympathien waren ziemlich eindeutig verteilt.

»Politik ist immer ein Kompromiss. Wir haben uns zu lange auf den Kampf gegen den internationalen Terrorismus konzentriert. Das ist nach den Anschlägen vom 11. September auch verständlich. Jetzt nehmen wir den Kampf gegen den Klimawandel und die soziale Ungleichheit in Angriff. Auch wenn unsere Ansichten hier weit auseinandergehen. Was nicht sein kann, ist, dass Umweltaktivisten zu Mitteln greifen, die eindeutig teroristisch sind.«

»Was sind denn Ihre nächsten konkreten Schritte, Paul?«

»Wir bringen gerade eine Gesetzesinitiative ein, die den Kauf von Elektroautos finanziell unterstützt.«

»Und Sie, Crystal?«

»Wir werden weiter demonstrieren, in den sozialen Medien werben und so die Aufmerksamkeit erhöhen. Jeder kann sich uns anschließen, uns auf den verschiedenen Portalen folgen und spenden. Irgendwann wird man uns hören.«

Brown wollte gerade die nächste Frage stellen, als ein lauter Knall durch das Haus ging. Mir war sofort klar, was das zu bedeuten hatte. Jemand hatte die Eingangstür gewaltsam geöffnet. Ich hatte eine ungefähre Ahnung, wer das sein würde, und schaute auf mein Smartphone. Keine Nachricht von Brenda. Ich hatte das Smartphone gerade in der Hosentasche verstaut, da standen schon schwer bewaffnete Polizisten in der Tür. Das Interview wurde abgebrochen.

»Hände hoch, Polizei!«

McCray schimpfte etwas von »verletzten Grundrechten«, »Meinungsfreiheit« und »einem Rechtsanwalt«, während wir uns ruhig verhielten. Nur nicht auffallen. Wenn wir verhaftet würden, würde mich Brenda nicht wieder aus dem Gefängnis holen können. Zumindest nicht so schnell.

Kapitel 36

Drei Stunden später war die Hundestaffel der Polizei mit der Durchsuchung des Geländes fertig. Zu meinem Erstaunen hatten die Polzisten sich nicht für uns interessiert. Stattdessen waren sie ausschließlich mit der Spurensicherung beschäftigt. Als sie festgestellt hatten, dass sich keine Sprengstoffreste auf dem Gelände befanden, zogen sie so schnell ab, wie sie gekommen waren. Niemand musste etwas sagen – meine Befürchtungen waren umsonst gewesen.

Kaum waren die Einsatzkräfte abgezogen, ging ich an die frische Luft. Ich schickte Brenda eine SMS: »Danke für die Warnung.«

Sie antwortete nicht. Dann eben nicht. Ich begann, meine Situation zu analysieren. Brenda würde mich nicht beschützen können, wenn meine Identität als Sprecher der Videobotschaft aufflog. Das hatte sie bereits angedeutet, auch wenn der Einsatz am heutigen Abend gezeigt hatte, dass die Polizei derzeit andere Prioritäten hatte. Einstweilen ging es um Prävention, nicht Sanktion. Wenn Letztere auf der Tagesordnung stand, würde Trevor Hilson mir immerhin eine Tür offenhalten. Oder sollte ich sofort meine Zelte abbrechen?

Ich kämpfte mit mir selbst. McCray würde ich wohl kaum zu ihren Eltern zurückbringen. Mein in Aussicht gestelltes Honorar – vielleicht sogar das Honorar der Firma – war futsch.

Blieb also nur noch die Mission Schadensminimierung. Das war eigentlich Aufgabe des FBI. Auf der anderen Seite war ich derjenige, der Zugang zur Gruppe hatte. Auf gewisse Weise fühlte ich mich verpflichtet, die Sache professionell zu Ende zu bringen. Vielleicht war es auch nur der Respekt Brenda gegenüber, der mich davon überzeugte, weiter vor Ort zu bleiben. Dabei machte ich mir keine Illusionen. Ich schuldete weder Brenda noch den McCrays oder Hilson einen Gefallen. Aber eine Gruppe Irrer zu stoppen, wenn man die Chance dazu haben könnte, und es nicht zu tun, war feige. Das war genauso, wie den Sprengsatz selbst zu basteln und zu zünden. Ich wäre, und da konnte ich mich nicht reinwaschen, ein Mittäter. Also blieb mir keine andere Wahl, als zu bleiben.

Ich ging zurück ins Haus, um mir ein Glas Wasser zu holen. McCray hatte sich in den Computerraum zurückgezogen und lamentierte laut. »... Jetzt kommen die Scheißbullen auf uns zu, und unsere Aktion ist völlig verpufft. ›Keine größeren Verkehrsbehinderungen mehr‹, melden alle Sender. Morgen ist alles wieder beim Alten. Keiner wird sich mehr an unser Zeichen erinnern.«

Ich blieb im Türrahmen stehen, nippte an meinem Wasser und beobachtete, wie alle um McCray am Computer standen und ihr aufmerksam zuhörten. »Hier«, sie deutete auf den Bildschirm, auf dem die Redaktion der Washington-Post zu sehen war, »alles wieder normal.«

»Was meinst du, Crystal?« Ich sah sie neugierig an. »Was hast du vor?«

»Wir müsen wieder in die Offensive kommen«, sagte sie heiser. »Dazu brauchen wir eine Aktion, die noch mehr Aufmerksamkeit erregt. Dann ein Interview mit dem Präsidenten. Und drittens: mehr Geld. Meine beschissenen Alten wollen mir den Geldhahn abdrehen. Und unseren Spender erreiche ich nicht. Aber wir brauchen dringend Kohle, sagt Mickey.«

»Hat er sich gemeldet?«

»Ja. Er kommt bald mit Conor vorbei. Dann geht es richtig los, hat er gesagt.«

»Wann wird das sein?«

»Bald ...«

Ich überlegte, was ich mit dieser Information anfangen sollte, ob ich sie später an Brenda weitergeben sollte, entschied mich aber dagegen. Schließlich hatte das FBI die Überwachung der Farm angeordnet, also würden sie mitbekommen, wenn Mickey und Conor wieder auftauchten.

»Wir brauchen dich wieder als Sprecher.« McCray sah mich provozierend an.

Ich lächelte. »Warum sprichst du die Botschaft nicht selbst? Du hast dich im Interview gut geschlagen.«

Sie ging nicht darauf ein. »Okay, gibt es einen anderen Freiwilligen?«

Snoopy meldete sich.

»Wunderbar. Mickey macht den Text fertig. Wenn er da ist, nehmen wir die Bekennerbotschaft auf. Ich richte uns schon mal ein anonymes Spendenkonto ein. Diesmal setzen wir ein echtes Zeichen.«

Sofort setzte sich McCray an den Computer und tippte entschlossen auf der Tastatur herum. Ich kratzte mich am Bart, der langsam wieder länger wurde. »Ein echtes Zeichen setzen ...« Was immer das heißen sollte ... Es verhieß nichts Gutes ...

Kapitel 37

Ich unterbreche den Amerikaner mit einer Handbewegung. Sein Nicken signalisiert mir, dass ich meine Fragen stellen darf. »Die Polizeiaktion auf der Farm hätte ganz schön schiefgehen können. Was war denn Ihr Plan B?«

Mein Gegenüber runzelt die Stirn und zögert.

»Gab es überhaupt einen Plan B?«

Ein Zucken mit den Schultern folgt, das ein wenig arrogant wirkt.

»Natürlich gab es den ... den Plan B, wie Sie ihn nennen. Ich hätte der Polizei gegenüber mit offenen Karten spielen und darauf hoffen müssen, dass Brenda Collins und ihr Chef Marshall mir die Stange hielten. Als weiteres As hatte ich Tervor Hilson im Ärmel. Vielleicht hätte er mir eine Kaution gestellt – die ich dann bei ihm hätte abarbeiten müssen.«

»Damit wäre Ihr Einsatz aber völlig schief gegangen.«

Wieder ein Nicken. »Die McCrays wären nicht happy gewesen.«

»Und Sie?«

»Ich? Für mich hätte es einiges vereinfacht, das können Sie mir glauben. Dann wäre ich niemals auf der FBI-Most-Wanted-Liste aufgetaucht.«

»Stimmt. Das Ganze eskalierte weiter.«

»McCray und Mickey sind noch zu Hochform aufgelaufen«,

sagt der Glatzkopf mit erhobenem Zeigefinger und erzählt in
Ruhe weiter ...

Kapitel 38

Die Botschaft, die Mickey McCray übermittelt hatte, war diesmal viel konkreter als die, die ich gesprochen hatte. »Mit der heutigen Explosion hat Amerika einen Vorgeschmack auf die Gluthitze bekommen, die unaufhaltsam auf uns alle zurollt. Aber wenn ein Baum auf der Straße euch nicht hindert, weniger Auto zu fahren, was dann? Vielleicht hilft Euch eine zweite, größere Explosion, über die Situation auf diesem Planeten nachzudenken. Denn wenn ihr nicht endlich aufhört, die Umwelt zu verpesten, ist der letzte Tag bald gekommen. Ihr könnt das noch ändern! Jeder, der jetzt sein Auto stehen lässt, schiebt das nahe Ende heraus. Wer noch etwas mehr tun will, kann spenden. Jeder Dollar hilft! Zahle mindestens einhundert Dollar auf das Auslandskonto mit der Nummer fünf vier zwölf mit dem Swift-Code C, dreimal X, KY und fünfmal X.«

Snoopy hatte zwar kein großes Talent zum Vorlesen und verhaspelte sich immer wieder, aber er bestand darauf, dass seine Stimme klar und unverzerrt über den Äther geschickt wurde, damit die Kontonummer gut verstanden werden konnte.

Als er seinen Text aufgesagt hatte, übernahm McCray wie zuvor den Schnitt der Tonbotschaft. Die anderen hatten das Zimmer verlassen und saßen bereits beim Abendessen. Ich setzte mich zu McCray und nutzte die Gelegenheit, allein mit ihr zu sprechen.

»Hey, Crystal, wo soll das enden? Hast du dir das überlegt?«
Sie schaute mich verständnislos an.

»Was meinst du mit ›alles enden‹?«

»Bisher geht es nur um Sachbeschädigung. Das lässt sich mit einem guten Anwalt alles regeln. Aber wenn unsere nächste Aktion so groß wird, wie Mickey und Conor planen, dann …?«

»Wir müssen Opfer bringen. Die Gesellschaft muss Opfer bringen. Ein Baum in einem Park ist nett, aber du siehst ja, es ändert nichts. Nicht einmal die Polizei nimmt uns ernst …«

»Was habt ihr vor?«

»Das wirst du bald sehen.«

»Und dann? Was passiert dann?«

»Wir bleiben zusammen.«

»Wie damals bei mir?«

»Jetzt gehörst du wirklich dazu …«

»Ach wirklich? Vielleicht ist das tatsächlich so. Aber das nutzt uns nichts, wenn wir als Terroristen gesucht werden. Beim ersten Mal hat die Polizei nur noch Sprengstoff gesucht. Beim nächsten Mal kommen sie mit einem Einsatzkommando. Dann geht es um Leben und Tod …«

»Was willst du damit sagen? Dass wir jetzt aufhören sollen?«

»Den nächsten Anschlag darf es nicht geben, Crystal. Dann kommen wir mit einem blauen Auge davon. Noch ist niemandem was passiert.«

»Leck mich am Arsch. Du hast ja richtig Angst. Gut, dass du jetzt nicht mehr aussteigen kannst.« Sie blickte mich verächtlich an. Es hatte keinen Sinn, mit ihr zu reden. Ich fragte mich, ob sie nicht verstehen wollte oder konnte. Das machte einen großen Unterschied. Bisher hatte ich den Eindruck, dass sie rationalen Argumenten gegenüber nicht völlig unzugänglich war. Jetzt befand sie sich offensichtlich in einer Art Tunnel, der nur Gefühle wie Wut und verletzten Stolz hereinließ. Und die Tatsache, dass ihre Eltern ihr den Geldhahn abgedreht hatten, verstärkte diese Wut noch. Ich schüttelte den Kopf, stand auf und ging zu den anderen in die Küche, um etwas zu essen. Dabei war ich nicht einmal hungrig. Ich war vor allem nervös. Als sich die erste Gelegenheit bot, verabschiedete ich mich von den anderen und setzte ich mich wieder allein nach draußen. Ich wollte Footballgespräche am Esstisch nicht mit anhören. Ich überlegte. Sollte ich Brenda schreiben, dass die nächste Aktion unmittelbar bevorstand? Nein. Warum auch? Das FBI war schließlich an der Sache dran. Außerdem wusste ich ja nichts Konkretes. Ich hätte lachen können, wenn die Situation nicht so verfahren gewesen wäre. Aus der Wunderwaffe als verdeckter Ermittler unter den Gnaden des FBI ist innerhalb weniger Tage einer der zentralen Verdächtigen geworden. Herzlichen Glückwunsch! In meinem Anflug von Selbstmitleid entschied ich mich, ein Bier aus dem Kühlschrank zu holen und nichts weiter zu tun, als Löcher in die Luft zu starren.

Irgendwann, kurz nach Einbruch der Dunkelheit und nach dem dritten Bier, ging ich endlich ins Bett. Die Mischung aus Alkohol und wachsender Resignation tat ihr Übriges. Ich schlief sofort ein.

Mitten in der Nacht erwachte ich durch Schreie und wildes Stöhnen, das ich zunächst nicht deuten konnte. Doch dann wurde mir klar, was im Haus vor sich ging. Mickey war tatsächlich wieder da, und das feierten er und McCray mit einem wilden Fick im Obergechoss. Noch bevor ich richtig wach war, war ihre Begrüßung schon wieder vorbei. Immerhin verstand ich jetzt, was McCray an dem Kerl fand, den ich für einen dummen, hitzköpfigen, fanatischen Waschlappen hielt. Er war ihr hörig. Sie ließ ihn ab und an einmal für ein paar Minuten ran, dann gehorchte er ihr aufs Wort. Das Ganze hatte nichts mit Liebe, sondern nur mit Macht zu tun. Mickey war ihr Mittel zum Zweck. Deshalb glaubte ich McCray auch nicht, dass sie die ganze Zeit angeblich nicht gewusst hatte, was Conor und Mickey vorhatten und wo sie den Sprengstoff herstellten. Sie wusste alles und zog mit Conor die Fäden. Wahrscheinlich hätte ich sie nur etwas härter anfassen müssen ... Aber das war nicht mein Stil.

»Mickey ist wieder hier, aber das weißt du sicher schon«, textete ich Brenda kurz. Während ich auf die Sirenen der Einsatzkräfte wartete, die Mickey jetzt verhaften würden, ging ich in die Küche. In diesem Moment kamen McCray und Mickey aus dem oberen Stockwerk. Beide mit hochrotem Kopf.

»Wir müssen sofort los«, sagte McCray. »Weck sofort alle auf, Mickey.«

»Was ist los?«, fragte ich.

»Das erkläre ich gleich. Warte, bis alle da sind.«

Kurze Zeit später stand die gesamte Gruppe mitten in der Nacht in der Küche. McCray strahlte über beide Ohren. Mickey musste ihr neuen Stoff gebracht haben, so wie sie drauf war. »Also, alle mal herhören. Als Erstes sammeln wir alle eure Smartphones ein. Ab sofort wird ohne meine Erlaubnis nicht mehr telefoniert.«

Mickey räusperte sich. »Oder die von Mickey.« Er reichte eine Einkaufstüte, in die alle ihre Geräte warfen. Ich legte mein Handy dazu.

»Hattest du nicht noch ein zweites?«, fragte McCray.

Ich grinste und nickte ihr zu. Gut beobachtet. »Das hatte ich ganz vergessen.« Und damit war mein direkter Draht zu Brenda Geschichte.

Mickey legte die Tüte mit den Smartphones in den Kühlschrank und versperrte den Zugang zur Tür, indem er sich demonstrativ davorstellte.

»Als Nächstes packt jeder seine persönlichen Sachen und schnappt sich einen Computer. Wir laden alles auf den Pick-up. Der Rest der Sachen bleibt hier. In einer halben Stunde fahren wir los.« Mickey fügte hinzu: »Dein Wagen bleibt auch hier. Je mehr Autos unterwegs sind, desto schlechter kommen wir hier weg.«

»Und warum? Ich verstehe das nicht. Die Polizei war schon hier und hat nichts gefunden. Warum also müssen wir von hier verschwinden?«

»Noch haben sie nichts gefunden. Aber sie werden wiederkommen. Außerdem glaube ich, dass sie die Farm beobachten. Wir sollten hier verschwinden, solange wir es noch können.«

Ich zuckte die Achseln und machte, was Crystal gesagt hatte. Es war genau so, wie ich es befürchtet hatte. Je radikaler die Aktionen wurden, desto mobiler wurde die Gruppe. Aber was war es nur, das sie planten?

Im Schlafsaal packte ich meine Sachen. Ein paar Minuten später war ich fertig. Mit meinem Trolley und einem Laptop unter dem Arm kletterte ich auf die Ladefläche des Pick-ups. Ich lauschte in die Nacht. Was hatte Mickey gesagt? Er war sich sicher, dass die Farm überwacht würde. Was bedeuten würde, dass die Polizei ihnen folgen würde. Aber wenn sie hier wirklich in der Nähe war, verhielt sie sich absolut ruhig, war völlig unsichtbar. Hatte Brenda vielleicht gelogen, um mich zu beruhigen? Ich mochte das nicht glauben, aber was, wenn es so wäre? Keine Brenda Collins, kein FBI, keine Polizei, nirgends. Als wir uns im Dunkel der Nacht ohne Beleuchtung auf den Weg machten, fühlte ich mich wie der einsamste Mensch auf dieser Welt.

Kapitel 39

Kurz vor Tagesanbruch erreichten wir schwer beladen ein abgelegenes Gehöft gleich hinter Fredericksburg, das nicht nur verlassen, sondern größtenteils auch verfallen war. Im Dämmerlicht wirkte das Anwesen, auf das Mickey zusteuerte, viel ärmlicher als das in Brandy Station. Jedenfalls war es ein richtiger Abstieg. Die Frage war nur: War es eine bewusste Entscheidung, sich hier zu verstecken, oder hatte es mit den finanziellen Problemen zu tun, von denen McCray gesprochen hatte? Umgeben von einem wackligen Holzzaun, der schon an mehreren Stellen gebrochen war, stand ein altes Farmhaus. Ein Fenster der Vorderfront war eingeschlagen, das andere vernagelt. Das Haus war zweistöckig, wie das Farmhaus in Brandy Station, aber ich bezweifelte, dass man das obere Stockwerk gefahrlos betreten konnte, ohne durch die Decke zu fallen. Direkt neben dem Haus befand sich ein baufälliger Schuppen mit einem geteerten Dach. Die ganze Fahrt über hatte ich mich gefragt, warum das FBI trotz meiner Nachricht an Brenda noch nicht aufgetaucht war. Ich hatte keine Erklärung dafür und würde mich bei nächster Gelegenheit darum kümmern müssen ...

Mickey hielt vor dem Haus an und wir ließen uns schlaftrunken von der Ladefläche auf den ausgetrockneten Rasen fallen. Ich schaute zurück zur Hauptstraße. Es war ein gutes Stück Schotterweg bis dorthin, obwohl man von dem Weg nicht mehr viel erkennen konnte, denn das Unkraut hatte alles überwuchert. Die Fahrzeuge auf der Hauptstraße würden so gut wie nichts von dem sehen, noch nicht einmal erahnen können, was auf dem Hof vor sich ging ... zumindest nicht auf diese Entfernung. War das etwa der Ort, an dem Mickey, Conor und Greg den Sprengstoff herstellten? Aber ich verwarf den Gedanken gleich wieder. Mickey und McCray waren clever genug, ihre wahren Pläne vor den anderen Aktivisten zu verbergen. Bis jetzt zumindest ...

Ich schaute mich näher um. Das nächste Farmhaus lag eine gute halbe Meile östlich. Dazwischen lag ein Weizenfeld, das direkt an der Grundstücksgrenze begann und den Hof auf drei Seiten umgab. Das Korn war bereits gelb. Bald würde die Ernte beginnen.

»Schnell abladen«, sagte Mickey und unterbrach meine Überlegungen, »ich muss wieder los.«

Alle schnappten sich ihre Sachen. Kaum waren wir im Haus, brauste Mickey schon wieder davon.

»Na, das war ja nur ein kurzes Gastspiel deines Lovers«, provozierte ich McCray.

»Er kommt bald wieder.«

Ich musste unwillkürlich lächeln und wollte sie weiter aus der Reserve locken. »Und wenn nicht?«

Sie zuckte mit den Schultern. »Er kommt wieder.«

Ja, dachte ich, Mickey war eben wie ein streunender Köter – immer hungrig. Der würde sicher wiederkommen. Denn bei McCray gab es noch etwas Besseres als Futter – Sex. Und das war für ihn offensichtlich die Hauptsache.

McCray ging mit einem Schlüssel voraus zum Haus. Sie fummelte an der Tür herum, bekam sie aber nur mit einem kräftigen Ruck auf. Wir schauten in ein schwarzes Nichts. Der Lichtschalter neben der Tür funktionierte nicht. Da wir unsere Telefone auf der Farm in Brandy Station zurückgelassen hatten und niemand eine Taschenlampe dabeihatte, schlug ich vor, zuerst die

Vernagelung vor den Fenstern zu entfernen, bevor wir uns im Haus umsahen. Ich schnappte mir zwei der Jungs und bedeutete ihnen, mir zu helfen. Das Holz war leicht zu lösen. Wie ich an dem bereits eingeschlagenen Fenster erkannt hatte, hatte sich derjenige, der das Haus vor Einbruch oder Witterung schützen wollte, mit der Barrikade wenig Mühe gegeben. Eine Viertelstunde später waren bereits alle Fenster im Erdgeschoss frei. Wir gingen hinein. Das Orange der Morgensonne erhellte das Innere und brachte die zahlreichen Spinnenweben zum Leuchten. Trotzdem sah es innen besser aus, als ich es erwartet hatte. Der modrige Geruch bestätigte aber meine anfängliche Vermutung, dass von irgendwo Wasser eingetreten war. Ohne große Suche fand ich dunkle Flecken auf dem Holzboden im Wohnzimmer. Mein Blick ging nach oben. Wir würden uns ein trockenes Plätzchen suchen müssen, wenn wir irgendwo schlafen wollten. Aber es gab scheinbar weder Matratzen noch Decken im Haus. Und bei der überstürzten Abreise aus Brandy Station hatten wir nur die Computer mitgenommen ...

In der Küche gab es wenigstens einen Tisch, ein paar Stühle, einen Gasherd und einen Kühlschrank. Das gesamte Inventar war aber so marode, dass es auch aus einem Museum stammen könnte. Zumindest dem Aussehen nach. Ich ließ das Wasser laufen. Der Wasserhahn funktionierte zu meiner Überraschung, aber es kam laut gluckernd nur eine braune Brühe heraus. Der Kühlschrank und der Herd gaben keinen Mucks von sich, egal wohin man die Schalter drehte.

»Wir müssen einkaufen«, sagte ich sofort zu McCray. »Wir haben kein Trinkwasser. Und nichts zu Essen. Wann kommt Mickey zurück?«

»Ähm ...«

»Wie weit ist es bis zum nächsten Supermarkt?«

»Da können wir jetzt nicht hin.«

»Wir müssen, Crystal, schau mal.«

Ich zeigte auf die Wasserfontäne, die selbst im schummrigen Morgenlicht unappetitlich aussah. Inzwischen kam ein schmatzender und plätschernder Ton aus dem Rohr. Mir war sofort klar, dass wir dringend Trinkwasser benötigten.

»Keine Ahnung, Mann. Was du immer hast. Wir bleiben hier eh nicht lange.«

Sie holte den Kokstopf aus ihrem Rucksack. Den hatte sie natürlich mitgenommen. Wenigstens würde sie zugedröhnt verdursten ... Mit einer großzügigen Geste bot sie ihn an. »Ist neu abgefüllt. Das alte Zeug war irgendwie scheiße.«

Ich lehnte dankend ab und atmete tief durch. Das erklärte, warum sie vor der Abreise mit Mickey nach oben verschwunden war. Und ihre glasigen Augen.

»Okay«, sagte ich, »wie lange überlebt ein Mensch ohne Wasser?«

»Keine Ahnung, Mann, ich bin kein Arzt ...« McCray rollte mit den Augen.

»Alles klar. Ich schaue mal, ob ich im Schuppen etwas Fahrbares finde ...«

Ohne eine Antwort abzuwarten und in der Hoffnung, hier irgendwo ein verrostetes Fahrrad zu finden, ging ich aus dem Haus.

Eine Mischung aus altem Teergeruch, Gummi und einer modrigen Feuchtigkeit schlug mir entgegen, als ich die Schuppentür eingetreten hatte. Für Kellerasseln wäre das ein Paradies ... Ich wartete einen Moment, bis sich meine Augen an die Dunkelheit gewöhnt hatten. Auf der linken Seite stand eine Werkbank mit allerlei Werkzeug, einem Starkstromanschluss und einer Wasserpumpe am anderen Ende. Ich vermutete, dass sie das Haus versorgte und es deshalb nicht an die öffentliche Wasserversorgung angeschlossen war. Der Zustand der Wasserpumpe ließ meine Hoffnung auf einen Zufallsfund ebenso schwinden wie die auf ein Fahrrad. Und wenn, dann wäre es wahrscheinlich längst dem Rost zum Opfer gefallen. Pflichtbewusst suchte ich trotzdem weiter. Rechts an der Wand räumte ich einen Haufen alter Kleider und einen porösen Gartenschlauch beiseite. Der aufgewirbelte Staub ließ mich husten. Unter einer bröckeligen Abdeckhaube machte ich dann einen Sensationsfund, an den ich gar nicht mehr geglaubt hatte. Und der war viel besser als ein Fahrrad – ein altes Motorrad.

Ich wischte den Schriftzug auf dem Tank ab. Eine Harley. »Hey, Süße«, rief ich der Maschine anerkennend zu. »Dich hat der Himmel geschickt.«

Mit so einem Schmuckstück war natürlich nicht zu rechnen, obwohl Schmuckstück die reinste Schmeichelei war. Das Motorrad hatte seine beste Zeit längst hinter sich. Bei besserer Pflege wäre das etwas anderes gewesen ... Aber um die Maschine hatte sich seit Jahren niemand mehr gekümmert. Beide Reifen waren platt und als ich die Kupplung zog, knirschte es verdächtig. Trotzdem schob ich das Ding mit aller Kraft aus dem Schuppen, um es mir anzusehen. Es war kein einfaches Unterfangen und kostete einiges an Kraft. Endlich. Als die ersten Schweißtropfen auf den Tank fielen, hatte ich es geschafft, und die Morgensonne tauchte das verdreckte Ding in ein idyllisches Licht. Aber das Motorrad aus dem Schuppen zu schieben war nicht halb so anstrengend wie das, was ich mir dann von McCray anhören musste.

»Was ist denn das für ein Scheißding?«, hörte ich ihre Stimme hinter mir. »Sieht aus wie aus dem Weltkrieg. Damit fahre ich auf keinen Fall.«

Ich grinste und legte den Kopf in den Nacken. »Natürlich fährst du nicht damit. Guck doch mal genauer hin, Crystal. Der Sitz ist nur für eine Person.« Ich deutete auf eine Art Fahrradsattel, wie er bei Oldtimern üblich war.

»Ich habe Durst«, bekam ich mit einem schnippischen Unterton als Antwort.

»Hm. Kleiner Tipp: weniger Koks. Aber ich schau mal, ob

ich diese wunderbare Harley in Gang kriege. Sonst müssen wir trampen.«

»Kannst du dieses Ungetüm überhaupt fahren?«

»Fahren, ja. Aber ob ich es starten kann, mal sehen ...«

Ich ging zurück in den Schuppen und suchte nach geeignetem Werkzeug. Das Motorrad erforderte einiges an Arbeit und ob ich es überhaupt in so kurzer Zeit in einen fahrbereiten Zustand versetzen konnte, stand auf einem anderen Blatt. Allerdings saß ich lieber beim Basteln vor dem Haus als mit McCray im Haus, um dort ihre oberschlauen Kommentare ertragen zu müssen, die für meinen Geschmack bei ihrer derzeitigen Kokswetterlage jeglicher Logik entbehrten. Außerdem musste ich unbedingt Brenda erreichen. Das verlieh mir genug Motivation, das alte Ding zum Laufen zu bringen. Hier draußen sagten sich Fuchs und Hase gute Nacht. Die einzige Möglichkeit, um sie zu erreichen, wäre ein Telefon in der nächsten Ortschaft, die mehrere Stunden Fußmarsch entfernt sein konnte. Nein, dieses rostige Ding musste irgendwie fahren. Ein bisschen Sprit war sogar noch im Tank. Voller Hoffnung nahm ich einen alten Putzlappen in die Hand und machte es ein bisschen sauber. Bald würde es losgehen. Davon war ich überzeugt.

Kapitel 40

Ich hatte mir die Reparatur des Oldies natürlich einfacher vorgestellt. Nachdem ich nicht nur die Oberflächen geputzt, sondern alle mechanischen Teile ausgebaut und gereinigt, den Vergaser gesäubert, die Drosselklappe eingestellt, Kupplungshebel und Bremsen gespannt, und die Reifen halbwegs aufgepumpt hatte, füllte ich Motoröl nach, von dem ich nicht wusste, ob es noch gut war. Aber im Schuppen hatte ich nichts anderes gefunden. Etwas Benzin – wie alt auch immer – war ja noch im Tank. Wenn ich das Ding zum Laufen bekäme, wäre die nächste Herausforderung, die Schotterpiste zu bewältigen, ohne einen Platten zu riskieren. Die Reifen waren ziemlich porös ...

Am frühen Nachmittag – ich hatte bereits sechs Stunden ununterbrochen geschraubt, gefettet und poliert – begann ich das Motorrad zum ersten Mal zu starten. Zu diesem Zeitpunkt war ich noch froh, dass es keinen elektrischen Anlasser hatte, sondern einen altmodischen Kickstarter. Dann gäbe es auch keine entladene Batterie. Aber die Freude währte nicht lange. Ich spielte mit dem Seilzug, den ich für den Choke hielt, gab Gas, nahm es wieder zurück und trat in den Kickstarter, bis ich keuchte. Aber die Maschine sprang nicht an. Inzwischen hatten sich alle um mich versammelt, sogar McCray war aus dem Haus gekommen.

»Das wird nichts«, sagte sie immer wieder. Auch die anderen Mitglieder waren skeptisch. »Nicht jeder ist zum Mechaniker geboren.« »Wir haben es wenigstens versucht.« Oder: »Ist eh besser, wenn das Ding nicht geht, mit den Abgasen.«

Plötzlich hielt ich inne: »Hat jemand Durst?« Sofort verstummten alle Kommentare und ich sah mir das Motorrad noch einmal an. Irgendetwas hatte ich übersehen. Ich nahm den morschen Sitz wieder ab, schaute darunter. Am Benzinschlauch vermutete ich etwas. »Ah«, rief ich erleichtert in die Menge, nachdem ich den versteckten Benzinhahn gefunden und aufgedreht hatte.

Nach zehnmaligem Treten gab das Ding das erste Knattergeräusch von sich, ging aber immer wieder aus. Ich überprüfte die Einstellung des Chokes und trat weiter. Nachdem mein T-Shirt völlig durchgeschwitzt war und mindestens zwanzig weiteren Tretversuchen später, sprang die Maschine tatsächlich an und machte einen Höllenlärm. Mit einem breiten Grinsen setzte ich mich darauf. »Geld und Rucksack«, rief ich McCray zu, aber sie verstand mich nicht. Zu allem Überfluss hielt sie sich auch noch die Ohren zu. Als ich sie heranwinkte, schüttelte sie nur den Kopf. Manchmal war sie eben wie kleines Kind. Es stimmte, der Auspuff war kaputt und hätte etwas leiser sein können. Aber es war eine Harley, und ein bisschen mehr Wertschätzung meiner handwerklichen Fähigkeiten hätte ich schon erwartet. Zumal ich bald mit sauberem Trinkwasser zurückkommen würde.

Stattdessen winkte ich Woodstock zu mir und schrie ihm meine Nachricht an McCray ins Ohr. Er verschwand mit McCray und sie kam kurz darauf mit einem Rucksack und vierzig Dollar zurück. Das würde reichen – vorerst.

Mit tosendem Lärm und ohne Helm knatterte ich die Schotterpiste entlang. Bei jedem Schlag betete ich, dass mich das Ding nicht im Stich lassen würde und die Reifen heil blieben. Als ich wider Erwarten die Hauptstraße erreichte, bog ich instinktiv nach rechts ab. Ich hatte weder Karte noch Ortskenntnis. Aber ich hatte bei den wenigen Malen, die ich während des Bastelns aufgeschaut hatte, bemerkt, dass es am Vormittag mehr Verkehr nach links und am Nachmittag mehr Verkehr nach rechts gab. Das sprach für eine Kleinstadt mit Pendlern in der ich hoffentlich einen Supermarkt finden würde – und ein Telefon.

Ich fuhr einige Meilen auf dem Highway, sehr langsam und mit vielen Fehlzündungen.

Ständig überholten mich Fahrzeuge und hupten mich an. Vor Bewunderung oder Verärgerung, konnte ich nicht sagen. Es war mir auch egal. Ich wollte mit Brenda sprechen.

Zu meiner Erleichterung erblickte ich nach einer Viertelstunde Fahrt eine Ortschaft mit einer Chevron-Tankstelle am Ortseingang. Ohne zu überlegen, steuerte ich sie an.

Ich ging hinein, aber ohne vorher zu tanken. In dem gut sortierten Laden schnappte ich mir eine Zündkerze, von der ich glaubte, dass sie passen könnte, und hatte damit einen Vorwand, den Verkäufer anzusprechen: »Hi, kann ich mal telefonieren?« Ich reichte ihm die Kerze und einen Zwanzigdollarschein.

Der Mann hinter der Kasse nickte nur. Ich bezahlte, und er gab mir ein altes Festnetztelefon mit Schnur. Sofort wählte ich Brendas Nummer. Nach fünfmaligem Klingeln nahm sie endlich ab. Sie meldete sich mit ihrem Namen.

»Was ist los, Brenda?«

»Das könnte ich dich auch fragen. Wo zum Teufel bist du? Und warum liegt dein Handy im Kühlschrank auf der Farm? Und warum hast du mir nicht gesagt, dass es noch einen Anschlag geben wird?«

»Stop, stop, stop«, unterbrach ich sie direkt. So kamen wir nicht weiter. Eins nach dem anderen. »Ihr habt unsere Handys gefunden?«

»Ja. Nur von euch keine Spur. Wo steckst du eigentlich? Und warum hast du mir nicht erzählt, dass die Gruppe einen weiteren Anschlag plant.«

»Was ist denn passiert?«

»Schaust du keine Nachrichten? Diesmal haben sie mitten im Berufsverkehr eine Bombe in die Luft gejagt.«

»Oh. Hat es Verletzte gegeben?« Natürlich hatte ich die Nachrichten nicht mitbekommen. Erstens gab es hier weder Fernseher noch Radio, zum anderen hatte ich den ganzen Tag an dem Motorrad herumgebastelt. McCray hatte auch nichts gesagt …

»Es war ein glücklicher Zufall, dass es nur Verletzte, aber keine Toten gegeben hat. Wo steckt ihr? Hier ist die Hölle los …«

»Wir sind hier auf einer abgelegenen Farm in der Nähe von Fredericksburg. Etwa sieben Meilen westlich von dieser Tankstelle. Es ist ein verlassenes Haus, umgeben von einem Feld. Das sind meine Informationen, aber jetzt bist du dran. Warum habt ihr Mickey nicht verhaftet, als ich dir gestern eine Nachricht geschickt habe?«

Brenda schluckte, dann rückte sie mit der Wahrheit raus. »Marshall hat die Überwachung der Farm abgeblasen, nachdem kein Sprengstoff gefunden wurde. Ich müsse Prioritäten setzen bla bla bla, die Bedrohung ist in D.C. und so weiter. Ich habe ihm versucht zu erklären, dass wir auf der Farm nichts finden werden, weil Mickey die Bombe an einem anderen Ort zusammenbaut, aber es war sinnlos. Als deine Nachricht kam, dass Mickey wieder auf der Farm ist, haben wir ein Team geschickt, aber von D.C. aus. Als die vor Ort waren, wart ihr schon lange weg.«

»Hm, verstanden.« Es war die übliche Angst vor unangenehmen Rückfragen, die ich auch von der Armee gut kannte. Alles musste nach dem Dienstbuch gemacht werden. Aber es hatte keinen Sinn, sich darüber zu ärgern. Wir konnten es beide nicht ändern. Also sagte ich: »Mickey ist wieder ausgeflogen. Keine Ahnung, wohin.«

»Das ist schlecht … Die Batterie im GPS-Sensor von Mickeys Pick-up ist nämlich am Ende.«

»Das ist nicht dein Ernst?«

»Doch, leider. Wir überwachen jetzt die Verkehrsströme noch zusätzlich zur Kennzeichenerfassung per Drohne. Allerdings hapert's natürlich am Personal für die Auswertung.«

»Glaub ich gern. Das klingt nicht sehr effizient. Besser wäre es vermutlich, du würdest Mickey hier draußen suchen. Aber egal. Wie ist die Lage in D.C.?«

»Chaotisch. Die ersten Menschen trauen sich nicht mehr auf die Straße. Manche sind schon auf dem Weg zur Arbeit umgekehrt, als die Nachricht von dem Anschlag im Radio kam. Es hat – wie schon erwähnt – Gott sei dank nur zwei Schwerverletzte gegeben ... Die Bilder von dem Chaos auf den Straßen sind um die Welt gegangen.«

»Verstehe.«

»Und noch etwas: Die Kollegen ermitteln jetzt gegen alle Mitglieder der Gruppe – und damit auch gegen dich ...«

»Ich weiß.«

»Ich kann es dir also nicht verdenken, wenn du jetzt auf Tauchstation gehst. Vergiss den Auftrag. Setz dich ins Ausland ab. Es wird nur ein paar Stunden dauern, dann haben die Behörden deine Identität ermittelt, und ich glaube kaum, dass Marshall dann für dich die Hand hebt. McCray, Mickey und Bauer sind diesmal zu weit gegangen.«

Ich schnappte nach Luft. »Danke für die Warnung. Ich schaue, ob ich noch etwas Schlimmeres verhindern kann. Sollte das nicht so sein, verschwinde ich.«

»Überlass das uns. Die drei sind unberechenbar, und ich glaube nicht, dass sie dir wirklich vertrauen.«

»Wir werden sehen.«

Ein kurzer Moment der Stille entstand.

»Leb wohl«, sagte Collins und legte auf.

Ich stand noch einen Moment regungslos da, bevor ich den Telefonhörer wieder auf die Gabel legte. Ich fummelte an der Zündkerze herum, überlegte, was Brendas Worte für mich bedeuteten, aber es war defintiv ein Abschied. Frustriert wandte ich mich wieder der Bedienung hinter dem Tresen zu.

»Haben Sie von dem Anschlag in D.C. gehört?«

»Sie nicht? Da war heute die Hölle los ...« Der Tankwart kratzte sich verwundert am Kopf.

»Nein, hatte zu tun. Halten hier viele Durchreisende?«

Der Typ verneinte. »Fast nur Pendler. Viele kenne ich vom Sehen, manche beim Namen.«

»Ist Ihnen irgendetwas Ungewöhnliches aufgefallen? Zum Beispiel zwei oder drei junge Typen, die hier nicht hergehören?«

Wieder ein Kopfschütteln.

»Okay, trotzdem danke.«

Ich kaufte noch ein Sixpack Wasserflaschen, ein paar Kekse und eine abgepackte Obstschale aus dem Kühlregal. Und dann noch eine Schachtel Zigaretten und ein Feuerzeug. Die Einkäufe verstaute ich in McCrays Rucksack. Ich betankte das Motorrad, ließ noch etwas Luft in die halb platten Reifen und trank gierig eine halbe Flasche Wasser, bevor ich wieder losfuhr. Etwas außerhalb der Tankstelle zog ich dann etwas Rauch durch die Lungen. Nach so langer Zeit der Abstinenz tat mir das richtig gut. Dann fuhr ich zurück zur Farm, diesmal deutlich schneller als auf der Hinfahrt.

Kapitel 41

Irgendetwas kam mir sofort merkwürdig vor, als ich auf den Feldweg zur Farm eingebogen war. Obwohl ich nicht zu überhören war, war keiner vor dem Haus. Komplette Stille. Die Mitglieder der Gruppe hatten den ganzen Tag nichts gegessen und getrunken. Eigentlich hätten alle mit trockenen Kehlen auf mich warten müssen. Aber nichts dergleichen. Nicht einmal aus dem Fenster schaute jemand.

Ich parkte das Motorrad vor dem Haus und ging hinein.

»Hallo«, rief ich, aber ich bekam keine Antwort. Stattdessen hörte ich Stimmen aus dem Wohnzimmer, dem leeren Raum mit dem kaputten Fußboden gleich neben der Küche. Dort hatten sich alle Mitglieder versammelt, saßen auf dem Boden und hörten Nachrichten aus einem batteriebetriebenen Transistorradio.

»Die Bürgermeisterin prüft angesichts der Bedrohungslage ein Fahrverbot im Stadtgebiet in der Zeit von 6:30 Uhr bis 9:00 Uhr und von 16:30 Uhr bis 19:00 Uhr. Ausgenommen sind Einsatzfahrzeuge von Polizei, Feuerwehr und Rettungsdiensten. Laut FBI ist der Berufsverkehr die wahrscheinlichste Zeit für einen erneuten Anschlag. Besorgniserregend ist die rasche Eskalation der Lage nach der Baumsprengung im Franklin Park und dem heutigen Anschlag auf der Constitutional Avenue. Die Bürgermeisterin hat deshalb die Sicherheitskräfte in der Stadt massiv verstärkt. Rund um das Weiße Haus und das Pentagon ist der Verkehr im Umkreis von mehreren Blocks gesperrt. Auch außerhalb dieses Bereichs muss mit Fahrzeugkontrollen und Straßensperren gerechnet werden. Alle Pendler sollten am besten auf nicht unbedingt notwendige Fahrten in das Stadtgebiet von D.C. verzichten oder auf andere Verkehrsmittel ausweichen.«

»Ich habe etwas zu trinken mitgebracht«, unterbrach ich die andächtige Stille. Na also. Die erste Hand streckte sich mir entgegen, aber ohne mich anzuschauen.

»Psst«, sagte einer der Aktivisten.

»Wir haben den FBI-Direktor der Antiterroreinheit, Bruce Marshall, zugeschaltet. Marshall ist für die Terrorismusbekämpfung zuständig. Vielen Dank, Bruce, dass Sie sich die Zeit für dieses Interview nehmen. Was können Sie uns über die Täter und ihre Motive sagen?«

Marshall war im Äther, nicht Collins. Diesen Auftritt hatte er sich nicht nehmen lassen. Typisch Bürokrat ... Ich war trotzdem gespannt, was er sagen würde, auch wenn er Brenda lange Zeit nicht ernst genommen hatte. Bestimmt würde er behaupten, von Anfang an gewusst zu haben, dass sich die Lage so entwickeln würde. Und ich wettete, dass er Brenda mit keinem Wort erwähnen würde. Ich setzte mich gespannt zu den anderen auf den Boden. Marshall verhaspelte sich kurz, bevor er zu antworten begann.

»Danke, Helen. Wir wissen, dass es sich um eine kleine Gruppe handelt, die sich aus der Umweltaktivistenszene gebildet hat. Mindestens zwei Personen sind für die Angriffe verantwortlich. Mindestens eine dieser Personen stand in der Vergangenheit mehrfach im Verdacht, Brand- und Sprengstoffanschläge auf Zoos verübt zu haben. Bislang konnten wir ihm aber keinen Tatzusammenhang nachweisen.«

»Um wen handelt es sich?«

»Der erste Verdächtige ist Oscar Michael Walden, genannt Mickey, achtundzwanzig Jahre alt, ein Meter fünfundachtzig groß, Kaukasier mit mittellangem, dunkelblondem Haar. Der zweite Verdächtige heißt Conor Bauer.«

Marshall hielt vermutlich jetzt ein Foto von Conor Bauer in die Fernsehkameras. »Können Sie ihn für unsere Hörer kurz beschreiben«, hakte die Radiomoderatorin nach.

»Bauer ist dreißig Jahre alt, einen Meter achtzig groß, ebenfalls Kaukasier mit rot gefärbten Haaren. Ein dritter Mann, den wir noch nicht identifiziert haben, ist auch dabei. Wir haben derzeit nur ein schlechtes Foto einer Überwachungskamera.«

Die Radiomoderatorin erklärte ihren Hörern, was auf dem Bild zu sehen war, nämlich die krisselige Schwarz-Weiß-Aufnahme einer Überwachungskamera, die einen Mann mit einer Schirmmütze zeigte, der den Pick-up betankte.

»Bauer, Walden und der Dritte fahren einen roten Ford-150 Pick-up, Baujahr 1998. Sie wechseln die Nummernschilder, um der Kennzeichenüberwachung zu entgehen. Außerdem vermuten wir ein weiteres Fahrzeug in ihrem Besitz, dazu noch einen Traktor mit Anhänger. Ich wiederhole, die drei sind extrem gefährlich, wahrscheinlich bewaffnet und unter Drogeneinfluss. Wenn sie ihnen begegnen, greifen Sie auf keinen Fall selbst ein, wählen Sie die 911.«

Wieder schaltete sich die Reporterin ein. »Werden jetzt nicht viele Anrufe eingehen, die die drei gleichzeitig an Hunderten Orten in Washington gesehen haben?«

Marshall nickte. »Dessen sind wir uns bewusst. Bitte rufen Sie uns nur an, wenn Sie wirklich überzeugt sind, eine der drei Personen gesehen zu haben. Oder wenn Sie jemanden dabei beobachten, Dinge zu tun, die eine Gefahr für die Öffentlichkeit darstellen könnten.«

»Können Sie uns etwas über den Sprengstoff sagen?«

»Eine Mischung aus Ammoniumnitrat und Diesel, wie sie auch in der Landwirtschaft oder im Straßenbau verwendet wird. Die Täter bohren ein Loch in den Baumstamm, füllen es mit dem

Sprengstoff und benutzen einen Fernzünder. Das könnte jedes normale Mobiltelefon sein.«

»Ist das ein besonderer Sprengstoff? Ist der schwer herzustellen?«

»Nein, das kann man mit entsprechenden Kenntnissen in jeder Garage machen.«

»Sie hatten noch von Umweltaktivisten gesprochen ...«

»Genau. Ziel der Anschläge ist es, die Menschen dazu zu bringen, weniger Auto zu fahren. Das ist zumindest die Botschaft der beiden Sprachnachrichten, die im Internet geteilt werden. Deshalb sprengen die Täter die Bäume meist an Hauptstraßen.«

»Steckt die Eternal-Earth-Group hinter den Anschlägen? Die verfolgen doch ähnliche politische Ziele ...«

»Wie Sie richtig sagen: Sie verfolgen ähnliche politische Ziele. Wir wissen, dass zumindest Walden als Aktivist bei früheren Aktionen der Eternal-Earth-Group dabei war. Allerdings hat sich Crystal McCray, die ja die Sprecherin der Gruppe ist, immer klar gegen Gewalt als politisches Mittel ausgesprochen. Walden könnte also auf eigene Faust handeln. Derzeit gibt es also keine Hinweise darauf, dass die Aktivisten etwas mit den Anschlägen zu tun haben. Ich wiederhole, die Eternal-Earth-Group und ihre Mitglieder stehen derzeit nicht unter Verdacht, aber natürlich beobachten wir sie.«

McCray schaltete die Übertragung ab. »Yikes!«, rief sie euphorisiert und klatschte nacheinander alle Mitglieder ab – auch mich. »Jetzt wird erst einmal gefeiert.« Sie holte wieder den Kokspott hervor, legte sich eine Line auf den Tisch und zog sie durch die Nase. Nach einem lustvollen Seufzer fragte sie mich: »Hast du Bier mitgebracht?«

Ich schüttelte den Kopf. »Wasser. Und Kekse und Obst.«

McCray gab den Kokspott weiter.

»Fährst du noch mal los und holst uns Bier? Und Chips?« Sie zauberte zwei Zwanzigdollarscheine hervor.

Ich zuckte mit den Schultern. Bevor der Kokspott mich erreichen konnte, stand ich auf und verließ das Haus.

Kapitel 42

Ich überlegte ernsthaft, nach Brendas eindringlicher Warnung nicht mehr zum Haus zurückzukehren. Die Aktivisten waren mit Kokain beschäftigt, und wenn sie Durst oder Hunger hatten, auch kein Problem. Ich hatte also meine Schuldigkeit getan. Sollten sie doch sehen, wie sie klarkamen. Der Grund, warum ich trotzdem zurückkehrte, war schlicht und ergreifend Pflichtbewusstsein. Als Soldat verlässt man nicht einfach seinen Posten, nur weil es brenzlig wurde. Ob ich ernsthaft daran geglaubt habe, noch irgendetwas zu bewirken, weiß ich nicht mehr. Vielleicht war es mir auch einfach nicht egal, was mit McCray passierte. Schließlich hatte ich ja mal einen Auftrag gehabt, auch wenn mich Brenda jetzt mehr oder weniger davon entbunden hatte.

Als ich mit einem Rucksack voller Chips und Bier zurückkehrte, erwartete mich zu meiner Überraschung das bisher vermisste Begrüßungskommando. Aber es war jemand, mit dem ich überhaupt nicht gerechnet hatte: Mickey. Er hatte meine Harley gehört und winkte mir schon von Weitem durch das zerbrochene Fenster zu.

»Ey«, rief er mir zu, »endlich Bier«.

Ich holte eine Flasche heraus und reichte sie ihm. Dann schaute ich ihn versonnen an. »Du bist zur Fahndung ausgeschrieben. Findest du es clever, hier aufzutauchen?«

Mit einem Feuerzeug öffnete Mickey den Kronkorken. Dann

trank er mit einem kräftigen Zug die Flasche halb leer, fuhr sich mit dem Handrücken über den Mund und rülpste.

»Scheiß drauf, Mann. Ich bleibe nur kurz …«

»Und dann?«

»Haha«, sagte Mickey großspurig, »dann haben wir gewonnen.«

»Echt?« Ich stellte meinen Rucksack auf den Boden. »Und wie sieht das dann aus? Ich meine, woran merken wir, dass wir gewonnen haben?«

»Keine Autos mehr in Washington.« Dann trank er den Rest der Flasche aus.

»Jetzt bin ich aber gespannt.«

Mickey griff sich eine zweite Flasche Bier. »Conor fädelt das heute Abend ein. Das wird groß, das sag ich dir.« Mit diesen Worten verschwand er im Haus und ließ mich allein zurück. Ich zuckte mit den Schultern, ging hinein und breitete die Einkäufe auf dem Küchentisch aus, damit sich jeder bedienen konnte. Außer Mickey hatte bisher niemand von mir Notiz genommen. Die Gruppe saß schon wieder – oder immer noch – im Wohnzimmer. Ich hörte Schniefen und machte mir meine Gedanken über das, was gleich passieren würde.

Als ich mich mit einem Bier ins Wohnzimmer setzte, saugte McCray gerade an Mickeys Lippen. Es würde nicht mehr lange dauern, dann würden wir wieder eine kostenlose Vorstellung der beiden bekommen. Das Radio berichtete wieder über die neuesten Entwicklungen in D.C., als McCray und Mickey sich mit einem Grinsen zurückzogen. Wie auch immer sie es auf den Dachboden des baufälligen Hauses schafften, der Staub, der von der Decke fiel, und die ekstatischen Schreie ließen keinen Zweifel, dass sie ein Plätzchen gefunden hatten.

Genervt verließ ich das Haus und wechselte die Zündkerze des Motorrads aus, die ich an der Tankstelle gekauft und seitdem vergessen hatte. Als ich mit der Reparatur fertig war, reichte ich

Chips und Bier herum, während sich die anderen noch eine runde Koks gönnten. Wir plauderten noch eine Weile und gingen dann schlafen. Von Mickey und McCray den ganzen Abend keine Spur.

Kapitel 43

I rgendetwas war anders, als ich am nächsten Morgen aufwachte. Im Haus war es still, totenstill. Ich blickte mich um. Ich
lag auf meinem harten, provisorischen Lager auf dem Boden im
Wohnzimmer. Bis auf McCray und Mickey waren alle Mitglieder
der Gruppe da. Aber keiner rührte sich, obwohl es draußen schon
hell war und alle gewohnt waren, morgens früh aufzustehen.
»Wir haben verschlafen«, sagte ich und stand auf.

Keine Antwort.

»Mickey? Crystal?«, rief ich in die gespenstige Stille des alten
Hauses.

Nichts. Nicht einmal ein Rascheln. Irgendwo knarrte eine
Tür, aber das konnte der Wind sein.

Ich ging zu Snoopy, der merkwürdig verdreht direkt neben mir
lag. Ich rüttelte an ihm. Wieder nichts. Ich hob seinen Arm, doch
er fiel sofort wieder zu Boden. Das war nicht normal – überhaupt
nicht normal. Panik stieg in mir auf. Dann fühlte ich seinen Puls.
Nichts. Kein Puls.

»Scheiße«, rief ich, während ich nach und nach die reglosen
Körper im Wohnzimmer checkte und überall die gleiche Ent-
deckung machte: Alle Aktivisten waren mausetot. »Scheiße«,
fluchte ich noch mal laut vor mich hin.

Ich hastete die wackelige Holztreppe zum Dachboden hinauf,
knickte mit dem Fuß um, als das Holz nachgab, und blieb knietief

in einem Loch in der Stufe stecken. Mühsam zog ich mich heraus und fluchte noch ein weiteres Mal. Als ich endlich oben war, fluchte ich ein drittes Mal. Mickey! Ich tastete nach seinem Puls und fand ... nichts. Er hatte es nicht einmal geschafft, sich nach dem Sex seine Unterhose anzuziehen. Aber wo war McCray? Ich rief nach ihr, suchte sie im Erdgeschoss und vor dem Haus, aber sie war wie vom Erdboden verschwunden. Einfach weg. Hatte sie sich aus dem Staub gemacht? Warum hatte ausgerechnet sie überlebt? Hatte sie etwas mit dem Tod ihrer Aktivistenfreunde zu tun? Und was zum Teufel war hier eigentlich passiert? Irgendwie machte das Ganze überhaupt keinen Sinn ...

Irgendwann hatte ich mich wieder beruhigt. Ich überlegte, was ich tun sollte. Der erste vernünftige Gedanke war, Trevor Hilson anzurufen. Ich war der einzige Überlebende ... bis auf McCray. Aber was mit ihr passiert war, wusste ich zu diesem Zeitpunkt nicht. Fest stand, dass ich mich noch an einem Tatort befand und McCray nicht. Aber war das hier überhaupt ein Tatort? Oder ein tragischer Unglücksfall? Das FBI würde nicht lange überlegen und mich auf jeden Fall so lange festhalten, bis sie wussten was hier passiert war. Ich musste also so schnell wie möglich verschwinden, bevor irgendjemand lästige Fragen stellte, die ich nicht beantworten konnte. Hastig packte ich meine Sachen zusammen. Ich wusste, dass überall von mir Fingerabdrücke zu finden waren, aber darum konnte ich mich jetzt nicht mehr kümmern. Ich musste weg.

Vor dem Haus bemerkte ich, dass der Pick-up verschwunden war. McCray. Ich schwang mich auf die Harley und fuhr zur Tankstelle. Wieder fragte ich den Tankwart nach dem Telefon. Diesmal war es ein anderer. Er hatte einen langen grauen Bart und trug eine Schirmmütze. Wahrscheinlich war er Rentner und besserte sein Einkommen mit einem Nebenjob auf. Gegen einen kleinen Obolus ließ er mich telefonieren. Ich wählte Hilsons Nummer.

»Stealth Parachute«, meldete sich die Stimme am anderen Ende.

»Hey, Trev, es ist so weit. Ich brauche meinen Flug. Culpeper Airport. Jetzt.«

»Okay. Dachte ich mir schon. Hast du heute schon die Nachrichten gehört?«

»Nein. Keine Zeit.«

»Drei Anschläge an verschiedenen Hauptstraßen in D.C. Washington ist wie ausgestorben. Sie haben einen der Terroristen erwischt.«

»Bauer?«

»Ja. Bauer war der Name. Auf der Flucht erschossen.«

»Gut. Oder nicht gut. Kannst du mich hier rausholen?«

»Klar. Fahr zum Flughafen. Der Jet wird dich abholen. Was ist mit McCray?«

Ich räusperte mich und hielt mir die Hand vor den Mund, damit der Tankwart nicht mithören konnte. »Keine Ahnung, Trevor. Sie ist weg, Mann. Vermutlich mit Mickeys Pick-up. Ich verstehe das selbst nicht. Der Rest der Gruppe ist tot, nur sie ist verschwunden. Was immer das heißt.«

»Wie, sie ist weg? Was meinst du damit? Und warum sind alle anderen tot?«

»Keine Ahnung, Trev. Ich bin heute morgen zwischen einem Haufen Leichen aufgewacht und die einzige Person, die fehlte, war McCray.«

»Scheiße, Mann. Das ist jetzt nicht wahr, oder?« Ein Moment der Stille entstand. »Meinst du, sie hat etwas mit dem Tod der Aktivisten zu tun?«

»Nein, das kann ich mir ehrlich gesagt nicht vorstellen.«

»Woran sind die Aktivisten denn gestorben? Ist jemand bei euch eingebrochen? Gab es Gewalt?«

»Nein, nein. Das hätte ich doch gemerkt. Um ehrlich zu sein, weiß ich es nicht. Sie sind im Schlaf gestorben. Vielleicht vergiftet, vielleicht Selbstmord.«

Ich hörte förmlich, wie es in Trevor arbeitete.

»Okay, danke für deine Hilfe, Trev. Ich werde jetzt losfahren.«

»Alles klar, hab verstanden. Ich muss jetzt zusehen, dass ich mit den McCrays rede und sie informiere. Gott sei dank ist ihre Tochter nicht unter den Toten. Ganz sicher, oder?«

»Ja, Crystal ist verschwunden. Aber warte mit dem Gespräch, bis ich abgehoben habe.«

»In Ordnung. Viel Glück.«

»Danke.«

Sofort fuhr ich los.

Kapitel 44

Auf den Straßen war kaum Verkehr, genau wie Hilson es gesagt hatte. Eine halbe Stunde später parkte ich die Harley vor einem weißen Flachdachgebäude, hinter dem sich direkt das Rollfeld befand. Es gab eine asphaltierte Start- und Landebahn, mehrere Hangars, einen kleinen gepflasterten Platz zum Ein- und Aussteigen und einen Minitower. All das reichte aus, damit der Flughafen von Düsenflugzeugen angeflogen werden konnte. Drinnen nannte ich meinen Namen und fragte nach dem Jet, den Trevor Hilson gechartert hatte. Er würde in einer Stunde da sein.

Vier Tassen Kaffee später sah ich das Flugzeug ankommen. Ich gab noch einmal meine Personalien an, wurde durch eine rudimentäre Sicherheitskontrolle geschleust und ging direkt zum Flugzeug. Wenig später war ich in der Luft. An der Atlantikküste von Virginia wählte ich Brendas Nummer auf dem Satellitentelefon. Sie meldete sich sofort.

»Bauer ist tot, habe ich gehört. Glückwunsch«, begann ich das Gespräch.

Brenda sagte kein Wort.

»Ich wollte mich noch einmal melden«, sagte ich leicht verunsichert, »weil ich jetzt die McCray-Mission abgebrochen habe, Brenda.«

»Ach, du bist es«, sagte sie wenig begeistert. »Ich wusste erst nicht, wer mit mir spricht. War eine lange Nacht ... Alles klar.«

»Es ist vorbei.«

»Was meinst du damit?«

»Es wird keine Anschläge mehr geben.«

»Wie kommst du darauf ... Nur Bauer ist tot. Wir haben weder Mickey noch die dritte Person.«

»Von der dritten Person geht keine Gefahr aus. Und Mickey ...«

»Was ist mit Mickey?«

»Er ist tot.«

»Was ist passiert?«

»Durchsucht die Farm in der Nähe von Fredericksburg, die ich dir beschrieben habe. Dort wirst du alle Antworten finden. Möglicherweise wäre es für deine Karriere gut, wenn du zu mir ein bisschen Abstand hältst ...«

»Was meinst du damit? Sehen wir uns dort?«

»Nein, nein. Ich meinte das im übertragenen Sinn. Ich überfliege gerade den letzten Zipfel amerikanischer Gewässer. Wenn du auf der Farm ankommst, werde ich schon weit, weit weg sein.«

»Oh.«

Hörte ich eine Enttäuschung in ihrer Stimme? Nein, das hatte ich mir bestimmt nur eingebildet ... »Es tut mir leid. Auf Wiedersehen, Brenda. Und viel Glück.«

Ich legte auf, obwohl sich mir die Brust zusammenzog. Sie würde die Leichen auf der Farm finden, und alle Ermittler würden eins und eins zusammenzählen. Es war besser, wenn sie mich sofort aus ihrem Gedächtnis strich.

Und da war noch etwas, das mir ein flaues Gefühl in der Magengegend bereitete. Ich war schon lange kein Amerika-Fan mehr, aber es fiel mir schwerer als erwartet, mein Geburtsland zu verlassen – verlassen zu müssen. Es war ein Unterschied, ob man freiwillig auswanderte oder mit der Gewissheit gehen musste, möglicherweise nie wieder zurückkehren zu können. Wenn es richtig schlecht lief, wäre ich demnächst Persona non grata. Bei diesem Gedanken schloss ich kurz die Augen. Am meisten nervte mich, dass ich in diesem Moment absolut nichts tun konnte, um etwas an der Situation zu ändern, in der ich mich befand. Das wurde mir mehr und mehr bewusst. Und da das so war, konnte ich mir jetzt auch ein Bier aus dem Kühlschrank des Jets holen. Wenn ich schon gehen musste, dann wenigstens nicht nüchtern ...

Kapitel 45

Die Geschichte, die der bärtige Glatzkopf da gerade erzählt hat, ist wirklich sonderbar. Ganz entgegen meiner Natur hat sie mir die Sprache verschlagen – seit geraumer Zeit habe ich keine Frage mehr gestellt. Hunger, Durst, das Bedürfnis nach einer Pause, einfach alles um mich herum, ist seit Stunden nicht wichtig gewesen. Die Story ist eigentlich unglaublich. Nur die zählt. Das Essen, das ich mir vor Stunden geholt habe, liegt noch unangetastet vor mir. Das Fleisch ist schon lange kalt.

Ich schaue auf die Uhr. Es ist nach 20:00 Uhr. Das letzte Flugzeug nach Köln/Bonn ist längst abgehoben. Bis jetzt habe ich es außerdem versäumt, mich noch einmal bei der Redaktion zu melden und um eine Umbuchung zu bitten. Das nutzt mir jetzt auch nichts mehr. Alle Kollegen sind mittlerweile zu Hause. Um nicht die Nacht am Flughafen verbringen zu müssen, werde ich mir später auf eigene Kosten ein Hotelzimmer suchen. Erst am nächsten Morgen würde ich zurückfliegen, nehme ich mir vor. So bliebe am Abend doch noch Zeit für einen kurzen Stadtrundgang ...

Aber jetzt habe ich doch noch eine Frage zu der Geschichte, nein, eigentlich ganz viele. Ich stelle die Wichtigste, bevor ich in die Turkish Airlines Lounge zurückgehen werde, um das leere Wasserglas aufzufüllen, vor dem ich seit einer gefühlten Ewigkeit sitze: »Was ist mit McCray passiert?«

»Keine Ahnung. Ich habe nie wieder etwas von ihr gehört oder über sie gelesen.«

»Und warum stehen Sie auf der FBI-Most-Wanted-Liste, und nicht McCray? Sie könnte genauso schuldig sein.«

Der Typ nickt und lehnt sich mit verschränkten Armen zurück. »Sehr gute Frage. Das ist jetzt aber off the record.« Ohne mich um Erlaubnis zu fragen, schaltet er das Aufnahmegerät aus. »Es gibt mehrere Möglichkeiten für das FBI. Entweder McCray oder ich sind Mörder, oder aber es war ein tragisches Unglück oder kollektiver Selbstmord. Das Problem ist, dass es kein nachvollziehbares Motiv für Mord gibt.«

»Woran genau sind die Aktivisten gestorben?«

»An einer Überdosis. Das Kokain war verschnitten, aber nicht mit Zucker. Das war meine Befürchtung. Aber das Kokain, das die Aktivisten an diesem Abend geschnupft haben, enthielt ein sehr starkes Betäubungsmittel. Mickey hat den Stoff mitgebracht, als er das letzte Mal im Haus aufgetaucht war. Und alle haben sich daran bedient. Alle, außer mir. Und McCray, ganz offensichtlich. Oder ihre Dosis war zu niedrig.«

»Was für ein Betäubungsmittel?«

»Ich kann mich nicht mehr an den Namen erinnern. Es war ein Stoff, den die Kartelle in Südamerika benutzen, um sich gegenseitig umzubringen. Die meisten Schmuggler dort sind auch abhängig, Kartellkriege an der Tagesordnung.«

»Okay. Um auf Ihre Selbstmordtheorie zurückzukommen ...«

»Das ist nicht nur eine Theorie«, unterbricht mich mein Gesprächspartner.

»Okay, gut. Aber warum gibt es keinen Abschiedsbrief? Ist das bei Selbstmorden nicht üblich?«

»Ganz einfach: Ich vermute, dass Mickey nichts vom verschnittenen Koks gewusst hat. Alles spricht mehr für einen tragischen Unfall. Die Aktivisten hatten nicht die Absicht, sich umzubringen.«

»Also entweder doch Mord oder ... ein Unfall mit tödlichen Folgen ...« Ich hole tief Luft. »Und McCray muss etwas geahnt haben ...«

»Tja ... das werden wir wohl nie erfahren.«

»Immerhin müsste das FBI doch Crystal McCray zumindest als Zeugin befragen, oder nicht?«

»Dreimal dürfen Sie raten, warum das nicht passiert ...«

»Ihr Vater.«

»Genau. Crystal McCray ist irgendwo untergetaucht und ihr Vater weiß es zu verhindern, dass seine Tochter irgendwelche Fragen beantworten muss. Weder von der Presse noch vom FBI. Es wäre nicht das erste Mal, dass er Einfluss auf Ermittlungen nimmt. Ich wette, er hat mit diesem Mr. Dunn von Jaysaw Investment unter einer Decke gesteckt, um seine Tochter zu schützen.«

»Hm, okay. Das klingt plausibel. Und warum stehen Sie zweimal auf der FBI-Liste?«

»Ah«, sagte der Amerikaner. »Erstens haben sie meine Fingerabdrücke auf der Farm sichergestellt. Offiziell bin also der Mann, der nicht unter den Toten und verschwunden ist. Dann ist da noch die Bekennerbotschaft mit meiner Stimme.«

»Ja, aber das verstehe ich trotzdem nicht ganz. Die Wahrscheinlichkeit, dass der Sprecher unter den Toten ist, dürfte hoch sein.«

»Stimmt. Aber das FBI will nicht noch mal einen Fehler machen und lässt diesen Punkt erst mal offen. Tote können schließlich keine Stimmprobe mehr abgeben. Aber die Sache mit den Fingerabdrücken ist eindeutig das größere Problem.«

»Aber wieso sind die auf Ihren Namen bekommen? Sie haben doch Undercover für das FBI gearbeitet ...«

»Was ein Teil des Problems ist. Sehen Sie, die einzigen, die eingeweiht waren, sind Marshall und Collins. Die Bezahlung sollte über die McCrays erfolgen, aber zu denen hatte ich keinen direkten Kontakt. Ich habe kein Dokument im Besitz, das meinen

Undercoverstatus bestätigen könnte. Als herauskam, dass ich neben McCray der einzige Überlebende des Massenselbstmords war, hat Marshall Collins kurzerhand suspendiert und mich mit einem Haftbefehl suchen lassen. Dazu kommt, dass ich bei meiner plötzlichen Abreise meinen Mietwagen auf der Farm in Brandy Station zurücklassen musste. Es war unvermeidlich, dass mein Name und der meines Auftraggebers Stealth Parachute irgendwann in den Ermittlungen auftauchen würde – auch ohne Marshall. Angesichts der Faktenlage war klar, dass es offiziell einen Schuldigen geben musste. Sie dürfen nicht vergessen, dass McCray als Aktivistin offiziell den Status eines Opfers hat – zumindest in den Medien. Collins konnte nicht mehr aussagen, weil sie von Marshall einen Maulkorb verpasst bekam, und Marshall brauchte einen Schuldigen. Ich war das perfekte Opfer, zumal McCray nicht auffindbar ist. Vielleicht existiert auch eine Aussage von ihr, dass ich das alles geplant habe, wer weiß? Marshall hat sogar Stealth Parachute kontaktiert, um mich zu finden, hat mir Trevor Hilson erzählt. Aber Trevor hat er nicht intensiver befragen können, denn der gilt als loyaler Vertragspartner des Pentagons und hatte in diesem Fall noch nicht einmal aussagen müssen, da das Pentagon jegliche Beteiligung bestritt. So bleibe nur ich übrig, den man noch jagen kann.«

»Na gut, aber rein theoretisch hätte man die Ermittlungen auch einstellen können, wenn man mit dem Selbstmord zufrieden gewesen wäre ...«

Der Amerikaner räuspert sich. »Nicht unbedingt. Es gibt noch eine weitere Person, die nicht gefunden wurde. Greg, der dritte Sprengstoffattentäter, wurde bisher nicht gefasst, geschweige denn identifiziert. Er steht mit dem verpixelten Tankstellenfoto auch auf der Liste.«

»Hm, trotzdem. Der war doch nach ihrer Aussage keine Hauptperson, eher ein Mitläufer. Marshall hätte die Ermittlungen in jedem Fall einstellen können ... Er wäre fein raus gewesen.

Der Haftbefehl gegen sie ist so eine Art Eingeständnis, dass der Fall noch offen ist.«

»Sie haben die McCrays vergessen. Die wollen um jeden Preis jegliche Schuld von ihrer Tochter ablenken. In ihren Augen trage ich die Hauptschuld. Wie ich hinter vorgehaltener Hand gehört habe, haben die McCrays Hilson nicht bezahlt und von Marshall verlangt, mich zur Rechenschaft zu ziehen.«

»Moment mal, das ist aber ein sehr durchsichtiges Manöver …«

»Der alte McCray braucht einen Schuldigen. Auge um Auge, Zahn um Zahn, oder so ähnlich.«

»Hm.« Ich überlege einen Moment, ob diese Erklärung schlüssig ist, muss aber einsehen, dass sie es ist. Und dass es wahrscheinlich ist, dass seine Tochter ihn darin noch bestärken wird. »Was hat Brenda Collins eigentlich zu der ganzen Geschichte und den Vorwürfen gegen Sie gesagt?«

»Sie weiß, dass ich mit dem Tod der Aktivisten nichts zu tun habe, aber sie wurde von Marshall kaltgestellt.«

»Was ist mit ihr passiert?«

Wieder nickt der Vollbart verständnisvoll. »Suspendiert. Es läuft eine Dienstaufsichtsbeschwerde wegen Fehlverhalten im Amt. Marshall hat es ihr sehr übelgenommen, dass sie mich für den Undercoverauftrag hinzugezogen hat. Aber mehr ist gegen sie nicht passiert. Ich weiß nicht, was sie seit ihrer Freistellung macht, aber ich vermute, dass sie noch in den Staaten ist.«

»Okay«, ich will schon aufstehen, bin aber immer noch neugierig. »Nehmen wir mal an, wir drucken ihre Version der Geschichte. Wie sollen wir überprüfen, dass sie wahr ist?«

»Lassen Sie mich es so formulieren: Es gibt auch keinen Beweis dafür, dass es anders war. Ich kann Ihnen eidesstattlich versichern, dass ich mit dem Tod der Aktivisten nichts zu tun habe. Trotzdem werde ich genau deswegen vom FBI als Verdächtiger gesucht. Fakt ist aber auch, dass deren Theorie verdammt dünn ist und viele Löcher hat, die sie mit Vermutungen stopfen. Helfen Sie mir, den Verdacht auszuräumen. Schreiben Sie meine Geschichte auf, sonst werden es die McCrays dieser Welt sein, die die Wahrheit bestimmen.«

Ich verschränke die Arme vor der Brust und überlege, ob ich seine Version wirklich glaubwürdiger finde als die von Marshall, komme aber zu keiner Entscheidung. »Um das Bild zu vervollständigen: Wohin sind Sie geflogen, nachdem Sie die USA verlassen hatten?«

»Zurück in den Senegal. Ich kannte das Land, hatte dort noch Freunde. Außerdem gibt es kein Auslieferungsabkommen.«

»Ist es dann nicht gefährlich für Sie, hier in Istanbul zu sein?«

»Nein, nicht, wenn ich einen falschen Namen bei der Anreise angebe.«

Jetzt bin ich es, der verständnisvoll nickt. »Könnten Sie nicht einfach mit einer anderen Identität in die USA einreisen?«

»Das könnte ich. Aber früher oder später würde man mich finden, weil meine Fingerabdrücke jetzt im System sind. Auf ein Katz-und-Maus-Spiel mit der Polizei habe ich keine Lust.«

»Ich verstehe. Aber ich bezweifle, dass ich da irgendetwas aus...«

»Hören Sie, ich will diese unsägliche Geschichte endlich aus der Welt schaffen. Mir geht es nicht darum, Crystal McCray hinzuhängen, aber ich will meinen amerikanischen Pass zurück. Deshalb meine Bitte, schreiben Sie meine Geschichte auf ...«

»Ich glaube Ihnen, aber bei allem Respekt, ein paar Zweifel bleiben ...«

»Okay, dann lassen Sie uns gemeinsam logisch denken. Warum sollte ich die Aktivisten töten? Ich hätte mich jederzeit ins Ausland absetzen können. Ich musste nicht bei ihnen bleiben. Der Rest wäre Sache des FBI gewesen.«

Ratlos hebe ich die Schultern. »Ich weiß es nicht.«

»Ich hatte überhaupt kein Motiv. Es gab nichts zu stehlen, nichts zu gewinnen. Ganz im Gegenteil. Es war doch klar, was passiert, wenn ich neben McCray der einzige Überlebende bin. Zumal ich mich bei dem Auftrag um die Erfolgssumme der McCrays gebracht habe.«

»Das stimmt, ja.«

»Das sind alles ziemlich starke Argumente, warum ich die Aktivisten nicht getötet habe. Kein Motiv. Allerdings habe ich einen großen Fehler gemacht.«

»Was meinen Sie?«

»Ich hätte die Gruppe früher verlassen sollen.«

Ich nicke.

»Aber ich bin geblieben, solange es ging. Immer in der Hoffnung, doch noch herauszufinden, wo Mickey den Sprengstoff hergestellt hat. Es war übrigens eine verlassene Scheune in Brandy Station. Keine fünf Meilen von der ursprünglichen Farm entfernt, habe ich später herausgefunden. Also, im Nachhinein war meine Anwesenheit überflüssig. Aber hinterher ist man immer schlauer.«

»Okay.«

»Überzeugt?«

»Noch nicht ganz. Ich werde eine Nacht darüber schlafen, mit Tiedemann reden und dann entscheiden.«

»Okay, damit kann ich leben.«

Ich stehe auf, um mir endlich etwas zu trinken zu holen. Mein Informant erhebt sich ebenfalls und will sich für heute verabschieden. Er hat recht, er hat alles gesagt. Ich muss mich entscheiden, ob wir die Geschichte bringen oder nicht. Er streckt mir die Hand entgegen. Ich ergreife sie.

»Wollen Sie mir nicht doch Ihren Namen sagen?«

»Nein, aus Sicherheitsgründen. Finden Sie ihn selbst heraus. Ein Tipp: Er steht auf der FBI-Most-Wanted-Liste. Und dann schreiben Sie meine Geschichte auf.«

»Exklusiv ...«

»Exklusiv, nur bei Ihnen. Vergessen Sie nicht, dass ich noch nie angehört worden bin. Und darauf hat doch jeder ein Recht, oder?«

Ich nicke. »Ich werde sehen, was ich tun kann. Wie kann ich Sie erreichen, wenn ich noch Fragen habe?«

»Gar nicht. Die Nummer, an die Sie mir getextet haben, wird es heute Abend nicht mehr geben. Mehr als das, was ich ihnen in den letzten Stunden erzählt habe, kann ich Ihnen auch nicht sagen.«

»Okay, verstanden. Fliegen Sie gleich weiter?«

Mein Gegenüber schaut auf die Uhr und nickt.

»Ich wünsche einen guten Flug.«

»Gleichfalls. Bleiben Sie noch eine Nacht. Sonst kommen Sie sehr spät heim.«

»Das werde ich tun.«

Wir geben uns noch einmal die Hand. Dann verlassen wir den Besprechungsraum in Richtung Lounge. Kurze Zeit später stehen wir in der Abflughalle. Nach einer erneuten kleinen Bestechung bringt mich der Amerikaner über das Treppenhaus zurück in die Ankunftshalle, damit ich ganz regulär die Passkontrolle passieren kann. Der merkwürde Mann mit dem Vollbart bleibt zurück, winkt mir noch einmal zu, dann verschwindet auch er. Ich kaufe mir noch eine Flasche Wasser, bevor ich den Flughafen verlasse, ein Taxi in die Stadt nehme und in einem kleinen Hotel in Laufnähe zum Taksim-Platz absteige. Ich bin todmüde von diesem Tag. Dieses Interview beschäftigt mich mehr, als mir lieb ist. Ein potenzieller Mörder und Terrorist erzählt mir seine Geschichte, eine Version, die so noch niemand erzählt hat. Ist das ein Coup, diese eine Chance, die man als Journalist nur einmal im Leben bekommt? Ich weiß es nicht. Was ich weiß, ist, dass ich noch jede Menge nachrecherieren musste, wenn mein Chef anbeißen würde. Den Fokus weg von dem Einzeltäter, mehr in Richtig der Militanz der Aktivisten legen. Je länger ich durch die belebten Straßen fahre, desto mehr überkommt mich die Zuversicht, dass mir diese Geschichte tatsächlich nutzen könnte. Vielleicht wäre das mein Sprungbrett zu einer Zeitung, die mehr als tagesaktuelle Bedeutung hat. Wer weiß das schon? Noch am selben Abend würde ich mit dem Schreiben beginnen.

Kapitel 46

Die Aktivisten der Eternal-Earth-Group sind tot und der einzig wirklich plausible Grund, warum ich auf der FBI-Liste stehe, ist, dass Bruce Marshall zwar ein schlechter Abteilungsleiter ist, aber kein schlechter Polizist. Der Journalist hat die Geschichte offensichtlich geschluckt, die Öffentlichkeit würde sie vielleicht auch schlucken, aber Marshall hat es nicht getan. Vielleicht muss ich den auch gar nicht überzeugen ... Vielleicht muss ich ihm nur eine plausible Alternative als Täter liefern, um die Ermittlungen ein für alle Mal zu beenden. Vielleicht kann ich es auch so machen wie Donald Trump oder Baron Münchhausen: Einfach eine gute Geschichte erzählen und sie als Wahrheit verkaufen, egal, ob sie stimmt oder nicht. Das passt perfekt in unser postfaktisches Zeitalter. Die gefühlte Wahrheit zählt, nicht die Wahrheit selbst. Die stört nur. Den Journalisten habe ich schon damit eingefangen. Der ist so dermaßen beseelt von seiner Exklusivgeschichte, dass er gar nicht bemerkt hat, dass ich nicht zum Gate gehe. Ich beobachte ihn eine Weile, wie er durch die Passkontrolle läuft, sich etwas zu trinken kauft und dann verschwindet. Ich warte noch einige Minuten, nur um sicherzugehen, dass er wirklich weg ist. Dann passiere ich mit meinen gefälschten Papieren ebenfalls die Passkontrolle und bringe den Samsonite-Trolley zu dem Geschäft zurück, in dem ich ihn am Morgen gegen eine Gebühr ausgeliehen habe. Es ist immer noch dieselbe Verkäuferin, die ihr schwarzes Haar zu einem Pferdeschwanz zusammengebunden hat und sich in den Semesterferien ein Zubrot verdient, wie sie mir am Morgen erzählt hat. Ich habe ihr sechzig Dollar gegeben und sie gebeten, mir dafür einen retournierten Koffer zu leihen und mir bei der Rückgabe dreißig Dollar zurückzugeben. Den Rest konnte sie behalten. Sie hatte sofort zugesagt. Wie gut, dass es in der Türkei wenig gab, was man nicht mit Geld regeln konnte ... Ich würde am Abend zurück sein, habe ich versprochen. Der Koffer war nur eine Art Tarnung, damit ich als ein Geschäftsmann auf der Durchreise wirke. Es scheint funktioniert zu haben. Noch bevor ich das Flughafengebäude verlasse, zücke ich mein Smartphone und wähle eine Nummer.

»Hey, Brenda, wir sind fertig.«

»Und? Wie ist es gelaufen? Hat er die Geschichte geschluckt?«

»Ich denke schon.«

Ich kann ihr Grinsen förmlich hören. »Perfekt. Dann warten wir mal ab, was passiert. Hoffentlich dauert es nicht so lange ...«

»Hm. Über einen Zeitplan haben wir nicht gesprochen. Aber wie gesagt, es ist ein Versuch mit geringer Erfolgswahrscheinlichkeit.«

»Besser als nichts.«

»Ja, besser als nichts. Aber du weißt, du kannst jederzeit wieder nach Amerika zurückkehren.«

»Nicht ohne dich ...«

Ich lache auf. »Wie geht es Crystal?«

»Gut. Sie war heute nicht so deprimiert wie sonst. Sie hat an der Uni ein bisschen Türkisch gelernt. Soll ich was zu essen machen, wenn du kommst?«

»Nein, nein. Ich habe mich in der Lounge bedient.« Ich winke ein Fahrzeug heran. »Ich nehme das Taxi. Bis gleich.«

»Bis gleich.«

Die Lichter der Stadt ziehen an mir vorbei. Die Geschichte, die ich dem Reporter erzählt habe, ist eine wirklich gute Geschichte, eine plausible Geschichte, es ist eine Geschichte, die das FBI tatsächlich nicht mit Beweisen widerlegen kann. Leider habe ich einen Teil weglassen müssen – den entscheidenden Teil. Es ist der Teil, der erklärt, warum McCray mit Brenda und mir in Istanbul ist. Es ist der Teil, den Bruce Marshall ahnt, aber selbst mit Brendas Hilfe nicht beweisen könnte. Und er dreht sich um die Frage, wer die Mitglieder der Eternal-Earth-Group wirklich vergiftet hat.

Nicht nur Marshall verdächtigt mich – auch der Journalist wird das tun. Ich habe es in seinen Augen gesehen. Trotzdem wird er den Artikel schreiben. Die Geschichte ist einfach zu gut und eine gute Story findet immer Leser. Außerdem hat er diese Story exklusiv. Und ohne Beweise ist sie genauso gut wie die des FBI. Vielleicht, so hofft Brenda, reicht das aus, um die Ermittlungen gegen mich in eine andere Richtung zu lenken, sodass wir gemeinsam in die Staaten zurückkehren können. Mir ist es eigentlich nicht so wichtig, aber ihr schon ... und den McCrays wahrscheinlich auch, denn die hätten mich gern in der Nähe ihrer Tochter, falls sie sich entscheidet, wieder nach Hause zurückzukehren. Aber ich schweife ab. Alles der Reihe nach. Die entscheidende Wende nimmt die Geschichte nach dem Umzug auf die Farm bei Fredericksburg ...

Kapitel 47

Ich hatte gerade die alte Harley fahrfertig bekommen und war zum Einkaufen an die nächstgelegene Chevron-Tankstelle gefahren. In der Tankstelle liefen die Live-Nachrichten auf einem TV. Der Tankwart, ein Kerl in meinem Alter, schüttelte andauernd den Kopf, als ich eintrat, um das Benzin und eine Zündkerze zu bezahlen, die gleich neben dem Eingang gehangen hatte.

»Wie, ein Anschlag?«, fragte ich beiläufig.

»Und was für einer. Zwei Schwerverletzte. Diese Terroristen sind doch nicht ganz dicht.«

Ich ging nicht darauf ein, sondern bat um das Telefon. Ich setzte mich abseits an einen kleinen Tisch, um nicht direkt neben dem Herrn hinter dem Tresen telefonieren zu müssen.

Von dort rief ich zuallererst Trevor Hilson an. Schließlich war er mein Auftraggeber und Freund. Er war sofort am Apparat.

»Hey Trev, wie viel bringt dir der Auftrag der McCrays?«

»Warum fragst du mich das? Dein Honorar bei Erfolg der Mission liegt bei einer viertelmillion Dollar. Worum geht es eigentlich?«

»Mit Crystal McCray kann man nicht verhandeln. Es gibt jetzt zwei Möglichkeiten ...«

»Ja?«

»Erstens: Wir beenden die Mission und du teilst den McCrays

mit, dass ihre Tochter freiwillig nicht zurückkommen wird. Die Mission ist also gescheitert …«

»Und zweitens?« Hilsons Verärgerung war nicht mehr zu überhören.

»Trev, eine Viertelmillion ist für mich zwar viel Geld, aber nicht für dich. Ich weiß nicht, wie groß deine Marge ist, aber ich denke, du wirst es verschmerzen können.«

»Und zweitens?« Ich hatte wohl einen wunden Punkt bei ihm getroffen.

»Wenn sie nicht freiwillig mitkommen will, Trev, dann wäre Option zwei eine Entführung. Ich bringe sie ins Ausland, besorge ihr einen Platz in einer Entzugsklinik und wenn alles gut läuft, dann ist sie in ein paar Monaten wieder clean. Ob sie jemals zu ihren Eltern zurückkehrt, kann ich nicht versprechen.«

»Das ist doch, psss …«

»Trev, wir sind von falschen Voraussetzungen ausgegangen. Mickey hat McCray vielleicht in die Eternal-Earth-Group hineingezogen, aber McCray teilt hier die Schläge aus. Sie ist der Kopf der Bande, der den bürgerlichen Schein wahrt. Mickey und dieser Conor Bauer machen die Drecksarbeit.«

»Tja, irgendetwas hat sie dann ja doch von ihren Alten gelernt.«

»Was sagst du zu Option Nummer zwei?«

»Ich lasse es mir durch den Kopf gehen. Außerdem muss ich mit McCray reden.«

»Mach das. Für Option zwei ist mein Honorar übrigens viel zu niedrig. Ich werde monatelang mit ihr abtauchen müssen.«

»Über was für eine Summe reden wir?«

»Fünf Millionen.«

Hilson lachte heiser, schien sich gar nicht einzukriegen. »Fünf Millionen?« Er lachte weiter. »Du hättest Geschäftsführer dieses Unternehmens werden sollen. Du hast sie nicht alle.«

»Fünf Millionen, wenn die Entführung klappt, die Hälfte für

den Versuch. Denk daran, ich trage das Risiko, denn wenn es schiefgeht, gibt's für mich keinen Plan B. So gesehen sind fünf Millionen eine angemessene Entschädigung für ein neues Leben im Schatten, findest du nicht? Zumal es nicht viele Orte gibt, an denen man mich nicht aufspüren kann. Ich werde also sehr beweglich sein müssen. Und beweglich sein ist teuer. Das weißt du am allerbesten.«

»Fünf Millionen ...«

»Ich werde später hoffentlich selbst mit McCray telefonieren. Ich werde ihm die neue Entwicklung klarmachen und auch meinen Plan erläutern. Den Rest musst du mit ihm klären. Wie ich dich kenne, wirst du die Summe sowieso verdoppeln. Aber das ist für mich okay.«

»Nett von dir. Aber willst du dir nicht noch einen Tag Zeit lassen, bis du dich engültig entscheidest, die zweite Option zu ziehen?«

»Nein, eigentlich nicht.«

Damit war das Gespräch beendet. Ich wusste, dass Hilson über meinen Vorschlag nachdenken und mit McCray sprechen würde. Natürlich waren fünf Millionen Dollar eine deftige Summe, aber mein Angebot hatte für die Familie einige Vorteile. Und schließlich würde ich ihre abtrünnige Tochter mehrere Monate babysitten müssen, und wer wusste schon, was ihr noch alles einfallen würde, um mich zu hintergehen, sich an mir zu rächen und als Trottel dastehen zu lassen. Ich sah das Geld auch als eine Art Entschädigung für alles, was die letzten Tage passiert war und alles, was noch kommen würde. Und wenn Trevor Hilson mir nicht helfen würde, dann müsste ich mir eben einen anderen Weg suchen. Als Nächstes wählte ich Brendas Nummer.

Kaum ertönte das erste Freizeichen, da war sie bereits am Apparat.

»Hi, Brenda, wir sind um ...« Ich kam nicht mehr dazu, meinen Satz zu beenden.

»Du musst sofort von der Farm verschwinden, hörst du? Wir übernehmen ab hier. Gibt es was Neues über Mickey?«

»Ähm, ja, nein. Also, ja, ich kratze die Kurve, aber noch nicht jetzt. Und nein, ich weiß nicht, wo Mickey steckt. Er hat uns heute morgen auf einer Farm sieben Meilen westlich von Fredericksburg abgesetzt. Seitdem ist er wieder abgetaucht.«

»Verschwinde jetzt. Sonst kann ich nichts mehr für dich tun.«

»Das mache ich, versprochen. Aber vorher kläre ich mit den alten McCrays, wie der Auftrag zu Ende gebracht werden soll.«

Collins schien irritiert. »Was hast du vor?«

»Crystal McCray nach Hause zu bringen. Aber anders, als wir besprochen haben. Es ist besser, wenn du nicht mehr weißt. Trotzdem brauche ich deine Unterstützung.«

»Wenn du irgendein krummes Ding planst ...«

»Nein, nein«, unterbrach ich sie. »Alles wird in Absprache mit den McCrays stattfinden. Deshalb muss ich mit ihnen sprechen. Gib mir die Nummer. Bitte.«

»Moment ...« Sie suchte die Nummer. Ich hörte das Papier am anderen Ende rascheln. Ich bat den Tankwart mit einer Geste, mir ebenfalls Stift und Papier auszuleihen. Er reichte mir einen bereits vollgekritzelten Block. Die erste Seite riss ich ab, ohne nachzufragen.

»Ich weiß nicht, ob das wirklich eine gute Idee ist. Aber vermutlich kann nicht noch mehr schiefgehen ... Auf der anderen Seite hat es ein paar Aktivisten gebraucht, die sich als echte Terroristen entpuppt haben, damit Marshall mich endlich ernst nimmt. Wir nennen Mickey, Bauer und Co übrigens die Tree Bomber. Die Sonderkommission heißt ebenso.«

Ich musste tatsächlich lachen. »Die hättet ihr lieber Broken Crystal nennen sollen. Das Mädchen steckt nämlich hinter allem, hält sich aber aus den gefährlichen Sachen raus. Mickey ist nur ein Handlanger.«

»Aber ein gefährlicher Handlanger.«

»Das stimmt ...«

»Also, hier ist die Nummer ...«

Sie diktierte und ich schrieb mit. »Wenn ich die McCrays erreiche, wird alles sehr schnell gehen. Spätestens morgen verschwinde ich, egal was passiert. Kannst du den Einsatz so lange rauszögern?«

»Klar. Dem GPS-Tracker an Mickeys Wagen ist der Saft ausgegangen. Derzeit können wir nur die Kennzeichen überwachen. Aber auf dem platten Land sind wir quasi blind ...«

»Auch gut. Hier auf der Farm werdet ihr eh keinen Sprengstoff finden. Sie dient wie Brandy Station nur als Kommandostation, und Mickey kommt gelegentlich vorbei, um sich mit Miss McCray eine schöne Viertelstunde zu machen. Und um sich seine Instruktionen abzuholen. Ich brauche noch eine Nacht ohne Polizeiintervention.«

»Okay. Die kriegst du. Wir konzentrieren uns derzeit sowieso fast nur auf D.C.«

»Danke. Ich telefoniere übrigens aus einer Tankstelle, weil mein Telefon ...«

»Ja, ich weiß. Wir haben dein Smartphone im Kühlschrank der Farm in Brandy Station gefunden. Danke, dass du alles vorher gelöscht hast. Den Mietwagen haben wir übrigens auch sichergestellt ...«

»Ist das ein Problem?«

»Nein, bisher nicht. Die Fahrzeugüberprüfung läuft, aber bis da dein Name auftaucht, wird es noch eine Weile dauern. Und was deine Stimmbotschaft betrifft: Auch Marshall hat die Stimme noch nicht mit dir in Zusammenhang gebracht. Du solltest also in der nächsten Zeit nicht mit ihm telefonieren ...«

»Sehr witzig.«

»Mach dir deswegen also im Augenblick keine großen Sorgen. Erste Priorität hat bei uns derzeit die Verhinderung weiterer Anschläge.«

»Danke, Brenda.«

»Für was?«

»Für alles.«

Eine Weile sagte keiner ein Wort. Dann sprach ich aus, was ich eigentlich nicht sagen wollte. »Es kann sein, dass ich für einige Zeit ins Ausland verschwinden muss.«

»Das hatte ich befürchtet. Irgendwie verlassen mich die Männer in meinem Leben immer fluchtartig. Bis auf den ersten. Da war es andersherum.« Sie lachte auf, aber es war kein freundliches Lachen, sondern ein zynisches. »Das wird wohl ewig mein Problem bleiben. Ich drücke dir jedenfalls die Daumen.«

»Vielleicht kommst du mich ja mal besuchen, wenn das hier vorbei ist.«

»Mal schauen, wie das alles endet …«

»Gibt es irgendetwas, dass ich noch wissen sollte?«

»Nein, ich habe nur keine Lust, dich im Gefängnis zu besuchen. Also beeil dich, sieh zu, dass du Land gewinnst.«

Ich grinste dämlich ins Telefon. »Zu Befehl, Agent Collins. Ich melde mich.« Dann verabschiedeten wir uns.

Ich wollte gerade die Nummer der McCrays wählen, da unterbrach mich der Tankwart.

»Wenn Sie noch länger telefonieren, gehen wir hier Pleite.«

Ich holte einen Zwanzigdollarschein aus der Hosentasche und warf ihn auf den Tresen. Der Kerl nickte, verbuchte ihn aber nicht in der Kasse, sondern steckte ihn ein. Wo man auch hinschaute, jeder war sich selbst der Nächste …

Ich wählte die Nummer, die Brenda mir gegeben hatte.

Das Freizeichen ertönte sieben, acht Mal und ich wollte schon auflegen, da knackte es in der Leitung.

»Ja?« Es war eine Männerstimme. Sie war sehr tief, unangenehm, hart.

»Mister McCray?«

»Wer ist da?«

»Ihr Babysitter.«

Mein Gesprächspartner überlegte einen Moment. Es war McCray, da war ich mir ziemlich sicher.

»Was wollen Sie?«

»Es geht um ihren Auftrag. Es kann sein, dass wir mit dem ursprünglichen Plan nicht erfolgreich sind. Und um den Plan zu ändern, muss ich direkt mit Ihnen sprechen. Ohne Mittelsmänner. Kein Trevor Hilson von Stealth Parachute oder Brenda Collins vom FBI.«

Keine Antwort.

»Die Situation ist folgende: Ihre Tochter wird die Aktivistengruppe nicht freiwillig verlassen. Ich weiß nicht, wie viel Collins Ihnen erzählt hat, aber Ihre Tochter ist nicht zufällig bei der Gruppe. Sie ist nicht nur das Sprachrohr, sie ist der Kopf. Die Bilder im Fernsehen von den Anschlägen in D.C. sprechen für sich. Was bedeutet, dass es auch für Sie schwierig sein wird, Ihre Tochter vor dem Gefängnis zu bewahren.«

McCray stöhnte auf. Ich ließ ihn die Information für einen Moment verarbeiten.

»Sie wird sich für die Anschläge verantworten müssen, Mister McCray. Es sei denn …«

»Was soll das heißen?«

»Dass es noch eine Möglichkeit gibt, Ihrer Tochter das Gefängnis zu ersparen. Wenn man sie von der Gruppe trennen kann. Und das war doch der Auftrag, oder?«

»Was schlagen Sie vor?«

»Mit Ihrer Erlaubnis bringe ich sie ins Ausland. Dort wird Sie einen Entzug machen müssen und sich ans normale Leben gewöhnen.«

»Aber sie geht doch nicht freiwillig …«

»Nein. Ich biete Ihnen daher einen Weg an. Ich werde sie entführen – mit Ihrem Segen.«

McCray schluckte, dann fragte er: »Wohin werden Sie sie

bringen? Und wie lange wird es dauern, bis meine Frau sie besuchen kann?«

»Was die erste Frage betrifft: Das werde ich noch entscheiden. Hängt auch vom Budget ab. Bei der anderen Frage liegt die Entscheidung nicht bei mir, sondern bei Crystal.«

»Sie hat sich so verändert ... Sie war eine Tochter, wie man sie sich nur wünschen kann – bis sie diesen Mickey kennengelernt hat. Seitdem ist sie total durchgedreht. Wie ist Ihr Eindruck?«

»Hm. Schwierig zu sagen. Sie ist von der Idee besessen, dass die Erderwärmung uns alle demnächst umbringt. Um das zu verhindern, ist sie bereit, jedes Mittel in Kauf zu nehmen, egal ob sinnvoll oder nicht. Und wer nicht für sie ist, ist automatisch gegen sie. Sie möchte allen Menschen ihren Willen aufzwingen. Ob das in ihrer Natur liegt, können nur Sie sagen, Sir ...«

»Ja, diesen Charakterzug hat sie. Meine Frau hat sie immer in Schutz genommen, wenn sie unbedingt dies oder jenes haben wollte. Sie hat immer für alles Verständnis gehabt. Es war nicht gut, Crystal immer alles zu geben, ihr nie Grenzen zu setzen. Ich hätte mich mehr in ihre Erziehung einmischen sollen. Den Fehler nehme ich auf meine Kappe.«

Mit so viel Einsicht hatte ich nicht gerechnet. Die Frage war, ob McCray bereit war, für seine Tochter gegen das Gesetz zu verstoßen.

»Die Vergangenheit können wir nicht mehr ändern, Mister McCray. Wie steht es um die Zukunft?«

»Wie viel Zeit haben wir noch?«

»Vielleicht keine mehr. Innerhalb der nächsten vierundzwanzig Stunden kann alles passieren: ein weiterer Anschlag, eine große Polizeiaktion, was auch immer. Und Ihre Tochter wird sich mittendrin befinden. Und ich traue ihr durchaus zu, dass sie nicht kampflos aufgeben wird.«

»Mein Gott.« McCray atmete tief aus. »Wissen Sie, Crystal hätte es mehr als verdient, wenn sie die gerechte Strafe bekäme.

Aber das kann ich meiner Frau nicht antun. Und sie ist unsere Tochter ...«

»Ich verstehe, Sir. Da ist noch etwas. Wenn Sie sich für die Auslandsoption entscheiden, müssen wir über Geld sprechen. Ich gehe ein Risiko ein, kann vielleicht selbst nie wieder in die Staaten zurückkehren. Das FBI ...«

»Wie viel?«

»Trevor Hilson wird Sie in Kürze kontaktieren. Er wird ihnen die Summe nennen, die diese Aktion kosten wird. Die Summe ist nicht verhandelbar. Wenn das Geld auf meinem Konto eingegangen ist, geht es los.«

»Wie erfahre ich, ob die Aktion geklappt hat? Und wie es weitergeht?«

»Über Trevor Hilson. Es kann aber ein paar Tage dauern, bis ich mich melde. Es wird wichtig sein, Ihre Tochter so schnell wie möglich in eine Entzugsklinik zu bringen.«

»Ist es so schlimm mit den Drogen?«

»Sie ist hochgradig kokainabhängig.«

Stille.

»Geben Sie mir eine Viertelstunde, um darüber nachzudenken.«

»Kontaktieren Sie Hilson, wenn Sie ihre Entscheidung getroffen haben.«

»Ich melde mich ...«

Dann hatte McCray aufgelegt. Jetzt würde ich auf den Anruf von Trevor warten. Aber dazu brauchte ich erst einmal ein neues Prepaid-Handy. Ich gab dem Tankwart das Telefon zurück.

»Kann ich noch einen Helm kaufen? Hab meinen vergessen.«

Der Tankwart nickte und brachte mir ein ganz einfaches Modell Marke Kochtopf mit einer Art Skibrille. Das passte zur Harley. Ich zahlte den Helm mit einem Hunderter. Als ich den Tankwart durchdringend anblickte, rückte er die 20 Dollar Wechselgeld heraus.

»Und gibt es in der Nähe einen Shop für Smartphones?«

»Zwei Meilen die Straße runter auf der rechten Seite. Der Besitzer heißt Evan. Er hat den Laden E-fans' getauft.«

»Sehr kreativ. Danke.«

Ich kaufte in der Tankstelle noch Getränke, ein paar Snacks und eine Schale abgepackten Obstsalat ein, um nicht noch einmal an einem Supermarkt halten zu müssen und Zeit zu sparen. Dann fuhr ich zu Evans E-fans'.

Kapitel 48

Mit einem Prepaidsmartphone in der Hand hielt ich mit der Harley in einer Nothaltebucht auf der Landstraße zur Farm. Direkt nach Freischaltung des Telefons rief ich Trevor Hilson an.

»Hat sich Mr. McCray gemeldet?«, kam ich sofort zur Sache.

»Hat er.«

Wie erwartet war McCray ein Mann der Taten und nicht der Worte. Er hatte sich also bereits entschieden.

»Das Geld wird innerhalb der nächsten Stunde auf deinem Konto eingehen. McCray ist zwar wenig begeistert von deinem Alleingang, aber er hat wohl keine Wahl. Ich habe ihm ausdrücklich versichert, dass du mein zuverlässigster Mann bist.«

»Danke.«

»Und noch was.«

»Ja?«

»Wenn seiner Tochter etwas passiert, wird das FBI dein geringstes Problem sein.«

»Keine Sorge. Die größte Gefahr für sie ist sie selbst. Ich melde mich, sobald wir uns abgesetzt haben.«

Trevor antwortete nicht mehr, sondern hatte aufgelegt. Irgendwie mochte ich Hilsons pragmatische Art – solange die Kasse stimmte, stellte er keine nervigen Bedingungen. Mit neuer Entschlossenheit fuhr ich zurück zum Farmhaus.

Als ich dort ankam, war es Mickey, der mir aus dem Haus zuwinkte. Ich hatte nicht erwartet, ihn hier zu sehen. Erst kurz vor dem Haus sah ich, dass er den Pick-up hinter dem Gebäude geparkt hatte, damit er von der Straße nicht zu sehen war. Die Anwesenheit von Mickey machte meinen Plan komplizierter. Auch deswegen, weil es möglicherweise nicht lange dauern würde, bis das FBI auftauchte. Zum Glück hatte der GPS-Tracker schlapp gemacht. Trotzdem, diese Art von Aufmerksamkeit konnte ich momentan überhaupt nicht gebrauchen. Mickey war ein unkalkulierbarer Risikofaktor in dem Ozean an Unwegsamkeiten, die meinem Plan gefährlich werden konnten. Kurz gesagt, Mickey musste weg.

»Ey, Mickey«, rief ich ihm zu, »du hast Mumm. Vom FBI gesucht, und trotzdem hier. Findest du es schlau, zurückzukommen?«

»Wir haben was zu feiern. Hast du Bier mitgebracht?«

»Nein. Wozu brauchst du Bier, wenn du Koks hast?«

Mickey grinste verschwörerisch. »Koks bringt Crystal richtig auf Touren, das stimmt. Aber Bier wäre trotzdem nicht schlecht. Fährst du noch mal los?«

»Kommt darauf an. Was gibt es denn zu feiern?«

»Die heutige Aktion hat so richtig gezündet, wenn du verstehst, was ich meine. Crystal findet es mega. Danach hat sich in D.C. kaum noch jemand auf die Straße getraut. Morgen werden es noch weniger sein. Versprochen.«

»Ich habe ich gehört, dass es zwei Schwerverletzte gab.«

Mickey winkte ab. »Kollateralschaden. Die kommen durch.«

»Verletzte Bürger sind immer ein Problem, Mickey.«

»Jetzt mal nicht so schwarz. Unsere Aktionen schlagen große Wellen! Nur das ist wichtig!«

»Wir haben nur das Problem, dass die Polizei jetzt hinter uns her ist. Mein Vorschlag ist, dass du zu Conor fährst und ihn bittest, die nächste Aktion zu verschieben.«

»Nein. Warum?«

»Damit die Situation sich wieder beruhigt. Wir müssen wieder zurück zum gewaltfreien Widerstand. Beschränken uns auf Demos.«

»Zu spät. Wir haben schon alles für morgen früh vorbereitet.« Mit diesen Worten verschwand Mickey im Haus.

»Scheiße«, sagte ich und dachte an den Fernzünder, den ich beim Mähen der Wiese gefunden hatte. Vermutlich mussten Mickey oder Conor nur noch eine Nummer auf dem Telefon wählen, dann flogen die nächsten Bäume in die Luft.

Ich ging ins Haus, stellte den Einkauf in der Küche ab und bediente mich am Obstsalat. Die Gruppe saß gebannt im Wohnzimmer vor einem Laptop mit den Live-Nachrichten. Das Interview mit Bruce Marshall wurde angekündigt. Marshall zeigte Mickeys und Conors Fotos und bat die Öffentlichkeit um Mithilfe beim Finden der Täter, die für die Sprengstoffanschläge in D.C. verantwortlich waren.

Plötzlich drehte sich Mickey zu mir um: »Siehst du, es ist besser, wenn ich hierbleibe. Die suchen mich überall.«

McCray und Mickey klatschten sich ab. Dann küssten sie sich ausgiebig. Nach der nächsten Prise Koks würden sie wieder irgendwo verschwinden. Ich rollte nur mit den Augen. Dieses Lustspiel würde ich mir nicht antun. Außerdem hatte ich noch einiges zu erledigen.

Ich baute die Zündkerze ins Motorrad ein, schwang mich darauf und fuhr zur nächsten Haltemöglichkeit auf der Hauptstraße, damit keiner von den Aktivisten mitbekam, dass ich wieder ein Telefon zur Verfügung hatte. Eigentlich hätte mir das egal sein können, aber ich wollte keine unnötigen Fragen beantworten, bevor ich meine Aktion durchführte.

Ich überprüfte das Telefon. Tatsächlich waren alle meine Kontakte wiederhergestellt, nachdem ich mich bei meinem Google-Konto angemeldet hatte. Doch bevor ich jemanden anrief, prüfte ich den Geldeingang. Ich mochte es kaum glauben, aber es war da. Eine Überweisung von zweieinhalb Millionen US-Dollar von einem Konto auf den Cayman Islands. Damit hatte der alte McCray die Option 2 ins Rollen gebracht. Nun gab es kein Zurück mehr. Als Erstes brauchte ich irgendein Narkotikum. Sofort fielen mir die Namen verschiedener Ärzte ein, die für Stealth Parachute arbeiteten. Die kämen garantiert an solche Substanzen.

Doch überlegte ich hin und her. Ich könnte meine Liste an Kontakten durchtelefonieren, die ich noch hatte, und Absage um Absage kassieren. Einige der Nummern wären vielleicht nicht mehr aktuell. Außerdem war da noch das Zeitproblem – ich brauchte das Narkotikum schnell. Und dann war da noch der Jet, mit dem ich morgen früh außer Landes fliegen musste. Also rief ich Trevor Hilson ein weiteres Mal an.

»Hi Trev, danke für deine warmen Worte gegenüber McCray.«

»Ach, du schon wieder. Ich dachte, von dir höre ich nie wieder ...«

»Bald bist du mich los.«

»Also, was brauchst du?««

»Einen Doc hier in der Nähe und einen Jet.«

»Jet ist kein Problem, wenn du ihn zahlst.«

»Zieh es von meinem Honorar ab.«

»Ich überleg's mir.«

»Dachte ich mir. Jet mit Crew brauche ich am Culpeper Airport. Spätestens morgen früh.«

»Organisiere ich dir. Den Doc ...«

Ich hörte, wie er auf der Tastatur suchte.

»Pfff. Sind alle im Einsatz. Ich kann dir einen Medizinmann anbieten.« Medizinmann war entweder ein Apotheker oder ein Ersthelfer auf dem Schlachtfeld. Beides passte gut.

»Den nehme ich.«

»Kontaktdaten kommen sofort.«

»Alles klar. Danke. Ich melde mich.«

»Viel Glück. Versau es nicht, sonst haben wir wieder einen Auftrag weniger.«

»Ein bisschen Vertrauen, mein Lieber.«

Wir verabschiedeten uns, dann legte ich auf. Kurze Zeit später kam die Kontaktadresse, fünf Minuten später war ich wieder unterwegs.

Kapitel 49

Es grenzte an ein Wunder, dass die alte Harley von Meile zu Meile besser lief. Obwohl sie jahrelang unbenutzt in dem Schuppen gestanden hatte, hatte ich das Gefühl, dass der Motor weniger Aussetzer hatte, je mehr er gefahren wurde. Das konnte an der neuen Zündkerze liegen, denn der Blaurauch aus dem Auspuff nahm ebenfalls ab. Zudem war der Motor leiser geworden, oder ich hatte mich bereits an das Ungetüm gewöhnt. Wie auch immer, keine Stunde später war ich mit dem Zweirad über die Interstate nach Alexandria gefahren. In einem Wohnviertel, in dem jedes Haus gleich aussah, klopfte ich an eine Tür, die mir Hilsons Medizinmann als seine Adresse genannt hatte.

Der Medizinmann hieß Charly Spencer, und ich kannte ihn von einem kurzen Einsatz im Kongo. Spencer war uns damals als Sanitäter mitgeschickt worden, als Stealth Parachute den Auftrag eines chinesischen Unternehmens bekommen hatte, eine neu erworbene Kupfermine zu sichern. Spencer war ein guter Mann – verschwiegen und professionell.

Er war ein chinesischstämmiger kleiner, drahtiger Typ, der sich seit unserem letzten Treffen vor einigen Jahren ordentlich Muskeln antrainiert hatte.

Mit ein aufrichtigen »Hey« begrüßten wir uns, schlugen die Hände ein und umarmten uns kurz wie alte Freunde. Irgendwie passte diese Geste. Schließlich war Stealth Parachute für viele von uns eine Art Familie.

Jeder musste sich auf den anderen verlassen können, sonst funktionierte die Zusammenarbeit nicht.

»Schön, dich zu sehen, Charly. Gut in Form wie immer.«

»Gleichfalls. Komm rein.« Er schloss die Tür hinter mir. »Du hast wie immer richtig beobachtet. Ich war schon auf dem Weg zum Training. Trevor sagt, du brauchst irgendwas von mir?«

»Richtig. Eine Substanz, bei der man schön schläft und die man auch schnupfen kann.«

»Puh, okay. Weiß nicht, ob ich da das Richtige habe. Ich würde dir Fentanyl empfehlen, da ist man schön weg, aber das ist flüssig. Mit K.-o.-Tropfen kann ich dir nicht dienen. Du brauchst es für einen Job, oder?«

»Ja, klar. Kokain und dieses Fentanyl, verträgt sich das?«

»Keine Ahnung, Mann. Das musst du die Fixer fragen. Ich geb dir ein, zwei Ampullen mit, aber sei vorsichtig. Es ist sehr hoch dosiert.« Er verschwand kurz im Haus und kam mit Glasampullen, Spritzen und Kanülen zurück. »Zur Not musst du es spritzen. Am besten intravenös, aber wenn das nicht geht, dann irgendwohin. Das verteilt sich schon. Nimm einen halben Milliliter.« Er zeigte auf die Skala auf der Spritze. »Das sollte für vier, fünf Stunden Tiefschlaf reichen.«

»Aber das Zeug ist flüssig …«

»Ich hab kein Pulver. Was soll ich damit? Das dauert im Notfall viel zu lange, die Dosis vorzubereiten. Erst auflösen, dann in Spritze aufziehen …«

»Ich hab's verstanden, Charly«, unterbrach ich ihn. »Will dich gar nicht länger aufhalten. Ich lass mir was einfallen. Schulde ich dir was?«

Spencer winkte ab. Wir umarmten uns noch mal, dann war ich schon wieder auf dem Weg Richtung Farmhaus.

An einer Tankstelle kaufte ich zwei Sechserpacks Pabst Blue

Ribbon – das günstigste Bier, dass landläufig nur PBR genannt wird. Kenner streiten sich darum, ob Bud Light oder PBR die geschmacklosere Plörre war. Meinen Durst traf beides nicht, aber mehr Geld wollte ich für Alkohol nicht ausgeben. Vermutlich spielte die Biersorte bei den Aktivisten der Eternal-Earth-Group überhaupt keine Rolle. Hauptsache war, dass es Alkohol enthielt, und das war auch bei PBR der Fall.

Ich fand das Farmhaus genau so vor, wie ich es verlassen hatte. Dass ich fast drei Stunden unterwegs gewesen bin, war überhaupt niemandem aufgefallen. Meine Ankunft wurde mit einem teilnahmslosen Nicken kommentiert. Die Gruppe saß noch immer gemeinsam vor dem Laptop und verfolgte gespannt die Nachrichten.

»Will jemand Bier?«, fragte ich. Drei Hände gingen hoch. Ich verteilte die Dosen und reichte eine weitere an Mickey weiter, obwohl er die Hand nicht gehoben hatte. Ich dachte mir meinen Teil. Dieses sprunghafte Verhalten war typisch für Junkies wie Mickey und Crystal McCray. Höchste Zeit, dass ich eingriff – zumindest bei McCray. Ich war sowieso gespannt, wie es für den Rest der Aktivisten weiterging, wenn McCray weg war. Das FBI würde Mickey, Conor und Greg irgendwann fassen. Wenn McCray nicht mehr dabei war, würde sich die Gruppe in Windeseile auflösen. Die meisten waren nur Mitläufer, die McCray folgten, damit sie sich um ihr eigenes Leben keine Gedanken machen mussten. Wenn McCray nicht mehr da war, würde alles zusammenbrechen, weil der tragende Balken fehlte.

»Packe das Bier in den Kühlschrank«, rief ich laut, nur um zu überprüfen, ob mir überhaupt jemand zuhörte.

Keine Antwort. Dabei wusste jeder, dass der Kühlschrank im Haus kaputt war. Es machte also überhaupt keinen Sinn, dort etwas hineinzupacken. Aber alle waren wie hypnotisiert durch die Nachrichten, die die Ereignisse aus D.C. immer und immer wiederholten.

Wie erwartet stand die Tajine mit dem Vorrat an Kokain auf dem Küchentisch. Ich hob den Deckel an. Der Boden des Gefäßes war noch komplett mit dem weißen Pulver bedeckt. Das Zeug musste zigtausend Dollar wert sein. Das war wohl auch der Hauptgrund, warum McCray nicht mit ihrem großzügigen Taschengeld auskam. Ich verschloss die Tajine wieder und setzte mich damit vor das Haus. Dort würde ich hören, wenn jemand nach mir oder dem Koks suchte.

In Wirklichkeit hatte ich einiges vorzubereiten. Der Medizinmann hatte mir Ampullen gegeben. Irgendwie musste ich es schaffen, die Flüssigkeit mit dem Pulver zu vermengen, ohne dass es diesen Koksnasen auffiel. Ich brach die erste Glasampulle auf, zog den gesamten Inhalt in eine Spritze, überprüfte die Dosis und begann, die Flüssigkeit langsam auf das Kokainpulver zu tropfen. Mit der Kappe der Kanüle rührte ich darin umher.

»Scheiße«, fluchte ich. Es war genau so, wie ich befürchtet hatte. Vom Pulver war nicht mehr viel übrig. Das Ganze glich mehr einem Brei, den McCray mir einmal zum Mittag angeboten hatte. Bei dem Gedanken musste ich kurz grinsen. Ich bewegte die Tajine hin und her, um die Flüssigkeit zu verteilen. Aber es funktionierte nicht. Je mehr ich rührte, desto breiiger wurde die Angelegenheit. Verdammt. Irgendwie musste ich die Flüssigkeit wieder rauskriegen.

Ich schaute mich um. Hinter dem Haus gab es noch die letzten Minuten wärmende Abendsonne. Aus einiger Entfernung würde ich jetzt ein verrücktes Bild abgeben. Da saß ein Typ mit Glatze in der Sonne, rührte angestrengt in einer Tonschüssel und versuchte, mit der Flamme eines kleinen Feuerzeugs den Inhalt der Tajine zu erwärmen, während er gleichzeitig das Gefäß Richtung Sonne hielt. Aber irgendwie funktionierte es. Nach knapp einer halben Stunde, in der ich wie durch ein Wunder ungestört geblieben war, war die Flüssigkeit aus der Ampulle endlich getrocknet. Damit war das eine Problem zwar gelöst, aber das Pulver sah natürlich völlig anders aus als zuvor. Anstatt der üblichen Kokain-Kristalle hatte das Zeug nun mehr mit Puderzucker gemeinsam. Mehr Rühren würde also nichts bringen und die Konsistenz des Pulvers noch feiner machen. Aber da gab es noch ein viel größeres Problem: War das überhaupt die richtige Dosis? Der Medizinmann hatte von einem halben Milliliter gesprochen, den ich injezieren sollte – pro Person, wenn ich das richtig verstanden hatte. Das war die Anfangsdosis. Ich hatte inzwischen die gesamte Ampulle zugegeben – fünf Milliliter. Brauchte ich die Zweite überhaupt noch? Ich entscheid mich erst einmal dagegen. Im Notfall musste ich eben nachdosieren ...

Ich ging wieder ins Haus. Um vom seltsamen Aussehen des Pulvers abzulenken, setzte ich auf eine plumpe Doppelstrategie: dämmeriges Licht und eine Flasche Bier. Ich hoffte, mit einem Bier in der Hand wären die Aktivisten so abgelenkt, dass sie keinen Blick in die Tajine werfen würden ... Doch meine Befürchtungen erwiesen sich als völlig grundlos.

Die Gruppe war noch immer so gebannt vom Geflacker auf dem Laptop-Bildschirm, dass ich mir das Bier auch hätte sparen können. Einer nach dem anderen griff in den Tontopf, um sich eine Prise Kokain auf die Handfläche zu reiben, bevor sich einer nach dem anderen das Zeug durch die Nase zog.

Snoopy und Woodstock waren die ersten, dann öffneten sie tatsächlich noch eine Flasche Bier. Über Wilbur wanderte die Tajine zu Mickey. Aber Mickey mimte ausgerechnet jetzt den Gentleman, der er nicht war. Er zerstreute eine Prise Pulver auf seinen Handrücken und bot sie McCray an. Diese Geste hatte ich nicht zum ersten Mal gesehen. Trotzdem fand ich sie noch immer befremdlich. McCray nahm daraufhin seine Hand, verschüttete aber einen Teil des Pulvers. »Ey«, rief sie enttäuscht, zog aber noch den verbliebenen Rest hinnein.

Mit Mickeys Fürsorge war es dann auch schon vorbei. Anstatt seiner Freundin noch eine zweite, nämlich vollständige Dosis anzubieten, dachte er erst mal an sich selbst. Ich beobachte die Szene und war nicht ganz sicher, ob ich McCray nicht doch noch eine Prise anbieten sollte. Ansonsten war ich einfach nur erleichtert, dass niemand meinen Bluff mit dem Pulver mitbekommen hatte, nicht einmal Woodstock und Snoopy oder diese Dumpfbacke Mickey, die sich gerade ihre Dosis reinpfiffen. Jetzt hieß es abwarten, ob das Ergebnis so ausfiel wie erhofft ...

Meine Befürchtungen waren allerdings umsonst. Mickey, der offensichtlich die größte Dosis genommen hatte, sackte in weniger als drei Minuten zusammen und gab bis auf tiefe Atemzüge keinen Ton mehr von sich. Kurz danach, es dauerte keine zwei weiteren Minuten, fiel Wilbur in einen tiefen Schlaf, dann die anderen. Crystal McCray war die Letzte. Als sie ganz friedlich dalag, mit geschlossenen Augen und ruhig vor sich hin atmend, ging ich zu ihr und rüttelte fest an ihr. Nichts. Keine Reaktion. Ich wusste nicht genau, wie lange die Wirkung anhalten würde, aber fürs Erste musste es reichen. Die Aktion konnte losgehen.

Zunächst einmal musste ich die Schlüssel zu Mickeys Pick-up suchen. Der Wagen war zwar auf dem Radar des FBI, aber dieses Risiko musste ich eingehen. Immerhin war es inzwischen dunkel, ein Vorteil, den ich für die Fahrt zum Culpeper Airport unbedingt nutzen wollte.

Nein, ich würde den Pick-up nehmen, darauf hoffen, noch ein Kennzeichen darin zu finden, das noch nicht auf der Fahndungsliste des FBI stand, und mit McCray auf dem Rücksitz so schnell wie möglich zum Flughafen fahren.

Ich robbte mich leise zu Mickey und durchsuchte ihn. In seiner Hosentasche fand ich wie erhofft den Schlüssel für den Wagen. Dann legte ich mir McCray über die Schulter und bewegte mich vorsichtig Richtung Ausgang. Doch als ich in der Küche war, blieb ich noch einmal stehen. Sollte ich die Tajine mitnehmen? Besser wäre es vielleicht. Wenn McCray aufwachte, brauchte ich ihr nichts zu spritzen, sondern würde ihr nur etwas Pulver unter die Nase reiben – genauso, wie sie es vom Mickey kannte. Ich musste unbedingt sicherstellen, dass McCray kein Theater machte – am besten, bis ich sie in der Klinik abgeliefert hatte. Also nahm ich die Tajine mit.

Ich legte meine beiden Gepäckstücke – McCray und die Tajine – vorsichtig in den Wagen. Dann inspizierte ich eine ganze Reihe von Kennzeichen, die im Fußraum unter der Rücksitzbank lagen. Die Blechschilder entstammten verschiedenen Bundesstaaten, von Kalifornien über Nevada, Tennessee bis hoch nach New Hampshire. Ich entschied mich für das letztere Schild. »Live Free or Die«, der Slogan des Bundesstaates auf dem Kennzeichen, war das passende Motto für eine Entführung. Aus dem Schuppen, in dem ich die Harley gefunden hatte, holte ich einen Schraubendreher und ersetzte das Kennzeichen aus Vermont mit dem aus New Hampshire. Dann prüfte ich nochmals McCrays Zustand. Sie atmete regelmäßig, ihr Puls lag bei fünfzig Schlägen pro Minute. Also völlig normal, sofern ich das beurteilen konnte. Ich setzte mich auf den Fahrersitz. Noch bevor ich losfuhr, rief ich Trevor Hilson an. Ich ließ den Apparat mindestens zehn Mal klingeln, doch er hob nicht ab. Mist. Ich überlegte einen Moment, ob ich selbst einen Jet bestellen sollte, entschied mich aber dagegen, da Hilson immer zuverlässig war. Außerdem hatte ich eine betäubte McCray und einen Kokspott an Bord. Da konnte ich eine Crew, die neugierige Fragen stellte, nicht gebrauchen.

Um die Wartezeit sinnvoll zu nutzen, rief ich noch einmal Brenda an. Wenigstens sie ging sofort ans Telefon.

»Hi, Brenda, ich bin's noch mal.«

»Hi, bist du schon weg?«

»Noch nicht. Aber gleich. Ich schicke dir jetzt Mickeys Aufenthaltsort. Peil mein Telefon an. Er ist mit dem Rest der Bande im Farmhaus bei Fredericksburg. Wenn ihr jetzt losfahrt, findet ihr ihn dort.«

»Sicher?«

»Ganz sicher.«

»Was ist mit Bauer und dem Dritten?«

»Beide nicht da. Der Dritte heißt übrigens Greg. Mehr weiß ich nicht.«

»Okay, danke.«

Wieder diese Stille. Es gab so viel, dass ich noch sagen wollte. Doch irgendwie hatte ich einen Knoten im Hals. Mehr als ein »Ich muss jetzt los, Brenda. Ich melde mich, sobald ich angekommen bin«, brachte ich nicht heraus.

»Ja, verstehe. Pass auf dich auch.«

»Du auch. Bis bald.«

Ich legte auf, wählte aber gleich danach noch mal Hilsons Nummer.

»Stealth Parachute, Hilson am Apparat.«

»Hey, Trev, es ist so weit.«

»Das heißt?«

»Ich bin in weniger als einer Stunde am Flughafen. Ich brauche eine sehr diskrete Crew und muss mit dem Wagen bis ans Flugzeug heranfahren. Keine Passkontrolle, keine Fragen.«

»Hm.«

Es dauerte einen Moment. Ich gab ihm Zeit, seine Gedanken zu sortieren.

»Wo willst du überhaupt hin?«

»Bis Dakar muss der Sprit reichen.«

»Na ja, gut. Ich rufe einen Kollegen von uns an, der eigentlich in Ruhestand ist, aber gelegentlich Charter fliegt, um seine Pilotenlizenz zu behalten. Ihr werdet euch prima verstehen. Ist ein alter ...«

»Trevor, ich hab nicht viel Zeit. Ich vertraue deiner Entscheidung.«

»Okay.«

»Ich fahre jetzt zum Airport. Dein Pilot und seine Crew sollten so schnell wie möglich da sein.«

»Das wird er.«

Ich legte auf. Dann schaute ich nochmals nach McCray. Zustand unverändert. Ich startete die Navigation auf dem Smartphone. Auf einer Route über kleine Landstraßen fuhr ich zum Airport.

Kapitel 50

Die Fahrt zum Culpeper Airport verlief ohne Zwischenfälle. Weder hielt mich ich eine Polizeistreife an, noch tappte ich in eine Radarfalle. Was auch daran lag, dass ich mich peinlich genau an die erlaubte Höchstgeschwindigkeit hielt. Schwierig wurde es erst, als ich den Wagen am Flughafen abstellen musste, denn der Jet war noch nicht da. Der ehemalige Kollege, den Hilson angeheuert hatte, kam aus Memphis, Tennessee. Er würde leider erst in einer Stunde landen, hatte mir Hilson getextet. Um keine Aufmerksamkeit auf mich und den Pick-up zu lenken, stellte ich ihn ganz am Ende des kleinen Parkplatzes am Flughafen ab und wartete einfach im Wagen. Wirklich verstecken konnte ich das Riesending sowieso nicht. Mir blieb nichts anderes übrig, als zu hoffen, dass sich niemand für mich interessierte. McCray jedenfalls schlief tief und fest.

Aber es passierte etwas. Ich hatte den Wagen schon im Rückspiegel kommen sehen, als er auf den Parkplatz eingebogen war. Ein Fahrzeug der Flughafensicherheit. Falls es sich in diesem Fall um einen Polizisten handelte, der sich etwas nach Feierabend dazuverdiente, würde ich schlechte Karten haben. Er würde den Wagen zweifelsfrei erkennen, weil halb Amerika nach einem roten Pick-up suchte.

Ich verhielt mich völlig ruhig. Ich hatte den Sitz nach hinten umgelegt, sodass ich aus der Entfernung nicht zu sehen war.

Abwarten und das Beste hoffen. Alles andere würde nur mehr Aufmerksamkeit erregen. Vielleicht drehte er ja um.

Aber er drehte nicht um. Stattdessen hielt der Wagen ein Stück hinter dem Pick-up an. Niemand stieg aus. Aber der Sicherheitsheitsdienst versperrte mir jetzt mit seinem Fahrzeug den Weg. Ich ging meine Optionen durch und entschied mich, ruhig zu bleiben. Schweißperlen liefen mir über die Nase. In einem echten Krisengebiet hätte ich eine Waffe an Bord und wüsste mich durchzusetzen. Aber hier galt: je weniger Aufmerksamkeit, desto besser.

Ich überlegte einen Moment, ob es besser war, so zu tun, als ob der Wagen leer wäre, oder ob ich in die Offensive gehen sollte und aussteigen. Der Typ hatte den Wagen mit Sicherheit erkannt und ließ vermutlich gerade das Kennzeichen überprüfen. Inzwischen ärgerte ich mich über meine Entscheidung, hier am Flughafen zu parken. Ich fuhr den Wagen eines gesuchten Terroristen. Natürlich lag es nahe, die Sicherheitschecks an Flughäfen auszuweiten. Schließlich konnten die nächsten Anschläge auch dort stattfinden. Ich sah förmlich vor mir, wie der Fahrer gerade seine Sicherheitsabfrage startete und sich die nächsten Schritte überlegte. Mein Glück war nur, dass der Fahrer allein war.

Ich entschied mich also für die Offensive und stieg aus. Das FBI hatte die Fahndungsbilder von Mickey, Conor und Greg veröffentlicht. Ich sah keinem von denen ähnlich. Ich fuhr nur zufällig einen alten Pick-up, der dem der Terroristen ähnlich war. Das taten hier draußen in Virginia tausend andere auch. Alte Ford Pick-ups gab es in dieser Gegend wie Sand am Meer.

Ich winkte dem Sicherheitsmann zu, näherte mich langsam seinem Fahrzeug. Die Hände hielt ich schön sichtbar nach oben. Zuerst reagierte er nicht, dann ließ er das Fenster herunter.

»Bleiben Sie dort stehen.«

Ich hielt an, ließ ihn in aller Ruhe die veröffentlichten Fotos durchgehen oder was auch immer er gerade machte. Hatte er

Verstärkung angefordert? Ich atmete tief durch, versuchte, nicht noch mehr zu schwitzen. Innerlich verfluchte ich mich und meine Entscheidung. Ich entschied mich, die Rolle des ehrlichen Kerls weiterzuspielen. »Kann ich Ihnen helfen, Sir?«, rief ich dem Sicherheitsmann zu.

Nichts weiter geschah. Irgendwann ging die Tür des Autos auf. Der Sicherheitsmann war ein imposanter, muskulöser Typ mit grauem Firmenhemd und schwarzer Stoffhose. Mit der rechten Hand hielt er seinen Revolver fest. Er schaltete seine Bodycam ein und kam dann langsam auf mich zu.

»Zeigen Sie mir mal Ihre Papiere«, sagte der Kerl vor mir.

Ich nickte. »Habe ich hinten in der Hosentasche.«

Er nickte. Das war für mich das Zeichen, dass ich sie rausholen konnte. Ich zückte meine Brieftasche und übergab ihm meinen Führerschein.

»Fahrzeugpapiere sind im Wagen«, sagte ich. »Soll ich sie kurz holen?«

Der Sicherheitsmann schüttelte den Kopf. Er studierte zuerst meinen Führerschein, ging dann aber zurück zu seinem Wagen. Dort glich er vermutlich mein Dokument mit den Daten der Führerscheinbehörde ab, um zu prüfen, ob gegen mich eine Anzeige vorlag. Ich verschränkte die Arme, schaute mich um und machte damit hoffentlich den Eindruck, dass alles seine Richtigkeit hatte. Meine ganze Körperhaltung signalisierte Kooperation, also tat ich so, als ob ich nicht wusste, warum der Sicherheitsmann mich kontrollierte.

Nach einer unendlichen Weile, ich hatte mindestens eine Viertelstunde gewartet und trotzdem immer freundlich gelächelt, kletterte der Typ endlich aus seinem Fahrzeug. Er reichte mir den Führerschein.

»Ist das Ihr Wagen?«

Ich nickte.

Er schaute auf die Ladefläche. Sie war leer. Ich hielt die Luft an, hoffte, dass er nicht vorhatte, genauer in die Passagierkabine hineinzuschauen.

»Holen Sie bitte die Fahrzeugpapiere.«

»Okay«, sagte ich knapp.

Der Sicherheitsmann blieb an der Ladefläche stehen, während ich die Beifahrertür öffnete. Natürlich hatte ich überhaupt keine Ahnung, auf wen der Wagen zugelassen war. Mit einem geklauten Kennzeichen war das aber auch egal …

Ich wollte den Gedanken nicht zu Ende denken. Wenn der Sicherheitsmann die Nummer schon überprüft hatte, wusste er, dass irgendetwas damit nicht stimmte. Im besten Fall hatte er es nicht getan. Dann gab es für mich noch die Option, die Papiere vergessen zu haben. Ich tat so, als wühlte ich im Handschuhfach, ohne mich umzudrehen. Dort fand ich einen öligen Lappen, eine kleine Flasche Öl und ein altes Handy. Keine Papiere. Vorsichtig versuchte ich, das Telefon nicht anzufassen. Ist damit eine der Bomben gezündet worden? In jeden Fall hatten meine Fingerabdrücke nichts darauf zu suchen.

Nach einer kurzen Suche drehte ich mich um, warf dabei noch einen prüfenden Blick auf McCray, die nach wie vor tief und fest schlief, und sagte mit ruhiger Stimme: »Tut mir wahnsinnig leid, Sir. Die Papiere muss meine Frau in ihrer Handtasche haben. Ich hatte ihr den Wagen gestern ausgeliehen, weil ihrer in der Werkstatt …« Die letzten Worte flüsterte ich nur noch. Der Sicherheitsmann hatte seine Waffe auf mich gerichtet. Instinktiv nahm ich die Hände hoch, verkniff mir aber einen Fluch. Eins stand damit zweifelsfrei fest: Der Kerl hatte das Kennzeichen überprüft. Das hatte mich wohl verraten. Ich überlegte kurz, ob ich ihn ausschalten sollte – und ob ich es überhaupt konnte. In Nahkampf war ich geübter als er. Aber ich musste dichter an ihn herankommen …

»Hören Sie«, rief ich, »ich bin nicht der, den Sie suchen. Ich habe mit den Terroristen nichts zu tun.«

»Das werden wir sehen, wenn die Polizei da ist. Lassen Sie die Hände oben und kommen sie langsam her.«

Ich tat genau das, was er wollte. Spielte weiter den ahnungslosen Ehemann, der sich über seine Frau ärgerte. »Das ist alles ein großes Missverständnis. Ich weiß nicht, wen sie suchen, aber ich bin es nicht.« Dabei machte ich zwei große Schritte auf den Sicherheitsmann zu.

»Bleiben Sie stehen und drehen Sie sich um.«

Noch zwei Schritte, dann stände ich direkt vor ihm. Ich taxierte den kräftigen Kerl und spannte jeden Muskel meines Körpers an. Es war nicht das erste Mal, dass jemand eine Waffe auf mich richtete. Aber hatte er es in sich? Auf einen Menschen zu zielen, war das eine. Aber ihn wirklich zu erschießen, erforderte Überwindung. Man würde damit klarkommen müssen, jemandem das Leben genommen zu haben – bis zum Ende der Tage. Für gewöhnlich erkannte ich den Zweifel in den Augen der Angreifer. Ich konnte ihr Zögern beinahe körperlich spüren. So auch bei diesem Mietbullen. In seinem Blick lag Unsicherheit, und das Zittern seiner Hände ließ die Mündung des Revolvers in unregelmäßigem Takt hin- und herschwingen. Es war nur sehr wenig, aber für mich deutlich erkennbar. Ich wurde ruhiger, verließ mich auf mein Training. Dann schaute ich demonstrativ zum Ende des Parkplatzes, um ihm zu signalisieren, dass die Verstärkung gerade eintrifft, die er vielleicht gerufen hatte oder auf die er zumindest hoffte.

Er drehte ebenfalls den Kopf. Das war ein Fehler, auf den ich spekuliert hatte. In diesem Moment sprang ich auf ihn zu. Mit der linken Hand griff ich den Lauf der Waffe, lenkte ihn nach rechts an meinem Körper vorbei und schlug ihm fast gleichzeitig mit der Rechten den Griff des Revolvers aus der Hand. Ehe er sich versah, hatte ich ihm die Waffe abgenommen. Das ganze war so schnell gegangen, dass er mit einem zwischen Überraschung, Irritation und Angst wechselnden Gesichtsausdruck auf seine leere Hände blickte. In Windeseile steckte ich mir die Waffe ein, drehte ihm die Hand, in der er eben noch den Griff des Revolvers gehalten hatte, auf den Rücken und warf ihn zu Boden. Ich presste ihm mein Knie in den Rücken, damit er liegen blieb, und fesselte ihn mit seinen eigenen Handschellen. Bis jetzt hatte er kein Ton von sich gegeben.

Ich hielt ihn die Waffe an den Kopf. »Maul halten. Sonst knallts.«

Ich schaute mich um und überlegte. Sollte ich ihn … Noch waren wir allein. Aber mir kam eine bessere Idee. Ich zog den Kerl neben die Kabine des Pick-ups. Er stöhnte auf.

»Maul halten, habe ich gesagt.«

Ich hörte, wie mein Telefon im Wagen klingelte, aber ich konnte nicht rangehen. Es war bestimmt der Pilot – mein Pilot.

Ich hatte die zweite Fentanylampulle, die mir Charly Spencer gegeben hatte, während der Fahrt aus meiner Hosentasche genommen und zusammen mit der Spritze und der Kanüle auf dem Beifahrersitz abgelegt. Ich zog kurzerhand die Dosis auf, die Spencer mir genannt hatte. Einen halben Milliliter. Ohne Vorwarnung jagte ich dem Sicherheitsmann die Kanüle in den Hals. Er jaulte kurz auf, doch dann verstummte er. Kurz darauf rüttelte ich an ihm, aber der Kerl bewegte sich keinen Millimeter mehr. Nochmals schaute ich mich um. Die Luft war rein.

Ich nahm den Typen unter die Arme und trug ihn mit schleifenden Füßen zu seinem Wagen. Dann hievte ich ihn in den Kofferraum, nahm ihm die Bodycam ab und zertrat sie. Meine Fingerabdrücke wischte ich mit dem unteren Ende meines T-Shirts vom Revolver und steckte ihn dem Sicherheitsmann zurück in das Halfter.

Als ich den Kofferraumdeckel des Fords geschlossen hatte, schnaufte ich durch und lauschte in die Stille der Nacht. Ich parkte den Ford Focus des Sicherheitsmanns um, damit ich problemlos losfahren konnte. Dann kümmerte ich mich um

McCray. Sie schlief noch immer tief und fest. Daraufhin wählte ich die Nummer, die mich angerufen hatte.

»Ja?«

»Wo sind Sie denn? Ich lande gleich.«

»Wunderbar. Noch auf dem Parkplatz vor dem Flughafen. Können wir irgendwo ungestört umladen?«

»Ich habe keinen Hangarstellplatz. Wir müssen improvisieren. Wenn Sie mich landen sehen, dann fahren sie langsam zum Hauptgebäude. Daneben ist das Zufahrtstor. Warten Sie, bis ich rauskomme. Dann fahren wir gemeinsam rein.«

»Alles klar. Ich fahre einen roten Pick-up.«

Mein Gesprächspartner hatte aufgelegt.

Keine fünf Minuten später flog ein Privatjet über meinen Kopf. Ich fuhr los, parkte vor dem Hauptgebäude.

Kurze Zeit später kam ein grauhaariger Typ mit Bauchansatz in einem kurzen Hemd und Jeans aus dem Gebäude auf mich zu. An seinem Gürtel baumelte eine Wasserflasche. Mein Pilot. Nicht die vertrauenswürdigste Erscheinung. Aber momentan hatte ich sowieso keine Wahl.

»N'Abend«, sagte er beim Einsteigen. »Ich bin Carl.«

Ich nannte meinen Namen.

»Wer ist die Braut?«

»Unsere VIP-Fracht. Ist das ein Problem?«

»Nicht für mich. Jetzt verstehe ich, warum Trevor so aufgeregt war am Telefon.«

»Können wir?«

»Auf gehts.«

Er deutete mir den Weg zum Tor. Davor hielt ich an. Er stieg aus, diskutierte mit dem Wärter im Wachhäuschen neben dem Tor, dann ging das Tor auf. Er stieg wieder ein.

»War sogar relativ günstig.«

»Sie haben den bestochen?«

»300 Dollar Cash und in kleinen Scheinen.«

»Okay«, sagte ich grinsend. Carl wurde mir zunehmend sympathischer.

Wir fuhren ein Stück über den Flugplatz. Neben einem Hangar bedeutete Carl, zu halten. »Das ist mein gutes Stück«, deutete er auf das Flugzeug davor. Ich parkte knapp 20 Meter neben der Gulfstream G650ER – die Modellbezeichnung stand auf der Heckflosse. ›ER‹ wie Extended Range. Sehr gut. Damit konnte ich überall hinfliegen. »Ich trage sie«, sagte ich zu Carl, nahm Crystal McCray auf die Arme und brachte sie ins Flugzeug. Die Tajine nahm ich mit. McCray setzte ich auf einen Sitz, lehnte ihren Kopf vorsichtig an den gepolsterten Flugzeugrumpf.

»Der Wagen muss weg«, signalisierte Carl. »Dann starten wir sofort. Park ihn neben dem Hangar.«

Ich folgte seiner Aufforderung. Hatte doch noch alles geklappt, dachte ich noch, bis ich sah, dass sich in einiger Entfernung das elektrisch betriebene Zufahrtstor des Flughafens öffnete. Im Hintergrund leuchteten Blaulichter.

Ich nahm die Beine in die Hand. Carl, der das Spektakel ebenfalls gesehen hatte, winkte mir aus dem Cockpitfenster zu. Ich war noch nicht richtig im Flugzeug, da hatte er die Turbinen bereits angelassen. Hastig zog ich die Einstiegtreppe ein und verriegelte die Tür. Ich setzte mich zu Carl ins Cockpit.

»Die haben die Startfreigabe noch nicht zurückgenommen«, sagte er. »Los geht's.«

»Danke, Mann.«

Wir rollten ein Stück über den Asphalt, dann bogen wir auf die Startbahn ein. Für einen Moment konnte ich sehen, dass nicht nur weitere Sicherheitsmänner des Airports mit ihren Fahrzeugen, sondern auch mehrere Polizeiwagen in den Flughafen Richtung Startbahn unterwegs waren.

Carl gab Gas und ich dankte ihm dafür. Was auch immer hier los war, ich wollte nur noch weg. Aber was war denn eigentlich los? Warum plötzlich dieser Aufwand? Sie hatten doch ihre

Attentäter, warum also so eine Aktion, die auch das Leben von Crystal McCray gefährden konnte. Das konnte nur bedeuten, dass niemand wusste, dass ich sie in meiner Gewalt hatte. Während ich darüber nachdachte, klingelte mein Telefon. Es gab nur zwei oder drei Personen, die diese Nummer kannten.

»Hey, Brenda, was ist los?«

»Wo steckst du?«

»Im Flieger.«

Kurze Stille.

»Ist etwas passiert? Warum jagt ihr mich mit dem großen Besteck?

»Die Aktivisten auf der Farm, Mickey und die anderen, sie sind alle tot.«

»Was? Nein, nein, das kann nicht sein.«

»Hast du irgendetwas damit zu tun?«

»Nein, Brenda. Als ich abgefahren bin, haben alle geschlafen. Tief und fest.«

»Der Gerichtsmediziner vermutet eine Überdosis. Genaueres wird die Obduktion ergeben. Kann das ein kollektiver Selbstmord sein?«

Einen Moment lang saß ich reglos im Cockpit und überlegte fieberhaft. War das meine Schuld? War mein kleines Experiment mit dem Fentanyl schief gegangen? Ich löste mich aus meiner Schockstarre und ging zu McCray. Ihr Puls war deutlich fühlbar, ihr Atem war gleichmäßig. Sie bewegte sogar ihre Augenlider. Ich war erleichtert. Demnächst würde sie wahrscheinlich aufwachen.

»Hallo? Bist du noch da? Hallo? Hallo?«

»Ich weiß nicht, was da vorgefallen ist«, log ich.

»Ich glaube dir. Aber der Haftbefehl für dich ist bereits beantragt. Und Marshall hat mich suspendiert.«

»Verstehe. Es tut mir leid. Ich melde mich.« Ich beendete das Gespräch. Im Moment hatte ich keine Kapazitäten, um mir über Brendas Schicksal Gedanken zu machen. Mir fiel auf, dass wir immer mehr an Höhe gewannen. Ich kletterte zurück ins Cockpit.

»Carl, kann uns die Flugsicherung umleiten?«

»Was hast du angestellt?«

»Das FBI denkt, dass ich ein paar Aktivisten ermordet hätte.«

»Na super.«

»Können wir uns irgendwie unsichtbar machen?«

Carl musste lachen. »Wie soll das gehen, Mann? Dies ist ein Privatjet und kein Stealth-Bomber wie die F-35. Der Transponder ist seit dem Start aus. Aber auf dem Radarschirm tauchen wir noch auf.«

»Und was bedeutet das?«

»Wir verlassen den amerikanischen Luftraum in vierzig Minuten. Bis dahin ist alles möglich.«

»Was meinst du?«

»Wenn sie richtig böse sind, senden sie uns Abfangjets der Luftwaffe. Wir werden sehen. Wo willst du eigentlich hin? Trevor hat irgendwas von Dakar gesagt.«

»Nein, Istanbul.«

»Okay. Ich fliege einen kleinen Airport in der Nähe an. Suche ich mir raus.«

Plötzlich klirrte es hinter mir, als zerschlüge jemand Glas. Ich drehte mich um. Crystal McCray stand mit einer zerschlagenen Flasche in der Hand im Türrahmen zum Cockpit, die Augen weit aufgerissen. Eine McCray auf Koksentzug hatte mir gerade noch gefehlt ...

Kapitel 51

Auch Carl hatte sie im Türrahmen des Cockpits bemerkt. Er reagierte sofort. Noch bevor Crystal McCray den Pilotensitz erreicht hatte, neigte er die Maschine ruckartig so stark zur Seite, dass McCray das Gleichgewicht verlor. Sie ließ die zerbrochene Glasflasche fallen und fiel der Länge nach hin. Als Carl das Flugzeug wieder in die Waagerechte brachte, sprang ich aus dem Sitz und rammte McCray mein Knie in den Rücken. Sie schrie auf. Dann schlug sie wild um sich.

»Hör auf, Crystal.« Aber sie hörte nicht auf. Schließlich nahm ich ihre Arme und hielt sie fest. »Entspann dich. Du bist in Sicherheit.«

»Was ... was ... was ist hier los?«, stammelte sie.

»Wir sind auf dem Weg ins Ausland. Ein bisschen Urlaub machen.«

»Ich will keinen Urlaub machen. Ich will zurück!« Wieder versuchte sie, sich loszureißen.

»Es gibt kein Zurück mehr. Die Gruppe gibt es nicht mehr.«

»Was ... was ... natürlich ... Mickey ...«

Ich überlegte kurz, ob ich ihr die Wahrheit sagen oder sie schonen sollte. Dann entschied ich mich für irgendetwas dazwischen. »Mickey ist tot. Selbstmord.«

»Was ... nein ... das kann ... nicht sein.«

Ihr Widerstand schwand augenblicklich. »Doch, es ist wahr.

Ich bin sicher, dass es schon in den Nachrichten ist. Willst du mehr wissen?«

»Nein ...« Sie murmelte noch etwas, das ich nicht verstand. Aber da sie ruhig auf dem Boden lag, ließ ich sie los. Dann schaltete ich den Fernseher ein, nicht um sie zu quälen, sondern mich selbst zu informieren, was zur Hölle los war.

Ich zappte auf einen Nachrichtensender. Der Newsticker hatte nur eine Eilmeldung: »Die meisten Mitglieder der Eternal-Earth-Group sind tot. Unter den Toten ist auch einer der Tree Bomber. Bisher ist nicht klar, ob es sich um Mord oder Selbstmord handelt. Das FBI wird noch heute Abend eine Pressekonferenz einberufen.«

Ich half McCray auf, setzte sie in einen Passagiersitz mit Blick Richtung Fernseher. Wie hypnotisiert verfolgte sie die Bilder. Die Presse war bereits auf der Farm bei Fredericksburg, von der ich vor mehr als zwei Stunden aufgebrochen war. Ich beobachtete McCray eine Weile, doch sie regte sich nicht. Ich hatte recht behalten – sie wirkte fast resigniert, gebrochen. Ich kletterte zurück zu Carl ins Cockpit. »Und? Wie lange noch?«

»Wir haben den amerikanischen Luftraum verlassen. Was ist mit der Braut?«

Ich atmete auf. »Alles in Ordnung. Ich bleibe jetzt eine Weile bei ihr.«

Carl nickte mir zu.

Ich setzte mich auf eine Sitzreihe hinter McCray. So konnte ich sie gut im Auge behalten. Auch Carl hatte ich im Blick, falls er mich im Cockpit brauchte. Er hatte die Tür offen gelassen. Zum ersten Mal seit Stunden konnte ich wieder richtig nachdenken. Nach den Maßstäben von Stealth Parachute war meine Mission ein voller Erfolg. Ich hatte McCray bildlich gesprochen aus feindlichem Gebiet geholt. Der Rest war Kollateralschaden. So war das im Krieg. Aber waren wir im Krieg? Irgendwie schon, redete ich mir ein. Mickey, Conor und Co., das waren McCrays Soldaten.

Alle waren schuldig, auch die, die keinen Sprengstoff hergestellt hatten. Ich hatte erwartet, dass mich dieser kleine Unfall etwas mehr mitnehmen würde. Aber das tat er nicht. Jetzt fehlte nur noch Bauer, und das Leben in D.C. konnte weitergehen. Doch ohne die Unterstützung der Eternal-Earth-Group – auch in finanzieller Hinsicht – würde er nicht mehr lange weitermachen können. Der Pick-up war beschlagnahmt, Geld und Drogen würden nicht mehr kommen. Ich war sicher, der Terror war vorbei.

Blieb nur noch McCray ... Sie hatte Glück gehabt, dass sie überlebt hatte. Wenn, ja wenn meine Dosis tatsächlich tödlich gewesen sein sollte. Oder war noch jemand nach mir auf der Farm gewesen und hatte das Schicksal der Aktivisten besiegelt? Conor Bauer vielleicht? Ich verscheuchte den Gedanken an die toten Aktivisten und dachte über die nächsten Stunden nach. Der schwierige Teil lag noch vor mir. McCray ahnte noch nicht, was ihr bevorstand ... Sie würde eine ganz besondere Behandlung bekommen. Ich schaute auf die Tajine, die auf der anderen Seite des Flugzeugs auf einem kleinen Tisch stand. Sollte ich ihr noch etwas von ihrem geliebten Zeug geben? Als letztes Andenken, quasi? Nein ... Solange sie so ruhig war, war das nicht nötig ... Später vielleicht.

Die Nachrichten liefen weiter. Sie hatten den Sicherheitsmann im Kofferraum seines Fords gefunden. Er lebte. Das war gut, sehr gut. Alles andere hätte mich wirklich betrübt. Mit ihm hatte ich kein Beef gehabt. Er war nur zur falschen Zeit am falschen Ort gewesen. Und McCray? Sie hatte sich seit ihrem Wutanfall nicht mehr bewegt. Irgendwann schlief sie einfach ein.

Als ich merkte, dass McCray in Schockstarre verharrte und keine Gefahr mehr von ihr ausging, setzte ich mich zu Carl ins Cockpit. Leider hatte Carl die unangenehme Angewohnheit, nicht nur non-stop zu fliegen, sondern auch pausenlos zu reden. Immer wieder erzählte er von seinen Missionen in alle möglichen

Kriegsgebiete der Welt. Die einzige Geschichte, an die ich mich noch erinnere, war ein Einsatz im Indischen Ozean, irgendwo zwischen Madagaskar und den Seychellen. Die dortigen Seewege waren berüchtigt für Plünderungen und Piraterie durch kriminelle Banden. Mehrere ostafrikanische Staaten hatten sich damals zur Bekämpfung der Piraterie zusammengeschlossen und mangels eigener Einsatzkräfte den Auftrag an Stealth Parachute vergeben. Offiziell sollte der Einsatz nur in Küstennähe stattfinden, aber Hilsons Stab hatte wohl Informationen, dass die Piraten weiter hinausfuhren, um den Schutz der internationalen Gewässer zu nutzen. Carl sollte dort eine einfache Aufklärungsmission fliegen, um verdächtige Boote zu identifizieren und den Marineeinheiten der Company zu melden. So weit, so gut. Womit er jedoch nicht gerechnet hatte, war, dass sich ein chinesischer Flottenverband mitten in einem Manöver befand. Als Carl bemerkte, was unter ihm geschah, war es schon zu spät. Die Flotte fühlte sich gestört, interpretierte Carls Kurs als möglichen Angriff und eröffnete das Feuer auf das unbewaffnete Aufklärungsflugzeug. Ob Carl die angeblichen Funksprüche mit der Aufforderung zum Abdrehen überhört oder einfach ignoriert hatte, konnte ich aus seiner Schilderung nicht entnehmen. Das Flugzeug wurde an einem Triebwerk getroffen und Carl musste notwassern. Er und die Crew, die aus zwei Luftbildauswertern bestand, überlebten unverletzt. Nur trieben sie mitten auf dem Ozean. Die chinesische Flotte unternahm nichts, um sie zu retten. Zwanzig Stunden später wurden sie von einem von Stealth Parachute gecharterten Schiff aus dem Wasser gezogen.

»Die einzige Lehre, die ich daraus gezogen habe«, so Carl, »ist, immer eine Flasche Trinkwasser dabei zu haben. Man weiß ja nie ...«

Instinktiv blickte ich an ihm hinunter. Die Flasche an seinem Gürtel war mir gleich aufgefallen und mehr als merkwürdig vorgekommen. Jetzt kannte ich auch die Geschichte dazu ...

Nach einigen weiteren Abenteuern dieser Art landeten wir im strömenden Regen auf einem Regionalflughafen südlich von Istanbul. McCray wer erst kurz vor dem Landeanflug auf Istanbul wieder aufgewacht, hatte sich seitdem aber nicht bewegt. Sie sprach auch kein Wort mit mir, reagierte nicht, wenn ich sie ansprach. Es war mir egal. Sie war mir egal. Solange sie das tat, was ich mit ihrem Vater besprochen hatte.

Ich wandte mich wieder unserem Piloten zu. »Danke für den Flug, Carl«, sagte ich, »und für die Geschichten.« Ich war wirklich dankbar. Die Alternative wäre nämlich ein ungemütliches Untersuchungsgefängnis mit unberenztem Aufenthalt in Washington gewesen. Diese Erfahrung musste ich nicht noch einmal machen ... Zumal Brenda mich diesmal nicht rausholen würde. »Wir haben noch nicht über den Preis deines Einsatzes gesprochen, denn die Abrechnung erfolgt über die Firma ...«

Carl nickte.

»Ich würde mich aber trotzdem gern erkenntlich zeigen. Für die unkomplizierte Reise. Wenn ich dein Handy bekomme, überweise ich dir ein kleines Trinkgeld.«

»Abgemacht.«

Er reichte mir das Gerät. Mein Prepaid-Handy würde außerhalb Amerikas nicht funktionieren. Telefonie und Internet im Ausland waren nur mit bestimmten Verträgen möglich. Und so wie ich Carl einschätzte, hatte er einen solchen Vertrag.

»Es wäre toll, wenn du den Mobilfunkvertrag noch drei Monate laufen lassen könntest.«

»Kein Problem.«

Ich wählte mich mit Carls Gerät in das Konto auf den Jungferninseln ein, auf das McCray die Millionen überwiesen hatte. Ich ließ Carl seine Kontonummer selbst eintippen und schickte eine Überweisung über zwanzigtausend Dollar ab. Er hatte seine Rentenversicherung in Sankt Kitts und Nevis, ebenfalls einer Inselgruppe in der Karibik.

Carl hob anerkennend die Augenbrauen. Wir verabschiedeten uns mit einem Handschlag.

Ich ging zurück in die Kabine und holte die Tajine. Ich wollte sie nicht bei Carl im Flugzeug lassen, damit er keinen Ärger bekam – und ich in aller Ruhe Spuren beseitigen konnte. Noch bevor ich den Flughafen verließ, wollte ich sie loswerden.

»Auf in ein neues Leben«, rief ich McCray zu. Sie rührte sich nicht, hing wie ein nasser Sack in ihrem Sitz.

Ich packte sie unter den Armen und zog sie hoch. »Crystal, wir müssen los.«

Wir stiegen aus. Der Regen hatte seit der Landung etwas nachgelassen. Ich schaute mich um. Es waren etwa fünfhundert Meter bis zum Flughafengebäude. McCray hing wie ein Stein an mir. Alle paar Schritte blieb sie stehen, keuchte, beruhigte sich wieder, dann gingen wir weiter. Sie hatte Entzugserscheinungen, wurde mir klar. Aber das war im Moment nicht zu ändern.

Wir brauchten eine gefühlte Ewigkeit und waren klatschnass, als wir am Flughafengebäude ankamen. Vor dem Gebäude stand eine Reihe von Frachtcontainern, von denen einer als Müll gekennzeichnet war. Er stammte aus einem Flugzeug und war nur mit einer Abdeckung aus Kunststoff verschlossen. Ich öffnete sie. Dann warf ich die Tajine hinein und schleppte McCray weiter in das Gebäude. Dort wies uns ein Schild den Weg zur Passkontrolle. Wir hatten beide keine Papiere. Meine waren in Boston, ihre wahrscheinlich bei ihren Eltern. Es gab nur einen Weg durch die Kontrolle, Carls Weg – jemandem etwas Gutes tun.

Ich setzte McCray in den kleinen Schalterraum auf den Boden und winkte einen Typen vom Sicherheitspersonal herbei. »Sie muss dringend ins Krankenhaus.« Ich suchte auf Carls Handy die Adresse einer Privatklinik in der Stadt heraus. Ich zeigte sie dem Sicherheitsbeamten.

»Pass?«, fragte er.

»Verloren.«

»Beide?«

Ich nickte und trat näher an ihn heran. Ich flüsterte: »Sie braucht dringend ärztliche Hilfe. Wir haben kein Bargeld, aber ich überweise zehntausend Dollar auf ein Konto Ihrer Wahl. Sofort. Wenn Sie uns durch die Passkontrolle bringen.«

Das Gesicht des Mannes erstarrte. Ich tippte auf dem Telefon herum, füllte einen Überweisungsträger aus. »Sie müssen nur noch die Kontonummer eingeben.«

»Zwanzigtausend. Ich muss mit dem da teilen.« Er deutete auf den Uniformierten hinter dem Schalter.

»Fünfzehntausend.«

»Siebzehn.«

»Sechzehn.«

Er nickte mir zu, der Deal war perfekt. Dann nickte er in Richtung des Ganges, durch den wir gekommen waren. Dort tippte er zuerst seine Kontonummer in das Telefon. Ich schickte die Überweisung als Sofortüberweisung ab. Der Sicherheitsmann überprüfte den Geldeingang auf seinem Gerät.

Dann holte er einen Rollstuhl für McCray. Er öffnete uns mit seinem Schlüssel zwei Türen, führte uns durch einen Seitengang, der offensichtlich nur für das Personal bestimmt war, und plötzlich standen wir hinter dem Check-in-Schalter. Wir waren durch. Grußlos ließ der Sicherheitsmann die Tür wieder ins Schloss fallen. Ich rollte McCray vor das Flughafengebäude. Wir nahmen das nächste freie Taxi zu der Privatklinik, die ich mir ausgesucht hatte. Zuerst wollte ich McCray versorgt wissen, dann würde ich mich um meine Situation kümmern. Schon auf der Taxifahrt holte ich meinen Wissensrückstand über die Geschehnisse in D.C. mit den Nachrichten auf. Unglaublich, was in den letzten Stunden passiert war. Wie Collins angekündigt hatte, sah es für mich nicht gut aus ...

Kapitel 52

Ich hatte vorher im Internet recherchiert, welche Privatklinik für McCray infrage kommen würde. Das wichtigste Kriterium war für mich eine gewisse Abgeschiedenheit und Ruhe. Das war im Grunde nur eine Frage des Geldes. Doch der Taxifahrer, dem ich eine Adresse knapp eine Autostunde von Istanbul entfernt genannt hatte, stellte sich quer, als McCray auf der Fahrt einen epileptischen Anfall bekam. Alles deutete auf eine tiefe psychische und körperliche Krise hin. Sie war apathisch, konnte sich nicht mehr allein bewegen, sprechen oder etwas trinken. Der Kokainentzug, der Verlust von Mickey und ihren Freunden und die nächtliche Abreise hatten sie schwer getroffen. Sie würde sich erholen, da war ich mir sicher. Es würde nur eine Weile dauern. Also musste ich meine Pläne ändern.

Zum Glück hatte der Taxifahrer offenbar Erfahrung mit Fahrgästen dieser Art, denn er ließ uns knapp zehn Minuten später vor einem unscheinbaren Bau mit viel Grün in der Umgebung heraus. Ich bedankte mich, schaffte McCray mit Mühe aus dem Taxi und suchte den Eingang. Keine zehn Minuten später war alles geklärt.

Die Entzugsklinik verlangte fünftausend Dollar pro Woche. Dafür kümmerte sich ein Team von englischsprachigen Ärzten und Psychologen um McCray. Als ich anbot, den Betrag für den ersten Monat sofort zu überweisen, wollte keiner der Mitarbeiter einen Pass oder eine Vollmacht sehen. McCrays Zustand ließ keine Fragen offen ...

Wieder saß ich im Taxi. Diesmal in Richtung Taksim-Platz. Da ich zum ersten Mal in Istanbul war, hatte ich mich entschlossen, mich für den Anfang an einem Ort aufzuhalten, an dem ich nicht auffiel. Die Gegend um den Taksim-Platz war bei Touristen sehr beliebt. Im Taxi dorthin scrollte ich weiter durch die Newspages, überflog sie aber nur. Das FBI suchte ein verschwundenes Mitglied der Eternal-Earth-Group mithilfe einer Stimme – meiner Stimme. Mein Name wurde als dringend Tatverdächtiger einen Absatz darüber genannt. Offensichtlich hatten die Behörden noch nicht verstanden, dass Stimme und Name derselben Person gehörten – nämlich mir. Das brachte mich zu der Frage, was mit Brenda passiert war. Seit dem Gespräch im Flieger hatte ich nichts mehr von ihr gehört. Zur Sicherheit wählte ich ihre Nummer aus einer Telefon-App heraus, die wir bei Stealth Parachute benutzen, um entweder die Telefonnummer oder unseren Standort für den Angerufenen zu verschleiern. Sie war bereits auf Carls Handy installiert. Noch während des Verbindungsaufbaus erhielt ich die Meldung »Kein Anschluss unter dieser Nummer«. Was bedeutete, dass Brenda nicht mehr im Dienst war. In diesem Punkt machte Marshall keine halben Sachen.

Ich hörte auf zu telefonieren und suchte weiter in den Nachrichten nach McCrays Namen. Offiziell galt sie nicht als vermisst. Aber auch im Zusammenhang mit der Eternal-Earth-Group tauchte ihr Name nicht mehr auf. Obwohl ich mindestens fünfzehn Artikel auf verschiedenen Nachrichtenportalen geöffnet hatte, gab es keinen Hinweis auf McCray. Erstaunlich, welche Macht altes amerikanisches Geld immer noch hatte. Aber wenn die Familie McCray es geschafft hatte, mich mit dem Segen des FBI anzuheuern, und mich dafür zu bezahlen, ihre Tochter ins Ausland zu bringen, dann war es wohl auch kein großes Problem, ihren Namen von der Liste der Verdächtigen streichen zu lassen.

Das bedeutete, dass ich der einzige flüchtige Verdächtige war, denn es gab noch etwas Neues. Am letzten Morgen – ich musste zu diesem Zeitpunkt mitten über dem Atlantik gewesen sein – hatte eine Polizeistreife Conor Bauer und Greg an einer Tankstelle aufgespürt. Die beiden waren für die Polizei ein Zufallsfund gewesen. Die Polizisten hatten sich nur einen Kaffee holen wollen. Laut Polizeiangaben hatte Greg einen alten Chevy mit eingeschlagener Scheibe betankt. Das war den Polizisten aufgefallen, und als sie das Nummernschild überprüften, stellte sich heraus, dass der Wagen gestohlen war. Conor, der die Polizisten hatte kommen sehen, hatte noch in der Tankstelle den Fernzünder für die Baumbomben betätigen wollen. Als die Polizisten das sahen, erschossen sie ihn kurzerhand. Greg war in der Zwischenzeit mit dem geklauten Wagen abgebraust – hätte ich ihm gar nicht zugetraut. Der Wagen wurde ein paar Meilen weiter gefunden. Von ihm fehlte seitdem jede Spur.

Ich schüttelte den Kopf. Um Conor war es nicht schade … aber vom FBI hätte ich schon etwas mehr Denkarbeit erwartet. Im Prinzip gab es mehrere plausible Erklärungsansätze für den Tod der Aktivisten auf der Farm bei Fredericksburg. Es könnte sich um einen einfachen Selbstmord gehandelt haben, wie ihn viele Sekten begehen, um ihre Endzeitprophezeiungen in die Tat umzusetzen. Die Eternal-Earth-Group war in vielerlei Hinsicht genau das – eine Sekte. Der Klimawandel. Das Ende des irdischen Lebens naht … Aber es gab noch andere Verdächtige. Auch Bauer und Greg hätten den Kokaincocktail mit einer tödlichen Mischung versehen können. Zumindest Bauer hatte Zugang zu allen möglichen Drogen. Ich hoffte inständig, dass wenigstens inoffiziell an der richtigen Version der Geschichte gearbeitet wurde. In der offiziellen präsentierte das FBI mich und meine Stimme als Hauptverdächtigen. Ob sie mich wirklich suchten? Inzwischen zweifelte ich an der Ernsthaftigkeit. Ich blieb auf der Seite der New York Times hängen. Die titelte schon groß: »Tree

Bomber tot. Ganz Amerika atmet auf«. Ich lachte so laut über die Schlagzeile, dass sich sogar der Taxifahrer umdrehte.

Kurze Zeit später waren wir am Taksim-Platz. Ich stieg aus und suchte mir ein kleines Hotel, in dem ich gleich im Voraus bezahlte – für eine Woche. In meinem Zimmer mit Blick auf den Gezi-Park suchte ich nach einer Möglichkeit, Brenda zu kontaktieren. Ich fand ihr Profil auf Facebook, schrieb ihr eine Nachricht mit »Hallo aus der Ferne« und wartete. Aber nichts passierte.

Keine fünf Minuten später übermannte mich die Müdigkeit. Ich hatte fast dreißig Stunden nicht geschlafen, und es war verdammt viel passiert. Brendas Antwort sollte ich erst viel später sehen ...

Kapitel 53

Es war mitten in der Nacht, als ich aufwachte. Draußen war es noch dunkel. Der Regen peitschte immer wieder gegen das Fenster meines Hotelzimmers. Ich brauchte einen Moment, um zu realisieren, wo ich mich befand. Ich hatte verdammt fest geschlafen und mich noch nicht an die Zeitverschiebung gewöhnt. Ich strich mir über den Kopf, der sich verdammt stoppelig anfühlte. Ich musste mich dringend rasieren. Das FBI hatte ein Foto von mir mit Bart veröffentlicht. Wenn ich rasiert wäre, wäre ich nicht zu erkennen, zumindest nicht sofort.

Ich ging ins Bad, trank einen Schluck Wasser aus dem Wasserhahn. Der Blick in den Spiegel bestätigte meine Befürchtungen. Ich sah um Jahre gealtert aus, fast verwahrlost. Die Auseinandersetzung mit dem Sicherheitsmann am Flughafen hatte mich einen Kratzer im Gesicht gekostet. Hatte ich gar nicht bemerkt. Ich seufzte. Später würde ich im Supermarkt Rasierzeug kaufen. Vorerst ignorierte ich mein Äußeres, griff zum Telefon und las ihre Nachricht: »Bist du gut angekommen? Es ist viel passiert. Lass uns telefonieren.«

Brenda hatte keine fünf Minuten nach meiner Nachricht geantwortet. Aber da musste ich schon eingeschlafen sein. Ich überlegte kurz, wie spät es an der Ostküste war und ob ich es wagen konnte, jetzt anzurufen. Ich entschied mich dafür. Ich rief sie über den Facebook Messenger an.

Nach mehreren Freizeichen knackte es verdächtig in der Leitung. Sie war dran. »Ich dachte schon, du meldest dich gar nicht mehr ...« Sie klang müde, niedergeschlagen, erschöpft.

Ich überlegte noch einmal. Ja, es war kurz vor Mitternacht. Kein Wunder. Auch Brenda hatte eine anstrengende Zeit hinter sich. »Es tut mir leid. Ich war so müde ...«

Wieder diese Stille. Wir hatten uns so viel zu sagen, aber keiner traute sich. Ich fing an, weil mich die Situation wieder einmal zuerst nervte. Ich hatte sie nicht auf Facebook gesucht, um mich mit ihr anzuschweigen.

»Crystal ist bei mir, falls es dich interessiert. Sie ist in einer Entzugsklinik. Ich werde sie zwei Mal in der Woche besuchen. Es geht ihr den Umständen entsprechend gut.«

»Was ist wirklich im Farmhaus passiert?«

»Das weißt du doch ...«

»Nicht wirklich.« Sie ließ mich nicht ausreden. »Marshall hat mich suspendiert. Ich habe keinen Zugang mehr zu den laufenden Ermittlungen beim FBI. Das habe ich dir gesagt, oder? Was du mir jetzt erzählst, kann also unter uns bleiben. Ich muss es einfach wissen.«

»Ich habe einen günstigen Moment ausgenutzt, als die Gruppe völlig zugekokst war. Ich nehme an, dass etwas in dem Kokain war, das Mickey von seinen Ausflügen nach Fredericksburg oder D.C. mitgebracht hat. Aber diesmal war die Wirkung noch stärker gewesen. Die Aktivisten waren kaum ansprechbar. Ich dachte, es wäre ein extra starker Trip – mehr nicht. Alle haben was genommen, nur ich nicht. Und McCray hat durch einen glücklichen Zufall nur die Hälfte der Dosis bekommen. Als sie alle ausgeknockt waren, habe ich sie eingepackt und bin zum Flughafen gefahren. Das war's.«

»Und du hast nicht nachgeholfen? Wie hättest du sie sonst mitnehmen wollen? Du hattest doch geplant, mit ihr zu verschwinden ...«

»Mit Gewalt natürlich. Ich hätte sie gefesselt und geknebelt und dann ins Auto gepackt. War aber zum Glück nicht nötig gewesen.«

»Hm. Und wie kann es sein, dass McCray lebt und die anderen nicht? Sie hat das Zeug doch auch genommen ...«

»Das ist genau die Frage, um die es geht. War noch jemand nach mir auf der Farm und hat allen den Rest gegeben? Ich finde es sehr merkwürdig, dass nur McCray überlebt hat. Als ich die Farm verlassen habe, waren die anderen Aktivisten zwar bewusstlos, aber nicht in Lebensgefahr.«

»Okay.«

»Zufrieden?«

»Ja.«

»Warum hat dich Marshall eigentlich suspendiert?«

Sie lachte auf. Endlich lockerte sich ihre Stimmung. »Er denkt, dass ich mit dir unter einer Decke stecke. Er behauptet, ich hätte dich von früher gekannt und da du als Hauptverdächtiger geführt wird, sagt er, bin ich befangen. Entbehrt jeder Grundlage, aber gut ... Er hat also eine offizielle Beschwerde gegen mich eingereicht. Daraufhin wurde ich suspendiert – mit sofortiger Wirkung.«

»Was für ein Idiot. Ich finde es auch merkwürdig, dass er sich so auf mich konzentriert. McCray, Conor Bauer oder Greg sind nicht weniger verdächtig. Jeder von denen kann den Stoff verunreinigt haben.«

»Das stimmt. Zumal es meines Wissens keinen Beweis dafür gibt, dass du es warst. Es wurden keine Reste des Stoffes gefunden, keine Fingerabdrücke, nichts.«

Ich atmete auf. Zum Glück hatte ich die Tajine mitgenommen.

»Ich kann im Moment nicht in die Staaten kommen ...«

»Nein. Nicht, wenn du nicht gleich verhaftet werden willst. Es gibt einen offiziellen Haftbefehl inklusive Foto. Sehr schön, übrigens.« Wieder lachte sie. »Trotzdem sind natürlich alle froh, dass die Anschläge endlich vorbei sind.«

»Hm«, sagte ich. »Vielleicht sollte ich Marshall einfach mal kontaktieren?«

»Das liegt leider nicht in meiner Verantwortung. Aber ich würde mir nicht zu viel davon versprechen.«

Ich nickte. Wieder entstand eine Pause. Dann sagte ich: »Und was machen wir jetzt?«

»Ich weiß nicht.«

»Hast du Lust auf einen langen Urlaub?«

»Hm.«

»Komm schon. Du bist suspendiert. Jetzt brauchst du ein bisschen mediterranes Flair, gutes Essen und guten Wein.«

Wieder lachte sie, antwortete aber nicht. Vor meinem inneren Auge sah ich, wie sie verlegen die Hand in den Nacken legte.

»Warum machst du es nicht wie damals mit dem Typen auf dem Bauernhof deiner Eltern ...«

»Weißt du, das hat nicht lange gehalten.«

»Nun«, sagte ich und blickte aus dem Fenster auf den Park in der Morgendämmerung, »ich kann für nichts garantieren ...«

»Ich denke darüber nach. Ich melde mich.«

»Dann gute Nacht.«

»Gute Nacht.«

Ich setzte mich auf die Fensterbank. Es war zu früh zum Frühstücken, aber zu spät zum Schlafengehen. Ich nutzte die Zeit, um die Gegend zu erkunden. Allein im Zimmer hielt ich es nicht mehr aus.

Kapitel 54

Es dauerte zwei Tage, bis ich wieder von Brenda Collins hörte. Ich hatte nicht aufgehört, an sie zu denken, aber ich wusste, dass es ein großer Schritt für sie sein würde, ins Ausland zu gehen. Sie war keine achtzehn mehr. Und meine Zukunft war im Augenblick auch nicht viel verlockender.

In den zwei Tagen war ich nicht untätig geblieben. Ich hatte mein neues Leben in Istanbul organisiert, eine Wohnung gesucht, in der ich es eine Weile aushalten konnte – am besten nicht weit weg von der nächsten Moschee. Ich wollte untertauchen, und das ging inmitten der quirligen Metropole am besten. Gerade hatte ich mir ein Wohnhaus angesehen, gleich um die Ecke vom Großen Basar. Die Wohnung lag im zweiten Stock, hatte ein vom Wohnzimmer abgetrenntes Schlafzimmer, ein kleines Arbeitszimmer und eine Dachterrasse mit Blick auf den Basar. Sie war hell und gefiel mir auf Anhieb.

Als hätte Brenda es geahnt, vibrierte das Telefon, während ich über die Stadt blickte.

»Brauche ich ein Visum?«, war ihre einzige Frage über Facebook.

Ich nahm das als Zusage und schrieb sofort zurück: »Bei mir nicht. Ich nehme dich auch ohne. Aber der Grenzbeamte hätte sicher gerne einen Pass.« Ich fügte einen Smiley hinzu.

Sie antwortete mit einem Smiley, der sich die Augen zuhielt.

»Was meinen Sie?«, fragte eine Stimme hinter mir. Es war der Makler.

»Ich nehme die Wohnung. Kann ich sofort einziehen?«

Er nickte mit einem Lächeln.

Noch bevor wir die Modalitäten geklärt hatten, fragte ich Brenda: »Wann kommst du?«

»Wo muss ich überhaupt hin?«

Ich zögerte einen Moment. Dann tippte ich »Tunis«. Es war eine reine Vorsichtsmaßnahme. Theoretisch lieferte die Türkei US-Bürger an die USA aus. Tunesien nicht. Ich vermutete keine bösen Absichten hinter Brendas Zusage, aber ich war mir nicht hundertprozentig sicher. Außerdem befürchtete ich, dass ihre Handydaten mitgelesen wurden. Es war also besser, meinen wahren Aufenthaltsort geheimzuhalten. Außerdem kannte ich Tunesien von früheren Einsätzen. Wenn alles gut ging und ihre Reise keine Falle war, würden wir von Tunis aus nach Istanbul fliegen.

»Moment mal«, schrieb sie, »da war ich noch nie. In drei Tagen gibt es ein gutes Angebot mit United.«

»So lange soll ich warten?«, neckte ich sie.

Wieder nur ein Smiley als Antwort.

»Schick mir die Flugnummer.«

»Mach ich.«

Dann unterschrieb ich den Mietvertrag für die Wohnung. War das Versteckspiel mit Brenda nötig gewesen? Ich wusste es nicht. Ich verabschiedete mich vom Makler und nahm ein Taxi. Es war McCray-Zeit.

Während der ganzen Fahrt zur Klinik ärgerte ich mich über mich selbst. Wahrscheinlich hatte ich wieder einmal mich als Maßstab genommen und das auf alle anderen projiziert. Ich würde Brenda vertrauen – vertrauen müssen, sagte ich mir.

Ich schrieb ihr wieder über Facebook. »Hast du schon gebucht?«

»Ja. Gerade eben.«

»Kannst du noch stornieren?«

»???«

»Erkläre ich dir später.«

»Ich kann bei United anrufen ...«

»Mach das bitte. Und komm nach Istanbul. Ich bin in Istanbul.«

»Meinst du das ernst?«

»Es war ein dummes Manöver. Tut mir wirklich leid. Ich werde dich vom Flughafen abholen. Dann fahren wir zu der Wohnung, die ich gerade gemietet habe.«

»Pfff.«

Keine weitere Antwort. Erst über eine Stunde später meldete sie sich wieder.

»Okay. Ich rufe nie wieder bei United an. Ewig in der Warteschlange gehangen. Bin in drei Tagen in Istanbul. Hab aber sicherheitshalber einen Rückflug gebucht.«

»Den wirst du nicht brauchen.«

»Mal sehen.«

Diesmal schickte ich ihr einen Smiley und lachte in mich hinein. Sie hatte sich für meinen Fauxpas sofort mit einem Rückflugticket revanchiert und ließ sich alle Türen offen. Das gefiel mir. Ich hatte das starke Gefühl, dass es mit uns gut gehen könnte.

Kapitel 55

Das Taxi setzt mich wegen des Verkehrs einen Block entfernt vom großen Basar ab. Den Rest des Weges laufe ich durch die noch warme Abendluft nach Hause. Trotz der Hitze bin ich froh, nicht mehr im Auto sitzen zu müssen. Fast den ganzen Tag habe ich in einem dunklen Raum dem Journalisten aus Deutschland meine Geschichte erzählt. Das hat mich erschöpft, und ich nutze das bunte Treiben auf dem Basar, um wieder ins Leben zurückzufinden. Ich sauge die Gerüche der Gewürze in mich auf, beobachte, wie Touristen durch das abendliche Viertel geführt werden. Das Leben pulsiert in dieser Stadt so stark, dass ich mich trotz meines vom Schweiß durchnässten Hemdes nach kurzer Zeit befreit fühle. Ich steige die Treppen zu der Wohnung hinauf, die ich vor Monaten gemietet habe. Ich klopfe, weil ich weiß, dass jemand zu Hause ist. Brenda hat mir keine Falle gestellt, wie ich befürchtet hatte. Wenn man so lange in meinem Beruf arbeitet, sieht man überall Gespenster. Aber sie war allein gekommen, nur mit einem Koffer, und war bis jetzt geblieben.

Mit einem Lächeln auf den Lippen öffnet sie mir die Tür, die Hand wieder im Nacken. »War viel Verkehr, oder?«

Ich bejahe. Dann gebe ich ihr einen Kuss, streiche ihr sanft über den Rücken.

»Und? Was sagt dir dein Gefühl?«, fragt sie mich.

»Er wird die Geschichte kaufen. Wir können nur abwarten.«

Sie umarmt mich. »Keine Sorge, ohne dich gehe ich nirgendwo hin.«

Ich küsse sie auf die Stirn, weiß aber, wie sehr sie Heimweh hat. »Ich auch nicht«, sage ich beruhigend. »Wie war die Schule?«

»Viel zu tun. Ich habe heute eine neue Gruppe bekommen. Die sprechen und verstehen kaum Englisch.«

»Wie lange dauert der Kurs diesmal?«

»Drei Wochen.«

»Drei Wochen Basis-Englisch …«

»Ich bemühe mich.«

»Ich weiß.«

»Hunger?«

Ich schüttle den Kopf. »Hab doch am Flughafen gegessen.«

»Ach, ja. Dann mache ich nur mir was zu essen.«

»Wo ist sie?«

»Oben auf der Terrasse.«

Ich nicke nach oben, was Brenda signalisieren soll, dass ich sie einen Moment allein lasse. Sie nickt nur wohlwollend zurück. Dann steige ich die Wendeltreppe hinauf.

»Guten Abend«, sage ich. Crystal McCray zuckt zusammen. Sie hat ihren Blick über die Stadt schweifen lassen und nicht mit meiner Rückkehr gerechnet. Ich setze mich zu ihr. Sie hat ein Buch aufgeschlagen. Es ist ein Fachbuch über Biologie, wie ich an der in Großbuchstaben gedruckten Kapitelüberschrift ›Das Nervensystem der Wirbellosen‹ sehe.

»Wie war's?«, fragt sie mich.

»Ganz gut. Hast du mit deinem Vater gesprochen?«

Sie nickt. »Meine Eltern kommen uns in drei Wochen besuchen.«

»Hm. Gut. Und du bist dir immer noch sicher, dass du hier bleiben willst?« Ich sehe sie prüfend an, studiere ihre Reaktion.

Ohne zu zögern sagt sie: »Ja, natürlich.« Dann ist sie wieder still, nachdenklich, irgendwie weit weg und schwer zu erreichen.

Plötzlich geht ein Ruck durch ihren Körper: »Legst du bei meinem Vater ein gutes Wort für mich ein?«

»Wenn du das willst, mache ich das.«

Wir vermeiden beide, uns länger anzusehen, blicken beide über die Stadt. Ich beobachte sie aus den Augenwinkeln. Seit ihrer Therapie wirkt sie viel zurückgezogener, weniger impulsiv, irgendwie reifer. Brenda und ich sind uns einig, dass es gut ist, wenn sie bei uns wohnt und ihr Studium fortsetzt. Der Babysitter-Job, den Brenda für mich geplant hatte, als sie noch beim FBI war, ist also doch noch Wirklichkeit geworden. Nur dass Brenda sich den Job mit mir teilen darf. Das ist keine Belastung für mich. Um ehrlich zu sein, ging es mir noch nie so gut wie in den letzten Monaten in Istanbul. Ich fühle mich fast wie zu Hause, irgendwo angekommen. Heimat. Ja, das ist die Stadt am Bosporus inzwischen für mich geworden.

Ich bin mir sicher, dass der Haftbefehl in Amerika eines Tages Geschichte sein wird – so wie es die Eternal-Earth-Group heute schon ist. Irgendwann wird es einen Bericht über die Tree Bomber im History Channel geben – aber nicht jetzt. Im Moment spricht niemand mehr im Fernsehen über die Anschläge, niemand schreibt mehr über die Gruppe – und auch nicht über Crystal McCray. Alle sind froh, dass der Terror für immer vorbei ist.

Seit McCray aus der Therapie entlassen wurde, hat sie weder Mickeys Namen noch den ihrer Aktivistenfreunde je wieder erwähnt. Nur einmal beim Abendessen, als wir über das frische Gemüse vom Basar gesprochen haben, wollte sie etwas von ›damals‹ auf der Farm in Brandy Station erzählen, aber sie ist sofort verstummt. Dabei haben wir es belassen. Wir haben auch nie ein Wort darüber verloren, was sich an jenem Abend auf der Farm in der Nähe von Fredericksburg wirklich zugetragen hat. Auch Brenda hat das Thema gemieden. Und so soll es auch bleiben. Der alte McCray wird seiner Tochter wieder Geld für das Studium geben, Brenda wird an der Sprachschule unterrichten und ich werde gelegentlich für Trevor Hilson in Nordafrika arbeiten, obwohl ich es eigentlich gar nicht mehr nötig habe. McCray hat die zweite Hälfte des Honorars ohne Zögern überwiesen, plus eine Viertelmillion für unsere Ausgaben. Trotzdem juckt es mich in den Fingern ... Zu einem mehrmonatigen Aufenthalt dort werde ich mich zwar nicht mehr hinreißen lassen, aber einen gelegentlichen Ausbildungsjob werde ich sicher nicht ausschlagen, allein, um in Form zu bleiben.

Doch erst einmal musste ich mich noch um Crystal McCray kümmern. Die Alten waren einfach froh, ihre Tochter wieder im richtigen Leben zu wissen. Wie erwartet, hatte Crystal McCrays aktivistische Tätigkeit keine Konsequenzen für sie. Dafür hat ihr Vater schon gesorgt, der mich bisher nie am Telefon gefragt hat, ob ich etwas mit dem Tod der Aktivisten zu tun hatte. Das ist auch gut so. Zu guter Letzt haben der alte McCray und ich doch etwas gemeinsam: Wir sind Überlebenskünstler. Ich habe mich ebenso schnell wie er auf business as usual eingestellt und mich mit der neuen Situation arrangiert. Nach vorn schauen, darum geht es uns beiden ...

Meine Wohnung in Cambridge habe ich übrigens doch noch vermietet. Es ist leider so, dass ich für längere Zeit nicht zurückkommen werde. So wie die Dinge derzeit stehen, ist Instanbul mein Lebensmittelpunkt und wird es auch noch eine ganze Weile bleiben.

Wie, Sie finden es ungerecht, dass ich mit meiner Version der Geschichte durchkomme? Nun, ich bin bisher bei keinem meiner Einsätze ernsthaft verletzt worden. Ich mache mir keine Illusionen, dass das immer so bleiben wird. Und ich habe Opfer bringen müssen. Aber wie gesagt, ich bin ein Überlebenskünstler. Und wenn Sie mich jetzt suchen wollen, weil das FBI eine hohe Belohnung auf mich ausgesetzt hat, dann sollten Sie sich beeilen. Schließlich weiß man nie, wie lange das Kopfgeld noch bezahlt wird. Alles in allem wünsche ich Ihnen schon jetzt viel Glück dabei. Denn schließlich kennen Sie ja noch nicht einmal meinen Namen ... nur meine Stimme.

Liebe Leserin, lieber Leser,

wahrscheinlich fragst du dich, ob die Aktionen der sogenannten Letzten Generation oder anderer realer Aktivisten, die seit einiger Zeit für Schlagzeilen sorgen, für die eine oder andere Figur in diesem Buch Pate gestanden haben. Darauf gibt es eine ganz klare Antwort von mir: vielleicht. Oder auch nicht. Das überlasse ich dir.

Jedenfalls ist echter Ökoterrorismus, und damit meine ich nicht Sitzblockaden auf der Autobahn, kein neues Phänomen. Schon immer gab es Gruppen, die mit vermeintlich hehren Zielen der Allgemeinheit ihre Sicht der Dinge aufzwingen wollten. Wer will, kann sich im Internet über die Aktionen der Animal-Liberation-Front oder der Earth-Liberation-Front informieren.

Wenn dir das Buch gefallen hat, dann hinterlasse doch eine Rezension auf Amazon. Das dauert nicht lange und muss auch kein langer Text sein. Rezensionen sind für andere Leserinnen und Leser ein wichtiges Kriterium bei der Suche nach Lesestoff. Und gerade für selbst verlegende Autorinnen und Autoren wie mich ist deine Meinung eine große Hilfe.

An dieser Stelle ein ganz herzliches Dankeschön für deine Mühe.

Kennst du meine Website schon? Nein? Dann wird es höchste Zeit. Dort gibt es nicht nur ein kostenloses E-Book zum Download, sondern ich informiere auch über aktuelle Projekte und führe einen kleinen Blog. Über das Kontaktformular kannst du mir auch gerne eine persönliche Nachricht zukommen lassen:

https://tobias-miller.com

Alternativ sehen wir uns vielleicht auf Instagram oder Facebook.

Ich würde mich freuen.

Dann hoffentlich bis bald!

Tobias

Smart oder Lame? Wie weit würdest du gehen …

Tobias Miller

Genuine Madness

THRILLER

Ein simpler IQ-Test in der Schule entscheidet über den Platz in der Gesellschaft. Und ab diesem Tag ist der neunjährige John Raymond ein *Lame*, kein *Smart*, und er wird nie zur Elite gehören. Zehn Jahre später macht ihm sein alter Schuldirektor ein unmoralisches Angebot: die Teilnahme an einem geheimen Regierungsprogramm.

Die Einnahme des unbekannten Wirkstoffs *Genuine* macht John über Nacht zum Überflieger: Er studiert Medizin in Atlanta, wo er Elaine kennenlernt, die er nicht nur für ihr Wissen bewundert.

Doch *Genuine* gibt es nicht umsonst: Und der zwielichtige Makler Caine, für den John arbeitet, hat mit ihm ganz andere Pläne. Und plötzlich ist sein Schicksal enger mit Elaine verwoben, als ihm lieb ist …

»Eine unglaubliche Geschichte über ein Experiment, dass für ein paar *Lames* komplett aus dem Ruder läuft. Niemand hätte gedacht, dass sich so etwas in Midtown Atlanta abspielt.«

Peachtree Observer

Wenn du dem Teufel nicht traust, musst du ihn hintergehen …

Tobias Miller

Genuine Conspiracy

THRILLER

Nach ihrer überstürzten Flucht aus Atlanta warten John und Elaine im beschaulichen Nashville darauf, dass die Bombe zum Skandal um den Wirkstoff *Genuine* endlich platzt. Doch es passiert … nichts. Schnell ist ihnen klar, dass niemand an der schmutzigen Wahrheit hinter dem Wundermittel Interesse hat. Im Gegenteil, denn nach wie vor verschwinden jede Nacht Dutzende Obdachlose, und John und Elaine wissen, dass sie in den Fängen des Guvnors einen grausamen Tod sterben.

John beschließt, nach Atlanta zurückzukehren, um den Machenschaften des Guvnors ein Ende zu setzen. Doch kaum hat er Casher, Ex-Marine und wie er einer der letzten Überlebenden des *Genuine-Smart*-Programms, ausfindig gemacht, entkommt er nur um Haaresbreite einem Anschlag mit einer Drohne, die nur aus Beständen des Militärs stammen kann …

»Ich kenne NextAce CEO Thomas Hardwick seit über vierzig Jahren. Er ist das Opfer eines Komplotts. Er hat nichts mit all den Skandalen um *Genuine* zu tun.«

Interview mit Branson Agil im Peachtree Observer